Michael Schindhelm

Roberts Reise

Michael Schindhelm

Roberts Reise

ROMAN

Deutsche Verlags-Anstalt
Stuttgart / München

Die Deutsche Bibliothek – CIP-Einheitsaufnahme

Schindhelm, Michael: Roberts Reise : Roman /
Michael Schindhelm. - Stuttgart ; München :
Deutsche Verlags-Anstalt, 2000
ISBN 3-421-05330-8

Satz: Sabon (QuarkXpress) im Verlag
Druck und Bindearbeit: Friedrich Pustet, Regensburg
Diese Ausgabe wurde auf chlor- und säurefrei gebleichtem,
alterungsbeständigem Papier gedruckt.
Printed in Germany
ISBN 3-421-05330-8

Für Susanne

Die Figuren dieses Buches sowie die Ereignisse,
in die sie verwickelt werden, sind Erfindungen des
Autors, die er in der Wirklichkeit gemacht hat.

1

ZWEIUNDZWANZIGSTER JUNI, auf dem Monte Crocione. Hier oben ist die Sonne noch nicht untergegangen, obwohl es schon fast neun ist. Hinter mir das enge Tal unter dem Generoso. Dicke Schwaden ziehen auf, aus den Wiesen steigt der weiße Nebel so wunderbar, als wäre dort unten ein riesiger Brand ausgebrochen. Die Konturen der Wälder treten zurück in die Tiefe des Abends, das Gamelan-Geläut der Kühe schleicht von allen Seiten den Berg hinauf und legt sich mir zu Füßen und Ohren. Vor mir das Intelvi-Tal mit den Dörfern, dessen übereinandergestapelte Fassaden noch nicht vom Dämmerlicht verschluckt werden. Links und rechts die Ausschnitte der beiden Seen, links Richtung Porlezza, rechts über Argegno. Ich stehe am Kreuz und beobachte das zitternde Fell des Schafes neben mir. Eigenartig, wie sich das Tier unter regelmäßigen Spasmen schüttelt. Die ganze Herde ist von einer Art Angstlähmung befallen, deren Ursache ich bin. Vor mir ein Dutzend ins Gras geduckter, blutunterlaufener Augenpaare. Adrenalinkonzentrierte Hilflosigkeit, daran erkennst du die Kreatur! Ein Pfiff, und der Spuk ist vorbei.

Das Dreieck der Bergspitze wirft einen riesigen Schatten hin auf den Wald über Schignano. Ich hebe den Arm – wenn jetzt dort drüben, an der Felsspalte, ein paar Kilometer von hier, eine Hand auftauchte.

Oben zieht in geringer Höhe ein Flugzeug vorbei. Am Heck glaube ich das Zeichen von Crossair zu erkennen.

Das könnte eine Maschine von Lugano nach Venedig sein. Die Linie geht hier entlang. Es ist nicht lange her, daß ich dort oben dabei war. Da sah ich dem Dorf auf den Kopf. Aber das Flugzeug hat mit hier unten nichts zu tun. Es ist zwar sichtbar, gehört aber in eine andere Welt. Für seine Passagiere ist es dasselbe Datum, aber was ist ein Datum. Sie kommen von einer anderen Seite. In diese Stunde dieses Tages. Zwei Zeitbahnen schneiden sich am Monte Crocione, 1600 Meter über dem Meer, links der Lago di Lugano, rechts der Lago di Como. In diesem Augenblick haben sie sich eingeholt, schon sind sie weit auseinander. Davon wissen die Leute da oben freilich nichts.

Die Maschine zieht Richtung See. Eine Rauchfahne trübt ihre Spur. Die Leute krallen ihre Fingernägel in die kunstledernen Armlehnen. *This is an emergency landing.* Erste Schreie, Tassen scheppern, jemand spuckt. Jetzt sehe ich eine kleine blaue Flamme an der linken Tragfläche. Die Flamme ist dunkler als der Himmel dahinter, sie erinnert an die EU-Flagge. Inzwischen sinkt das Flugzeug zwischen die Bergrücken über Pigra, dabei spuckt es einen schwarzen Faltenwurf in die Luft. Sauerstoffmasken fallen von der Decke, eine Frau liegt stöhnend quer über zwei Sitzen, die Anweisungen des Captain gehen im Geschrei unter. Das Blau der Stichflamme weicht einem schmutzigen Karminrot.

Plötzlich ist die Maschine verschwunden. Sie ist nicht abgestürzt. Die Stewardessen reichen Erfrischungstüchli im geflochtenen Korb. Die Gravitation hat versagt, die Maschine ist abgestoßen worden von dieser fremden Erde. Der Captain gibt die Flughöhe durch und die Außentemperatur.

Insektenjagende Mauersegler holen mich zurück. Natürlich stehe ich auf fremdem Terrain. Was weiß ich vom

Monte Crocione, seinen Lilien- und Enzianwiesen, den Fliegen darüber, Nervenbündel, denen ich auszuweichen versuche. In der Ferne verschmelzen die blauen Mäander der Tessiner und Walliser Alpen, die Schatten werden blasser und länger. Der Waldbrand-Nebel ist plötzlich verschwunden, die Schafe nehmen den Weg in den Stall. Alles hat seine Zeit, das Öffnen und Schließen der Blüten, das Kommen und Gehen des Nebels, des Viehs.

Ein paar Meter vor mir steht ein Fuchs im Gras. Der Wind kommt von seiner Seite, ich wittere ihn, er mich nicht. Statt dessen verdaut er und leckt sich. Ich gehe auf ihn zu und sehe ein paar winzige Federn am Bauchfell. Der gefederte Fuchs. Als er mich endlich doch wahrnimmt, läßt er sich Zeit für einen verständnislosen Blick. Hundert Meter unterhalb taucht sein Schwanz noch einmal aus der Weide.

Am Monte Crocione gibt es ein Rifugio, eine allmählich verfallende Schutzhütte. Niemandes Refugium mehr. Die Maultierpfade, die nach oben führen, sind überwachsen. Allein die Bauern und ihr Vieh kennen sie noch. Für den Winter gibt es einen Skilift, aber wann ist hier schon Winter. Ich habe den Lift selten in Betrieb gesehen, im Januar und Februar verhindert der Nordföhn den regionalen Ski-Tourismus. An den Seeufern sieht es freilich anders aus.

Beim Abstieg treffe ich auf einen Mann beim Melken. Noch immer sind es über zwanzig Grad. Die Wasserstelle für das Vieh ist trocken. Davor ein Fiat Panda. Salve. Anonymität gibt es keineswegs nur in den Städten. Hier ist sie das Privileg des Fremden. Die wenigen Wochen, die ich im Jahr in diesen Bergen verbringe, lassen die Abstände zu den Leuten nur langsam schmelzen. Erst recht, wenn man Hunderte von Metern übereinander wohnt und in verschiedenem Sinne nicht dieselbe Muttersprache spricht.

Nicht dazuzugehören gibt große Sicherheit, solange man freiwillig nicht dazugehört. Die Leute haben ihre Konvention, und man selbst hat drei Möglichkeiten: Man kennt sie nicht und übertritt sie, man kennt sie und hält sie ein, und man kennt sie und übertritt sie, weil man sie nicht einhalten will. Im letzten Falle kann es zu einem großen persönlichen Triumph kommen, einem Triumph der Autonomie über die Direktiven mit den Mitteln vorgeschobener Naivität.

In Woronesch habe ich nie an den offiziell angeordneten Demonstrationen teilgenommen. Wenn es am Ersten Mai um zehn Uhr zum Sammelappell ging und die Studentenwohnheime von sogenannten Ordnern nach Säumigen durchkämmt wurden, ließ ich mich nicht bewegen mitzukommen. Bei mir zu Hause sei so was unüblich. Damit konnte sich allerdings nur der »souveräne« Ausländer durchsetzen, und dazu gehörte in der Sowjetunion auch der DDR-Student. Für einen Angolaner oder Kubaner war das schwieriger. Die andere Hautfarbe machte sie in den Augen der Russen zu erwachsenen Kindern, die sich zu fügen und dankbar zu sein hatten. Der persönliche Triumph meiner Weigerung war immer ein Spielertriumph über den totalen Staat und seine nur scheinbar unfehlbare, totale Konvention.

Viel hat sich seitdem nicht geändert. Der totale Staat ist zwar passé, das Unzugehörigsein aber ist geblieben. Es könnte sogar das wichtigste Gut sein: Die einzige Gewißheit im System ist seine Ungewißheit. Mit zunehmender Geschwindigkeit verschwimmen die Dinge. Die Show verlangt nach wechselnden Kostümen. Keine Zeit sich einzurichten. Morgen kann alles vorbei sein.

Zweiundzwanzigster Juni. Genau heute vor zwei Jahren um neun Uhr abends verließen die Möbelpacker gerade das Haus. Helena hatte es so arrangiert, daß ich mich aus dem Umzug ziemlich hatte raushalten können, und nun saß ich – von der wundersamen Wiedererschaffung einer Wohnsituation ziemlich ungerührt – zwischen den Möbeln. Der Garten drang durch die offenen Fenster in die Räume, fleischige Wein- und Efeublätter krochen an mir hoch, ich konnte kaum noch die Beine hochlegen und wunderte mich nicht einmal über das feuchte Kitzeln an den Handgelenken und im Nacken. Oben klapperte Geschirr und wurden Kisten verschoben, draußen passierte ein Auto, Amseln zeterten, wahrscheinlich lauerte eine Katze in der Nähe. Der Fernseher lief, die Bilder vermischten sich mit den Geräuschen im Haus. Jemand sprach von unserem Anfang, Tänzer waren auf dem Schirm, humorlose Körper im Bewegungspathos. Transparente. Paradigmenwechsel, rief man ins Mikrofon. Ich hatte dieses Gesicht schon gesehen, aber ich unternahm keine Anstrengung, mich zu erinnern. Das Tempo um mich herum verlangsamte sich. Sogar die Vögel schienen tiefer zu pfeifen. Zapp, und die Kiste vor mir war aus. Als kröchen die Strahlen in die Röhre zurück.

Vor mir stand Helenas blaßblaues Holzschaukelpferd. Dreißig Jahre mußte es auf seinem abgeschabten Rükken haben, es hatte Helena überall hin begleitet. Das war unser dritter gemeinsamer Umzug: Berlin, Sachsen, Schweiz. Abschiede und Aufbrüche, dem Theater zuliebe. Für Helena war das nichts Außergewöhnliches, sie war viel umhergezogen, erst in der Tschechoslowakei, dann in der DDR. Und die Brüche waren immer dann eingetreten, wenn Beständigkeit zu erwarten gewesen wäre.

Kurz nach der Geburt von Lisa trennte sie sich von Tomas, dem Vater, verließ Brno und ging nach Prag. Vier Jahre später trafen wir uns in Norderode. Ich wohnte in einem winzigen möblierten Einfamilienhaus, seit ich Maren und Zoe verlassen hatte, Helena mit Lisa in einem Plattenbau mit zugigem Balkon und Blick auf friedliche Kornfelder. Drei Wochen, nachdem ich zu Helena gezogen war, wählte mich der Stadtrat einer anderen Stadt zum Intendanten des Theaters. Zum erstenmal packten wir gemeinsam die Koffer. Am Tag nach unserer Hochzeit drei Jahre darauf erhielt ich den ersten Anruf aus der Schweiz. Es begann die Zeit des Pendelns, des ausgedehnten zweijährigen Abschieds, der entschleunigten Ankunft.

Deutschland hatten wir zurückgelassen. Ohne Bedauern. Die Schweiz, hoffte ich, sei ein Land, das sich für die Annäherungs- und Gewöhnungsnöte seiner nördlichen Nachbarn wenig interessierte. Ein Land mit gratigem, mäanderndem, fraktalem Horizont, über dem Deutschland als kalter, flackernder Stern stand. Weit entfernt und bei Tageslicht unsichtbar.

Deutschland, ein Nachtmahr. Mit aufgeblasenen Rechthabern links und nörgelnden Verlierern rechts. Sozialpolitischen Querschnittslähmungen. Vergangenheits-, Gegenwarts-, Zunkunftssorgen, Ängsten vor dem Blick zurück und dem Blick voraus. Dieses Deutschland hoffte ich zu verlassen. Auf Thespis' Karren. In die Schweiz, das Land der unbegrenzten Sicherheit, zu gelangen, ein Land mit gutgeöltem Räderwerk, leise auftretenden Menschen, Atomschutzbunkern, Bespitzelungsaffären und nachrichtenlosem Erinnerungsvermögen: eine späte DDR.

Das Land, dem ich den Rücken kehrte, war ohnehin keine Heimat und würde keine mehr werden, dieses

Land, das sich in Zeiten der Teilung als Kulturnation verstanden und seine Kultur als ideologisches Kriegsgerät eingesetzt hatte. Nun kamen die Verschrottungen.

In der Schweiz erhielten wir vor dem Umzug nicht nur neue Ausweise, sondern auch neue Namen, Doppelnamen: Die Ausländerbehörde verlieh mir zu meinem eigenen Helenas Mädchennamen, nun hieß ich am Ende Packova. Hätten Helena und ich nicht in Deutschland geheiratet, wir hätten vor der helvetischen Ausländerbehörde keine Gnade gefunden und uns trennen oder in der süddeutschen Nachbarschaft eine Bleibe finden müssen. Dafür sind Konventionen also gut.

Das Telefon meldete sich an diesem Einzugsabend, niemand ging ran, bevor der Anrufbeantworter dazwischen war. Aufgelegt. Durch die offene Tür sah ich im Nebenzimmer Helenas Flügel. Tatsächlich war auch er immer mit uns mitgeflogen. Mochte anderswo dieses Instrument im Haus bürgerlich-biedere Festigkeit bedeuten, bei uns war es von Spuren der Unstetigkeit gezeichnet. Nach jedem Umzug gab es im Schwarzglanz neue Kratzer. Kinder aus Berlin, aus Sachsen und Thüringen hatten mit Helenas Hilfe auf dem Klavier spielen gelernt, nun würden es Schweizer Kinder sein. Ich hatte schon oft den Ort gewechselt, das Haus, den Beruf, die Menschen, mit denen ich zusammenlebte. Zum erstenmal aber war ich in den Westen gezogen. Eine Flucht? hatte man mich im Radio gefragt, und ich hatte geantwortet, wenn, dann in den Süden. Palmen gebe es hier aber nicht, konterte der Journalist. Jetzt wuchs Efeu durchs Fenster.

Mit dem Süden haben wir dann rasch ernst gemacht. Auf der ersten Fahrt zum Vierwaldstätter See passierten wir auf der Autobahn ein Schild mit dem Hinweis, nach Mailand seien es zweihundertdreißig Kilometer. Wir haben unseren Plan fallengelassen und sind erst in Lugano ausgestiegen. Der See, Monte Salvatore, irgendwo weit oben Rauch im Gespinst der Baumkronen. Salute. Dem ersten Zauber ist nicht zu widerstehen, und er wirkt lange nach. Helena meinte schon damals, am liebsten würde sie nicht mehr zurückkehren. Wenig später entdeckten wir Castiglione, betraten zum erstenmal den heimlichen Garten, *hortus conclusus*.

2

Der Traum vom Abhandenkommen trat früh ans Kinderbett und flocht die Abendgedanken in das Gespinst über der Bettdecke. Die Mutter tauchte dort auf und der Vater, sie sahen hinab zwischen die Kissen und konnten das Kind nicht mehr finden, denn es war gestorben, verschwunden und abhandengekommen, es stand heimlich hinter dem Vorhang am Fenster und sah ihnen zu, wie sie die Hände rangen, sah sie ihre traurigen Gesichter abwenden und leise und kopfschüttelnd das Schlafzimmer verlassen. Wenn sich sanft knarrend die Tür zum Flur hinter ihnen geschlossen hatte, stieg der Traum vom Abhandenkommen mit dem sanften Türknarren über den Balkon zum Kind ins Bett, streckte sich neben ihm unter der Decke aus und summte leise vor sich hin, bis es eingeschlafen war. Der Traum gewann Entführungskraft, er entführte das Kind aus seiner Welt und der seiner Eltern, zeigte ihm, wie diese Welt wäre und sich gebärdete, wenn es das Kind nicht mehr in ihr gäbe. Weniger die ausgemalten Leiden der anderen über sein Abhandensein als die farblos-leere Stelle, an die das Kind eigentlich gehörte, das leere Bett, der unbesetzte Platz am Tisch, sein verschlossener Kleiderschrank, provozierte die Einbildung des Kindes.

Später verließ das Kind der Traum vom Abhandensein, stand nicht mehr am Bett und flocht auch nicht mehr seine Abendgedanken ins Gespinst über dem Federkissen. Es konnte und wollte ja auch nicht sterben, sondern nur träumen davon. Aber wenn das Kind schon die farblos-leere Stelle in dieser Welt besetzen mußte, im Kinderbett, am Mittagstisch, dann wollte es wenigstens nicht so dazugehören wie die anderen, denen es darin begegnete. Es kam vor, daß es beim Spazierengehen im Park heimlich hinter dem Rücken der Mutter zu humpeln begann und mit lauernder Neugier darauf wartete, daß sich die passierenden Kurgäste hinter ihm umdrehten und dem sonderbaren Krüppelkind nachschauten, freilich ohne es die Mutter merken zu lassen, die voraus den Wagen mit der Schwester schob.

Es wollte nicht dazugehören zu der Welt, in die es hineingeboren war, und interessierte seine Schulgefährten schon nach der ersten Stunde mit dem Geheimnis, seine Eltern seien nicht seine Eltern, das Kind sei eine jüdische Waise. Der Vater mochte es am Mittagstisch zur Rede stellen, nachdem ihm diese ungeheuerlichen Lügen zu Ohren gekommen waren, der Mutter Blick mochte dazu stumm auf dem ganzen Tisch herumirren, das Kind ließ keine Gelegenheit aus, den aufmerksamen Ohren seiner Freunde von den eigentlichen Eltern zu erzählen, die vor vielen Jahren schon gestorben seien und das Kind vor ihrem traurigen Tod in ein Krankenhaus geschickt hätten, damit es nicht weiterwachse und älter werde, bis es von seinen neuen Eltern dort abgeholt wurde.

Nur nicht dazuzugehören blieb seine große Sehnsucht. Da es aber meist doch dazu gehörte und nicht allein war, in der Schule, der Christenlehre, bei den Jungpionieren, unter den Freunden, da es immer das andere und die anderen gab, mit dem und mit denen es sich messen mußte, seine Muskeln, seine Schnelligkeit, seine Intelligenz, seinen Glauben, kannte das Kind bald nur einen Ehrgeiz:

überall der Erste oder der Letzte zu sein. Konnte es nicht alle Fragen in der Schule beantworten, beantwortete es keine und gab ein leeres Blatt ab. Hatte es einen Vers aus dem Vaterunser verlernt, blieb es stumm und steif in der Kirchenbank sitzen und starrte die weiße Wand neben dem Altar an. Wurde es beim Sechzigmeterlauf von einem anderen überholt, dann stellte sich ihm ein kalter, unsichtbarer Widerstand in den Weg und kühlte seinen Ehrgeiz herab, bis es als Letztes durchs Ziel ging. Der Erste oder der Letzte, aber nicht dazugehören.

Natürlich hätte alles anders kommen können. Mit Maren, mit Helena, mit dem Theater. Von dem See am Alpensüdrand, in dessen Nähe sich unser Garten befindet, hatte ich einst durch eine Italienerin erfahren. Vor zwanzig Jahren in Rußland und nachdem ich es nicht gewagt hatte, das Abenteuer einzugehen und mit ihr zu fliehen. Sie schickte mir von zu Hause einen letzten Brief. Ich zog das Foto von Giuditta aus dem Kuvert, auf dem sie mit so einem mediterranen Burschen grinsend vor einem See posierte, grüne Berge dahinter, einem Comer See, von dem ich damals keinen Begriff haben konnte; aber von ihr hatte ich einen Begriff, von Giuditta, die jetzt mit dem Italiener zusammen war und mit ihrer kleinen zynischen Hand eine Widmung auf die Rückseite des Fotos gemalt hatte: *Spasibo sa wsjo*. Danke für alles. Die Gänsehaut meiner Spekulationen. Dieses eine Mal hatte ich dazugehören wollen, hatte ich ein braver DDR-Bürger sein und bleiben wollen, aus Angst, und vielleicht zum Glück. Ich ging bis zum Rand, schaute hinunter und schreckte vor dem entscheidenden Schritt zurück. Giuditta und Stefan wären nach Graz gefahren, Stefan hätte alles vorbereitet. Plötzlich war meine Familie dazwischengekommen, und ich hatte keine Kraft für den entscheidenden Schritt.

Sie trug einen schweren Pelzmantel, wie sich das für eine Norditalienerin gehört, sie trug ihn aber nicht auf der Piazza von Padua, sie trug ihn über die Prospekte der russischen Provinz von Woronesch. Wir sahen uns zum erstenmal kurz nach ihrer Ankunft an einem eisigen Oktobertag im Quartier vor ihrem Wohnheim. Sie kam in Begleitung von Stefan, den ich auf einer Party kennengelernt hatte und der als Dolmetscher an der Österreichischen Botschaft in Moskau arbeitete. Stefan, sollte ich erfahren, war Giudittas schwuler Schutzengel. Sie mußten sich schon seit Jahren kennen. Er versorgte seine Freundin mit erlesenen Naturalien, die er von der Moskauer Diplomatenversorgung abzweigte und ihr nach Woronesch schickte, per Kurier. Hatte Giudi schwere Nächte und depressive Anwandlungen, war Stefan sofort zur Stelle, brauchte sie Ferien von Woronesch – obwohl sie strenggenommen auch dort nichts anderes machte –, der treue Engel in Moskau stellte die Weichen für eine Kurzreise nach Leningrad oder Duschanbe.

Stefan machte uns auf der Straße miteinander bekannt, helle Fahnen gingen uns beim Sprechen von den Lippen. Giudi hatte einen kleinen roten Fleck auf der Nasenspitze, es sei so schrecklich kalt für sie hier, weshalb sie manchmal nach Spaziergängen die Gesichtsmuskeln nicht mehr bewegen könne und mit einem Dampfbad auftaue. Dabei habe sie sich die Nase verbrannt.

Ich hörte zum erstenmal dieses seltsam schwingende Idiom, als hätte jemand die russische Sprache auf ein Gummi gespannt und losgelassen, und nun schwirrte sie in weiten Bögen durch die Luft. Daß man die Konsonanten noch weiter ausrollen konnte als die Russen selbst.

Eine Haarsträhne fiel ihr ins Gesicht, als flöge ein Strohhalm vorüber. Ich mußte sie lange angesehen haben, ich stand direkt vor ihr und verstellte den beiden unfreiwillig den Weg. Sie lachte leise über die Situation, ich sah zunächst nur ihr Lachen und glaubte, es sei für mich bestimmt. Dann kam ihre kleine Hand aus dem üppigen Mantel zum Vorschein, Igelfisch nannte ich ihn später. Diese Hand war warm, ihre Fingernägel berührten mein Handgelenk auf der Innenseite, wo die Adern hervortreten. Stefan schob die Brille an die Nasenwurzel und winkte mir zu.

Der Herbst und der Winter gehörten Giuditta und mir. Wir trafen uns immer häufiger, auf Partys, dann bei ihr oder mir, ich kannte die Stadt von ihrer besten und ihrer miesesten Seite und tat alles, um ihr die eine zu zeigen und die andere von ihr fernzuhalten. Sie kam aus Padua, und ich konnte mich erinnern, einmal gehört zu haben, diese Stadt liege in der Nähe von Venedig. Ihr Vater war dort als Polizeipräsident ein Jahr zuvor erschossen worden, vor dem elterlichen Haus, auf dem Weg in den gepanzerten Wagen. Die Schüsse kamen aus einem Magnolienbusch. Sie habe nur noch sein Blut an der Hauswand gesehen, das die gleiche Farbe gehabt habe wie die Symbole jener Organisation, die die Mörder geschickt hatte. Damals habe sie sich entschieden, die Weltanschauung dieser Leute zu begreifen, die ihren Vater weggeschossen hatten, die kommunistische Idee, vor deren Mündung kein Politiker und kein Staatsbeamter in Italien sicher sei. Sie hatte ihre Familie, ihre Freunde, ihr Studium aufgegeben und war nach Rom gegangen, um Russisch zu lernen und damit in jenes Land zu gehen, von dem die mörderische Idee ausging. Nun war sie für acht Monate in Woronesch aufgetaucht.

Giuditta stand unter Beobachtung, das war sicher. Die beiden Russinnen, die mit ihr das Zimmer teilten, grüßten nur knapp hinter ihren dicken Brillen und huschten mit Kittelschürze und struppigen Haaren wie graue Spinnen durchs Zimmer. Ich wußte, daß ich mich bei meinen Leuten in Schwierigkeiten brachte, wenn ich mit Giuditta zusammenkam. Schon bei unserem ersten Treffen im Quartier, der ersten Wohnstatt aller angekommenen Studenten, mit Stefan spürte ich argwöhnische Blicke aus den verklebten Fenstern im Rücken. Ich richtete es so ein, daß wir uns bei mir in der Cholsunowa trafen. Als höheres Semester war ich längst aus dem Quartier ausgezogen. Hier gab es außer mir kaum andere Ausländer. Den Zimmernachbarn hatte ich nicht zu fürchten, er wohnte meist irgendwo in der Stadt. Unsere Tage und Nächte wurden nur von Stippvisiten in die Universität unterbrochen. In der Winterkälte, die sich auch im Zimmer ausbreitete, tranken wir Punsch. Wenn wir unter ihrem Igelfisch im Bett lagen, hörten wir stundenlang meine einzige Platte mit Popmusik: Pink Floyds *The Wall*.

Giudi zeigte mir Bilder von ihren vielen Geschwistern und von Riccardo, mit dem sie sechs Jahre verlobt gewesen war. Das Heiraten überlege man sich in Italien sehr genau, denn Scheidungen seien eine heikle Sache. Wenn ein neues Care-Paket von Stefan ankam, gaben wir uns ein Bankett mit Buchweizengrütze, Schinkenknödeln und Sachertorte. Den Rest bewahrten wir in einer Holzkiste vor dem Fenster auf, die sieben Monate im Jahr einen zuverlässigen Kühlschrank abgab. Wenn das Thermometer über minus zehn Grad Celsius stehen blieb, zogen wir durch die dürftigen Vergnügungen der Stadt. Am liebsten gingen wir ins Kino und sahen italienische Filme.

Je länger ich mit Giudi zusammen war, um so selbstverständlicher wurde es. Ich sah immer weniger Zwänge, uns in der Cholsunowa zu verstecken. Ich übersah sie. Mich störte es nicht mehr, trafen wir in der Stadt oder im Quartier Landsleute von mir, deren abgerichteter Beiseiteblick beredt genug war.

Irgendwann lief mir die FDJ-Sekretärin auf einem Korridor der Universität über den Weg, hielt mich an und schob mich in einen menschenleeren Seminarraum. Die FDJ-Sekretärin hatte einen kürbisähnlichen Kopf mit dünnen, strähnigen Haaren und ein silberhelles Stimmchen, in dem der sächsische Akzent seine Sirupspur zog. Sie sei schon aus Moskau angerufen und nach meiner Bekanntschaft ausgefragt worden. Ob ich mir im klaren sei, daß ich mit dieser Frau mein Studium aufs Spiel setze? Das Leistungsstipendium sei sowieso futsch. Die Botschaftsabteilung greife zur Zeit hart durch, gerade sei ein Physiker verurteilt worden, der unwissentlich für Afrikaner einen Goldbarren im Gepäck nach Schönefeld hätte schmuggeln sollen. Ich ließ meine Funktionärin sitzen, nicht ohne ihr Trost zugesprochen zu haben. Wahrscheinlich meinte sie es gut.

Giudis Bann war vorerst stärker. Als sie sich eine Zugreise ins Baltikum organisierte, begleitete ich sie. Vier Tage hatten wir ein Abteil für uns, nachdem Giudi den Zugbegleiter mit ein paar Dollars bestochen hatte. Die gleiche Tour wendeten wir in den Hotels in Tallinn und Vilnius an. Ich mußte mich nicht einmal anmelden. Wir schwärmten durch die alten Städte, das erste vertraute Bild von Europa vor uns. Giudi in ihrem Igelfisch mit Sonnenbrille und schweren roten Lippen, ich in einem abgewetztem Lodenmantel, den mir Stefan geschenkt hatte, und mit einem Stirnband, man hielt uns kaum für ein Paar. Als wir zurück in Woronesch waren, konnte ich den Eindruck nicht verscheuchen, mein Zimmer sei durchsucht worden: *The Wall* lag nicht mehr auf dem Teller, sondern stand ordentlich in der Hülle auf dem Regal. Erste Beunruhigungen.

Ich hatte einigermaßen glimpflich die Prüfungen hinter mich gebracht. Man mußte nicht unbedingt diese Vorlesungsliturgien besuchen, es genügte auch ein braver Kollege mit detailreichen Abschriften.

Ostern lockte uns eine Messe in der Kathedrale von Sankt Peter. Ich wußte von früheren Visiten, daß die Sache nicht ungefährlich war. Wir nahmen unsere Pässe mit, Giudi stattete sich mit einem Kopftuch aus. Die Kirche stand in einem verwahrlosten, baumlosen Park am See, schon auf dem Weg dorthin wurden alle jüngeren Leute von Sicherheitsbeamten zurückgeschickt. Unsere Pässe gaben uns Geleit. Überall huschten uniformierte Schatten durchs Dunkel. Die Kirche schirmte ein Ring ineinandergekeilter Lastwagen ab, nur an einer Stelle war ein Schlupfloch. Innerhalb der Wagenburg ein Choral aus runzligen Frauengesichtern und den Ornaten der Priester. Kerzen und Weihrauch. Gregorianische Hymnen prallten von den Kühlern der LKWs zurück. In die Kirche war kein Hineinkommen, die Leute preßten sich derart aneinander, daß die Stoßgebete an letzte Atemversuche erinnerten.

Als die Kerle mit den Pfeifen von den Ladeflächen in die Menge sprangen, war mir sofort klar, daß der Überfall von offizieller Seite inszeniert war. Die Leute wichen zurück, so gut es ging, die Kerle stießen auf sie zu und bliesen ihnen mit ihren Pfeifen in die schreckverzerrten Gesichter. Man rief nach der Polizei. Die Schubserei nahm zu, die Menge in und vor der Kirche kam in Bewegung und entfaltete kinetische Energie. Alte Weiber fielen in Schneehaufen und kreischten auf. Ich schob Giudi vor mir her und versuchte, die Tür eines LKWs zu öffnen. Wir wurden an den Wagen gepreßt, vor uns schlug man aufeinander ein. Beim nächsten Versuch bekam ich die Tür einen Spalt auf, Giuditta verschwand im Wagen, dann fiel die Tür zu. Man hatte mich von hinten dagegen gestoßen. Ich wälzte mich über die Kühlerhaube, Giudi war nicht mehr im Wagen.

Aus dem Park kamen Schreie, ich rannte los, auf der Suche nach Giudi. Im Rücken gellendes Pfeifen. Ich fand sie am Ausgang mit einem Milizionär, der im Licht seiner Taschenlampe in ihrem Paß blätterte. Mit Mühe konnte ich mich zurückhalten, ihm den Ausweis aus den Händen zu reißen. Als Giudi zu lachen anfing, gab ihn ihr der Milizionär schulterzuckend zurück.

Zwei Tage später wurde sie auf das Ausländerdekanat bestellt. Sie habe eine religiöse Veranstaltung gestört und erhalte eine Verwarnung. Giudi erzählte mir das wie eine Komödie. Trotzdem nahm unsere Unruhe zu. Erst würde Giudi nach Hause zurückgehen, dann ich Ferien machen. Wir dachten darüber nach, wie es weitergehen sollte. Sie kam auf die Idee, mit Stefan darüber zu reden.

Eine Woche später fuhren wir ohne Visum nach Moskau. Wir trafen ihn am Jermolowa-Theater in der Gorkistraße und gingen in das Café eines Hotels. Stefan und Giuditta saßen mir gegenüber. Wir tranken Tee und Cognac, Adriano Celentano säuselte aus den Boxen, die Linien an den Wänden hinter den beiden lösten sich auf. Er könnte einen Schwertransport organisieren, der mich von Budapest nach Graz bringen würde. Ein paar Stunden Abenteuer müßten halt sein. Giudittas Hand war an meinem Knie, weshalb sie vornübergebeugt saß und von unten gespannt zu mir aufsah. Endlich Schluß machen mit dem Ganzen, schoß es mir durch den Kopf. Alles stehen- und liegenlassen. Obwohl ich das Land nicht kannte, wo die Zitronen blühn. Ich küßte Giudi tief in den Mund, dann drückte ich Stefans Schulter.

Drei Wochen später brachte ich sie in Woronesch zum Bahnhof. Sie strich mit den Fingerspitzen über mein Stirnband. *Ci vediamo presto*. Es war ein drückend schwüler Abend, ich lief durch die Stadt, bis das Gewitter losging. Am nächsten Tag rief ich Stefan in Moskau an. Dazu ging ich in eine Telefonzelle in der Hauptpost, um alle Spuren zu verwischen. Ich hätte es mir überlegt, ich würde den Sommer hierbleiben, wo auch immer, und nicht nach Hause fahren. Die Sache mit dem Schwertransport müsse ausfallen. Ob ich Angst hätte, fragte er noch. Meine Eltern, meine Schwester gingen mir durch den Kopf. Ja, ich hatte Angst. Nicht mehr dazuzugehören.

3

In die Leere dieser Angst spülte die Energie des Blutes, der Blutsbande. Die Familie zeigte ihre Anziehungskraft. Es handelte sich um eine konspirative Kraft. Die traditionelle Spannung zwischen Eltern und Sohn wurde von einem Widerstandsmechanismus der Familie gegen die Welt draußen überlagert. Schließlich war die Familie eine Nußschale in den fremden, bleiernen Strömen einer despotischen, undurchsichtigen, von den Leuten in dieser Nußschale verachteten Gesellschaft. Die Eltern gewährten dem Sohn frühe Einblicke in den strengen staatlichen Kanon des Arbeiter-und-Bauern-Staates und ihr eigenes, stimmloses Nicht-Einverstandensein.

Im Kreis der Familie war nicht alles erlaubt, aber vieles, das draußen verboten war. Die Eltern lebten den privaten, nach außen getarnten Widerstand gegen höhere Autoritäten und machten sich damit ihm gegenüber zum Komplizen gegen jede Autorität. Vater und Sohn teilten ein gefährliches Geheimnis vor der Welt: das öffentliche Tabu der Freiheit. Die Liebe zu den Eltern wurde von Anteilnahme an ihrer unumwundenen Ohnmacht gegenüber dem Strömen rings um die Nußschale durchzogen. Die Maske der nach innen gerichteten Ironie bot Schutz und erzeugte eine zentripetale konspirative Kraft: der Hort der Familie, eine DDR-spezifische Variante antiautoritärer Erziehung.

Alte Papiere fallen mir in die Hand, in diesem Falle das Zeugnisheft aus der Schulzeit. Jahrelang unberührt und vergessen, in einen der damals verbreiteten aufgerauhten und halbdurchsichtigen Umschläge gehüllt, nur halb durchsichtig eben. Unter den Ablagerungen eines Schrankfaches, zwischen Urkunden, Dokumenten, braunen Papieren und Briefen, dem Bodensatz biographischer Klärungen, das Beweisstück meiner Schulzeit, jenes Album aus Ehrgeiz und Versagen, in dem nach jedem Halbjahr die Inventuren festgehalten wurden. In achtungsgebietender Antiqua steht »Zeugnisse« auf dem Heft, darunter das schützende Emblem des untergegangenen Staates und unten, in der gewohnt eleganten Handschrift des Vaters, mein Name. Der Deckel in das für die DDR signifikante Graublau gehüllt.

Kaum ein Bild der Erinnerung an öffentliche Gegenstände dieser Zeit ohne solches Graublau. Es bildete den farbigen Hintergrund für den Personalausweis und militärische Anlagen, die Ausgangsblusen der Deutschen Volkspolizei und die Anzüge des Politbüros. Selbst die Schwimmbäder wurden in Ermangelung von Hellblau in dieser Farbe gestrichen. In einer kühnen Abwandlung kam es als Champagnerbeige später in den Serien der Trabantproduktion auf den Markt.

Die Annäherungen an ein solches Dokument sind delikat, ungerührt bleibt man nicht. Das unwillige Abwinken derer, die damit nichts mehr am Hut haben wollen, kündet von den Erregungen, die das Austeilen dieser Hefte vor den jeweiligen Ferien einst erzeugte. Man steht in einer fremd gewordenen Wirklichkeit, und das noch mehr, wenn nicht nur die Schulzeit inzwischen lange her ist, sondern auch vom System, in dem man seine Schulzeit verbracht hat, so gut wie nichts mehr übrigblieb. Außer diesen Schrankhütern, mit denen in wenigen Worten und Zahlen Landkarten der Kindheit entworfen werden. Die allerdings ist aus dem offenen Blickfeld geraten. Deshalb verwundert es nicht, wenn Jahre vergehen, ohne daß man sich diese Landkarten vornimmt. Sie scheinen nicht mehr zur Orientierung zu taugen.

Beim Blättern in solchen Heften schaut man durch ein Fernrohr, um Sterne zu beobachten, die längst untergegangen sind und uns nun ihr verlöschendes Licht senden.

Hinter der Schule von Bad Grüningen gab es ein Erholungsheim für die Männer, denen wir unser frühes Glück zwischen Winteräpfeln und Sandmännchen zu verdanken hatten, für den Vorsitzenden nämlich und sein Politbüro. Einmal, ich ging wohl in die zweite Klasse, mußten wir uns alle am niedrigen Holzzaun längs des Parks aufstellen. Der Musiklehrer hob die Arme, und wir sangen »Wir sind die Junge Garde« in den leeren Park hinüber.

Eine Schwester mit weißer Haube tauchte auf der Treppe auf, ihr folgten eine kleine grauhaarige Frau mit so vielen Falten im Gesicht, daß es ganz darin verschwand, und ein Mann mit Glatze und goldrandiger Brille, den Mund von einem schmalen Bart umrandet, daß es ein bißchen wie ein Maulkorb aussah. Die Äuglein des Mannes zuckten hinter der Brille immer von links nach rechts, was wir besser und besser sehen konnten, da das merkwürdige Trio allmählich die Treppe herunter und auf uns zukam, während der Lehrer das Kinn beim Dirigieren noch heftiger als sonst auf die Brust drückte und mit den Armen fuchtelte, als wehre er sich gegen einen Wespenschwarm. Und dann nahm die Schwester den Mann an die rechte und die Frau an die linke Hand und führte sie direkt zum Zaun, zu uns, den singenden Pionieren. Erst als der Mann mit dem Maulkorb-Bart und den springenden Äuglein hinter der Brille die Hand über den Zaun reichte und der Silke Blessmann auf die Schulter legte, durften wir im Takt das Lied beenden und »Wir begrüßen unseren Staatsratsvorsitzenden!« rufen.

Wir seien brave Kinder, ließ uns dann der Mann mit einer komisch hohen Stimme wissen, aber wir lachten trotzdem nicht, denn wir wußten ja, das war der Vorsitzende, und da lacht man nicht. Ob der Musikunterricht denn Spaß mache – da hätte der Musiklehrer fast die Hände wieder zum Taktschlag nach oben gerissen, so halblaut und durcheinander, wie die selbstverständlich bejahenden Antworten kamen, aber dafür war es nun zu spät, so daß er nur auf den Vorsitzenden zugehen konnte, jenseits des Zauns natürlich, um ihm aus nächster Nähe unnötig laut zuzurufen, wir wünschten ihm alle gute Besserung. Jetzt stand noch Herr Birnbaum neben ihm, unser Schulgartenlehrer, er hatte dem Vorsitzenden ein paar Chrysanthemen von jenen Beeten geschnitten, die ohne Erlaubnis zu betreten für uns eine empfindliche Strafe nach sich ziehen konnte, die Chrysanthemen waren Herrn Birnbaums Augapfel, wie er immer sagte, aber noch tropfnaß, weshalb sie nicht der Vorsitzende selbst, sondern die Krankenschwester in Empfang nahm.

Der Mann mit der hohen Stimme und den springenden Äuglein nickte uns Kindern zu, verzog dabei den Mund, bis der Bart wie eine Zwille aussah, und hob die Hand so zum Gruß, wie wir es schon am Fernseher gesehen hatten, wenn er auf dem Marx-Engels-Platz die Parade zum Ersten Mai abnahm. Oder von den Fotos, die wir aus dem Neuen Deutschland ausschnitten. Wir begannen wieder zu singen, sirenengleich, pioniergleich. Der Musiklehrer sah noch in den Park hinüber, als der Vorsitzende mit der kleinen Frau und der Schwester längst zwischen zwei Fichten verschwunden war.

In der Pause danach verteilte Gerald Petter im engen Kreis Kaugummis, Gerald hatte immer viel Westgeld und konnte sich so eine Großzügigkeit schon mal leisten. Wir standen wieder am Zaun zum Sanatorium und erzählten uns – vom Aufsicht habenden Lehrer ungestört – mit gestiegenem Elan die letzte Folge von *Bonanza*, die wir alle gestern nachmittag gesehen hatten.

Das Sanatorium für den Vorsitzenden und seine Getreuen sollte im Laufe der Zeit wachsen und leuchten. Bald reichte sein Park bis an den Waldrand des Aschenbergs, die Panoramawege im Forst wurden asphaltiert, damit kein Mitglied vom Weg abkam, die Tankstelle erhielt eine Säule mit besonderem Benzin, damit sich die Karrossen uneingeschränkt im Werraland bewegen konnten. Der Park glänzte im prächtigen Laternenlicht, sobald der Abend über Grüningen heraufzog.

Ausgerechnet an einem Silvesterabend Ende der siebziger Jahre wurde die Republik von schweren Schneefällen heimgesucht, die für Wochen systemlose Unordnung über das Land bringen sollten. Man lernte durch die dramatischen Umstände den stellvertretenden Energieminister kennen, der abendlich am Bildschirm dem Volk versicherte, die Energieversorgung sei Dank unermüdlichen Einsatzes aller gesichert. An jenem Silvesterabend jedoch ging das Licht fünf Minuten nach zwölf aus, das neue Jahr trat uns schwarz und schweigend entgegen. In dem Restaurant, das meine Eltern gewählt hatten, um zum letzten Mal vor meinem Aufbruch in den Osten das Jahr zu begrüßen, rief jemand in die närrische Silvesterfinsternis, im Sanatorium brenne noch Licht. Und da das Sanatorium nicht weit entfernt lag, stellten die Gäste des Restaurants ihre Gläser sachte neben die Kerzen, die sie im Dunkeln entzündet hatten, und liefen bis zur Aschenbergstraße durch den hohen Neujahrsschnee. Grüningen war in finsterer Nacht versunken, nur der dichte Schnee warf ein mattes tonloses Licht durch die Luft. Im Park des Sanatoriums aber, das zu dieser Zeit unbewohnt war, strahlten Laternen in schöner Ordnung. Es war starkes Neonlicht, wie wir es von Bahn- und Fabrikhöfen kannten, kaltes, arrogantes Licht.

Die Leute aus unserem Restaurant starrten hinüber in den Park. Eine Frau flüsterte mir zu, das sei eine Unverschämtheit. Dann flüsterten auch andere. Still gingen die Silvestergäste zurück ins Restaurant. Der Schnee knarrte unter ihren Füßen, bald sahen sie die Hand kaum noch vor den Augen. Vom Licht im Sanatorium war an diesem Abend nicht mehr die Rede, obwohl bald die letzten Kerzen heruntergebrannt waren. Dann kam das schwarze, schweigende neue Jahr.

Tarnungen und Halluzinationen. Das Ziel war längst explodiert. Die einen jubelten durch ihre spröden frühen Jahre, wenn Cornelia Ender und Roland Matthes Goldmedaillen zu Olympischen Spielen gewannen und wenn der Freundschaftsratsvorsitzende in der Schule zum Morgenappell das »Immer bereit!« mit der flachen, aufgestellten Hand über dem Käppi einforderte. Unsere Heimat, das sind nicht nur die Städte und Dörfer, das ist auch die Partei.

Die anderen wuchsen mit Bürstenschnitt und Lakritze zwischen den Zähnen heran, draußen in Prag rollten die Panzer der lieben Sowjetsoldaten, die zu Hause die Wälder vor Pilzsuchern schützten, draußen wurde Rudi Dutschke abgeknallt, starben Jimmy und Janis, und der Lehrer schickte uns heim, wenn die Haare übers Ohr hingen, draußen war Vietnam, und wir klebten Wandzeitungen für die Kinder von My Lei, draußen wurde für Gard Haarspray ein Studio am Bildschirm aufgebaut, und unsere Mütter rollten sich die Frisuren zu turbanähnlichen Türmen, draußen erzählte Rudi Carrell seine niederrheinischen Scherze, und drinnen formte sich der Volksmund zum Lachen über den neuesten Parteiwitz.

Lenins hundertsten Geburtstag feierten wir und sangen heimlich Abba, beim Fußball waren wir Beckenbauer und Müller, zu Hause unterm Küchentisch zwischen Indianerstämmen Sheriff Dillon und Old Shatterhand. Und der rote Rotz lief uns aus der Nase, und der Lehrer fragte nach dem Testbild und ob die Uhr zu Hause am Fernseher Ziffern hatte oder nicht, weil es nämlich im Westen keine Ziffern auf der Fernsehuhr gab, und der Vater warnte davor, mit diesem oder jenem Schulkameraden allzu offenherzig über Gespräche zu Hause zu reden und wer am letzten Samstag wieder zu Besuch war, und zu Weihnachten gab es Milky Way von Tante Lisbeth, das nach Seife schmeckte, weil für die Mutter auch Waschmittel im Paket gewesen war. Und die Städte erglommen noch sphinxblau zwischen Schnee und Meer, auch nachdem der Vater mir eines Abends beim Einparken des Autos in die Garage erzählte, Onkel Helmut, den Wirt von der Rommelsburg, hätten sie nachts zuvor abgeholt, und vielleicht sei er jetzt auch dran, denn sie hätten beim Skat immer über Politik gesprochen, und Onkel Helmut habe außerdem Heino-Platten gehört und eine Pistole gehabt, von der besser niemand hätte wissen sollen. Jungpioniere sind wir gewesen, aber ohne Pioniergeist, Kinder der DDR, aber ohne eine positive Vorstellung davon, was die DDR war. »Der Schwarze Kanal« war das Feindbild, nicht der schwarze Kanal. Aber der Feind meinte es gut mit uns.

So ist es dann geblieben. Die Junge Garde sind wir gewesen und haben den schalen Geschmack der sozialistischen Parolen mit Wrigley's Spearmint Gum vertrieben. Zwanzig wunderbare Jahre lang. Im Lager der Gesellschaft für Sport und Technik von Tambach-Dietharz, wo wir am Waldrand das Pistolenschießen lernten, und am Strand von Hiddensee an einem regnerischen Neujahrsmorgen, das Einmannzelt unter dem Arm, mit einem Mädchen auf der Flucht vor Grenzposten zu Land und in der Luft, die heimliche Inselbesucher aufgriffen. Die allseitige Befriedigung der ideellen und materiellen Bedürfnisse, Hauptziel der Epoche, setzte adäquate Bedürfnisse voraus. Also setzte der Staat bei uns zur Quadratur einer Generation an. Das Ergebnis waren viele kleine Karos. Mutationen im Strahlenfeld des Opportunismus.

Im Falle des Zeugnisheftes trat die Überraschung des Fundes hinzu, wie immer, wenn man findet, ohne gesucht zu haben. Die Seiten gelb und riechen leise, nach Tinte und Aufregungsschweiß. Träume sind darüber hinweggegangen, aber keine Tränen darüber vergossen worden. Die Schule ging eigentlich immer gut, zu gut vielleicht. Links die Gesamteinschätzung, rechts das unbestechliche Notenbild. Nur unten auf der linken Seite die Zensuren für Gesamtverhalten, Betragen, Fleiß, Ordnung, Mitarbeit. Vor allem die erste Position – Gesamtverhalten – habe ich mir nie recht vorstellen können. Nach welchen Mustern wurdest du beurteilt?

Überhaupt gehörten die Noten auf der linken Seite zu den defensiven. Im Bereich des Benehmens entschieden nicht eigene Leistungen oder eben Fehlleistungen, das Bild, das sich ein anderer – der Lehrer – von einem gemacht hatte, war entscheidend. An einer Doppelseite im

Zeugnisheft eines Schülers der Polytechnischen Oberschule offenbarte sich die Doppelseite der Gesellschaft, in der er lebte. Rechts die Leistungsskala, links lauerten andere Zensuren, auffällig unauffällige Komplizen von Ordnung und Sicherheit, soziale Kontrollwerte und Kenndaten der ersten Aufsichtsbehörde, der Schule, der weitere folgen würden. In der Illusion des Leistungsgedankens schauten manche nach rechts und träumten ihre Perspektiven. Die Hypothek auf der linken Seite wurde immer unterschätzt, während dort das Material geliefert wurde für die Akten der alles entscheidenden Binnenwahrnehmung im System. Auf diesem Blatt wurden die ersten Spurenelemente gewonnen, die die Basis für spätere Persönlichkeitsansichten bildeten. Flinke Hände warfen Phantombilder über diese Ansichten, der stumpfe Blick eines Kaderleiters machte den höchsten Deckungsgrad aus.

Die DDR war eine Gesellschaft der linken Zeugnisheftseite. Immer mehr setzte sich der Trend durch, nicht nach der Note in Mathematik zu fragen, sondern nach dem parteilichen Standpunkt, dem Gesamtverhalten. In der Blütezeit konnte ein falsch geknotetes Pionierhalstuch über die Zensur in Betragen oder Ordnung entscheiden.

Gerade jenem Klassenlehrer, dem ich in der neunten Klasse der Erweiterten Oberschule begegnete, um zum einzigen Mal in den wenig verhüllten Widerstand gegen seine schmierigen Lehrmethoden zu gehen, entschlüpften wenige Worte der Wahrheit: Bei mehr Gründlichkeit, Ausdauer und Fleiß könne ich meinen Leistungsstand wesentlich verbessern. Das war sicherlich richtig, aber weil es von diesem Lehrer kam, konnte ich es nicht akzeptieren.

In der Beziehung zwischen ihm und mir hatte sich früh und eindeutig ein Widerwille ausgebildet. Vielleicht zehn Jahre älter als ich, hatte der Mann seine Lektion gelernt. Reserveoffizier, stellvertretender Parteisekretär, trotzdem jugendlich halblanges Haar und ein schnelles Witzchen oder Scherzchen gegenüber den Mädchen. Die meisten mochten ihn, solange er sie nicht beiseite nahm und aufforderte, endlich mal über die Partei nachzudenken. In zwei Jahren könne man schließlich Kandidat werden. Für die Jungen gehörte eine Verpflichtung zum dreijährigen Wehrdienst dazu.

Für mich war damals der Augenblick des Aufbegehrens gekommen. Aber ich suchte nicht die direkte Konfrontation, sondern blieb die ersten Nächte von zu Hause fern. Wir zogen durch den »Guten Tropfen«, »Die Einnahme«, und wie die einfachen Kneipen alle hießen. Martina, meine Freundin, kam aus einem winzigen Rhöndorf, wohnte im Internat und stand vor dem Abitur. Ich lernte die Welt des Wohnheims kennen, die Einschränkungen, und was man dagegen unternahm. Gegenüber der Schule gab es einen Händler, den Clauser Heini, auf seinem Hof konnten wir in den Pausen ungestört rauchen. Im übrigen bestand Einigkeit darüber, daß die Schule bestimmt sei, uns das Rückgrat zu brechen. Hesses *Unterm Rad* war das Zeugnis und ging von Hand zu Hand. *Hyperion* kam dazu mit seiner Klage über die Deutschen. Es gab die ersten Einsichten in den Alkoholrausch. Frank Zappas Partien gaben das Geleit oder das *Musikalische Opfer.* Wir stiegen in die Grotten der Altensteiner Höhle, weil es dort angeblich noch Überreste von Wilderern gab, die vor Jahrzehnten in der Höhle verschwunden waren.

Unsere Wahl traf, was in Widerspruch zum Schulalltag

stand. Der rächte sich dafür. Martina fiel durchs Abitur, ein Freund wurde relegiert. Ich stand im Verdacht, ein Gedicht von Pannach ans Schwarze Brett geheftet zu haben, in welchem die Schweigezeit angeklagt wurde, ich kannte den eigentlichen Akteur. Der Direktor drohte mit Rausschmiß, ich fragte nach Beweisen. Das genügte, um Unheil abzuwenden. Die Trennung von zu Hause stand bevor.

Das Heft gibt mir einen Namen zurück: Kunszewa. In der Schule war er allgemein als »Iwan der Schreckliche« bekannt, und jede Klasse zitterte davor, von ihm unterrichtet zu werden. Widrige Erinnerungen steigen auf. Dieser Lehrer gab uns Deutschstunden, als ich dreizehn Jahre alt war. Eines Tages hatte er mich nach vorn gerufen und den »Prometheus« rezitieren lassen, obwohl der zu diesem Zeitpunkt nicht zum Schulstoff gehörte.

Es war die Zeit um Weihnachten, ich hatte gerade einige Tage mit Grippe im Bett gelegen. Der Vortrag gelang mir einigermaßen, doch stellte sich heraus, dem Lehrer ging es um anderes. Ich sei ja wohl der einzige aus der Klasse, der sich konfirmieren ließe, während die anderen die Jugendweihe empfangen würden. Das war unerwartet.

Der Lehrer hieß einzelne Klassengefährten aufstehen und erklären, warum sie nicht in die Kirche gingen, und sie antworteten vermutlich wahrheitsgemäß, was in ihren Fällen unverfänglich war. Keiner hatte mit Gott und solchen Sachen etwas zu tun. Außer mir. Ich besuchte wöchentlich mit zwei Mädchen aus der Nachbarklasse den Katecheten, in immer dichteren Abständen sogar den Sonntagsgottesdienst.

Wie nahe man dem Glauben ist, kann man nie sagen,

die zurückhaltende protestantische Liturgie war mir lieb, weil sie nicht in diese Welt paßte. Die Kühle des Kirchenraumes sonderte auch noch Wärme ab, wenn die Gemeinde im Winter gebeten wurde, den Mantel anzubehalten. Der Mann auf der Kanzel, der Wille Gottes, der höher sei – das führte weit aus den Alltagsmustern heraus, in denen ich hätte zu Hause sein sollen. Das wichtigste war der Gesang. Daran hatten vor allem die Lieder Zinzendorfs, Paul Gerhardts oder Johannes Schefflers Anteil. Letzteren kannte ich unter dem Namen Angelus Silesius. Mit der Einkehr war es mir ernst. Sie fand jenseits des Wortes statt, das angeblich am Anfang gestanden hatte und Fleisch geworden war. Nicht die Predigt, nicht die Schrift, es war der einfache, hochgestimmte Duktus der andachtsvollen Weisen, der mich fesselte. Freilich steckte in der Poesie eine romantische Raffinesse, die auf geradem Wege zu Novalis führte, und ihr lag jene subtile, weltabgewandte Gemütslage zugrunde, die ich mit großer Lust wachrief: das Abhandensein. Der Übertritt Schlegels und anderer Romantiker zum Katholizismus muß folgerichtig gewesen sein.

Kunszewa hatte einen Ulbricht-Bart und kollerte wie ein Truthahn. Klein und zierlich, suchte er durch Schikanen wettzumachen, was ihm der Körper versagt hatte. Nun war die Reihe an mir, auseinanderzusetzen, weshalb ich nicht wie die anderen zum Jugendweiheunterricht ging, sondern in die Kirche. Die Sache war um so delikater, als daß ich auf die Möglichkeit verzichtet hatte, auf beiden Hochzeiten zu tanzen und den geistlichen wie den weltlichen Segen zu empfangen. Gewiß wäre dies die adäquat schizoide Reaktion gewesen, einem Kind und dessen Eltern auf der Höhe ihrer Zeit ganz und gar angemessen. Wir hatten die Hintertür nicht genommen.

Da ich dem Lehrer nicht gleich Rede und Antwort stand, sondern aus dem Fester schaute, zum Aschenberg hinüber, und schwieg, setzte mich Kunszewa vor die Tür, freilich nicht ohne ein gehöriges Akkompagnement von Flüchen und Drohungen. *Mußt mir meine Hütte doch lassen stehn*. Ein Stabreim war das, hatte ich gelernt, wie *Hallelujah Herr im Himmel*.

Als ich später wieder hereingerufen wurde, möglicherweise nicht zufällig durch Lutz, mit dem ich gerade in Streit lag, schien sich die Sache entspannt zu haben. Ich setzte mich auf meinen Platz und wurde von meinem Ankläger in jeder Hinsicht gemieden. An der Tafel ging es um Willi Bredel, ich hatte damit nichts zu tun. Wieder sah ich zum Aschenberg, an einer Stelle rodelten Kinder.

Je ruhiger ich wurde, um so deutlicher trat der Haß hervor. Kunszewas Absicht war, mich lächerlich zu machen. Entweder, indem ich alles auf die Eltern schob, womit ich meine Feigheit bewiesen hätte, oder indem ich bekannte, an Gott zu glauben. Ich hätte genügend Lacher gegen mich gehabt. Selbst diejenigen, die an meiner Vorführung nichts zu lachen gefunden hätten, wären vor Kunszewa in Gekicher ausgebrochen.

Kurz vor Unterrichtsende stand mein Entschluß fest. Während alle die Hausaufgaben notierten, sprang ich auf und sprach das Glaubensbekenntnis. Kunszewa saß am Tisch und blinzelte mich an, als wollte er mir eine Note geben. Ich kam ungefähr bis »Empfangen von der Jungfrau Maria«, in solchem Maße hatte ich den Schrecklichen aus der Fassung gebracht. Dann wurde ich vor den Direktor gebracht, der mich jedoch rasch wieder ziehen ließ, ohne eine Strafe erteilt zu haben.

Wochen gingen ins Land, die Winterferien standen schon vor der Tür, als ich durch den Klassenlehrer erfuhr, man habe meiner Delegierung an die Erweiterte Oberschule zum nächsten Schuljahr nicht zugestimmt. Das konnte nur mit meinem bekennerhaften Auftritt zu tun haben. Es folgten Briefe zwischen der Schule und den Eltern. Der Vater sprach beim Schulrat vor. Dann ließ man mich doch zu. Um Haaresbreite hätte sich die linke Zeugnisheftseite durchgesetzt.

4

HELENAS TOCHTER LISA sollte kürzlich zur Verabschiedung einer Lehrerin ein Bild malen. Lisa mochte die Lehrerin nicht. Auf dem Bild holt eine Frau mit einer Blockflöte in der Hand zum Schlag aus. Vor ihr ein Kind, das zusammengesunken in der Schulbank sitzt und große blaue Tränen weint. Dem Kopf der Frau entweicht eine Sprechblase: »Nie wieder!« Unter das Bild hat Lisa geschrieben: »Liebe Frau Meyer, ich wünsche Ihnen für die Zukunft alles Gute.« In Lisas Klasse gibt es nur drei waschechte Schweizer, einer davon schwarzer Hautfarbe.

Lisa hat nicht zum erstenmal Freunde und Schule wechseln müssen, diesmal fiel es ihr schwer. Dabei konnte sie die Bremer Stadtmusikanten schon nach ein paar Wochen in diesem für Erwachsene nicht mehr zu erlernenden Dialekt vortragen und hat sich neue Spielgefährten gesucht. Nach den Besuchen von Helenas Mutter bei uns, während derer auch Lisa nur tschechisch spricht, fällt die Kleine in einen apathischen Fieberzustand und kann meist einige Zeit nicht in die Schule. Sie selbst hat dafür keine Erklärung, die Therapeutin, bei der sie seit einiger Zeit regelmäßig malt, hat Helena geraten, nicht in sie zu dringen. Es ist, als fehle Lisa ein lebensnotwendiges Salz in diesem helvetischen Boden, um neue Wurzeln zu schlagen. Darüber wird sie größer und die Situation komplizierter.

Ich finde Helena jetzt oft in ihrem Zimmer, vor dessen Fenster der schuppige Stamm einer mächtigen Pappel den

Blick über die Gärten und den Rhein verstellt. Helena sitzt in einem Korbstuhl und zeichnete Lisa aus dem Gedächtnis. Dabei spielt das Mädchen oft nebenan. Sie versuche herauszufinden, wie gut sie Lisas Gesichtszüge im Kopf habe.

Das Wochenende über ist Lisa mit mir in Castiglione. Wenn sie in Castiglione mit Antonia, einer gleichaltrigen Italienerin aus dem Dorf, zusammen ist, scheint sie ausgelassener. Die Mädchen verständigen sich nahezu ohne Worte. Selten erreicht uns Post in Castiglione. Diesmal ist es eine Werbesendung der Firma La Vallintelvese, einem Bestattungsunternehmen: Wer sich in Todesfällen an La Vallintelvese wendet, erhält kostenlos die Möglichkeit, im »Corriere di Como« eine Todesanzeige aufzugeben. Ad Memoriam. Anzeigenbeispiele sind beigelegt: »Elena Vaverie († 15.5.), nata Erba nel 1925, Albavilla«, »Alessandro Boni († 15.5.), nato a Genua nel 1920, Porlezza, führte über zwei Jahrzehnte mit Erfolg das Restaurant ›Al Pontile‹ und war ein geachteter Boccia-Spieler«. Ein verwaschenes Foto daneben, darunter der Hinweis, daß La Vallintelvese die Feuerbestattung vornimmt. Im Brief finden sich auch Vordrucke. Vierundzwanzigstündig Telefon- und Faxbetrieb.

Seit diesem Tag habe ich Schmerzen in der linken Schulter. Bald kann ich den Arm nicht mehr frei bewegen. Ob zuerst die Anzeige kam und dann der Schmerz oder umgekehrt, weiß ich nicht mehr, aber ich will darin einen Zusammenhang sehen. Der Kardiologe, den ich kurz darauf in der Schweiz aufsuche, setzt ein spöttisches Lächeln auf, daß ich fast keine Lust mehr habe, ihm zu erzählen, was los ist. Mit dem Herzen jedenfalls habe die Sache nichts zu tun, eher handele es sich um eine Zerrung im Gelenk. Die Überweisung an eine Physiotherapeutin in der Hand, verabschiede ich mich vom ersten Arzt, den ich seit etwa zwölf Jahren aufgesucht habe. Das Gefühl, es stimme etwas nicht, breitet sich aus. An die Stelle der Diagnose tritt die Selbstbeobachtung. In meinem Falle allerdings ohne die Bereitschaft, mein Leben zu ändern. Die Säge geht hin und her, und man läßt es geschehen, allein im Vertrauen darauf, daß das so sein muß. Helena scheint sich mit dieser rücksichtslosen Innenschau abgefunden zu haben. Sie schweigt resigniert.

Die Physiotherapeutin besuche ich dann doch. Zweimal. Eine freundliche, große Slowenin. Ich hätte eine unmögliche Körperhaltung. Stehend an die Wand gepreßt, Fußspitzen nach außen, soll ich durch Drehen des Oberkörpers meine Haltung in Ordnung bringen. Besser mit dem Bauch als mit dem Rücken zur Wand. Ab jetzt täglich trainieren.

Ich habe es gar nicht erst versucht. Die Schulterschmerzen bin ich am Ende durch eine Salbe losgeworden, die ich schon seit Jahren in meinem Arzneikasten habe. An meiner Haltung wird sich wohl nicht viel ändern.

Das Bild der Großmutter gibt dafür die genetische Bestätigung: Die kleine, verhärmte, immer kleiner und verhärmter werdende Frau mit den immer größer und heller werdenden Augen, die ohne männlichen Beistand in einer winzigen Zwei-Zimmer-Wohnung die Kinder durch den Krieg gebracht hatte, im Schutz der Dunkelheit den Russen Kohlen vom Waggon klaute, dreißig Jahre für den Kunstgewerbehandel »ackerte«, wie sie gesagt hätte, für ein paar Monate in die SED eintrat, um zum eigenen Nachteil wieder auszusteigen, die seit dem vierzigsten Jahr ein schweres Gallenleiden hatte und bis zum Schluß ein bis zwei Packungen Zigaretten täglich brauchte. F6 oder Cabinet.

Zu ihrer Bestattung in Gera kamen zwei Dutzend Verwandte, die sich untereinander kaum kannten und so gut wie nichts zu sagen hatten. Die Großmutter war in einem verhältnismäßig kleinen Sarg verschwunden, der wiederum unter Blumengebinden kaum zu sehen war. In der Zwei-Zimmer-Wohnung standen ein paar Regale für den Schrotthändler, mehr, schien es, war von ihr nicht geblieben. Ihr Tod im Herbst 1989 fiel genau in die Zwischenzeit nach Honeckers Entmachtung. Die Trauerfeier war dann weniger ein Lamento auf die Tote als auf die untergehende DDR-Ordnung.

Nach einem Abendgewitter tritt im ganzen Intelvi-Tal Friedhofsruhe ein. Kein Auto mehr in der Ferne, nichts. Man blickt aus dem Fenster hinab zum nahen Dorf und ist allein mit den Straßenlaternen und den Glühwürmchen. Kaum sind die letzten Regentropfen gefallen, tauchen sie mit ihrem frequentierten Blitzlicht wieder aus dem Schutz der dichten Büsche auf. Im oberen Teil des Gartens, wo die Wiese einen Meter hoch steht, ist die Lichtkonzentration am höchsten. Als entwickele sich da das Beleuchtungskonzept für eine Nachtparty. Dazu stoßen vereinzelt Grillen, nach starkem Regen aber bleiben auch sie still.

Am Tor spielen zwei kleine Katzen. Jemand hat sie in einem nahe gelegenen Stall ausgesetzt. Weibchen natürlich. Zwei aufgestellte Geschöpfe mit tränenden Augen, glänzendem Fell und faustgroßen Köpfchen. Nachdem ich das Maunz-Palaver im Hof vor der Haustür mit gutem Gran-Padano-Käse beendet habe, holen sich die Biester Mäuse aus dem Garten. Später blickt mich von meinen Knien aus ovalen Augen frömmelnde Bedürftigkeit an. Sie wissen genau, wie schnell sie mich überzeugen. So entstehen Beziehungen, die man nicht leicht aufgibt. Aufgeben kann.

Geben mag seliger sein als Nehmen, aber dann ist Seligkeit eine Passion, die erst im Schmerz des Verlustes Sinn findet. Man verliert die Übersicht und fühlt sich wohl dabei. Trotzdem beneide ich Leute, die über diese Art von Verführung erhaben sind. Eine Kälte, die mir oft geholfen hätte. Noch vor zwei Jahren hätte ich mir diese Schwäche für Katzen nicht geglaubt. Zwar genoß die Katze mit ihrem unabhängigen und eleganten Wesen immer den Vorzug vor dem Hund, aber gerührt haben sie mich erst, seit wir einen Kater im Haus haben. Aus der Nähe kann Symphatie wachsen, die sich auf das einzelne Tier nicht mehr beschränkt, sondern auf die Spezies übergreift. Ebenso die Ablehnung.

Die beiden Katzen quartieren sich bei uns ein. Inzwischen gebe ich ihnen regelmäßig Futter und habe reichlich zu tun, sie aus dem Haus fernzuhalten, mehr Helena zuliebe, die in ein paar Tagen kommen und Protest einlegen wird, wenn überall Katzenhaare verstreut sind. Auf meinem Bauch muß es sich besonders schön liegen. Die Biester fangen sofort laut zu schnurren an. Zwei Monate alt dürften sie etwa sein. Die Braungefleckte ist deutlich größer als die Schwarze, die aber mehr Pfiff hat. Sie springt sogar durchs Küchenfenster herein, wenn sie etwas Eßbares wittert.

Die Schwarze hat eine große Schnake erwischt. Dabei führt sie sich auf, als wollte sie die Agonie des Insekts interpretieren. Kultischer Tanz vor dem sterbenden Körper einer Mücke. Nicht einmal Blut braucht sie für den Rausch. Die Vorderbeine in die Luft geworfen, als gelte es, einen imaginären Ball zu fangen, den Kopf zurückgeworfen, den Schwanz hin und her reißend, verrät das

Tier, daß es hier um mehr geht, als um die Spielerfreude über den Fang eines Insekts. Ebenso plötzlich wie begonnen, ist das choreographische Gebet beendet. Wir kennen die Gottheit nicht. Die Reste der Mücke bleiben freilich unberührt zurück. Mit den jungen Bienen, die aus den Bambusstangen der Pergola schlüpfen und die sich zu ersten Flugversuchen auf die Terrasse fallen lassen, kann die Partie minutenlang gehen.

Wozu pflege ich diese munteren kleinen Kreaturen? In ein paar Wochen werde ich zurück in die Schweiz gehen, und dann werden sie zwangsläufig verwildern. Im Augenblick haben sie ein für hiesige Verhältnisse ausgesprochen glänzendes Fell. Im Nachdenken über die Schutzlosigkeit der verspielten Wesen auf meinem Schoß bin ich schnell bei Zoe angekommen. Seit sechs Jahren habe ich meine Tochter nicht mehr gesehen. Nach den Kämpfen mit Maren und der schnellen, endgültigen Trennung fand ich keinen Weg mehr zu Zoe. Unregelmäßig kommt der Vorwurf des Verrats an dem Kind hoch, wenn ich auch unfreiwillig in der Lage bin, die mich seit Jahren lähmt. Aber was heißt hier schon freier Wille! Der Verlust läßt sich nicht ermessen, nicht einmal erfühlen. Zoes Blick eines Tages wieder standhalten können und müssen: ein eisiger Wunsch. Maren, Zoes Mutter, wird ihn gewiß nicht erfüllen. Würde Zoe eines Tages bei uns sein, müßte dies mein Verhältnis zu Helena und Lisa beeinflussen. Dann wäre alles anders, und zwar schwieriger. Helenas grüne Augen trüben sich sofort, wenn Zoes Name fällt. Oder ich bilde mir diese Trübung ein.

5

ALS ICH SECHZEHN WURDE, war es mit dem befriedeten Leben in der Nußschale vorbei. Die Eskapaden in der Schule, Kontroversen mit den Lehrern und zu Hause, nichts Außergewöhnliches. Aber die Eltern versprachen sich eine Beruhigung, wenn ich wegging und an einer auswärtigen Schule mein Abitur bestand. Die einzige Chance im Land bot eine Spezialschule, die zur Technischen Hochschule von Fichtenburg gehörte. Die Eltern entschieden sich also nicht meiner Begeisterung für Disziplinen wie Chemie und Physik wegen für Fichtenburg. Der Anblick von Erlmeyer-Kolben oder des Periodensystems der Elemente erzeugte bei mir bestimmt keine magnetische Wirkung.

Trotzdem ließ ich mich darauf ein und bestand überraschend die Aufnahmeprüfung in Mathematik und Physik. In Chemie fiel ich durch, aber man nahm mich auf. Nun also Fichtenburg. Die Schule versprach Exklusivität. Wer hier das Abitur bestand, wurde sofort ins dritte Semester immatrikuliert und blieb vom Wehrdienst verschont.

Als ich aus dem elterlichen Wagen stieg, irrten meine Blicke über die Fassaden auf dem öden Hochschul-Campus. Unter den Fenstern der Wohnheime war der Putz halbrund herabgefallen, als wären die Gebäude allesamt grau geflaggt. Auf den Rabatten davor wucherten Breitwegerich und Beifuß. Die Zimmer verfügten über Mobiliar, das von den Schülergenerationen vor uns bereits reich gezeichnet war. Wir zählten zum dreizehnten Jahrgang, und zweifellos war alles noch original aus der ersten Stunde der Schule. Die anderen kamen aus Eisenhüttenstadt und Berlin, Wolgast und Neustadt an der Orla. Fünfzig Eleven der höheren Naturwissenschaften, ein bißchen Elite, viel Kader, die Mädchen stärker vertreten. Man wohnte auf getrennten Fluren, in Dreibettzimmern. Überall eifrige Mütter und überquellende Koffer.

An diesem ersten Tag suchte jeder von uns den anderen durch die Geschäftigkeit der Seinen hindurch zu taxieren. Als sich die Eltern verabschiedeten, standen wir im Stadtpark von Fichtenburg vor einem auf die Wiese verpflanzten Raddampfer, dessen Brücke als Cafe-Terrasse diente. Hinter mir spürte ich das Hochschulgelände, dann die Industrieanlagen von Leuna. Mir war, als griffen die Schornsteine nach mir, als saugten die Kühltürme die Luft um mich her ein. Sehr anders war das hier. Ich solle auf mich aufpassen, hieß es noch, und was man in diesen Momenten so sagt.

Wir planten in den Abschied hinein schon meine erste Heimreise in zwei Wochen. Die Fahrkarte nach Eisenach sollte sechzehn Mark achtzig kosten, mit Studentenausweis. Dann waren die Familiengeschwader verschwunden.

Olaf und Jörg, mit denen ich das Zimmer teilte, kamen wie ich aus Thüringen. Jörg gehörte zu jenen fidelen Typen, die stets gute Laune haben und selbst in heiklen Situationen todsicher auf die Füße fallen. Klein, fast ein bißchen mopsig, als würde er noch mit der Flasche aufgezogen. Er hatte eine gute Witterung für Mädchen. Dabei störte ihn nicht, daß sie fast immer einen Kopf größer waren als er. Die Mädchen störte es übrigens auch nicht. Im Gegensatz zu Olaf und mir verfügte er auch sonst über praktische Anlagen. Da in unserer vielgeprüften Bude häufig etwas entzweiging, hatte er ausreichend Gelegenheit, diese Anlagen in unserem Trio herauszustreichen.

Olaf beschäftigte mich dennoch von Anfang an mehr. Ein schmaler Rotschopf mit Haartolle, die ihm stets bis übers Kinn ins Gesicht fiel, ein verdrehter Sensitiver, dachte ich.

Auf viele machte er einen abstoßenden Eindruck. Da er sich morgens im Waschraum normalerweise auf ein ausführliches Durchbürsten seiner roten Mähne beschränkte, bis diese in den gewohnt saftigen Bahnen ins Gesicht fiel, sonderte er die denkbar persönlichste Witterung ab. Hinzu kam, daß er über einen Zeitraum von sechs Monaten stets dieselbe Hose und denselben Rollkragenpullover trug, bis sie ihm buchstäblich vom Leibe fielen und gegen eine identische Kombination ersetzt wurden. In seinem Schrank im Wohnheim stapelten sich unberührte Hemden, die ihm Verwandschaft aus dem Westen geschenkt und seine Mutter mitgegeben hatte. In den Sandalen, in denen er ganzjährig herumlief, trug er nur im Winter Strümpfe. Da er pro Tag zwei Packungen Karo brauchte, waren seine Schneidezähne so braun wie die unzähligen Sommersprossen, die sein Gesicht in einen diffusen Schatten rückten. Seine winzigen grünen Augen und die flache Stirn vervollständigten den Eindruck, einen ausgefallenen Charakter vor sich zu haben.

Vielleicht handelte es sich bei Olaf um den einzigen mit einer ehrlichen Leidenschaft für die Chemie, ein Laborschwein. Zu Hause hatte er einen Kellerraum mit Retorten und Bunsenbrennern eingerichtet, um leichte Sprengstoffe zu synthetisieren. Besonders in der organischen Chemie war er weit fortgeschritten und langweilte sich dementsprechend im Unterricht. Den Zitronensäurezyklus oder die Grundstrukturen von Polyurethanen hätte er schon am Tag unserer Ankunft aus dem Kopf herleiten können. Besonders in der ersten Zeit fand er sich mit den anderen Experimentalfanatikern zusammen. Man schloß sich in einem der Zimmer ein und theoretisierte Stunden in forciertem Geschrei. Mir konnte er damit nicht kommen.

Unsere Beziehung sollte Jahre später Wendungen nehmen, die wir nicht vorhersehen konnten, diese Beziehung jedoch vertieften, indem sie sie heftig in Frage stellten. Noch weniger hätten wir ahnen können, daß eine Frau, Sarah, der Grund dafür sein würde.

Am ersten Abend zogen wir gemeinsam in das Arbeiterviertel in der Nähe des Braunkohletagebaus am Südrand der Stadt. Jemand hatte von einer großen Diskothek in einer Gartenanlage erzählt. Der Weg führte über Abraumgelände. Die Hochschule befand sich in einem leergeschaufelten Kohlenbecken. Ein kleines Föhrenwäldchen, eine verlassene Sturmbahn, schließlich mußten wir sogar über Maschendrahtzäune. Dahinter reihte sich ordentlich Parzelle an Parzelle. Zwischen Obstbäumen schimmerten Plattenbaufassaden aus dem benachbarten Wohnviertel. Auf einem asphaltieren Appellplatz war eine Fahne hochgezogen. Hier stand das einzige größere Haus der Gartenanlage. Es war früher September, und die Leute saßen unter bunten Lichterketten im Freien. Die meisten hatten Trainingsanzüge an und sahen wie Kleingärtner aus.

Wir setzten uns an den einzigen langgestreckten Tisch mit freien Plätzen, hier wurde in einer fremden slawischen Sprache über die Bierflasche hinweg gestritten. Bierseidel machten die Runde, Sternberg Hell. Außer

Olaf, Jörg und mir waren zwei andere Neuankömmlinge dabei. Wir wollten uns untereinander zeigen, daß uns bestimmte Genüsse längst vertraut waren. Die Gläser wechselten schnell, Jörg verteilte Zigarillos seines Vaters.

Unter den Jugoslawen gab es einen, der mit einigen Wortfetzen Versuche unternahm herauszufinden, wer wir waren. Er saß mit dem Rücken an einen Baumstamm gelehnt, die Halbglatze hochrot, und rückte Olaf immer weiter auf die Pelle. Er rief immerzu Boiko, bis wir begriffen, daß das sein Name war. Unter Boikos Trägerhemd rundeten sich die breiten Schultern und der Bauchansatz. Jeden Versuch, ins Gespräch zu kommen, unterstützte er mit einem kräftigen Schlag auf Olafs Rücken. Irgendwann stellte jemand die Musik an, und allmählich wechselte das Publikum. Die Älteren wurden vertrieben, die Jüngeren angezogen. Mopeds dröhnten heran, Motorräder. Unter uns kreiste Sternberg Hell und immer heller, während Dunkelheit und Lautstärke zunahmen.

Schließlich brachen auch die Gastarbeiter auf. Bis auf Boiko. Von Zeit zu Zeit schlug er Olaf auf den Rücken, der das mit einem träumerischen Blick auf den Rand seines Bierglases hinnahm. Mit dem Alkohol wurden die Geschichten über die Schule, das Zuhause und die Musik, die wir hörten, kühner und lösten sich mehr und mehr von den Tatsachen ab. Die Lichterkette, der Appellplatz, diese schäbige Gartenanlage rückten ins Dunkel.

Boiko hatte es geschafft, so hinter Olaf zu sitzen, daß er ein Bein hinter ihm anwinkeln konnte und es beinahe aussah, als säße Olaf auf seinem Schoß. Durch das trübe Partylicht konnte ich gerade noch erkennen, daß sich Olaf jetzt sachte an Boikos Oberschenkel zurücklehnte, fast eine Pieta. Ich sah rasch wieder weg und griff nach dem nächsten Zigarillo, das mir Jörg hergeschoben hatte.

Mit dem Rauch kehrte tiefe Leere in meinen Kopf ein. Aus den Lautsprechern kam »Du hast den Farbfilm vergessen«, Jörg und ein anderer Kumpan schrien sich über die Gläser etwas von Kernreaktionen zu und malten sich gegenseitig Pfeile auf den Bierdeckel. Aus dem Augenwinkel konnte ich beobachten, wie Boiko inzwischen Olafs Haar streichelte und dieser dabei den Kopf so weit zurückbog, daß mich seine Nasenlöcher groß und schwarz anstarrten.

Ein Moped stieß gegen die Bank, auf der die beiden saßen. Boiko fiel vornüber auf den Tisch, Olaf rutschte darunter. Das Messer, mit dem der Bursche in der Jeansjacke auf dem Mopedsitz herumfuchtelte, verlangte so viel Aufmerksamkeit, daß ich nicht hören konnte, was der Kerl gleichzeitig schrie. Nur daß Boiko gemeint war, stand fest. Bevor Jörg mit den anderen zwischen Glühbirnen und Büschen verschwand, steckte er die Zigarilloschachtel ein. Als sich Boiko wieder aufrichtete, waren wir von sechs oder sieben Jungs umringt, die ihre Motorräder gar nicht erst abstellten, sondern unverzüglich zur Sache kamen. Ihre Schreie mischten sich mit der Musik und den aufkreischenden Motoren. Als ich beschwichtigend die Hände hob und ihnen zurief, wir würden ja sofort gehen, bekam ich einen Hieb auf die linke Schulter und einen auf den Hinterkopf. Boiko blutete gleich darauf aus der Nase und hielt den Burschen mit der Jeansjacke im Schwitzkasten. Nach einigen Schlägen und Fußtritten hin und zurück sprang ich über den Tisch. Boiko schrie wie ein Schwein. Die Musik brach ab. Ich rannte an der Fahne vorbei, einer Frau mit Kinderwagen konnte ich gerade noch ausweichen, einem Radfahrer nicht mehr. Ich stieß mit dem Kopf gegen seine Rippen, dann fielen wir seitlich über das Fahrrad ins Gebüsch. Obwohl er schneller auf den Beinen war als ich, ließ ich es zu keiner Diskussion kommen.

Ich hörte sie ihre Motorräder in Bewegung setzen. Um mich herum aufgeregte Stimmen wie hinter einem Vorhang. Ich rannte los, durch Gärten, über Beete und Zäune, an Terrassen vorbei, auf denen Leute saßen und Bier tranken. Die Gartenanlage lag hinter mir. Über der Einfahrt hing ein großes Blechschild in geschwungenem Bogen: »Anlage Geiseltal«. Erst jetzt sah ich die Schürfwunden an den Handflächen, die kaputte Hose, den aufgeschlitzten Ärmel. Ich stand auf einer menschenleeren Straße, die Backsteinhäuser ringsum waren ohne Licht, Fabriktore, Autoeinfahrten. Laternenmasten bogen sich über das Pflaster, das Licht schwamm in der Gosse, während ich leise vor mich hinweinte.

Die anderen mußten rechtzeitig davongekommen sein. Aus dem Geiseltal. Wenn Autos vorbeikamen, drückte ich mich in einen Hauseingang. Nur so nicht gesehen werden. Außerdem war die Bande mit den Motorrädern sicher noch unterwegs. Boiko mußte mit dem Messer erwischt worden sein, so, wie er geschrien hatte. Der Weg über die Heide kam nicht in Frage. Blieb also nur die Straße. Irgendwann würde vielleicht der Bahnhof von Fichtenburg kommen, von dem aus die Züge nach Hause gingen. Aber es gab dieses Zurück nicht, nur die schmierige, trübe Straße, die gab es.

Im Wohnheim warteten die anderen auf mich. Zum Glück war die Pforte gerade unbesetzt. Olaf war lange vor mir eingetroffen. Ich fiel ins Bett, legte mich auf den Rücken und zählte die Maschenfedern über mir, Jörg berichtete von seiner Flucht und kam dabei ins Kichern.

Wie unser verträumter Gefährte mit dem roten Haarvorhang vor den Augen aus dem Gefecht entronnen war, blieb sein Geheimnis. Er hatte sich Boikos Liebkosungen gefallen lassen. Wir wußten jetzt einiges voneinander, mehr, als so ein erster Abend eigentlich verspricht.

Am nächsten Morgen konnte ich den Kopf so gut wie nicht bewegen, schlimmer aber noch waren Hemd und Hose dran. Trauer überkam mich, die Eltern taten mir leid. Was hatten sie für mich getan, auch diese Hose hatten sie mir gekauft, und nun war sie zerrissen. Ein armseliger Anfang.

In einem Hörsaal dann der Festakt. Eine halbdunkle Holzkiste mit steilen Tribünen. Alle Elevinnen und Eleven in blauen Blusen, eine seltsame Tarnkleidung, die alle so gleich machte, daß selbst die attraktiven Mädchen nicht zu entdecken waren. Ein blauer Schülerblock, hin und her wogend, der Anfangsaufregung wegen. Der Saal erinnerte mich an ein Theater. Wir oben das Publikum auf den Rängen, unten die Akteure auf der Szene: Direktor Tobler, Frau Doktor Kühnert, die Parteisekretärin, unser Klassenleiter, Herr Szymanowski, und die anderen Grauen. Ein paar Takte Musik, diverse rhetorische Blütenkelche, einige florenacremeglatte Ermahnungsformeln, das waren so die Ouvertüren.

Mit dem steifen Genick versuchte ich, so unsichtbar wie möglich zu bleiben. In der Klasse wurde das schon schwieriger, immerhin waren wir da nur achtzehn. Herr Szymanowski mochte auf die Fünfzig zugehen und sprach das unverwüstliche Braunkohleidiom seiner Heimatstadt Halle. Wortebilden erinnert in dieser Gegend an die Schürfarbeiten von Kettenschaufelbaggern im Mutterboden. Der Klassenleiter gab immer ein bißchen den Don Giovanni. Nicht nur dem Namen nach polnisch, spielte um seinen erstaunlich schiefen Mund mit dem ausgefallen kantigen Kauapparat stets ein maliziöses Lächeln. Eine pomadige Strähne zog sich über die hohe Stirn, Majakowski ließ grüßen. In seinem Deutschunterricht ging es vor allem um die Affären in den Literaturen und um die ihrer Schöpfer. Selbst wenn er von seinem alten Wartburg und dessen mechanischen Untugenden erzählte, meinte man, von Liebesabenteuern zu hören. Deshalb waren diese Deutschstunden stets von Mädchenkichern begleitet. Schon am ersten Tag küßte der Klassenleiter einem der Mädchen die Hand. Als der Typ mit dem Lebemannbauch vor dem blassen und zarten Geschöpf stand, zerbrach sie ihr Lineal.

In den folgenden zwei Schuljahren lernten wir viel und behielten so gut wie nichts fürs Leben. Das hatte weniger mit einem schwachen Langzeitgedächtnis als mit biografischen Unterströmungen zu tun, die uns von den staatlichen Bestimmungen lautlos, rasch und weit entfernten.

Einerseits dienten die Lehrauditorien, die fichtenholzgetäfelten Hörsäle, die sprelakartmöblierten Seminarräume, die esther- und ätherbildenden Laboratorien, diente die gewichtig universitäre Kulisse unserer rapiden Reifung und deren Überschätzung durch uns selbst. Vor diesem Hintergrund ließ sich schnell erwachsen und Akademiker werden. Andererseits korrespondierte mit dem reich ausgestalteten Überbau eine starke Untergrund- und Myzelbildung. Ablenkungsmanöver und Tarnverhalten wurden erprobt. Schon nach wenigen Wochen ereilte die Schule eine Verordnung, derzufolge ihre Vorzüge gegenüber allen anderen Oberschulen der Republik massiv beschnitten wurden: Nach dem Abitur keine sofortige Immatrikulation mehr in das dritte Semester, sondern der übliche Gang zur NVA und dann der mäßige Lauf der Dinge.

Die Verordnung war ein notwendiger Sieg der Stereotypie über einen letzten Versuch der Differenzierung. Die späte Republik verzichtete auf Stufen. Unsere Aussichten wurden dürftiger, wir suchten den Horizont nach anderen schönen Dingen ab, die nichts mit Chemie und dergleichen zu tun hatten. Die Schule gab uns nur noch den Auftrag, sie zu Ende zu bringen. Schließlich sollten die wenigsten Absolventen der Spezialklassen Studenten an der Hochschule werden. Die meisten gingen andere Wege und wurden Buchhändler, Zahnärzte oder Architekten. Mit der Exklusivität verwischten die Perspektiven.

Das Ein- und Ausschwirren zwischen Wohnheim und Schulbank, mit Büchern und A4-Heftern unterm Arm, im Schwung von Studenten, die es ringsum semesterreich gab, ehrfurchtheischende Begegnungen mit den Autoritäten, hierarchieabgreifenden Lehrern, diese Geschäftigkeit im allein dem Bilden und Formen vorbehaltenen Raum hob uns trotzdem innert weniger Wochen in ein Gefühl der Erwähltheit und Bevorzugung. Die Zukunft sollte nur kommen, jetzt bedienten wir uns erst einmal des Privilegs, das Fichtenburg immer noch bedeutete. Schließlich war die Schule Teil einer Hochschule. Aus einfachen Lehrern, jener unerfreulichen Spezies von mediokren Drangsaleuren, waren Meister und Magister der Wissenschaften geworden, Leute, die sich außer mit uns vor allem mit dem für unsereinen noch fernen Stand der Studenten beschäftigten und außerdem ihr Bestes zur Mehrung des Weltwissens beitrugen.

Unter diesen Umständen konnten wir kaum länger Schüler sein. Ein Gang über den Campus versetzte in perlenden Rausch. Die Institutsgebäude in die Heide geduckt, überall winkten weiße Kittel und graue Bärte vor der Betonmaserung, das An- und Abschwellen von Kolonnen in Parka und Jeans. Fremde Erregungen beherrschten uns. Wer nach den ersten Bewegungsschwierigkeiten den Kopf weit genug aus dem Wasser bekam, begann rasch mit der Versenkung seines bisherigen Selbstverständnisses, die Herabsetzung der Verhältnisse, aus denen man kam, machte die Runde. Die Schule vermittelte uns einen unerwarteten Eindruck von Überlegenheit: Woher du auch kommst, hier, in den Reihen der Spezialklassen der Technischen Hochschule Fichtenburg erst wirst du erfahren, was Wissen und Haltung heißt. Eine Überlegenheit, die aus den atmosphärischen Einflüsterungen kam, ohne Zutun der Schule selbst.

Um Haltung bemühte man sich auch: FDJ-Aktive und Wandzeitungen. Aber selbst hier die Exklusivität. Man traf sich zu einem Freundschaftsnachmittag mit sowjetischen Fliegergenerälen und winkte an der Bordsteinkante unter der blauen Fahne, wenn ein Politbüromitglied die Hochschule mit einer zentralkomiteelichen Visite beehrte. Oder erklärte sich eine Stunde vor den prominenten Ereignissen selbständig für krank und verließ das Klo erst, wenn alles vorbei war.

Szymanowski erwischte mich eines Tages auf dem falschen Fuß. In der Deutschstunde hatte er sich als exzessiver Rezitator proletarischer Lyrik am Rande der Fallsucht produziert. Majakowski hatte es ihm nun einmal angetan. Seine breiten Hände pflügten beim Taumel durch die Verse seine fettige Haartolle über der schwitzenden Stirn und hinterließen Kreidespuren an der Nase. Dabei rutschte ihm das Hemd aus der Hose, und ein unschuldiger Bauchnabel trat hervor. Am Ende röchelte

Szymanowski, auf den Stuhl am Lehrertisch gebeugt: »Ich will: die Heimat soll mich verstehn. Doch wenn sie nicht will, je nun – dann heißt's: an der Heimat vorübergehn, wie die schrägen Regen es tun.«

Nach dem Unterricht bat er mich zu warten, ich war von den letzten Zeilen noch benommen. Ob ich bereit sei, als FDJ-Kulturfunktionär mitzuarbeiten. Szymanowski hatte immer noch Kreide an der Nase. Ich nickte, bevor ich nachgedacht hatte. Szymanowskis grüne kleine Augen bohrten sich herüber, dann strich er sich mit der Hand übers Gesicht und sagte mir, die Wahl der FDJ-Leitung sei in vierzehn Tagen.

Der Mann war augenblicklich zu sich zurückgekehrt. Zwei Schweißtropfen fielen noch in seine Aktentasche, als er den Majakowski-Band darin verstaute. Viel hätte ich nicht zu tun, Lesezirkel wären vielleicht ganz schön, mehr Initiative im Deutsch- und im Kunstunterricht.

Zwei Wochen später ließ ich mich auf Vorschlag von Bärbel wählen. Olaf und Jörg grienten. Meine Lage war auf harmlose Weise blamabel. Es stellte sich bald heraus, daß niemand diese Sachen besonders ernst nahm, nicht einmal die FDJ-Sekretärin Bärbel. Olaf überredete ich, einen Abend über die Musik von *Emerson, Lake and Palmer* und *Yes* zu machen, in der Aula saßen dann drei Leute und sahen zu, wie Olaf, kopfhörerbekränzt, neben den Boxen durch den Äther rauschte und nur ab und zu für die Ansage des nächsten Titels zurückkehrte. Als ich den Besuch eines Orgelkonzerts im Dom arrangieren wollte, meinte Szymanowski, das sei zu bürgerlich. Dabei zwinkerte er mir zu. Wahrscheinlich interessierte ihn so was nicht. Der Kulturfunktionär beschränkte sich endlich auf den Vortrag von Rechenschaftsberichten und neuen Plänen. Dazu zog er sogar das blaue Hemd an, die beste Tarnung mangelnder Gesinnung. Niemand nahm Anstoß. Alle waren sich in Fichtenburg einig, daß es nicht darum ging mitzumachen, sondern nur, so zu tun. Für die Schulleitung schien die Sache auch in Ordnung zu sein.

Im Unterricht wurden neue Gewölbe aufgespannt und erkundet. Überall akademische Veredlungen. Wir erhielten nicht mehr Stunden in Mathematik und Chemie, sondern belegten Kurse, um in die schwer durchschaubaren Reiche der komplexen Zahlen oder die transparenten der Fotochemie eingewiesen zur werden. Selbst die Fächer Musik und Kunst wurden Spezialisten des Faches anvertraut. Die Herren kamen von der benachbarten Kunsthochschule in Halle und einem Opernstudio aus Leipzig.

Abgesehen vom frühen Unterrichtsbeginn um sieben Uhr fünfzehn, an den man fünfundvierzig Minuten zuvor durch rigoroses Pochen an der Zimmertür erinnert wurde, ließ man uns begehrte Freiheiten, die wir zuvor noch nicht ausprobiert hatten. Eigentlich hatten wir schon dreiundzwanzig Uhr im Bett zu sein, aber wozu gab es Fenster?

Später, als man sich schon besser kannte, verließen wir seltener das Haus und schlichen lieber die Treppe hinauf zu Kathrin oder Simone. Tagsüber waren die Mädchen unerreichbar in ihrer vorgeschobenen Gleichgültigkeit, nachts ging es dann sehr schnell. Man traf sich in den verschiedensten Betten, zu trinken gab es Kommodenlack, eine Mischung aus Kaffee, Cola und billigem Branntwein, zu therapieren die ersten Hautkrankheiten.

Mit nicht einmal achtzehn Jahren ein Gesundheitsproblem in der Hose zu haben, nicht darüber reden zu können und nicht zu wissen, von wem, gehört zu den bleibenden Selbsterkenntnissen. Alle zwei Stunden, besonders gern während des Unterrichts, machte sich der Eiterfluß bemerkbar. Der Gang zur Toilette ähnelte dem vor ein erbarmungsloses Strafgericht. Unter der Vorhaut ein blühendes Desaster. Die Angst vor der Entlarvung überbot die vor den Folgen der Krankheit. Die neue Entdeckung der Einsamkeit: in einem skandalösen Geheimnis stehen. Die Sünde und der Horror ihrer Veröffentlichung. An der empfindlichsten Stelle Außenseiter sein. Was hätten die Eltern dazu gesagt?

Die von der Schule bestimmte Selbstorganisation sah vor, daß wir uns gegenseitig überwachen sollten. Jeden Abend hatten zwei Schüler ihren Nachtdienst anzutreten, bei dem sie sich alle zwei Stunden abwechselten. In der Regel tat man sich untereinander nichts zuleide. Nachtschwärmer waren nur von den seltenen Razzien bedroht, die die Wohnheimleiterin in Begleitung ihres Mannes hin und wieder nach Zapfenstreich veranstaltete. Die beiden rückten dann mit Taschenlampe und unsicherem Schritt an, darauf bedacht, sich nicht zu lange in den Zimmern aufzuhalten, um den anwesenden Schülern keinen Hinweis auf ihr herzliches Verhältnis zum Alkohol zu geben. Vielleicht tranken sie sich sogar an, um sich den späten Kontrollgang durch das Wohnheim erträglicher zu machen. Mindestens der Mann erweckte den Anschein, ihm sei diese Spionage fatal. Meist blieb er auf der Schwelle stehen und fragte hastig, ob alles in Ordnung sei. Ein guter sozialistischer Papa. Nur nicht genau hinschauen.

Einmal traf mich die Meisterin allein im Zimmer, ich war gerade im Begriff zu gehen. Es hieß, alles zur Tarnung vorzubereiten. Mir blieb nur, das Licht zu löschen und die Bettdecke Olafs so zusammenzurollen und unter jene von Jörg zu legen, daß meine flüsternde Behauptung in Richtung Taschenlampenlicht, man möge leise sein, der Kumpan über mir schlafe schon, ihre Wirkung nicht verfehlte. Die Begründung für Olafs leeres Bett war schwieriger, zumal ich wirklich nicht wußte, wo er sich gerade aufhielt. Ich sah nur die Hand am Holm der Taschenlampe, als ich aufstand, mit dem schweren Schritt eines, der im Begriff hätte sein können einzuschlafen, um Olaf im Waschraum oder auf der Toilette zu suchen.

Zum erstenmal begegnete mir die Heimleiterin in einem befehlsmäßigen Ton. Dazu ein nervöses Räuspern von ihrem Mann. Mit dem Ausflug auf die Toilette war nur Zeit zu gewinnen. Vielleicht würden sich die beiden vor unserer Tür langweilen oder in einem der nächsten Zimmer aufgehalten werden und bei ihrer Rückkehr nach vorn die Sache vergessen. Also zog ich mich in einen der Toilettenverschläge zurück. Vom Gang hörte ich Klopfen und die halblaute Stimme der Meisterin. Offenbar waren sie wirklich weitergelaufen. Nebenan auf dem Klo regte sich was, jemand zog sich die Hose hoch, die Spülung fauchte. Die Stimmen auf dem Flur verschwanden, und ich war im Dunkel allein. Ich zählte mehrfach bis sechzig. Mindestens zehn Minuten wollte ich noch verstreichen lassen.

Als ich ins Zimmer zurückkehrte, war von den Aufsehern keine Spur. Statt dessen saß Olaf auf dem Bett im Dunkeln und fragte mich verständnislos nach seiner Bettdecke. Ich hatte also neben ihm auf dem Klo gesessen. Mit den »Hymnen an die Nacht« habe er es sich für eine halbe Stunde schön gemacht. Schön gemacht. Die Gardine war aufgezogen, Neonlicht umriß seine Mähne. Jeden Abend, wenn die anderen im Bett seien oder unterwegs in einer Kneipe oder Diskothek auf dem Campus, entspanne er sich auf dem Klo. Dreimal ließ er es immer kommen. Ein Vorteil des Wohnheims. Nicht gestört zu werden. Zu

Hause sei das schwieriger gewesen und immer nur unter der Decke gegangen.

Aus seiner Mähne stieg ein Rauchfaden auf. Wenn er rauchte, schlürfte Olaf gierig die Luft ein, als bekämpfe er einen Schluckauf. Mädchen interessierten ihn nicht, dafür aber die reine Liebe. Ich müsse das wissen, auch wenn ich sie nicht erwidern könne. Das sei für ihn kein Unglück, reine Liebe sei vom Objekt erlöst. Ich hätte die Hand nach ihm ausstrecken können. Ich dachte an seine abgeknabberten Fingernägel. Noch mal schluckte er die Luft tief in die Bläschen, dann sprach er einen canabisreichen Vers.

Es gab weiterhin weder Mißtrauen noch konventionelle Diplomatie. Mich beschäftigte nicht einmal, ob Olaf auch Jörg in seine Gefühlsordnungen eingeweiht hatte. Vermutlich erst Monate später. Meist trieb sich Jörg, wenn er sich nicht auf eine Klausur vorbereitete, in den Flaniergründen der Hochschule herum, in einer der drei oder vier Kellerdiskotheken, die so beziehungsvolle Namen hatten wie »Wärmetauscher« oder »Katalysator« (den man mindestens hierzulande noch nicht aus der Automobilindustrie kannte). Zuweilen zog es uns auch in den »Stahlhelm«, eine Bierkneipe am Bahndamm. Einige von uns hängten sich schnell an Studentenclans an und taten besonders cool. Alles in allem pochte die Pubertät heftig an die Schläfen. Das Pendel zwischen Schule und Schweifen hatte große Perioden und einen kräftigen Schlag.

Zwischendurch ging über fremden Betten die Mitternachtssonne auf. Sieben Uhr fünfzehn rief die Schule zurück. Daß diesen Herausforderungen nicht jede und jeder gewachsen waren, zeigte sich schon nach dem ersten Halbjahr. Sechs Schüler wurden zurück nach Hause geschickt, offiziell genügten sie nicht den Unterrichtsanforderungen. Man machte wenig Aufhebens. Es gab keine Versammlungen, die Leute kamen einfach nach den Ferien nicht wieder. Ein Mädchen war schwanger geworden und wußte angeblich nicht genau, von wem. Darüber deckte sich der ehrwürdige Mantel der beispielhaften Lehranstalt.

Professor Doktor Karl Tobler leitete unsere Spezialklassen auf ungewöhnliche Weise. Er war nicht viel größer als einen Meter sechzig. Gewöhnlich steckte sein zierlicher Körper in einem dunkelbraunen Anzug, unter dem sich der krumm gebeugte Rücken abzeichnete. Die verhältnismäßig langen Arme hingen zu weit aus den Ärmeln, weshalb die meist ein wenig aufgekrempelt waren. Katos Kopf forderte Aufmerksamkeit. Die irritierend hohe Stirn, die langgezogene Nase und das spitz auf den Kehlkopf zulaufende Kinn erinnerten an Boris Karlow, jedoch trug er stets eine fast schwarze Sonnenbrille mit großen kantigen Gläsern, hinter denen sich die hervorstehenden, blutunterlaufenen Augen in sicheres Dunkel zurückgezogen hatten. Auf den eingefallenen Wangen spannte sich ein feines Netz lila Äderchen, die blaue, wulstige Unterlippe wölbte sich weit nach oben, wälzte sich über die Mundpartie, als hätte eine dicke Raupe auf seinem Gesicht Platz genommen.

Katos Stimme ging durch viele Trichter und Hohlräume, bevor sie nach außen und an unser Ohr drang. Der Nasalraum dieses Mannes mußte sich nach etlichen Litern messen lassen. In der Art des genießerischen Trinkers schlürfte er seine Worte ein und aus, begleitet von einem Pfeifen durch die Zähne immer an jenen Stellen, die für ihn von rhetorischer Bedeutung schienen. Er verlieh dem Sprachvorgang einen choreographischen Charakter. Zunächst rückte er seine riesige Brille am Nasenrücken zurecht, dann strich er mit der rechten Hand über das schüttere Haupthaar, das grau und stromliniengerecht an der Kopfhaut klebte, als wollte er sich davon überzeugen, daß die Haare noch da seien, und dann leitete er mit jenem diabolischen Pfeifen ernstgebietende und sich ihrer Würde bewußte Ausführungen ein.

Zwei große Themenkreise, ein öffentlicher und ein privater, bewegten unseren Direktor. Der öffentliche war der Hitlerfaschismus, der private der Alkohol. Im Grunde jedoch waren beide Themenkreise öffentlich und privat, denn jedermann wurde in Katos Gegenwart von einem sehr spezifischen Arom aus Rasier- und Kirschwasser eingenommen, und was seine historischen Konzeptionen anbetraf, so behandelte er die Wissenschaft wie ein Wochenendgrundstück mit Bungalow.

Katos alleiniger Ehrgeiz als Schuldirektor und Geschichtslehrer bestand darin, allem deutschen Wesen vor neunzehnhundertfünfundvierzig apodiktisch die Sporen des Nationalsozialismus nachzuweisen. Mit der Reichsgründung durch die Ottonen war für ihn Deutschland einer verbrecherischen Expansionspolitik Richtung Osten mit dem Ziel der Ausrottung slawischen Volkstums überführt. Wir schrieben umfängliche Klausuren über die braunen Leitlinien der deutschen Geschichte von neunhundertneunzehn bis neunzehnhundertfünfundvierzig. Heinrich der Erste und Adolf Hitler waren nicht vom selben Jahrgang, aber vom selben politischen Schlag. Im Aufspüren von deutschen Usurpationsgelüsten hyperventilierte Katos historische Phantasie. Die Slawen waren stets die Guten, von den bis an die Zähne bewaffneten, immerfort zum Überfall bereiten westlichen Nachbarn niedergeworfen, vertrieben, vernichtet. In Phasen rasier- und kirschwasserkonzentrierter Euphorie gelang es ihm, schon in den wendischen und sorbischen Stämmen des zehnten und elften Jahrhunderts urkommunistische Zellen zu entdecken, Vorläufer der sozialistischen Idee und der Arbeiterbewegung. Die Große Sozialistische Oktoberrevolution enthüllte Kato, daß der gesellschaftliche Fortschritt aus dem Osten kam und die Erlösung vom Bösen schon in grauer Vorzeit als eine slawische Lösung hätte aufdämmern können, wäre nicht der deutsche Imperialismus immer wieder verhängnisvoll und in teuflischen Absichten mit seiner schwarzen Brandung und seinen giftigen Ausdünstungen über die Welt gezogen.

Folgerichtig hätte es nach Kato keine Traditionspflege im Land geben dürfen. Alle und alles, von Luther bis Bismarck, von Barbarossa bis Ludendorff, wer und was sich nicht ganz in die Dienste der Befreiung vom deutschen Hegemonialdenken gestellt hatte, verfiel dem Verdikt, Steigbügelhalter der Nazis gewesen zu sein. Nur im Aufbegehren gegen die usurpatorische Macht, im revolutionären Aufruhr, waren Deutsche zu würdigen, und da sie die tausend Jahre über nicht allzuoft aufbegehrt hatten, schenkte Kato Deutschland wenig Sympathie. Er legte Protest beim Rat der Stadt Fichtenburg ein, als in einem neuen Schrebergartenquartier ein Feldweg Ottostraße getauft werden sollte, und setzte die Umbezeichnung der Gerostraße durch, weil er den Behörden beweisen konnte, daß Markgraf Gero neunhunderteinundvierzig dreißig slawische Häuptlinge in seine Festung in Fichtenburg zu einem Bankett eingeladen und dann niedergemetzelt hatte.

Katos deutscher Selbsthaß enthielt jedoch eine spezifische Brechung: Der alte Herr liebte Thüringen. Er war in

Gotha zur Welt gekommen. Am ersten Schultag ließ er uns alle unsere Geburtsorte aufsagen. Thüringer sollten es bei Kato gut haben – solange sie seine Passion wenigstens zum Schein teilten. Wenn es nach Professor Tobler gegangen wäre, hätte jedes Genie und jede umstürzlerische Aktion der deutschen Geschichte zwischen Eisenach und Ronneburg ihren Ausgang nehmen müssen. Seit der Schlacht im Teutoburger Wald gab es keinen Zweifel daran: Thüringen hatte, mit wenigen Ausnahmen, die bravsten und edelsten Deutschen geboren.

Von Gotha aus muß Kato den beispielhaften Weg seiner Generation gegangen sein. Pimpf, Hitlerjugend und die Sieger zu Lande und in der Luft mit einer verrußten Flak in den schmalen, zitternden Händen empfangend. Das Trauma der Verwirrung wirkte fort. Den Geist der Jugendverführung konnte Kato in rauschenden Kaskaden beschwören, um ihn in seiner Verderbtheit bloßzustellen. Manchmal stürzte er in einem Augenblick der Erregung aus dem Unterricht und kehrte mit einem alten zerfledderten Reclamheft zurück, das in gelbes Packpapier eingewickelt war und aus dem er dann mit diabolischem Lächeln und in hastigen Zügen vorlas. Der Mensch sei, was überwunden werden müsse, wenn Du zum Weibe gehst, vergiß die Peitsche nicht, wahrlich, ein schmutziger Strom ist der Mensch. Wie glühende Kohlen legte er das vor uns auf den Tisch und verfolgte durch die schwarzen Brillengläser die Wirkung der Sätze im Raum. Der »Zarathustra« war ein verbotenes Buch, Kato arbeitete gern mit den Mitteln der Konspiration, um seine Überzeugungen mit maximaler Intensität durchzusetzen.

Dieser Methoden mochte er sich nicht immer zu seinem Vorteil bedient haben und dem seiner Absichten.

Zu Ulbrichts Zeiten hatte Kato wohl jenen Parteikreisen an der Spitze angehört, die für die ideologische Kampfführung zuständig gewesen waren. Er erzählte gern, daß er zu den ersten Funktionären nach der DDR-Gründung gehört habe, die über Fahrer und Dienstwohnung verfügten. Kurz vor oder nach Ulbrichts Tod war Katos hohe Zeit vorbei, und es begannen Jahre des unverhohlenen Überflüssigseins. Seine Exzentrik wird seitdem zugenommen haben. Letzte Station: die Spezialklassen der Hochschule zu Fichtenburg.

Mir kamen die völkerkundlichen Deutungen Katos nicht ungelegen. Wer Thüringen sagte, meinte natürlich Weimar und Wartburg, Bach und Luther und Goethe und weniger die dürftigen Wonnen eines naturwissenschaftlichen Weltbildes. Mit der Schule und ihren Bildungszielen hatte Katos Fanatismus nichts zu tun.

Das Schulhaus sollte nach und nach renoviert werden. Zwölf Jahrgänge hatten sich an den Wänden abgelagert. An vielen Stellen kam Salpeter durch die Decke, saures Klima in den Klassenräumen. Selbstredend begannen die Renovierungsarbeiten im Büro des Direktors. Kato war die Unruhe selbst, wie ein ausgesperrter Kater strich er durch die Gänge. Da die Schule ebenerdig gebaut war und über einen kleinen Innenhof verfügte, auf den übermannshohe Fenster von den Fluren hinausgingen, erinnerte die Anlage an einen klösterlichen Kreuzgang im Fertigteilstil. Ich möchte doch nach der Stunde zu ihm kommen, er habe mit Herrn Szymanowski gesprochen. Außer mir sprach Kato Olaf und Jörg an, schließlich kamen wir alle aus Thüringen. Wir sollten dem Professor umräumen helfen. Daß er nicht die Arbeiter bat, die Möbel aus dem Büro zu tragen, hatte nichts mit den Möbeln zu tun, sondern mit den Büchern, die Kato darin aufbewahrte.

Die Sachen mußten schräg über den Gang in eine fensterlose Abstellkammer gebracht werden. »Ich halte nichts von solchen Malerarbeiten.« Kato hatte mir die Hand auf die Schulter gelegt und blinzelte mich durch seine dunklen Gläser an, als müsse er Tränen zurückhalten. »Ich gehöre zu den Menschen, die nicht mehr gern umziehen, wenn sie sich erst mal eingerichtet haben in ihrer Höhle. Ich bin ein Höhlentier.«

Olaf und Jörg standen in ehrerbietigem Abstand hinter Kato und mir auf der Schwelle in Erwartung der Aufträge. Der Direktor aber hatte es nicht eilig. Als Frau Doktor Kühnert zwischen den Jungs den Kopf hereinsteckte, um mitzuteilen, die Tür zur Abstellkammer sei jetzt offen, Herr Doktor Speick habe den Schlüssel gefunden, winkte Kato über meine Schulter nur unwillig ab und ließ sich auf die Couch hinter sich fallen.

Zum erstenmal sah ich diesen Raum ausführlicher. Über der Couch hing nicht Honecker, sondern Thomas Müntzer. Anstelle der sonst obligaten Kunstgegenstände nahmen auch hier die natürlichen Salpeterfresken ihren lilien- und schlangenförmigen Verlauf über die Wände. Vor dem Fenster sorgte eine teerbeschwerte Dederongardine für diffusen Lichteinfall, Kato rauchte Karo, bekennerhaft. In Sperrholzregalen warteten ein paar hundert Bände auf ihren Umzug, besonders repräsentativ natürlich die Gesamtausgabe Marx, Engels, Lenin aus dem Dietz-Verlag. Kato zeigte auf ein Dutzend Ordner, die auf dem Linoleumboden verstreut lagen, und bat die Gefährten, die Sachen schon mal rüberzubringen. Dann sprang er auf und gab mir einen Packen A4-Blätter vom Schreibtisch, als handele es sich um die Urne seines Vaters. Laßt euch Zeit, pfiff er durch die Nase. Kato roch heute nur nach Rasierwasser. Dann sollen sie mir mal mein Zimmer verschönschandeln.

Ich stand mit den Papieren mitten im Raum, als Olaf und Jörg mit der Verfrachtung der Gesamtausgabe begannen. Ein Weberknecht kam dahinter zum Vorschein und suchte eilig in der darüberliegenden Bücherreihe Zuflucht. Der Professor brauchte vier Streichhölzer, bis er die Zigarette in Brand gesetzt hatte. Ich las auf dem obersten Zettel den Aufdruck »Prüfungsprotokoll«. Hastig deponierte ich die Stapel auf dem Tisch vor der Couch und winkte vorsichtig die Freunde heran. Das müßt ihr nicht lesen, kommentierte Kato, während wir eifrig nach unseren Namen suchten.

Wir hielten die Aufzeichnungen unserer Aufnahmeprüfung in den Händen. Die uns betreffenden Papiere waren schnell gefunden. Ich hatte die schriftlichen Prüfungen in Mathematik und Physik mit eins bestanden und war in Chemie mit fünf durchgefallen. Das anschließende Gespräch entschied über meine Aufnahme. Unleserliche Fragen und Notizen mit roten Buntstiftzeichen dahinter, Kreisen und Kreuzen, Hieroglyphen einer Persönlichkeitsentschlüsselung. Du mußt das nicht lesen. Kato nahm mir das Papier sachte aus der Hand. Tonau, es reicht jetzt, knurrte er Jörg an. Wir packten die Blätter zusammen und trugen sie hinüber in die Kammer. Mit hängenden Schultern schlurfte der Direktor über den Korridor und verschwand im Lehrerzimmer.

Es war früher Nachmittag, der Unterricht zu Ende, keine Menschenseele weit und breit. Da wir die Sache möglichst schnell hinter uns bringen wollten, türmten wir uns die Bücherstapel gegenseitig bis unters Kinn. Parteitagsdokumente, Geschichtskapitel, marxistische Philosophie – unser Interesse an Katos Bibliothek reduzierte sich auf ihr Gewicht. Jörg kicherte vor sich hin, er genoß die Sache wie eine Vergünstigung. Beim Abstellen mußte man dann in die Knie gehen, damit einem die Bücher nicht durcheinanderfielen. Wir rückten die Schwartentürme einfach an die Wand, bis auf einen wackligen Stuhl und einen Scheuereimer war die Kammer leer. So ging es hin und her.

Die kleine Broschüre mit dem fusseligen Packpapierumschlag und dem unebenen Seitenschnitt sehen und wissen, worum es sich dabei handelte, war eins. Hier bewahrte er also die heiße Ware auf. Nicht einmal im Giftschrank. Ich griff hastig nach dem Heft und klemmte es unter den Arm, während mich Olaf mit Lektionen über das sozialistische Produktionseigentum beschwerte. Er hatte meine Erregung nicht bemerkt. Ich konnte kaum Luft holen, der Kehlkopf schlug beim Schlucken gegen die roten Buchrücken, während ich mit der abenteuerlichen Fracht in der Achselhöhle Richtung Abstellkammer steuerte.

Dort kniete ich im Halbdunkel nieder und blätterte mich durch die weichen, vergilbten Seiten. Reclams Universalbibliothek Nummer 7117-7113. Überall rote Unterstreichungen. *Aber Gott starb. Wahrlich, ein schmutziger Strom ist der Mensch.* Vor Aufregung konnte ich das Buch kaum zuschlagen. Olaf stand inzwischen hinter mir, Jörg kicherte wieder in sich hinein. Am liebsten hätten sie das Buch sofort ins Wohnheim gebracht und dort versteckt. So einfach wollte ich mir das nicht machen.

Ich schob den Bücherstoß an die Wand zu den anderen und legte den »Zarathustra« obenauf. Wir würden ja sehen, was passiert. Vielleicht kam Kato zurück, dann blieb das verbotene Buch, wo es war. Wir standen einen Moment lang in diesem Lagerraum. Ich hatte das Buch gefunden, die beiden akzeptierten die Entscheidung. Die Hälfte der Bibliothek war ausgeräumt. Unser bisheriger Eifer steigerte sich zu einer kuriosen Hast. Kein unnötiges Wort wurde mehr gewechselt. Wenn wir auf dem Gang aneinander vorbeiliefen oder uns die Bücher in die Hand gaben, wechselten wir die kurzen, gespannten Blicke von Komplizen.

Wieder steckte die Kühnert ihren frisch ondulierten Kopf durch die Tür. Wenn wir fertig seien, sollten wir die Kammer abschließen und den Schlüssel im Lehrerzimmer abgeben. Dann ließ sie uns wieder allein. Damit war die Entscheidung gefallen. Nun mußte ich das Buch an mich nehmen. Dem Moment, da wir die letzten Bände aus den Regalen räumen würden, hatte ich mit der Nervosität dessen entgegengesehen, der einen Showdown mit unbekanntem Ausgang erwartet.

Noch als wir zu dritt vom Schulgebäude geradewegs dem Wohnheim zustrebten und ich den Reclam-Band unter der Jacke auf der Brust spürte, konnte ich mir nicht vorstellen, dem alten Tobler jemals ein Buch zu stehlen. Die Ereignisse waren rascher verlaufen als der moralische Einbruch. Der wurde zugleich durch die Begeisterung gebremst, in den unerwarteten Besitz eines ebenso ersehnten wie gefährlichen Buches zu kommen, und für ein gefährliches Buch war so ein Betrug und Vertrauensbruch letztlich gerechtfertigt.

Allerdings unterschätzten wir die Tragweite des Diebstahls. Wir hielten die Geschichte für ausgestanden, als sie noch in vollem Gange war.

Zwei Wochen später, Kato war in seine renovierte Höhle zurückgekehrt, sollten wir die nachhaltige Erfahrung machen, daß man einem Direktor der Spezialklassen nicht ein Buch wie den »Zarathustra« entwendet, ohne Aufregung zu erzeugen. An jenem Abend hatte ausnahmsweise niemand einen Nachtausflug geplant. Schlag zweiundzwanzig Uhr stand zum ersten und bis zu meinem Weggang auch einzigen Mal eine Lehrerstreife auf dem Flur. Jeweils zu zweit durchkämmten sie unsere Buden: der Alte, Frau Doktor Kühnert, die Herren Doktor Speick und Doktor Trill. Trill unterrichtete Philosophie und glich einem eiförmigen Schrat mit Spindelbeinen und einem dürren Haarbüschel auf dem spitz zulaufenden Schädel. Trill eröffnete damals den Unterricht gern mit einem Urschrei, das waren so seine Anbiederungsmanöver. Kato, Speick und Trill hatten sich bislang noch nie bei uns blicken lassen.

Obwohl es keine offiziellen Erklärungen für das späte Erscheinen der Herrschaften gab und sie gründlich und unaufhaltsam von Tür zu Tür gingen, sprach sich schnell herum, daß es sich um eine Durchsuchung handelte. Wir hatten also am Ende des Korridors noch einige Minuten, Vorkehrungen zu treffen, zumindest nahmen wir das an. Olaf sprang vom Bett auf und gab das Stichwort: der »Zarathustra«. Inzwischen aber entschieden sich die Lehrer überraschend anders. Speick und Trill klapperten den Gang jetzt von hinten ab und standen nach wenigen Augenblicken in unserer Tür. Wir hatten gerade noch Zeit, den Müll auf Olafs Schreibtisch in den Eimer zu werfen.

Die Herren ruderten mit den Armen vor den Bäuchen und fragten, wem welcher Schrank und welches Regal gehöre. Die Vorsicht, mit der sie sich durch die Schubfächer arbeiteten, verriet, daß sie in diesem Geschäft alles andere als Profis waren. Trill versuchte, seine Unsicherheit damit zu überspielen, daß er Olafs dreckige Bettwäsche mit ein paar aufmunternden Sticheleien kommentierte. Hinter den Kissen breitete sich an der Wand ein rosa Fleck aus, seit sich Olaf eines Nachts im Schlaf erbrochen hatte. Überhaupt bot die kaum zu überbietende Unordnung in seinem Revier genügend Stoff zu Erklärungen. Trill war absorbiert.

Der andere Doktor verlangte große Aufmerksamkeit. Ich kannte ihn nicht aus dem Unterricht, wir begegneten uns seit jeher auf den staubigen Schulkorridoren mit besonderer Distanz. Ich sah ihn nie ohne Zigarette, mir war auf den Gängen zu rauchen verwehrt. Der Mann wendete meine Schulordner wie chemische Formeln. Sein Gesicht war von Brandnarben übersät, die jetzt rot leuchteten. Diese Aufregung machte mich ruhiger. Jörg wies gerade den Inhalt seiner Schultasche vor, da kam mir die Idee, mich aufs Bett zu setzten und die Sache einfach unbeteiligt abzuwarten. Das Buch zu verstecken, war sowieso unmöglich geworden. Ob Speick es finden würde oder nicht, lag nicht mehr in meiner Hand. Ich sah ihm seltsam entspannt zu, wie er die Schranktüren meines Schreibtisches öffnete und seine Arme im Schrankinnern verschwanden. Da zwischen Regal und Schreibtisch wenig Platz war, kniete er dabei seitlich. Um mich in dieser Stellung nicht ansehen zu müssen, starrte Speick angestrengt zu Boden. Ich hatte Zeit, den kauernden Lehrer zu verachten. Sollte er doch das Buch finden, am liebsten hätte ich es ihm in diesem Moment gezeigt. Er kramte ein dünnes altes Heftchen hervor, »Der Bauer als Millionär«. Dagegen gab es wohl nichts einzuwenden. Aber die Aufmerksamkeit, die er ihm schenkte, bestätigte meine Vermutungen. Dann trat Kato herein.

Ich saß immer noch auf dem Bett und hörte nur seine Stimme hinter der offenen Tür. Die Genossen Speick und

Trill möchten doch mal auf den Flur kommen. Vielleicht bildete ich mir nur ein, daß seine Stimme an diesem Abend so traurig klang wie nie zuvor. Auch wollte ich mir im stillen einreden, der Alte hätte gar nicht bemerkt, daß er im Zimmer seiner lieben Thüringer angelangt war. Trill legte eine Schallplatte auf den Tisch, Speick marschierte voraus. Sie nahmen sich kaum Zeit für ein kurzes »Gute Nacht«, einen Blick auf die Unordnung, die sie zurückließen, trauten sie sich nicht.

Olaf räkelte sich im Bett. Die größten Skrupel waren verscheucht. Der »Zarathustra« gehörte mir. Aber hatte der Auftritt nun meinem Diebstahl gegolten? Jörg hielt sich die Hand vor den Mund und gluckste. Plötzlich standen die beiden vor meinem Bett und brüllten vor Lachen. Ich ließ mich aufs Kissen fallen, mir war, als hätte ich fünfzig Zentner Kohlen in den Keller getragen. In Grüningen. Im Winter, und der Schnee blieb an den letzten Briketts hängen, wenn ich sie in den Eimer warf. Der Vater zeigte mir, wie die Haut am Metall kleben blieb, wenn man mit dem Finger an die Schaufel tippte. Im Krieg hätten die Soldaten auf die Gewehrläufe gepinkelt, um sich nicht die Hände zu verbrennen, wenn sie keine Handschuhe mehr hatten. *Wahrlich, ein schmutziger Strom ist der Mensch.* Stand zwischen den Papierdeckeln, die dem Doktor Speick nicht in die Finger gekommen waren. Vermutlich hatte mich der konspirative Packpapierumschlag gerettet, in dem Kato den »Zarathustra« aus Vorsorge hatte verschwinden lassen.

Ausgerechnet Giuditta, die Tochter des von den Roten Brigaden niedergestreckten Polizeipräsidenten aus Padua, hat später oft in diesem Buch geblättert. Eigentlich sprach sie kein Deutsch, aber sie kannte viele Zitate im Original, Worte wie »Rache« oder »Mitternacht«. Sie hatte natürlich nicht verstehen können, daß der »Zarathustra« ein Verbrechen war.

Erbärmlich zerfleddert und vergilbt, folgt mir das Buch wie ein Schatten. Seit zwanzig Jahren. Nichts weiter hat mich überallhin begleitet. Und alle Zerstreuungen überstanden.

Helena kennt ein paar Haßformeln aus dem »Zarathustra«. Im Zusammenhang mit Nietzsche gibt es einen Satz, den sie manchmal verwendet, wenn ihr das Klavierspielen über ist: »Sie hätte singen sollen, diese Seele.« Daß der Satz mit Nietzsche zu tun hat, interessiert sie dabei nicht im geringsten. Diese Gleichgültigkeit tut gut.

Im zweiten Fichtenburger Jahr standen die Zeichen auf Russischsprachkurs. Die ebenso beispielgebenden wie beispiellosen Spezialklassen verwendeten großen Ehrgeiz darauf, mich mindestens zum Sprachprimus unter den Deutschen meines künftigen Studienjahres zu machen. Wie wenig dazu notwendig gewesen wäre, sollten Frau Doktor Kühnert, die Stellvertreterin Katos, und andere strebsame Lehrer unserer Schule vermutlich nie erfahren. Statt dessen wurden keine Mühen gescheut, mich in Fach- und Umgangsrussisch zu dressieren. Neben den Abiturfächern hatte ich jeden Tag zwei Stunden Einzelunterricht, eine Stunde Fachrussisch bei Frau Vera Tschernyschewa, einer drallen Moskauerin, deren Gatte als Fliegeroffizier in der Nähe stationiert war, und eine bei Sweta.

Mit der Offiziersmoskauerin war die Sache einfach. Hatte ich einmal das Periodensystem der Element durch, kannte ich bald auch die Bezeichnungen chemischer Verbindungen. Vera ließ sich von mir physikalische Gesetze oder mathematische Gleichungen an die Tafel schreiben und ins Russische übersetzen. Ich lernte nach dem Lehrbuch der achten Klasse, wie die Komsomolzen in Kiew oder Bratsk. Meine Fachrussischspezialistin hatte natürlich keine Ahnung von Leichtmetallen oder Maxwellschen Gleichungen, weshalb sie leicht zum Kichern zu bringen war; immer dann, wenn sie nicht mehr wußte, was wir machen sollten, und das geschah häufig. Sie sprach kaum besser deutsch als ich russisch, sah ein wenig wie Mireille Mathieu aus und bekam unter dem schwarzen Schnittlauchpony leicht eine rosa Stirn.

Nach drei Wochen gestand sie mir, daß sie in Moskau beim »Klub der Schauspieler« als wissenschaftliche Mitarbeiterin gearbeitet habe, bevor ihr Mann nach Fichtenburg versetzt wurde. In der Stolowaja des Offizierskasinos von Fichtenburg habe sie manchmal ausgeholfen, das aber eigentlich weder gedurft noch gemocht. Die Stunde Fachrussisch mit mir habe sie bekommen, weil Sweta Umgangsrussisch unterrichten wollte und Frau Doktor Kühnert auf Swetas Wunsch eingegangen sei. Dabei sei sie die ältere, stellte Vera Tschernyschewa schmallippig fest.

Beide Meisterinnen waren Mitte zwanzig, schienen nicht besonders erfahren zu sein, wie man einem mäßig Begabten wie mir die Sache beibringt, waren aber ausschließlich für diese Aufgabe von der Schulleitung aufgeboten worden.

Sweta hatte nur zur Hälfte russisches Blut, ihr Vater mußte in einer Künstlerkolonie südlich von Berlin ein bedeutender Arzt sein, weshalb sie viele Literaten und Fernsehleute kannte. Ihre Kindheit hatte Sweta bei ihrer Mutter, einer russischen Tänzerin, in Leningrad und Moskau verbracht und auf einer der einschlägigen Datschen von Abramzewo, dem Refugium der Dichter, mit Kascha, Buratino und einem drei Jahre älteren Schwesterchen, das sich später als Teenager in der DDR das Leben nahm. Seit ein paar Jahren war Sweta mit einem bekannten Schriftsteller und Übersetzer in Halle verheiratet, von dort kam sie täglich zu meiner exklusiven Russischstunde mit dem Zug gefahren.

Beim ersten Mal führte uns Frau Doktor Kühnert zusammen, in einem der Seminarräume, die normalerweise dem Physikunterricht vorbehalten waren. Auf den Tischen lagen Spiegel und Glühlampen herum, die Kühnert, wie immer ein wenig nervös, zog die Vorhänge zurück, so daß zwischen Sweta und mir vor dem Overhead-Projektor ein Lichtbalken auf dem Fußboden entstand. Dann hakte sich die Stellvertreterin bei Sweta und mir unter und erzählte eine Kurzgeschichte über ihre erste Russischstunde, die sie vor zweiundzwanzig Jahren in Döbeln gegeben haben wollte. Derzufolge mußte die Welt damals noch ziemlich in Ordnung gewesen sein. Zweiundzwanzig, das sei ja genau die Mitte zwischen uns beiden, lächelte die Kühnert uns an, während Sweta forsch den Kopf zurückwarf und an ihrem Pferdeschwanz zupfte. Ihre dunklen Augen schaukelten hinter den Gläsern der Nickelbrille zwischen meiner linken Schulter und den prächtigen Schneidezähnen der Chefin hin und her, bis die Kühnert mit einem sportiven Kopfnicken aus dem Physikraum verschwand.

Lieb, aber eine Nervensäge, murmelte mir meine neue Lehrerin zu. Bisher habe sie in Naumburg höhere vietnamesische Offiziere unterrichtet, die meisten seien Alkoholiker gewesen, was sie noch gelber gemacht habe, als sie schon von Natur aus seien. Das kam wie runde Dropse aus der Rolle, breit und scharf zugleich, Berlin, nicht Moskau. Die nächsten drei Sätze sprudelte sie auf russisch hervor, und schon war ich draußen. Mit großer Anstrengung und unter Aufbietung meines gesamten spontan verfügbaren Vokabelmaterials versuchte ich klarzustellen, daß ich mich bisher für Russisch so gut wie nicht interessiert hätte und deshalb ziemlich am Anfang stünde.

Jetzt, als wir uns gegenübersaßen, traten Swetas Sommersprossen deutlicher hervor. Das habe sie sich schon gedacht, warum sollte man sich hier auch für Russisch interessieren. Die Kühnert habe ihr vorgeschwärmt, ich hätte so eine interessante Aussprache. Ob ich aus Bayern käme, denn ich würde das R so seltsam rollen, wie sie es in der DDR noch nie gehört habe. Also kannte sie sogar die andere Seite.

Meine Spannung wuchs, obwohl wir längst wieder ins Deutsche gewechselt hatten. Von dem R wisse ich nichts, und ich käme nicht aus Bayern. Einen Moment lang ärgerte ich mich, ihr nicht etwas von meinen westkommunistischen Eltern erfunden zu haben, die nach dem Mauerbau in die DDR immigriert seien. Sweta stand auf, um den Vorhang wieder zuzuziehen, an dem sich Frau Doktor Kühnert zu schaffen gemacht hatte. Müsse ja nicht gleich jeder sehen, daß wir hier drin allein seien. Dabei streckte sich draußen nur ein fußgängerfeindlicher Rasen mit Stiefmütterchen aus.

»Russisch für Anfänger« stand auf dem Buch, das sie aus der Tasche kramte und mir zuschob. Es sei besser, damit zu beginnen, alles andere sei vorläufig wohl zuviel. Ob ich einverstanden sei, wenn sie mich Robert nenne und ich sie Sweta? Der fliegende Robert, lachte sie mit einem rollenden R. Ich lachte mit. Robert und Sweta, das sei gut, aber »Sie«, ob das nötig sei? Mit meiner Antwort war ich diesmal zufrieden. Wir sollten das Personalpronomen »wy« nicht zu schnell abschaffen, sagte sie. Im Deutschen und solange wir unter uns seien, gehe das »Du« aber schon in Ordnung. Ihre Sommersprossen leuchteten wieder. Wieso sprichst du eigentlich so gut russisch, du kommst doch gar nicht von da?

Die Pilotengattin und das pferdeschwänzige Exotengeschöpf mit Leningrad und Berliner Künstlerkolonie, Ballett und Medizin als kulturellem Hintergrund bildeten schon ein spezielles Tandem. Da wir uns täglich trafen, gab es täglich einen guten Grund, sieben Uhr morgens aufzustehen und zur Schule zu gehen: erst Vera, dann Sweta. Erst Chemikalisches, dann Konversation.

Daß mit der astreinen Russin nicht zu spaßen war, trotz allen hilflosen Kicherns, wußte ich nach der ersten Vokabelkontrolle, knapp drei Wochen später. Hier empfahl sich mindestens, vorsichtig zu bleiben.

Sweta ließ sich ködern. Ich konnte sie zum Beispiel überreden, eine Stunde über Musils »Mann ohne Eigenschaften« zu reden, ein Buch, über das ich mich trickreich zu produzieren versuchte, ohne es gelesen zu haben. Ich hatte herausgefunden, daß meine Mentorin aus undurchsichtigen Gründen für diesen Musil schwärmte. Die literarischen Konversationen waren zu subtil, um auf russisch geführt zu werden. Das machte den Unterricht bequem. Da Sweta fast so schnell und intensiv rauchte, wie sie sprach, während sie ihren weizengelben Pferdeschwanz bearbeitete, wurde der Unterricht nach jeweils einer Viertelstunde unterbrochen. Sie verschwand dann mit der Zigarette auf dem Klo, damit sie auf dem Korridor keinem Kollegen begegnen mußte. Ich blieb brav im Physikraum.

Bei soviel Anhänglichkeit fühlte sich Sweta wohl. Nach Musil wechselten wir das Thema zu lebensnaheren Dingen, Studentenparties und warum sie von ihrem Schriftsteller kein Kind wollte.

Als Frau Doktor Kühnert ankündigte, eine Stunde zu hospitieren, benutzten wir den Unterricht am Vortag zu einem intensiven Rollenstudium. Sweta schrieb mir alle wichtigen Fragen auf, die sie mir stellen würde, und die Antworten, die ich zu geben hatte, und ich versuchte am Abend, die Partie einzustudieren. Größte Sorge bereitete ihr, fünfundvierzig Minuten nicht rauchen zu können.

Am nächsten Tag kam dann die Kühnert nicht, daraufhin wurde das Stundenprogramm gewechselt. Sie hatte etwas mit einem Manteuffel gehabt, preußischer Adel, der sie oft aus dem Westen besucht haben sollte, und wie sie von ihm redete, war das für sie noch nicht überstanden.

Die Wochen schoben sich flott und ereignisreich übereinander. Als Vera vorübergehend krank wurde, mußte Sweta auch diese Stunde bei ihrem Musterschüler übernehmen. Madame Kühnert kam in den Unterricht und dankte Sweta in meinem Beisein für ihre Einsatzbereitschaft. Ich schloß mich an. Da Sweta aber terminlich sehr eingeschränkt sei, habe sie gebeten, den Kurs bei sich zu Hause in Halle durchzuführen, solange sie täglich zwei Stunden unterrichten solle.

Ich zeigte mich sehr einverstanden, mir schien, die Stellvertreterin setzte ein seltsam gönnerhaftes Lächeln auf. Swetas Brillengläser reflektierten dazu das milde Herbstlicht. Am nächsten Morgen holte ich mir im Sekretariat eine Dauerfahrkahrte und stieg nachmittags in den Zug nach Halle.

Ich kannte von der Stadt wenig, den Marktplatz, das Händelhaus, ein paar Bierkneipen, weiter war ich nicht in sie eingedrungen. Der Ernst-Thälmann-Platz am Bahnhof sollte der verkehrsreichste Ort der DDR sein und war auch für eine Sandmännchen-Serie nachgebaut worden. Ich kannte die Szene aus dem Fernsehen meiner Kindheit. Hier fuhr die Straßenbahn ab, die zu Swetas und ihres berühmten Mannes Wohnung führte.

An der Tür fand ich eine Notiz, sie sei gleich zurück, die notierte Zeit war allerdings schon vor drei Stunden verstrichen. Am späten Nachmittag war es dann soweit. Ich hatte im schummrigen Hausflur auf sie gewartet und war anfangs alle paar Minuten nach unten gelaufen, um sie vielleicht schon auf der Straße zu treffen. Die ganze Zeit über hatte ich im Hausflur niemanden zu Gesicht bekommen. Auf halber Treppe gab es ein Fenster zum Hof, als ich es öffnen wollte, knarrte der Rahmen bedenklich. Das Linoleum auf dem Absatz war aufgerissen, trockenes Bohnerwachs klebte am Holz, in die Ölfarbe an der Wand waren die obligaten Zeichen und Grüße eingeritzt. Einen Moment überlegte ich, ob das vielleicht das Werk von Leuten war, die alle auf Sweta gewartet hatten.

Wieso ich heute schon da sei, die Lektionen sollten doch erst morgen beginnen? Ihr Mund hatte sich zu einer Rosenknospe zusammengezogen, als wollte er mit einem Zug eine Zigarette verschlingen. Ich wußte, daß sie unrecht hatte, behielt es aber für mich. In dem Beutel, den sie vor der Tür abstellte, klapperten Flaschen. Gut, dann müsse ich wohl morgen wiederkommen. Sie sah kurz zu mir die halbe Treppe hinauf, dann drehte sie den Schlüssel herum, trat durch die Tür und kümmerte sich nicht weiter

Von drinnen kam Musik, *The House of the Rising Sun*. Dann zischte Fett in der Pfanne, und auf dem Flur breitete sich Bratengeruch aus. Als ich die Tür hinter mir zugedrückt hatte, stand ich in einer unabsehbar langen Flucht von Bücherregalen, die hin und wieder von Türen unterbrochen wurden. Eine Siamkatze kauerte vor der halb geöffneten Küchentür und blinzelte mich verständnislos an.

Ich ging auf die Katze zu, um die Tür aufzustoßen und Sweta zu zeigen, daß ich zu bleiben entschieden hatte. Im letzten Moment konnte ich eine Gestalt aus dem Augenwinkel erkennen, die aus einem Zimmer aufgetaucht war und mich durch die Bücherflucht anstarrte. Der Mann mit dem kurzgeschorenen Haar und der dicken Brille unter der wuchtigen Stirn war der Dichter, Swetas Gatte, soviel stand fest.

Mein zögerliches »Guten Abend« in seine Richtung rief sofort Sweta auf den Plan. Ehe der Mann irgend etwas sagen konnte, stand sie auf der Schwelle, den Pferdeschwanz nach oben gebunden, so daß er sich wie eine Schlange auf ihrer Stirn räkelte, und zog mich umstandslos in den Küchendunst.

Wieso mich der Dichter nicht klingeln gehört und Sweta nicht erwartet hatte, blieb zu erraten mir überlassen. Sweta jedenfalls ließ sich auf keine Diskussionen ein, hieß mich eine Flasche Rotwein öffnen und das Besteck aus dem Kasten nehmen. Von hinten rief jemand etwas Russisches, sie verschwand. Zwei Minuten später stand sie wieder am Herd und befahl mir über die Schulter, ich solle den Tisch im Nebenzimmer decken.

Der Abend gehörte zu den anstrengendsten, seit ich von zu Hause fortgegangen war. Als wir schließlich bei Fleischklößchen und Erbsen um einen runden Tisch saßen, von mehreren Stativen umstellt, die horizontal eingerichtete Scheinwerfer hielten, die Katze beobachtete uns merkwürdig konzentriert vom benachbarten Buffett aus, hätte ich mich gern in das Sitzkissen unter mir verkrochen. Der Dichter sah mich innerhalb einer Stunde zweimal kurz an, ohne ein Wort an mich zu richten. Mit ihr wechselte er kurze Beiläufigkeiten in dahingezischtem Russisch, ich hatte keine Chance.

Nach jeder Gabel zählte ich die Erbsen auf dem Teller mehrmals hintereinander, um gesammelt in eine Richtung schauen zu können. Ich wußte nicht, was schlimmer war: daß ich von diesem Herrn nichts gelesen oder nur Abfälliges über ihn gehört hatte. Sweta goß mir Wein nach und war ansonsten in die Zeitung vertieft, die sie neben sich ausgebreitet hatte.

Als ich endlich eine Möglichkeit fand, aufzustehen und mich zu verabschieden, schob sie mich am Dichter vorbei in den Flur, warf sich ihre Jacke über die Schulter und kam mit nach unten. Bevor wir den letzten Treppenabsatz erreicht hatten, blieb sie eine Stufe über mir stehen und versuchte, sich eine Zigarette anzuzünden. Unten quietschte die Straßenbahn vorüber, die Katze strich zwischen meinen Beinen. Beim Aufflackern des Streichholzes leuchteten ihre Sommersprossen. Ich spürte, wie das Blut aus meiner Nasenspitze wich. Nachdem sie auch beim zweiten Versuch kein Glück mit dem Feuer hatte, nahm ich ihr die Zigarette aus dem Mund. Ihre Lippen schmeckten salzig. Guck dir den Kleinen an, kam es zurück. Dann zog ich ihr das Gummi aus dem Pferdeschwanz.

Der Nachmittagsunterricht in Swetas Altstadtwohnung führte weit an den Sprachkenntnissen, mit denen ich in der Sowjetunion bestehen sollte, vorbei. Der rechte Flügel der Wohnung wurde von ihr, der linke vom Dichter bewohnt, der jedoch so gut wie nie zu sehen war.

Wenn ich Sweta Glauben schenken sollte, hatte der Mann viel an der Universität zu tun, und ich schenkte ihr den Glauben, ins horizontale Licht einer Stehlampe getaucht, die neben Swetas Bett kippelte. Das Bett stand in einem dreieckigen Erker, unter dem die Kluft der Gasse mäanderte. Das Zimmer war neben einem Papierlampenschirm an der Decke nur mit großen Spiegeln eingerichtet, durch deren Pforten sich unsere geröteten Gesichter und Liebkosungen ins Endlose fortsetzten. Um die Zeit nicht nur damit zu verbringen, trichterte sie mir erotische Idiomatik ein, die ich in keinem Lehrbuch gefunden hätte. Auch der biochemische Wortschatz kam nicht zu kurz. Ich wußte nie, ob der Dichter zu Hause war oder wann er nach Hause kommen würde.

Die Meisterin erweckte den Eindruck, die Fäden unbeirrt in der Hand zu haben. Sechs Uhr abends, wenn die Glocken der benachbarten Kirche läuteten, wurde der Unterricht ordnungsgemäß für zweiundzwanzig Stunden unterbrochen. Für mich war es an der Zeit, nach Fichtenburg zurückzukehren.

In den ersten Wochen wurde ich auf den Heimfahrten von Sehnsuchtsausbrüchen und schweren Skrupeln hin und her geworfen. Nicht ich trug ein verbotenes Geheimnis, das Geheimnis trug mich herum. Hatte sie ihre Brille abgelegt, suchten Swetas Pupillen einen Schnittpunkt im Raum hinter mir, und zuweilen beschlich mich das Gefühl, dort stünden der Dichter oder Frau Doktor Kühnert. Wenn ich bei der Kontrolle im Zug dem Schaffner meine Dauerkarte entgegenhielt, kam ich mir wie ein Verbrecher vor, der seine Lage auskostet.

Und wenn mich Sweta morgen empfangen würde, um Physikvokabeln abzufragen, als wäre nie etwas anderes gewesen? Würde ich das dann mitspielen oder sie ins Bett ziehen? Und wenn sie sich wehrte? Sie wehrte sich nicht, im Gegenteil.

Vera Tschernyschewa kehrte in die Schule zurück, und Sweta setzte bei der Kühnert durch, daß ihr Unterricht trotzdem weiter in Halle stattfand. Der Dichter war für einige Wochen verschwunden, nach Sibirien. Es gab keinen Grund mehr, nicht ganz und gar nach Halle zu ziehen.

Nachts kamen manchmal Anrufe aus dem Fernen Osten, in denen sich Sweta von abenteuerlichen Autofahrten auf zugefrorenen Flüssen erzählen ließ und mir hin und wieder Luftküsse zuwarf. Morgens verließ ich um sechs Uhr das Haus, um im Gewühl zwischen Leuten mit plärrenden Kindern, Fahrrädern und Aktentaschen dem Bahnhof entgegenzuschweben. Nach den kurzen Nächten ging ich ungerührt durch diese graue Hektik. Manchmal im Tunnel unter dem Thälmann-Platz hörte ich den eigenen Herzschlag zwischen Straßenbahnen und Motoren im Ohr klopfen. Ich war nicht mehr sicher, was außen, was innen war.

Beim Blick aus dem Zugfenster über die Chemiesteppe von Schkopau mußte ich aufpassen nicht abzustürzen. Jetzt lagen etliche Stunden seriösen Unterrichts vor mir und die Gefahr, daß mein nächtliches Ausbleiben inzwischen ausgemacht war und mich Verhöre mit Kato und seinen Sekundanten erwarteten.

Vera Tschernyschewa war die erste, die mich auf Blässe und Augenringe ansprach. Ich meinte, Neid aus dem Vorwurf herauszuhören. Dann schickte mich die Heimleiterin zum Arzt, natürlich ging ich nicht hin. Olaf und Jörg deckten die Ausflüge, sie gingen davon aus, ich hätte mich bei einer Studentin einquartiert.

Zwischendurch erschauerte ich im Genuß des Geheimnisses. Die Stunden im Hörsaal und im Labor zogen wie fremde Inseln an mir vorüber, ich war vor allem darauf bedacht, im Strom nicht anzustoßen oder irgendwie besonders aufzufallen. Dabei entdeckte wahrscheinlich nur ich nicht, wie ungewöhnlich ich mich benahm und deshalb die Aufmerksamkeit der anderen auf mich zog.

In dieser Zeit gerieten gewagte Mutmaßungen im Wohnheim über mich in Umlauf. Ich nähme Rauschgift, wäre krebskrank oder durch meine Beziehungen zu kritischen Kirchenkreisen in Schwierigkeiten gekommen. Alles falsch. So pendelte ich einige Wochen zwischen Fichtenburg und Halle. Die Ermüdungen nahmen zu, die Augenschatten wurden tiefer, die Nächte auch.

Schließlich nahm mich Sweta mit zu ihrer Halbschwester, die als Ärztin an der Uniklinik arbeitete und nur ein paar hundert Meter entfernt wohnte. Es war der erste Abend in Gesellschaft, seit wir zusammen waren. Die Halbschwester hatte ein Baby, es waren außer uns mehrere Leute eingeladen, offenkundig alles Medizinstudenten oder Ärzte. Ich haßte dieses Milieu. So gab es gleich mehrere Gründe, mich zurückzuziehen und den Abend möglichst unauffällig auf dem Sofa sitzend zu verbringen.

Sweta stellte mich grinsend als ihren Schüler vor, und es fehlte nicht viel, daß man mir ins Maul geschaut und die Muskeln abgefühlt hätte. Daß ich so lange von Zuhause weg bleiben durfte. Sweta gluckste, ohne mich anzuschauen. Dann lehnte man sich über das Gin-Tonic-Glas, spreizte die Federn und unterhielt sich auf Zehenspitzen über die letzten Nachtdienste. Jemand spiele neuerdings Tennis und sei schon zweimal mit Udo Lindenberg verwechselt worden. Dazwischen gingen die Zigaretten an und aus, begleitet vom Geplärr des Säuglings.

Sweta rutschte auffällig in Richtung Tennisspieler vor,

während die Halbschwester nach meinen Eltern fragte und mich über den Brillenrand dabei beobachtete, wie ich aus Verachtung für ihre Freunde und Sweta schneller trank und die Unterlippe immer weiter vorschob.

Während man verhandelte, ob man beim nächsten Künstlerfasching auf Giebichenstein mitmachen sollte und wieso Offiziere auf Zeit neuerdings häufiger zur Reserve gezogen würden, drehte ich mein Glas in der Hand und versuchte, mich an Swetas und meinen Ausflug nach Leipzig vom letzten Wochenende zu erinnern.

Wir hatten uns am Völkerschlachtdenkmal getroffen, sie war aus Halle, ich aus Fichtenburg gekommen. Es nieselte, man konnte keine hundert Meter weit sehen. Ihre Idee, hier spazierenzugehen, hatte sich erledigt. Das Denkmal hörte sich wie eine Tropfsteinhöhle an. In der Halle hing ein lappiges Papier mit Erklärungen. Die Karyatiden symbolisierten Tapferkeit, Volkskraft, Opferfreudigkeit und Glaubensstärke. Wir wollten nicht länger bleiben und fuhren in die Stadt. Sie hatte Karten fürs Gewandhaus organisiert, aber wir brachen nicht rechtzeitig aus einer Bierkneipe auf. Also ließen wir das Konzert sausen. Am Ende fuhren wir im Unihochhaus ins Restaurant und tranken Sekt. Das lag erst ein paar Tage zurück.

Ich hielt die Lider halb geschlossen, als könnte ich mich so aus dem Gezwitscher am Tisch ausschalten und auf den Abend mit Sweta in Leipzig konzentrieren. Trotzdem entging mir nicht, wie der Tennisspieler wie selbstverständlich den Arm um Swetas Schultern legte, ohne daß sie aufhörte, irgendeine Geschichte von ihrem Dichter zu erzählen. Ich hatte pötzlich das Gefühl, alle beobachteten mich und warteten genüßlich auf Reaktionen von mir.

Einen Moment lang stellte ich mir vor, den Typen ins Gesicht zu schlagen, und was dann passieren würde. Die

Überlegung kam emotionslos, mechanisch, als ginge es darum, Gin nachzuschenken. Das tat ich dann auch, dabei fiel mir auf, daß sich offenbar niemand für meine Anwesenheit oder gar meine Überlegungen interessierte.

Links und rechts knutschte und plauderte man, die Halbschwester war zu ihrem Kind verschwunden, und Sweta ließ sich gerade lachend auf den Schoß des Tennisspielers zurückfallen. Das Sofa hatte schwache Federn, ich hätte mühelos das Kinn auf die Tischplatte legen können. Ich mußte kräftig schlucken, um den Brechreiz unter Kontrolle zu halten. Mein Körper drängte sich zwischen mich und die anderen.

Jetzt kam es darauf an hochzukommen, sich am Tisch vorbeizuschieben und möglichst gerade durchs Zimmer zu gehen. Bevor ich mich ganz aufrichten konnte, kippten Wein- und Ginflaschen über die meist leeren Gläser, jemand riß eine Kerze vom Teppich. Durch das Gefeixe fiel mir Swetas Gesicht auf. Sie hatte die Stirn kraus- und die Mundwinkel hochgezogen, dann machte sie einen Flunsch.

Ob mich jemand nach unten begleitet oder ich selbst den Weg zur Straßenbahn gefunden hatte, daran konnte ich mich später nicht erinnern. Auf dem Bahnhof patroullierte eine Militärstreife.

Ich drückte mich in der Mitropa in eine Ecke, der nächste Zug würde halb fünf Uhr früh fahren. Mit der Frühschicht. Ich zählte die blauen Kacheln an der Wand gegenüber unter dem Honecker-Bild. In Abständen biß ich mir so lange auf die Lippen, bis Blut kam.

Mit geschlossenen Augen hatte ich Sweta in diesem Restaurant im Leipziger Unihochhaus vor mir. Wenn sie sich zu drehen begann, starrte ich auf den olivgrünen Ärmel meines Parkas. Das Bild kam zur Ruhe.

Drei Tage danach konnte ich wieder zum Unterricht erscheinen. Inzwischen hatte sich Olaf um alles gekümmert, er hatte sogar ein paar Sachen aus Swetas Wohnung geholt. Wann ich ihm davon erzählt hatte, wußte ich nicht mehr. Ich war nicht überrascht, als ich am Morgen durch Katos Sekretärin erfuhr, mein Russischunterricht finde ab sofort wieder ausschließlich an der Hochschule statt und ich hätte die Dauerfahrkarte zurückzugeben.

Sweta fragte mich mit vorgeschobenen Kinn, warum meine Unterlippe so ausgefranst sei. Dann schlugen wir die Bücher auf und lasen einen Übungstext über vollendete und unvollendete Zeitformen. Eine Viertelstunde später ging sie aufs Klo, um eine Zigarette zu rauchen. Sechs Jahre später war sie tot. Sie soll am Ende noch sechsunddreißig Kilo gewogen haben.

6

DIE WASSERPUMPE, die im Keller an die Zisterne angeschlossen ist, hat das Gewitter heute nacht nicht überstanden. Ivano zeigt mir den durchgeschmorten Kondensator, als *idraulico* ist er ein treuer Auftragnehmer, der bei mir auf seine Kosten kommt. Ivano hatte einen russischen Vater, der als Zwangsarbeiter während des Krieges hier im Tal in der Landwirtschaft arbeitete und später durch die Heirat mit Ivanos Mutter in Italien bleiben konnte. Bis zum Schluß habe der Alte nur schlecht italienisch gesprochen, obwohl man sowohl in der Familie als auch sonst weit und breit anders mit ihm gar nicht habe sprechen können. Weder habe er es richtig gelernt, noch jemandem Russisch beizubringen versucht. Auch Ivano nicht. Russisch habe hier niemand gelernt.

Bis zu seinem Tode sei auch nie ein Verwandter aus dem Osten aufgetaucht. Erst, nachdem er gestorben war, vor vier Jahren, fuhr plötzlich ein Mercedes mit italienischem Kennzeichen vor, und ein ungefähr fünfzigjähriger Mann stieg mit einem Dolmetscher aus und gab ihm, Ivano, zu verstehen, ein Cousin zu sein. Der Mann hatte ihm in dieser seltsamen Sprache erklärt, seine Mutter und Ivanos Vater seien Geschwister gewesen und gemeinsam in Charkow an der russisch-ukrainischen Grenze aufgewachsen. Der Cousin war aus Kiew, hatte er zumindest behauptet, obwohl er mit einem italienischen Chauffeur vorgefahren war. An beiden Handgelenken hatte er eine goldene Longlife, dazu einen feinen Anzug. Den Dolmetscher, einen Italiener, der nicht aus dem Tal und sicher auch nicht aus Norditalien gewesen war, behandelte der Russe sehr von oben herab. Er hielt sich nicht lange auf, er war auf der Durchfahrt und wollte nur die zweite Heimat seines Onkels einmal sehen.

Da standen sie sich also gegenüber, Ivano und sein russischer Cousin, in der Werkstatt zwischen den Heizungsrohren und Waschbecken, und der Russe sah für einen Augenblick in den Computer, um sich von Ivano das Auftragssystem zeigen zu lassen, und verabschiedete sich dann mit kurzem, aber freundlichem Gruß.

Als der Mann das Auto mit dem Dolmetscher wieder bestieg, fielen Ivano die getönten Scheiben hinten im Wagen auf. Es kam ihm vor, als habe jemand auf dem Rücksitz die ganze Zeit gewartet, eine Frau mit langen blonden Haaren. Der Dolmetscher fuhr los, und Ivano schaute dem Mercedes nach, wie er Richtung Como davonfuhr. Nicht einmal den Namen hatte der Russe genannt oder umgekehrt von ihm wissen wollen. Überhaupt hatte er, Ivano, im nachhinein den Eindruck, der Mann habe schon gut Bescheid gewußt, bevor er ihn besuchte. Er sei mit der größten Selbstverständlichkeit auf ihn zugegangen und habe sich die Werkstatt zeigen lassen, als seien ihm diese Angelegenheiten seines Cousins längst bekannt, und allein die Neugier, sich persönlich zu überzeugen, habe den Mann vielleicht hierher geführt. Nicht eine einzige Frage habe er gestellt, weder nach Loredana, noch nach dem Jungen sich erkundigt. Das Ganze sei auch so überraschend gekommen, daß Ivano selbst nicht die Zeit gefunden habe, sich diesen Cousin einmal näher anzusehen und ihn nach etwas Konkretem zu befragen.

Trotzdem beschäftigt ihn diese Angelegenheit noch lange über jenen Tag hinaus. Ob ich die Russen gut kennen würde, interessiert ihn plötzlich. Seit dem Zusammenbruch des Kommunismus werde viel über die russische Mafia und ihre Verbindungen in den Westen geredet, speziell nach Italien und Sizilien. Wenn nun dieser unvermutete Cousin dazugehörte? Er hatte zwar nach der Hinterlassenschaft des Vaters nicht weiter gefragt, aber wenn er sich doch dafür interessierte?

Ivano gehört keineswegs zu den Wohlhabenden. Er ist ein kleiner schmaler Mann Ende vierzig, mit schütterem Haar, großer dicker Brille, mit energischer Stimme und vierzig Zigaretten am Tag. Der Cousin aus Kiew bedeutet einen Einschnitt in sein Leben, einen Einschnitt, dessen Ende für ihn nicht absehbar ist. Er entdeckt jetzt die Welt außerhalb vom Intelvi und die Zeit vor seiner Geburt neu. Er kauft sich Geschichtsbücher über den letzten Krieg, über Mussolini und Stalingrad. Der Vater hat ihm wenige Monate vor seinem Tod ein vergilbtes kleines Foto geschenkt, mit wunderlich gekleideten Menschen vor einer Holzhütte darauf.

Die Männer hätten ausgemergelte Gesichter und lange Bärte gehabt, die Frauen seien korpulent gewesen, hätten große Kopftücher getragen, so daß man ihre Haare gar nicht habe sehen können, und sie hätten mit silbrig blitzenden Zahnprothesen gelächelt, während die Kinder barfuß gewesen seien und sich an den Händen gehalten hätten. Zwischen der Menschengruppe vor dem Haus und dem Fotografen hätten sich der Himmel und das Haus in einer ansehnlichen Pfütze gespiegelt. Das sei die Großfamilie des Vaters gewesen, 1917, im Jahr der Revolution, und der Vater sei kaum zu sehen gewesen auf diesem Foto, denn er habe in einem großen grauen Tuch gelegen und sei von einer der dicken Frauen in den Armen gehalten worden. Nach Kiew wolle er vorläufig trotzdem nicht fahren. Ivano ist ein Mann aus den Bergen. Früher hat er in der Schweiz im Valle Muggio gearbeitet, dem Nachbartal des Intelvi. Für Ivano Ausland genug.

Ivanos Kleinbus schiebt sich vom Grundstück. Ich sehe ihn nach unten Richtung Castiglione zwischen den Bäumen verschwinden. Die plötzliche Ruhe fällt über mich her. Woher kommt das? Erinnerungen nähern sich mit gedämpftem Brummen. Engramme breiten sich zwischen den wippenden Baumkronen aus. Rußland. Auch hier. Eumenidien zerren Erfahrungsmüll aus den Zwischenlagerstätten meiner Hirnrinde. Wie breit der Graben zwischen damals und heute auch ist, die unterirdische Kommunikation geht weiter, lebt weiter. Es gibt eine erste Biographie in der zweiten. Ein Parasit in der Wirtszelle. Seine Annäherung, sein Weiterleben, seine eventuelle Fortpflanzung hängen nicht von einem selbst ab. Hin und wieder scheiden wir tote Kapseln aus, aber der Kern lebt weiter. Die alten endogenen Schatten stehen überall auf, wo ich für einen Augenblick haltmache. DDR, UdSSR, die untergegangene und die verwunschene Heimat. Keine Geschichte, keine Gesellschaft. Das gehört in die Lehrbücher, in die Archive. Im Stollen der Biographie schlummern namenlose Vermögen. Wach bleibt das unzerstörbare, andere Ich. Nicht Ivano zieht es nach Rußland, ich muß zurück.

Es begann mit einem Beinahe-Rückzug, bevor es begann. Meine Zustimmung, nach dem Abitur in der Sowjetunion Chemie zu studieren, hätte ich gerne widerrufen, bevor es losging. Wäre da nicht der protestantische Ehrgeiz der Eltern gewesen. Meine Haltung erschien absurd genug. Wie kann man an einer Spezialschule für Naturwissenschaften die Reifeprüfung ablegen und dann Priester werden wollen? Genau das wollte ich.

Der unfreiwillige und ahnungslose Anreger dieses Wünschens war Johannes Schollenmacher und seine Studentengemeinde. Das Pfarrhaus hatte den vertrauten protestantischen Geruch: nach alten Möbeln und Büchern und Waschmitteln aus dem Westen. Die Einrichtung der Zimmer war provisorisch und großzügig zugleich. Ich ging mit Olaf dorthin, durch stockdunkle Gassen, deren Gebäude längst unbewohnt und verfallen waren. Tote Fensterlöcher, bizarre Fassadenfetzen, steter Tropfen aus perforierten Dachrinnen. Eine schmierige Pflasterstraße führte an einer mittelalterlichen Mauer entlang: eine verwunschene Stadt.

Im Pfarrhaus trafen wir Leute, die wir nicht hätten treffen dürfen und nur an diesem Ort treffen konnten. Hierher fanden Mathematikstudenten und prominente Literaten, zwischen den Gesprächen zupften uns die blondschöpfigen Kinder aus dem Nachbarhaus an den Ärmeln, um mit uns auf dem feuchten, moosgeränderten Hinterhof Ball zu spielen.

Nach dem Eklat um Biermann hatten sich ein paar Intellektuelle der mißratenen Republik noch einmal zusammengerauft. Manche sind dann freilich schnell wieder umgekippt oder haben sich ins Bett gelegt. Man hatte in diesem Kreis längst oder sehr bald seinen absehbaren Konflikt mit dem Regime. Viele sind an diesem Konflikt erfolgreich geworden. Olaf ging noch einen Schritt weiter als ich und zog in den letzten Monaten unserer Schulzeit mit einer Liedermacherin durch die Kirchen des Landes, allerdings mehr von einem Musiker als von der Sängerin angezogen.

An Schollenmachers Tisch fielen Sätze, die sich schwer mit dem Leben und den Dingen draußen vereinbaren ließen, zumindest mit deren öffentlicher Seite. Wir streiften durch Dorothee Sölles Glaubenswelt, ihre Gedichte in Ormig-Kopien auf den Knien, erfuhren von einer alternativen ökonomischen Konzeption des Sozialismus, an der ein Mitarbeiter im Bereich Wirtschaftswissenschaften der Hochschule arbeitete, und lauschten den öligen, nasalen Erzählungen eines Dichters im prächtigen Rollkragenpullover aus Schafswolle.

Es wurde viel geraucht und kaum getrunken, ein Student mit furchterregend dicken Brillengläsern forderte den Aufbruch in eine kultisch-orgiastische Konfession, ein anderer sprach mit sachter, leiser Stimme von seiner Mutter, die ihn allein aufgezogen und dabei den Vater zu ersetzen versucht hatte, den Vater, der in russischer Kriegsgefangenschaft geblieben war. Die Greuel des Stalinismus, sagte jemand, seien selbst angesichts jener, die die Deutschen auf dem Gewissen hätten, nicht unter den Teppich zu kehren.

Es gab viel Neues unter Schollenmachers Zimmerdekkenlampe, die eigentlich nur aus einer einfachen Glühbirne bestand und von Zeit zu Zeit von einem Papierstern umkleidet wurde. Johannes gewann so etwas wie den Rang eines Meisters, er versammelte nicht so sehr Gläubige als flirrende Geister. Zum erstenmal erlebte ich die energischen Bedrängungen, es einem anderen nachtun zu wollen. Dieser Pfarrer entwickelte Faszination, und ich sah mich schon selbst in einem solchen Haus, umduftet von alten Möbeln, Büchern und Waschmitteln aus dem Westen.

Schollenmacher erfuhr nicht von der ungewollten Initiation, die er bei mir ausgelöst hatte. Er wurde – für mich überraschend – nach Wittenberg versetzt. Sein Nachfolger erwies sich keineswegs als ein Ermutiger meines unreiflichen Entschlusses. Überhaupt fiel die Spannung im Kreise schnell ab, auch fehlten bald die Besucher mit Rollkragenpullover aus Schafswolle und ihren respektgebietenden Meinungen und herbstbelaubten Versen. Es wurde nicht mehr geraucht, der Waschmittelgeruch verstärkte sich peinlich. Trotzdem trug ich das Tauziehen um meine Zukunft im elterlichen Hause aus. Der Kampf war fair und kurz. Im Grunde hätte ich mir vorab im klaren sein müssen, daß es mit meinen Eltern kein Zurück gab.

Die erste Ankündigung hatte ich in klassischer Form am Mittagstisch inszeniert. Es gab Nudelsuppe, die der Vater gern mit Senf aß. Ich beobachtete, wie der Senf vom Tellerrand allmählich in der Suppe verschwand, während der Vater mir bedeutete, was auf mich und die Familie zukäme, wenn ich jetzt abspränge. Natürlich müßte ich dann zur Nationalen Volksarmee, und so einfach sei das mit dem Theologiestudium sowieso nicht. Wir aßen mit dem schweren Silberbesteck, das unserer Familie nach der Auflösung des Kurhotels zugefallen war, besonders Nudelsuppe entwickelte auf den glänzend-grauen Löffeln einen anorganischen Geschmack. Vielleicht müsse meine Schwester auf einen Studienplatz verzichten. Ich solle doch mal mit Pfarrer Grieder sprechen, dem Gemeindepriester.

Nach dem ersten Wochenende war die Situation noch unentschieden, das zweite blieb ich in Fichtenburg und las die »Imitatio Christi« und »Heinrich von Ofterdingen«, nur von gelegentlichen Tütensuppen-Mahlzeiten unterbrochen, am dritten Wochenende spazierte ich mit der Mutter vom Aschenberg über das Hofmühlchen zur

Burgruine. Der Spätwinter spuckte seinen Nebelauswurf auf den Blätterboden in den Hohlwegen, ich lief schweigend mit hochgezogenen Schultern neben der Mutter her.

Ich hätte mir die Sache überlegt, sagte ich schließlich. Die Mutter sah zur Seite und nickte kurz.

Es mußte viel Zeit vergehen, bis ich restlos begriff, daß ich richtig entschieden hatte. Ich kehrte der Familie den Rücken und entdeckte die unauflösbare Bindung. Dieser Eros der Distanz hat mich seither nicht mehr verlassen. Heute suche ich Helenas Nähe und Helenas Ferne. Oft finde ich ihre Nähe in ihrer Ferne.

Ende Juli neunundsiebzig begab ich mich auf den Weg Richtung Osten. Wir fuhren zuvor für wenige Tage nach Berlin zu Freunden der Eltern und wohnten in einem Gartenhäuschen am Wasser, gegenüber dem Kabelwerk Oberspree. Hier hatten wir ein paar Jahre zuvor schon einmal Urlaub gemacht. Die Tage gehörten Flaniergängen durch die zugige Stadt, auf den Fahrten mit der S-Bahn suchte ich Aussichten auf Westberlin, einen Fetzen aus dem Jenseits. Abends zog es uns ins Konzert oder Theater. Wir hörten Mahlers Sechste, in der im letzten Satz zweimal ein gewaltiger Hammerschlag ertönt. »Damit wäre der Held zu Fall gebracht«, notierte der Komponist. Das Stück gehörte damals zu meinen Favoriten.

Das Gepäck bestand vor allem aus Wäsche, Büchern und Konservenbüchsen. Am ersten August, neun Uhr fünfundvierzig, ging der Zug vom Ostbahnhof Richtung Frankfurt/Oder, Brest, Moskau. Mit mir vielleicht hundert weitere junge Menschen, alle auf dem Weg zu einem Studienort in der UdSSR, alle begleitet von ihren Familien. Auf dem Bahnsteig standen wir, jeder für sich eingekeilt in einen Hexenring aus Gepäck und Verwandschaft. Reisetasche an Großmama an Schwesterchen an Kofferradio. Der Auszug von Freiwilligen, nicht in den Krieg, sondern ins Ungefähr. Als ich eingestiegen war und der Zug anfuhr, hob der Vater die Faust, fast wie zum Thälmann-Gruß.

Die meisten Leute kannten sich untereinander, ich kannte nur einen. Er nannte sich Pit und trug einen Filzhut auf dem strähnigen, schwarzen Haar, das ihm auf die Schultern fiel. Der Hut gab seiner Länge von knapp zwei Metern einen verwegenen Abschluß. Über seine rechte Augenbraue ging eine schnurgerade Narbe. Die pfirsichgelbe Lederjacke hatte Fransen auf dem Rücken. Pit glich eher einem Trapper als einem FDJ-Studenten. Wir hatten uns bei einem angeblich organisatorischen Vorgespräch in Halle getroffen, zu welchem wir vor allem darauf aufmerksam gemacht wurden, wir hätten als gute Staatsbürger die Sache der DDR zu vertreten und tunlichst jeden privaten Kontakt zu Ausländern anderer als der befreundeten sozialistischen Staaten zu vermeiden. Es blieb wenig Zeit, sich im stillen darüber zu wundern, daß es dort überhaupt andere Leute geben sollte. Dann bekamen wir einen großen blauen Reisepaß. Wir galten nun als Auslandsstudenten. Die anderen hatten das letzte Jahr vor dem Studium im Gegensatz zu Pit und mir in Halle an der Arbeiter-und-Bauern-Fakultät absolviert, der offiziellen Kaderschmiede von für die RGW-Länder bestimmten Schützlingen.

Natürlich war es ein Privileg, nach dem Abitur fünf Jahre in der Sowjetunion zu studieren. Nicht einmal so sehr, weil der Staat das Ganze finanzierte, das war selbstverständlich. Aber Absolventen von Universitäten und

Hochschulen jenes Landes, von dem man sich vor drei Jahrzehnten entschieden hatte, Siegen zu lernen, galten als die Hoffnungsträger von Wissenschaft und Technik, als die dem revolutionären Proletariat treu ergebene sozialistische Intelligenz. Dementsprechend fiel die Auswahl auf besonders verläßliche Jugendliche, die in Halle im letzten Jahr vor dem Abitur ihren ideologischen Feinschliff erhielten.

Wieso wir dabei waren, konnten Pit und ich nicht wissen, und wir wollten es auch nicht. Vielleicht verdankten wir unser Dabeisein einem schlichten Planungsfehler. Im Ausland hatte es mehr Studienplätze gegeben, als man in Halle Kandidaten hatte aufnehmen können. Da es uns an Sentimentalität fehlte, war uns egal, ob das tatsächlich die Ursache war für unsere Wahl. Wir waren nicht minder verläßliche Kandidaten als die anderen. Er kam aus dem richtigen Hause, ich von einer Kaderschule. Das mußte als Erklärung genügen.

Der Staat organisierte die Flucht vor dem Militär. Seit Jahren lastete der größte Druck auf mir bei dem Gedanken, mit neunzehn Jahren für mindestens achtzehn Monate in die Nationale Volksarmee einberufen zu werden. Es war schwer genug gewesen, den Anfechtungen und Erpressungsversuchen in der Schule zu widerstehen und den Wehrdienst nicht als Offizier auf Zeit auch noch zu verdoppeln. Nichts Widrigeres als diese grüne Uniform und die Promiskuität mit einem Haufen gleichaltriger Typen, denen Befehlen und Gehorchen in ihrer Entwicklung ausreichend beigebracht worden waren und für die das Militär als der Ausnahmezustand eines Alltags galt, der sich ebenso sinn- und farblos zusammenschob wie die Bewachung eines Grenzzauns oder ein Übungsmanöver mit den Brüdern der Roten Armee im Staub Brandenburgs gegen den fiktiven Natofeind.

Die Stunden im Kabinett des Schuldirektors aus den Jahren zuvor sind mir in detailfreudiger Erinnerung geblieben: Links saß ein Offizier, rechts der Parteisekretär, in der Mitte der Direktor. Der Klassenlehrer führte mich ins Zimmer, verließ uns aber gleich wieder mit einer ehrfürchtigen Kopfbewegung. Draußen war Pausenlärm zu hören, und der Direktor wollte von mir wissen, ob ich mir Gedanken gemacht hätte darüber, wie lange ich den Ehrendienst in der NVA zu absolvieren bereit sei. Meine Erregung rührte vor allem von der Angst, man könne meine Erregung sehen. Um so kürzer fielen dann immer die Antworten aus, was der Sache nützlich war. Darauf setzte das Bearbeiten von den Flanken her ein. Als Offizier auf Zeit hätte ich im Militär und im zivilen Leben die besseren Perspektiven. Auch käme dies meinen ohnehin ausgeprägten sportlichen Anlagen entgegen. Umgekehrt müsse ich damit rechnen, daß nicht jeder Studienwunsch erfüllt werden könne für Personen, die sich über die Bedeutung des Wehrdienstes nicht genügend im klaren seien.

Auf meine Frage, ob man es mit dem Bekenntnis zum achtzehnmonatigen Dienst bereits an einem eindeutigen Einsatz fehlen lasse, nickte mich der Direktor versonnen an. Der Vater habe ja auch nicht gedient. Nach einer Tuberkulose-Operation sei das schließlich kein Wunder, wandte ich ein. Der Direktor nickte immer noch versonnen. Ob meine Schwester eigentlich auch studieren wolle? Erst jetzt fiel mir auf, daß dieses Gespräch schon öfter geführt worden war. Sie sei noch nicht einmal neun Jahre alt. Und ob ich im Elternhaus einen parteilichen Standpunkt kennenlernte? Mein Vater sei schließlich auch Lehrer. Die Schwester fuhr einmal pro Woche mit einer Freundin in die Kreisstadt zum Ballettunterricht. Ich hätte zwar noch zwei Jahre Zeit, aber könnte ich mir heute schon einen Platz in den Reihen der Partei vorstellen?

Jetzt wackelte der Sekretär mit dem Kopf. Auch diese Wendung war nicht neu. Ich sei für solche Entscheidungen noch nicht reif. Als griffen wir Seite um Seite einer Liturgie ab. Beim Abschied schenkte mir der Mann in Uniform einen fast mitleidigen Blick. Ich kam einige Minuten zu spät zum Unterricht. Natürlich machte das in diesem Falle kein Aufhebens.

Solche Turniere hatte man einige zu bestehen. Es kam weniger auf Ehrlichkeit an als darauf, in den Gesprächen beweglich zu bleiben. Man ging nicht ungestraft zu weit, egal in welche Richtung, die Welle leckte von überall. Viele hielten nicht durch und unterschrieben für drei Jahre und mehr, einige, die zu mutig gewesen waren, wurden bestraft und bekamen keinen Studienplatz.

Mit dem Auszug Richtung Osten bot sich die unverhoffte Gelegenheit, den Käfig DDR für eine Weile zu verlassen und von außen zu betrachten. Begrenzungen hatte ich zur Genüge erfahren. Das Jenseits hinter einem Waldstück oder einem Flußlauf kannte ich aus der täglichen distanzierten Anschauung meiner Kindheit. Von der Burgruine über Bad Grüningen sah man bei gutem Wetter die Wasserkuppe, greifbar, unerreichbar. Man mußte nur ein paar Buchenzweige wegbiegen, und der Blick ging über in die andere Welt. Bin ich erst einmal in Philipstal, dann ist es auch nicht mehr weit nach Tokio, hieß es in Grüningen. Philipstal ist ein Werradorf im Hessischen. Man ist inzwischen in Philipstal gewesen, aber kaum in Tokio.

Es gab Mitschüler, die ich nicht bei sich zu Hause im Dorf besuchen konnte. Diese Dörfer gehörten zum Grenzgebiet und waren somit für mich verboten. Mit dem kleinen blauen Ausweis, den ich seit meinem vierzehnten Lebensjahr stets bei mir trug – so, wie man es mir bei der Aushändigung eingeschärft hatte –, durfte man gerade mal vorübergehend in die Tschechoslowakei fahren, ohne nach weiteren Erlaubnissen fragen zu müssen. Schon das Land Lenins war eine, wenn auch dunkle, Verlockung.

Wir haben Grenzen hinter uns gelassen, das Grenzenüberschreiten hat weder für Helena noch mich an Magie verloren. In der Schweiz ist man ohnehin immer gerade an einer Kultur-, Landes- oder Kantonsgrenze. Das Dies- und das Jenseits, mögen sie auch von relativer Bedeutung sein, haben ihre dialektische Einheit nicht verloren. Auch das Intelvi entspricht der Topographie der Grenze. Im Süden streift es das Tessiner Valle Muggio, nach Westen fällt es zum Comer See ab, nach Osten steigt es bis auf 1300 Meter an. Hier ragt der Balkon Italiens auf, die Sighignola, oberhalb von Campione am Luganer See. Der Balkon und das Fundament – die Spielbankenenklave Campione – gehören zur Republik Italien, das Bergmassiv dazwischen ist helvetisch. Unten im Casino dreht sich das Rad des Roulette, oben auf der Alm das der Heuwagen. Wir sind nicht unter die Räder gekommen, wir bewegen uns zwischen ihnen. Die Aussicht auf die Berge und Wasser ringsum bei klarem Wetter ist für Mitteleuropa beispiellos. Am vergangenen Heiligabend sah ich von dort aus am Mont Blanc die Sonne untergehen. Ich saß in einem Liegestuhl und beobachtete die wechselnde Rötung der Gletscher. Derlei Erfahrungen kommen ohne Beschreibungen aus. Sie entziehen sich dem Spiegel.

Erlebte Landschaft drängt in die Wahrnehmung. Die fjordartig steil abfallenden Seeufer, die sich unter dem Wasserspiegel Hunderte von Metern fortsetzen, haben eine schier zweidimensionale Dorfarchitektur erzwungen. Wie bei Mauk Escher kommt es zur Täuschung der Perspektive. Zur Vortäuschung: Wer aus beträchtlicher Höhe auf den See und seine Ansiedlungen hinabschaut, sieht plötzlich Turmfalken durch den Lago tauchen und Luftkissenboote über dem Wasser fliegen. An den Alpenausläufern verschmilzt die mediterrane mit der alpinen Pflanzenwelt. Skandinavien am Thyrrenischen Meer, Palmen am Gletscher.

Das ist kein fauler Natur-Kompromiß, sondern ein unentscheidbarer Streit der Elemente. Häufig sind die Gewitter, bei denen der Blitz ins Haus einschlägt oder zumindest im gesamten Dorf für eine Stromsperre sorgt. Während in den Uferparks die Orchideen blühen, fällt zehn Autominuten oberhalb letzter Schnee. Dort scheint wiederum zuweilen ungetrübt die Sonne, und der Blick in die Tiefe ist durch träge, schwebende Wolkenteppiche versperrt.

Wandern als Erinnerung an Energiegrenzen des Körpers. Und deren Erweiterung. Der Aufstieg zu den Berggraten zwischen den beiden Seen. Vom Haus ist das zunächst ein Höhenunterschied von tausend Metern zu Fuß. Ist man oben, auf der Via dei Monte Lariani, hat man ständig wechselnde Ausblicke auf die Alpensüdseite. Die Arme des Lago di Como räkeln sich durch die grünen Schluchten. An der Spitze Bellagio. »Alles ist vornehm und sanft, alles erinnert an Liebe und nicht an die Häßlichkeiten der Zivilisation«, meinte Stendhal. Inzwischen geht es manchmal über alte Militärstraßen und Steinplattenwege. Maiensässe im Schatten verwitterter Buchen.

Ziegennörbel weist den Weg durch das hohe Gras vorbei an Feuerlilien und Alpenrosen. Im Süden tief unten die Seidenstadt Como, im Norden, Richtung Engadin, die einstige Staufferfestung Chiavenna. Hier treffen sich Straßen zu drei einst strategisch bedeutsamen Pässen. Chiavenna kommt von chiave, der Schlüssel. Davon ist hier weder zu hören noch zu sehen.

Woronesch war einst Ort der Verbannung. Ein alter Lehrer aus Grüningen hatte mir vor meiner Abreise einen Gedichtband zugesteckt und mich gebeten, ihn nicht weiterzugeben, er sei hierzulande verboten. Es handelte sich um Gedichte von Ossip Mandelstam, Woronescher Hefte. Ich verstand vieles nicht, was aus diesen Versen sprach, sie zeigten mir Risse und Brüche in einer fremden, versponnenen Zärtlichkeit. Zugleich ahnte ich die elende Bedrängung, die diesen Inschriften zugrunde lag. Jede Zeile war vom Dreck abgezogen, trotzdem schwebten sie. Kein Hauch von Auswurf und Schwindsucht.

Die Ankunft in Woronesch sollte am ersten August erfolgen. Am Morgen zuvor betraten wir am Belorussischen Bahnhof Moskau, um am Abend vom Kasaner Bahnhof aus nach Woronesch weiterzufahren. Diese erste Begegnung mit Moskau war schnell vergessen. Ich entdeckte die Stadt erst später. Die nächtliche Zugfahrt von Moskau in den Süden – es war die dritte Nacht im Zug seit Berlin – versetzte mich in einen leichten Schwächerausch. Die Dinge verloren ihre Schwere, die Zeit ihre Wirkung. Die Fensterscheiben im Zug waren zersplittert, während der Fahrt dröhnte das Hämmern der Räder über die schadhaften Gleise herein. Zugleich hatte man sich vor dem Fahrtwind in acht zu nehmen, der Zug glich einem rauschenden Luftkorridor.

Pit und ich saßen in Decken gehüllt auf der unteren Pritsche. Die erste Wodkaflasche machte die Runde, zur Tröstung der durchgeschüttelten Glieder. Der permanente Vibrationskurs über zehn Stunden Reise tat das Übrige, um selbst Woronesch beim ersten Anblick freundlich aussehen zu lassen. Vor dem Bahnhof weitete sich der Platz zu einem Halbrund. In der Mitte eine Blechinstallation mit den Insignien des Reiches, von amorphen Straßen umkreist. Es mußte lange geregnet haben, alles war von Schlamm überzogen. Von der gegenüberliegenden Häuserfront blitzte eine hünenhafte Frau im weißen Kittel vor einem Reißbrett auf die Leute am Bahnhof herab, sie war auf ein Transparent gebannt worden, zur Erinnerung an die ruhmreichen Ingenieure.

Es gab kaum etwas, das Woronesch irgendeiner Stadt im weiten Rußland, in der weiten Sowjetunion, voraushatte, am ehesten wohl noch den Stausee, dessen Wasser aus dem gleichnamigen Fluß stammte, einem Nebenflusses des Don. Hier lebte eine Million Menschen in der Infrastruktur für vielleicht Hunderttausend. Knappheit war die Grunderfahrung von der ersten Stunde an. Industrieanlagen, deren brüchige Architekturen in der Ferne titanische Spuren in den Himmel gruben, zogen tagtäglich Menschen an, die sommers in kurzen Hemden und Röcken und winters in Pelzmützen auf dem Weg zur Arbeit die Straßen überströmten und nirgendwo genügend Platz hatten.

Die kommenden neun Wochen sollten wir in Wohnheimen im Stadtzentrum verbringen, dem Quartier. Dabei zeigte sich, daß das Quartier das magische, exotische Zentrum der Stadt war. Bahnhof und Universität waren nicht weit, verwilderte Parks und die Hauptstraße Woroneschs, der Lenin-Prospekt. Hier kreuzten sich die

Wege ausländischer Studenten aus vieler Herren Länder, ein bunter Stein in makellos russischer Wüste. Auf dem Gelände des Quartiers gab es sechs Wohnheime, in denen nahezu zweitausend Leute wohnten, jeweils zur Hälfte Russen und Ausländer, viele von ihnen blieben nur für Monate, andere für zehn Jahre und länger, man sprach alle möglichen Sprachen, oftmals nur nicht Russisch.

Im Quartier wurden die Facetten des Lebens offenbart: Hochzeiten und Kiffpartys lockerten den Alltag ebenso auf wie Razzien, Vergewaltigungen oder Vorlesungen im Fach »Wissenschaftlicher Atheismus«. Am Tag der Landwirtschaft strömten Bäuerinnen mit funkelnd-geschwungenem Silbergebiß und Wattestiefeln ins Quartier, am siebenten November marschierten die Proletarier aller Kombinate Reih an Reih mit den frisch gemusterten Jungs der Roten Armee an den Rabatten vorüber. Sozialistische Wohnheime unterschieden sich wohl kaum von denen anderer Epochen, von Details wie vertrockneten Wandzeitungen am Eingang und anderen Ikonen in den Gängen einmal abgesehen. Unzuverlässige Kontrolle, Vermischung und Enge gehören zum Alltag dieser Behausungen.

Trotzdem sind Wohnheime Miniaturen ihrer Gesellschaften. Obwohl das nicht immer leicht zu erkennen ist. Der lockernde Impuls, der studentisches Leben antreibt, scheint stärker zu sein als die jeweilige Ordnung. Außerdem war die sozialistische Gesellschaft in allen, wie es hieß, zwischenmenschlichen Belangen liberal. Im Gegensatz zu vielen Studentenunterkünften in amerikanischen Colleges wohnten in der Sowjetunion die Geschlechter gemeinsam auf einem Flur. Man lebte in einer großen transnationalen, freizügigen Familie.

Die meisten Deutschen, die mit mir ankamen, sollten nur für die erste Zeit hierbleiben, um anschließend an ihre eigentlichen Bestimmungsorte im Kaukasus, in Mittelasien oder in den Städten am Ural gebracht zu werden. Die ersten Wochen dienten einem Russischlehrgang. Täglich acht Stunden Sprachunterricht. Unter den russischen Behörden gab es nur wenig Vertrauen in das, was wir in der Schule gelernt hatten. Mir gelang es in den ersten Tagen nicht einmal, nach der Uhrzeit zu fragen. Dafür wußte ich chemische Formeln und Reaktionsgleichungen, Stoffeigenschaften und Infinitesimalrechnungen herbeizubeten, schließlich sollte ich Chemie studieren. Das Corps der Freiwilligen aus der DDR nahm seine Arbeit im Ungefähren auf. Man hob keine Gräben aus, man gründete FDJ-Aktive und bestellte Agitatoren und Funktionäre, deren Aktionsradius auf die Semljatschestwo beschränkt bleiben sollte. Semljatschestwo heißt Landsmannschaft. Man hütete sich unter den Landsleuten, das zu übersetzen.

Ansonsten war die Weisung, Vokabeln zu lernen. Den Grund, weshalb ausgerechnet Woronesch als eine Art Vorbereitungslager ausersehen war, habe ich erst Monate später erfahren. In Moskau, wo diese Kurse für DDR-Studenten in den Jahren zuvor und ab 1981 auch wieder abgehalten wurden, liefen die Vorbereitungen für die Sommerolympiade 1980 auf für sowjetische Verhältnisse hohen Touren. Die Olympiade sollte vor allem ein Triumph der urbanen Qualitäten der Hauptstadt des Kommunismus werden. Moskau sollte strahlen und auch die erbittertsten Feinde aus dem Westen von der Stärke des Systems überzeugen. Es war die Zeit einer gewaltigen Aufbau- und Ordnungskampagne, ein ideologisches Verjüngungs- und Reinigungsvorhaben. Die Olympiade bot

Gelegenheit für eine materiell-technische und eine weltanschauliche Reifeprüfung: alle Anstrengungen auf das zu richten, was die Überlegenheit der eigenen Sache demonstriert. Moskau brauchte 1979 eine neue Dekoration. Seit Jahren war deshalb ein erhebliches Potential an Bauarbeitskräften aus allen Republiken zusammengezogen worden.

Da war kein Platz für die DDR-Freiwilligen im Ungefähr. Erst recht kein Platz war im Moskau dieser Zeit für alle als staatsgefährdend betrachteten Personen. In jenem Sommer und Winter haben, sollte ich später hören, Tausende Moskauer ihre Aufenthaltserlaubnis verloren und mußten innerhalb von vierzehn Tagen die Stadt verlassen. Saubere Straßen, saubere U-Bahnen, saubere Menschen. Das war die Devise in der Hauptstadt, achthundert Kilometer nördlich von Woronesch, während wir unsere Koffer auspackten.

Den besten Russischunterricht gab es, wenn die Landsleute nicht dabei waren. Auf der Straße, im Quartier, auf den Fluren der Obschtscheschitja, wie die Wohnheime in der Sprache Tolstois hießen, überall dort, wo wir beim Grüßen, Einkaufen, Waschen, Kochen, Trinken dieser fremden, zunächst unnahbaren Sprache schutzlos ausgesetzt waren.

Vor mir breitete sich eine unübersichtliche See aus. Das ferne Wort kam mir auf der Welle geheimnisvoller Idiome entgegen, und ich klammerte mich daran fest, spürte seinen kalten, metallischen Körper, spürte die Kette, die in die Tiefe des dunklen Wassers kroch, aber nun hätte ich im Wörterbuch nachsehen müssen, in welche Richtung dieses Wort wies, an welcher Grenze es lag und wohin ich mich zu wenden hatte, und dazu hätte ich das Wort mit dem kalten, metallischen Körper wieder loslassen müssen, und über mir wären unweigerlich die Wellen der geheimnisvollen Idiome zusammengeschlagen.

Es gab kein Zurück aus dieser unübersichtlichen Weite, es gab im Gegenteil neben dem schieren Kommunikationsbedürfnis ein zwingendes Motiv, dem Treiben auf den unberechenbaren idiomatischen Wellen Lust abzugewinnen. Auf dieser salzigen, unübersichtlichen See hieß es nämlich Abschied nehmen, sich abstoßen von der Landzunge der DDR-Semljatschestwo, dieser sächsisch-berlinischen Partei- und FDJ-Halluzinations-Gemeinschaft. Und das machte große Lust.

Wie schon im Zug nach Moskau befürchtet, kam ich zunächst mehr als je zuvor unter eine Art von Deutschen, die mir mit ihrem parteilich-stumpfen Gesichtsausdruck und dem immergrünen Parka gegen den Strich gingen. Selbsthaß: Ich trug anfangs auch diesen Parka und gab auch sonst kaum ein besseres Bild ab. Pit blieb vorerst die einzige Ausnahme.

Sein Idol war Mick Jagger, nicht Marx oder Einstein, gewiß nicht die beste Voraussetzung, um fünf Jahre in Woronesch zu überstehen. Später hat er mir einmal erzählt, beim Anblick der mathematischen Integrationszeichen hätte er immer eine E-Gitarre gesehen. Sein Vater war Diplomat in DDR-Diensten, Pit, in einem Internat bei Berlin aufgewachsen, hatte zu Hause die Macht aus der Nähe gesehen und sich trotz geographisch-politischer Hindernisse mit einer für einen sechziger Jahrgang verständlichen Verspätung für Flower-Power entschieden. Er sang und spielte die Stones auf englisch und deutsch, hatte selbst übersetzt, was er begriffen hatte; und er hatte vieles begriffen. Natürlich fehlte es ihm an Stimme und Talent, aber den zuckenden, stochastischen Gestus beim

Spiel, den zur Türform gebogenen Mund, die sanguinischen Bewegungen seiner Hände hatte er dem Original ziemlich gut abgeguckt.

Für Pit war Rußland ein Abenteuerland, das er Dank seines Daddy besser kannte als ich, ohne sich wirklich dafür zu interessieren. Er war damals der einzige Mensch weit und breit, der unter den gegebenen Bedingungen das Wort »Fun« beherrschte und wußte, was darunter zu verstehen war.

Da diese Stadt, in der wir eingesperrt waren, so dürftig war und blieb, wie wir sie vorfanden, mußte das Abenteuer auf andere Weise gefunden werden. Wodka war dafür die wesentlichste Voraussetzung, und davon gab es Gott sei Dank in den letzten Jahren von Väterchen Breshnew ausreichend. Während die anderen brav in die Russischstunden wanderten und Kinderlieder wie zum Beispiel das vom Krokodil Gena auswendig lernten, um so für die nächsten Jahre in Alma-Ata, Iwanowo oder Tiblissi die erforderliche intellektuelle und völkerkundliche Erfahrungsbreite zu sammeln, lernten wir erst einmal unsere Nachbarn im Wohnheim kennen; alles Ausländer, alle aus verbotenen Ländern: Äthiopien, Syrien, Kolumbien, Madagaskar, Algerien.

Frauen waren vorerst nicht darunter. Wir winkten uns auf den schummrigen Korridoren des Wohnheims kräftig zu, als läge die geographische Entfernung zwischen uns, die unsere Heimatländer trennte. Dann gab es einen ersten Kaffee oder Tee zu abgeschabten Bob-Marley-Platten. Ich machte schnell die Selbstbeobachtung, mit anderen Ausländern viel ungehemmter russisch zu radebrechen als im Beisein von Russen. *Kak djela, ty otkuda, otschen choroscho, dawaj kurim, wypim, ja is GDR, a ty?*

– schon nach wenigen Tagen war die Kommunikation gerettet.

Vermutlich begann in dieser Zeit die Staatspolizei mit der Beobachtung meiner Person. Aber das sollte mich erst knapp fünf Jahre später beschäftigen. Woronesch im August war gleichbedeutend mit unerbittlicher Hitze. Das Sommerextrem des Kontinentalklimas. Es war naheliegend, von den Afrikanern zu lernen, wie man damit umging, zum Beispiel verbot es sich, vor ein Uhr mittags aufzustehen und vor drei Uhr morgens ins Bett zu gehen.

Pit und ich hatten die ersten Abende und Nächte in Woronesch mit entgrenzten Zwiegesprächen zu den einschlägigen Themen zwischen *Lucy In The Sky With Diamonds* und der letzten Nacht mit der letzten Freundin bereichert. Anstatt die Stadt kennenzulernen, traten wir eine Reise ins Innere des anderen an. Schließlich sorgten unsere neuen dunkelhäutigen Freunde für frische Perspektiven.

Eines Nachmittags gingen wir hinunter zum Stausee. Zwei Algerier, Abbas und Nassar, führten uns zu einer Badestelle. Der See war ziemlich leer, gegenüber am anderen Ufer die Silhouetten des Kernreaktors und daneben eine Kautschukfabrik. Das Ufer war mit Müll übersät, zerbrochenem Glas, halbverbrannten Essenresten, Lumpen, Konserven. Die Luft schwankte in synthetischen Aromen. Trotzdem lagerten überall Leute, Familien mit lebhaften Kindern und umfangreichen Großmüttern. Wir fanden eine leidlich saubere Stelle und ließen uns von den Freunden zum Baden ermuntern. Das Vergnügen auf unserer Seite war von kurzer Dauer, als ich wenige Meter vor mir im Wasser mehrere Fischkadaver antreiben sah.

Bald war der Wasserspiegel damit übersät. Abbas und Nassar mochten nicht so rasch umkehren.

Die Russen, die sich im Wasser befanden, warfen die Fische einfach an den Strand. Wir setzten uns in gebührendem Abstand zum Ufer auf einen umgestürzten Betonpfeiler. Ungläubig blinzelnd gesellten sich die Afrikaner zu uns. Sie wiederholten einige Male ein und denselben Satz, wir verstanden jedoch nur das Wort *wsjegda*: immer. Der Vorgang interessierte auf zwiespältige Weise.

Die erste Halbliter-Flasche Stalitschnaja wurde geöffnet. Zum Sozialismus bekehrte Araber haben mit Alkohol nie ein Problem. Allmählich wurden die Fischleichen ans Ufer geschwemmt, zu Hunderten. Die Badenden störte das nicht. Das muntere Treiben ging weiter. Man stieg über die Kadaver hinweg, darum besorgt, nicht auf ihnen auszurutschen, und überließ sich dem Wasser. Kinder fanden Gefallen daran, aus den Fischen lange Straßen, Tunnel und Mauern zu bauen, und legten sie zu diesem Zweck in langen Ketten hinter- und übereinander.

Das war eine neue Erfahrung. Für mich hatte sich eine bislang unsichtbare Gefahr gezeigt. Der Betonbuckel des Kraftwerks, die leblos auf dem Wasser dahintreibenden oder am Strand von Kindern und Fliegenschwärmen umschwirrten Fischkörper und der gar nicht mehr pittoreske Dreck ringsum wirkten wie eine manifeste Todesdrohung, die mich besonders deshalb lähmte, weil es kein Ausweichen gab. Hier war mehr als nur etwas nicht in Ordnung. Die Sonne erinnerte an den Kupferteller, den der Vater einmal zur Kinder-und-Jugend-Spartakiade gewonnen hatte. Trotzdem erweckte auch sie kein Vertrauen. Ich begriff, für die kommenden Jahre in eine

Stadt tief im Russischen Reich eingeschlossen zu sein, die den Tod produzierte. Besonders deprimierend war dabei das offensichtliche Desinteresse der Leute, die in dieser Stadt zu Hause waren. Man legte die obskuren Fundstücke beiseite und lärmte fort. Wer hatte welches Gift mit welchen Wirkungen in den See gelassen? Die Frage klang absurd, da offenbar niemand außer uns anerkennen wollte, daß irgendeine Vergiftung eingetreten war. Das alles gehörte zur Realität wie das tägliche Brot. Nassar wiederholte den unverständlichen Satz und gab sich schulterzuckend Feuer.

Ich saß mit einem verspäteten DDR-Hippie und zwei parteitreuen Algeriern auf einem ölverschmierten Betonpfeiler und ließ eine Flasche Stalitschnaja kreisen, während sich vor mir zum erstenmal das Inferno auftat, wie eine lautlose Todesmelodie, und die Kinder am Strand summten den einstudierten Kanon mit. Das Alkaloid, das sich in Form von vierzigprozentigem Wodka in meinem Körper ausbreitete, war die einzige Wahrnehmung jenseits der Todesdrohung. Als antworte mein Organismus auf die latenten Aggressionen, die uns umgaben, ohne daß wir Genaueres über sie wußten. Vermutlich war das eine adäquate, zutiefst russische Reaktion: der Griff zur Flasche und das Sichausbreiten-Lassen des Wässerchen in den Eingeweiden, meine Einkehr in den Verhaltenskanon. Auf eine ganz entscheidende Weise war ich angekommen im Land der unbegrenzten Traurigkeit. Mir ging es wie dem delirierenden Wenitschka in Jerofejews »Reise nach Petuschki«, der als einziger gewahr wird, daß sein Zug in die falsche Richtung fährt, und sich darüber wundert, daß die anderen Passagiere um ihn herum so tun, als sei alles in Ordnung. Das Bild von dem See, der grau in der Sonne blinzelt und plötzlich schuppige Tierkadaver auszuspucken beginnt, an dessen Rändern Uran von schnellen Neutronen gespalten wird und zugleich Kinder mit Fischleichen spielen, ist mir wiederbegegnet.

Hier hätte Tarkowski seine letzten Szenen zu *Stalker* gedreht, wäre er nicht mit geheimnisvoller Vorahnung nach Tschernobyl gegangen. In *Koyaanisqatsi* sieht man irgendwo Badende am Strand, wie sie sich vor dem Hintergrund eines Reaktors in der Sonne räkeln.

Aus der anfänglichen Lähmung wurde die Gewißheit, ausgeliefert zu sein. Nicht nur den Organen der Staatsmacht, das kannte ich ja, sondern auch der unsichtbaren Macht einer viel gründlicheren Vernichtungsmaschinerie. Ein neues Loch war ins Netz gerissen, eine Sicherheit verloren, eine neue, latente, ungreifbare, allgegenwärtige Macht etabliert. Ich hatte sie an diesem See kurz aufblitzen sehen. Sie betraf den Kern des Lebens, sie war titanischen Ursprungs und deshalb unabwendbar wie die Schwerkraft. Zugleich aber hatte ich mich dafür zu interessieren, weshalb ich erst jetzt diese Bedrohung anerkannte, den Verlust einer Sicherheit, einer Ahnungslosigkeit. Wieso vernahm ich diese Todesdrohung dreitausend Kilometer von zu Hause entfernt? Ich sah die Dinge in einem neuen, bedrohlichen Licht.

Vorboten hatte es schließlich genug gegeben. Tote Fische im Wasser oder Benzinaquarelle auf Teichen kannte ich längst. Die Zerstörung der Fichten rings um den Rennsteig. Das Erzgebirge als größte Lichtung der DDR. Invasionen von Borkenkäfern, diverse Windbrüche und die geschichtete Schwefeldioxid-Vergiftung. Zerborstene Waldstücke erinnerten an Schlachtfelder. Der Wald ging unter, und es gab keinen Einspruch.

In Fichtenburg, vom Fenster meiner Klause im Wohnheim aus, konnte ich sechsundzwanzig Schornsteine zählen, sie gehörten zur Chemiekrake Leuna. Kein Wunder, daß dieses Kombinat nach Walter Ulbricht benannt worden war. Den Gang zur Hochschule, einem Beton-Campus, als sei er in einem Stück gegossen, begleitete oft synthetischer Gestank, der im Labor nicht mehr steigerungsfähig war. Die Laboranlagen allerdings waren mit dem Vorteil von Abzugsanlagen ausgestattet gewesen. Dies war meine erste Erfahrung mit wissenschaftlichem Zynismus. An den Wochenenden stellten sie die Elektrofilter an den Schornsteinen zuweilen ab, jene schweren, kraftstromraubenden Maschinen, deren Wirkungsweise mir im Unterricht erklärt worden war und die vor allem darin bestand, die festen Rückstände aus den Produktionsabgasen nicht in die Atmosphäre treiben zu lassen. Der induktive Beweis für diese Praxis wurde in der Regel samstags erbracht: Dann empfahl sich nämlich auch bei trockenem Wetter die Mitnahme eines Schirmes. Leise und unaufhörlich rieselte der Chemiedreck, und man war sich nie sicher, was alles in der Luft lag.

Wieso also das Erschrecken erst jetzt, im Anblick der makaberen Perlmutt-Strände zu Woronesch, mit der grauen, schweigenden, hinter Beton verschlossenen, die versinkende Sonne wiegenden Gefahr dahinter?

Wir blieben bis zum Dunkelwerden. Das Ufer verödete, die Fischkörper blieben allein zurück, zu bizarren Figuren angeordnet, Palimpseste, Nachrichten einer fremden Kultur. Wir begrüßten den aufsteigenden Mond mit einer neuen Flasche. Sein Durchmesser betrug ein Vielfaches der mir vertrauten Größe. Er tauchte hinter den Kühltürmen auf, als hätte ihn das Kraftwerk ausgespien. Strahlender Mond. Pit spielte inzwischen seine Musik, mir fiel auf, daß ich nicht ihn, sondern das Original hörte. Die Stones hatten den Nagel auf den Kopf getroffen: *Sister Morphine, Sympathy for the Devil, Dead Flowers* – die Lust der Selbstzerstörung, die Lust an der Selbstzerstörung, das widerspruchslose Ja zum Bösen, zu Gewalt und Untergang, nicht aus der Not heraus, sondern aus der Fülle, der Euphorie, der Höhe.

Schon bei dieser Musik bestand der Angriff darin, einen masochistischen Impuls zu produzieren. *Wenn du zu lange in den Abgrund siehst, sieht der Abgrund in dich hinein.* Die Stones hatten rechtzeitig die Augen zugemacht und weitergespielt. Vielleicht lag da das eigentliche Phänomen. Die Stimme hielt sich noch knapp über dem Wasser. Joplin, Hendrix, Rotten – die letzten Schreie. *Can you hear me?* Dann kam die elektronische Sintflut, und auch hier übernahm die Maschine das Ruder.

Die algerischen Freunde mochten sechs bis acht Jahre älter sein als wir und hatten anderes hinter sich. Nassar war als tunesischer Beduine nach Algerien gekommen, zusammen mit dem Vater und der Familie. Eigentlich wollten sie nach Frankreich auswandern, dann zogen sie aber in die Stadt, nach Algier, und der Vater starb. Nassar wurde Funktionär der sogenannten Revolutionären Partei, und das war für ihn in Ordnung. Trotzdem ging er nach Paris und Berlin, um dort Lionel Richie zu kaufen und billige Musikanlagen, die er hier den Russen weiterverkaufte, um übers Jahr besser versorgt zu sein. Abbas half ihm bei diesen Transaktionen. Vor der Ausreise aus Westberlin ließen sie sich die Bestätigung vom Zoll geben und holten sich dann im Geschäft die Steuer zurück. Davon wurden Geschenke für die Zöllner gekauft, für die deutschen, die polnischen und die russischen. Für eine

Flasche Parfüm oder ein kleines Radio ließ man die Fracht passieren. In Woronesch machten sie das Ganze zu Rubeln und Schecks für Fleisch und Reis. Das war ihr Verständnis von sozialistischer Planwirtschaft, und sie funktionierte.

Die Begegnungen mit Woronesch blieben anfangs Begegnungen mit Menschen, die nicht zu dieser Stadt gehörten, sondern im Quartier lebten, dem exotischen Zentrum am Rande des eigentlichen Lebens. Dieses eigentliche Leben war allerdings schwer zu finden, es ereignete sich hinter den bleich-versteinerten Physiognomien der Leute, an denen man sich in der Straßenbahn oder der Post vorbeidrückte, diesen von Stacheldraht umzäunten Gesichtern, hinter denen der Mensch schwer auszumachen war. Das öffentliche Leben ließ ihn nicht zu, sperrte ihn aus, die Leute stülpten ihre Panzer hervor und kommunizierten durch die Schlitze. Draußen patroullierte das kleine Elend des Alltags, es galt *homo homini lupus*. Was passiert, wenn die materielle Gewalt die Massen ergreift, war sechzig Jahre nach der Oktoberrevolution zu beobachten, wenn sich vor den Linienbussen wogende Trauben an den verstopften Eingängen bildeten und eine Frau mit ihrem Säugling weinend zur Seite trat, weil sie wußte, daß auch der nächste und übernächste Bus an ihr vorüberfahren würden, oder wenn eine Verkäuferin mit weißem Kittel und einem turbanähnlichen Tuch auf dem Kopf aus einer zerbeulten Tiefkühltruhe am Straßenrand vor dem Kaufhaus tiefgefrorene *Blinnye*, pflaumenförmige Teigwaren mit Fleischfüllung, in halbzerfetzten Kartons unter die Menge brachte, die sich gierig auf die aufgeweichten, lappigen Kartons stürzte und sie sich gegenseitig aus den Händen riß.

Noch quetschte ich mich neugierig und zugleich unengagiert an den Händeln vorbei, noch genoß ich das Privileg, von den Konserven und Dauerwürsten zehren zu können, die ich von zu Hause mitgebracht hatte. Was geschehen würde, ginge der Vorrat zu Ende, war ohnehin unabsehbar. Ich sah mich einer fremden Welt gegenüber, deren feindliche Mechanik genau zu studieren war, auch wenn sie mich anwiderte. Vielleicht bestand ja die einzige Möglichkeit, sich aus diesen sozialen Kampfhandlungen herauszuhalten, darin, eine Witterung dafür zu bekommen, unter welchen Umständen sie ausbrachen.

Ich ging durch die spätsommerlich feuchten, brüchigen Straßen der Stadt, strich entlang der zuverlässig und einheitlich trostlosen Fensterfronten der Satellitenstädte, sprang über Gräben, in denen Rohre vor sich hinfaulten, und schlich in dunkle Hauseingänge, um in das Räderwerk der maroden Wohnmaschinen hineinzuschauen, von denen es hier reichlich gab.

Welche Verwandlung sich in den Leuten ereignete, sobald sie die Wohnungstür hinter sich zugezogen hatten, welche Keimblätter dann aus diesen Menschen ausbrachen, welche Gefühlsvirtuosität und Kraft in diesen mürben Zwei-Zimmer-Wohnungen verströmte, das zu begreifen, blieb späteren Zeiten vorbehalten. Nicht, weil sich mir die Russen entzogen hätten. Meine Aufmerksamkeit galt vorerst der Mechanik jener fremden Welt, aus deren plötzlichen und unmißverständlichen Umarmungen ich mich befreien mußte, um nicht unterzugehen.

Die Totalität des Fremden. Von Brest bis Wladiwostok dieselben geschichtslosen, identitätsabweisenden Architekturen, die gleichen anonymen Städte, in denen der anonyme Mensch lebt. Der kommunistische Traum einer Gesellschaft, die sich ihrer historischen Identität entäußert. Wir sind gleich – gleich fremd.

Das Quartier bot verläßlichen Schutz, hier lösten sich die Zudringlichkeiten in einer leichten und nicht allzu ernst und wörtlich gemeinten Sympathie unter den Fremden in der Fremde auf.

Trotzdem waren Stadtgänge unvermeidlich. Das Leben mochte dürftig sein, es zog dennoch an. Abends streunte ich über den Hauptprospekt und entschied mich für Kino. Geld kostete das eigentlich nicht, und mit Pit konnte man sowieso nur ins Kino gehen. Konzert und Theater waren ihm ein Greuel. Die abgewetzten Zuschauersäle mit den gekalkten Steinwänden, pilasterverziert und mit der unvermeidlichen Leninbüste in der Nische, empfingen die verwirrten Neuankömmlinge im Reich des Roten Oktober mit den Tröstungen der Idylle. Hier durften wir uns verwandeln und Abschied nehmen von den Zumutungen der Straße und später des Labors. Von Tarkowski bis Cocteau gab es mehr zu sehen, als in der DDR zu träumen gewesen wäre. Anfangs verstanden wir fast nichts, aber was gab es schon zu verstehen.

Die Szene, in der ein Mann über einen Rasen schlendert und beobachtet, wie eine Schar taubstummer Kinder auf einem Platz Ball spielt, ohne daß sie wirklich einen Ball hat, wie sie hin- und herspringen und den unsichtbaren Flug des Balls verfolgen, bis er aus Versehen über den Zaun fliegt und vor den Füßen des Beobachters landet, und der Mann sieht die erwartungsgespannten Gesichter der Kinder zu sich hingewendet, er steht plötzlich in einer unheimlichen, zeitlosen Stille, greift in das Gras vor sich, und in dem Moment ist der Ball wirklich ein Ball, die leere Hand füllt sich mit einer runden, elastischen Sehnsucht, er wirft sie ihnen zu, und diese Sehnsucht, sie fliegt den Kindern auf dem Platz hinter dem Maschenzaun entgegen, und der Mann in der immer noch zeitlosen Stille sieht, wie sie den Ball auffangen und ihr Spiel fortsetzen.

Diese Szene machte mich leicht, hob mich lautlos und unsichtbar aus dem wackligen Sessel, zog mich in das Bild hinein, zog mich aus dem abgewetzten Zuschauersaal auf diesen Rasen, in die zeitlose Stille, und noch wenn ich wieder den Hauptprospekt zurück Richtung Quartier trottete, hielt ich den Arm angewinkelt und wippte mit der Hand, als wöge ich einen kleinen Gummiball.

An heißen Tagen führten mich meine Gänge zur Universität. Das hufeisenförmige, gesichtslose Haupthaus lag in den Ferien öde hinter dem Wendekreis der Trolleybusse. Dahinter verkrümelte sich der dürftige Rest Urbanität in einer überwucherten Siedlung. Sie war mein Ziel.

Eine Kolonie unzähliger primitiver Hüttenbauten, die am Steilufer zum See ihre modrigen Ausdünstungen in den bitteren Himmel schickten. Die Kolonie war auf den Ruinen des Krieges in der größten Not errichtet worden, längst verjährter Trost auf eine wiederaufgebaute Zukunft. Von fern erinnerten sie an Blockhäuser aus den Dörfern Mittelrußlands. Sie waren jedoch mit Wellblech und Asbest gedeckt.

Hier begannen die Einflüsterungen der Steppe. Der Ort entwickelte eine Magie, die aus der Erde kam. Überall war der Boden aufgewühlt, die schiefen Wege führten über alte Grabsteinplatten. Zwischen den Häusern bogen sich blaue Rohre horizontal durch das Bild, eine Gasleitung. Straßen gab es so gut wie keine, dafür wimmelte es von Kindern und alten Frauen mit schwerfälligem Gang und blinzelnden Gesichtern.

Betrat ich die Kolonie, verließ mich der Druck, der mich in der Stadt bedrängte. Hier war der Bruch eindeutig, der Graben zwischen den Leuten, die hier wohnten, und mir war tief genug. Jeder Vergleich, jede Erinnerung wurde ausgelöscht. Von der Kolonie aus hatte man einen Blick über den See auf die Industrie am anderen Ufer. Oft hechelte ein Hund hinter mir her, der so schwer lahmte, daß er Umwege machte, wenn die Stufe zwischen zwei Grabplatten zu hoch für ihn war. Ich konnte den Epitaph auf den Steinen entziffern, die Namen, die Daten. *Christos woskres*, Christus ist auferstanden, kratzte ich dann oft mit einem Stock aus dem Dreck.

Vierzehn Tage nach unserer Ankunft in Woronesch folgte dem Fischsterben die nächste Heimsuchung. Die Stadt, vermutlich ganze Regionen des Landes, wurden von einer Ruhrepidemie heimgesucht, und die Sache machte auch vor uns nicht halt. Fast täglich wiederholte sich die Szene: Jemanden überkamen krampfartige Leibschmerzen und grausamer Durchfall, dann fuhr ein Krankenwagen vor, den Leidenden in Behandlung zu bringen, den Rest besorgten zwei beleibte Frauen in weißen Kunststoffkitteln, mit Hauben auf dem Kopf und Mundschutz.

Die Damen walzten durch die morschen Gänge des Wohnheims und spritzten aus feuerlöscherähnlichen Flaschen Desinfektionsmittel von wahrhaft narkotisierender Wirkung. Glücklicherweise versprühten sie ihre angeblich keimhemmende Brühe nur in jenen Zimmern, die soeben Podium einer neuerlichen Übermannung gewesen waren, sowie in den Treppenhäusern, Küchen und Toiletten.

Küchen und Toiletten hatte ich seit Einzug ins Wohnheim nur in Augenblicken größter Notwendigkeit betreten. Was sich nämlich sowohl rund um die Gasherde als auch um die Wasch- und Klobecken dem ungewohnten Betrachter für ein Anblick bot, entzieht sich weniger der Beschreibung als der Vorstellung. Überquellende Mülltonnen boten reichlich Kleintieren eine mehr als akzeptable Behausung, verstopfte Wasserbecken machten jeden Versuch, den Fußboden zu reinigen, buchstäblich überflüssig; die Küchenräume, stets in trauliches Halbdunkel gehüllt, da sich die Fenster weder öffnen noch putzen ließen und nur ein oder zwei matte Deckenlampen in Betrieb waren, vermittelten rasch den Eindruck lückenloser Verwahrlosung. Um die Kochstellen wuchsen mehrfarbig überkochte Speisereste zu bemerkenswerten Fresken zusammen, die an Kandinsky oder Malewitsch erinnerten, und über dem Ganzen schwebte bestenfalls der Gestank der Anti-Ruhr-Desinfektion. Einmal wöchentlich vermischte sich der wiederum mit den Essenzen eines Kammerjägers, der dem aussichtslosen Geschäft nachging, Küchenschaben zu vertreiben.

Größere Zumutungen noch hielten Bade- und Toilettenräume bereit. Mit Europa hatte das nichts mehr zu tun. Ich lernte eine neue, variationsreiche Welt der Fäkalien und des Umgangs mit ihnen kennen. Die Bäder, obzwar erst vor wenigen Jahren gebaut, führten ins Reich der Stalagmiten und Stalaktiten. Wenn das Wasser lief, dann kam es auch aus Wänden, Decken und Fußböden. Weil sich niemand traute, die Lichtschalter in diesen Höhlen zu bedienen, brannten die Glühlampen Tag und Nacht, bis sie erloschen, um nicht so bald ersetzt zu werden. Auf den Kachelböden amalgamierte Kerzenwachs mit Seifenresten, Haaren und Dreckspuren. Da wir in einem vierstöckigen Gebäude wohnten und der Wasserdruck oft nur für die unteren beiden Etagen reichte, wir wiederum im ersten Stock zu Hause waren, hatten wir den doppelten Vorzug von regelmäßigem Wasser und ebenso regelmäßigem Besuch durch die Nachbarn aus den oberen Stockwerken. In unserem Falle bedeutete das acht Latrinen für circa zweihundertfünfzig Studenten aus Äthiopien, dem Nahen und dem Fernen Osten, dem Süden Afrikas, Kolumbien, Nikaragua, Bulgarien und der DDR. Die Klos waren winzig, die Stromleitungen hatten längst versagt. Wer Papier oder Binden ins Becken warf, riskierte einen Kanalisationsinfarkt. Deshalb standen Eimer mit allen erdenklichen Abfällen bereit, die wir selbst zu entsorgen hatten. Man entleerte sich auf dem Becken stehend, nicht immer nahmen die Exkremente den vorgesehenen Weg. Es gab viele Nachbarn, die nicht störte, ob Wasser lief oder nicht, sie benutzten es ohnehin nicht. Die Solidarität der Völkergemeinschaft, hier wurde sie auf eine eherne Probe gestellt. Und sie hatte Bestand, selbst als die Desinfektionen für weitere Belastungen sorgten.

Die Befriedigung der elementarsten Bedürfnisse war in dieser Zeit ein ständiger Gedanke. Umfängliche Vorkehrungen mußten getroffen werden. Körperpflege im Taschenlampenlicht um vier Uhr nachts oder morgens, Toilettengänge am liebsten auf den öffentlichen Klos von Banken und Restaurants, obwohl auch das Mutproben waren, da man jederzeit gewärtig sein mußte, einen Nachbarn zu bekommen, mit dem man dann womöglich über die kaum mehr als einen Meter hohe Trennwand den nächsten Regen oder das letzte Fußballspiel zu diskutieren hatte, falls man dazu schon etwas beitragen konnte – es hätte keine aufrichtigere Lebensschule im Lande Lenins geben können.

Noch kein Monat war vergangen, und die Sorge um die Moral, den Überbau, die zu Hause aufgeblasene Theorie spielte endgültig keine Rolle mehr. Was hieß da Große Sozialistische Oktoberrevolution? Die Überlegenheit dieses Weltsystems begann bei den Sanitäranlagen: Siegen lernen hieß scheißen lernen.

Ich sollte empfindlich bestraft werden dafür, dieser Direktive lange zu wenig Beachtung geschenkt haben. Mein Körper behielt sich Widerstände vor, die mich im Laufe der Jahre an den Rand einer gesundheitlichen Katastrophe brachten. Er lehnte fast alles ab, was ihm unter den Verhältnissen zuzuführen möglich war, und weigerte sich mit überlegener Hartnäckigkeit, wieder herzugeben, was er sich einverleibt hatte. Die physiologische Institutionalisierung des Ekels brachte mich dahin, den üblichen Speiseplan in Woronesch auf trockenes Brot, trockenen Käse und, wenn ich dergleichen habhaft werden konnte, gebratene Eier zu reduzieren.

Anfangs setzte ich mich bei afrikanischen Einladungen zum Abendessen mit den Freunden noch um den gemeinsamen Blechteller, den Phantasieblumen zierten und der einen Durchmesser von einem halben Meter hatte, um einem Fleischpilaw zuzusprechen. Wir beugten uns zu acht oder zehnt über den Tisch und gruben unsere Löffel in den dampfenden Reisberg. Nassar stieß mich in die Seite, weil ich für sein gastfreundlich-eifriges Gefühl nicht engagiert genug mittat. Das sei hier ein Wettbewerb. Durchfeuchtete den Pilaw reichlich Soße, kam der Koch aus einer der afrikanischen Wasserregionen, wenn nicht, war er in einem Wüstengebiet zu Hause. Irgendwann schüttelten mich Fieber und Krämpfe nach einer dieser Mahlzeiten mehrere Tage lang, und damit entsagte ich auch diesen gelegentlichen Abwechslungen.

Verstopfungen setzten ein, dann bewegte sich der Darm überhaupt nicht mehr. Das vierte Semester ging zu diesem Zeitpunkt zu Ende. In den darauffolgenden drei Jahren griff ich in regelmäßigen Abständen zu einem schonungslosen Mittel, mich alles Aufgestauten zu entledigen. Folio sennae, das Sennesblatt, enthält eine Flüssigkeit, die wir als Rhizinusöl kennen. Ich erstand die getrockneten Blätter in großen Mengen während der Ferien in der Apotheke von Frau Biedermann in Grüningen, und einmal vierzehntägig brühte ich in einer großen Tasse drei Esslöffel davon auf. Die Tasse hatte mir meine Schwester einmal zum Geburtstag geschenkt, sie trug die Aufschrift: In der Ruhe liegt die Kraft. Das Gebräu nahm sich aus wie muffiges Teichwasser mit Entengrütze. Ölige Inseln vibrierten an der Oberfläche, der ein beißend bitterer Geruch entströmte. Ich trank das Zeug schnell und mit angehaltenem Atem. Dann hieß es warten. In den nächsten zwölf Stunden, wußte ich, konnte ich das Haus nicht verlassen und sollte möglichst ungestört sein.

Schon nach wenigen Minuten fühlte ich, wie der Extrakt seinen gischtigen Weg durch die Windungen nahm. Bald darauf setzten die ersten Spasmen ein, und ich begab mich aus guten Gründen vorsorglich auf den Abort. Die Zahl der Gänge hin und zurück variierte zwischen acht und zwölf Mal. Den Schluß bildete nahezu farbloser Schleim, ich hielt das für Substanz der Darmwände. Ich konnte nur hoffen, bei diesen rigorosen Spülungen nicht zu weit zu gehen, wenigstens nicht in zu großen Schritten. Die Sennesblätter bildeten meine flüssige Prothese, ohne die ich nicht mehr auskam. Am Ende wog ich noch fünfundfünfzig Kilo.

Nach meiner Rückkehr aus Woronesch schaffte ich

den Ausstieg. Der Ekel wich von mir. Scheißen lernen, in Rußland ist es mir nicht gelungen.

Spätestens die Ruhrepidemie kündigte an, daß einschneidende Erfahrungen bevorstanden. Die Zimmer, die Gänge des Wohnheims leerten sich, die Ruhr setzte den Stundenplan außer Kraft. Anfangs wohnten wir zu viert in einem etwa fünfundzwanzig Quadratmeter großen Zimmer, dann waren Pit und ich plötzlich allein, und unsere Wodka-Ermutigungen und Pits Gitarrenabende wurden von den weißen Matronen mit dem reinigenden Absud unterbrochen. Wer würde der nächste sein?

Dem Schrecken der Erkrankung folgte der der Genesung. Die ersten Krankenhausgeschichten erreichten uns. Sie nährten meine außerordentliche Phobie vor der Medizin und ihren Instrumenten und Institutionen. Schließlich erwischte es auch Pit. Mehr und mehr hielt er sich in den Tropfsteingrotten mit ausnahmsweise funktionierender Wasserspülung auf und kam immer weniger zum Trinken und Spielen. Jumpin' Pit, nun holte auch ihn das blaugelbe Auto, und die Engel mit den Kunststoffmänteln dieselten meine Einsamkeit.

Mir schien, ein Besuch bei Pit im Krankenhaus könnte aufbauende Wirkung haben. Anders als vermutet, sollte das zutreffen. Über das Entsetzen begriff ich, daß meine eigene Lage luxuriös war. Pit war in eine psychiatrische Klinik eingeliefert worden. Die Epidemie hatte ein Ausmaß erreicht, das eine normale medizinische Betreuung nicht mehr zuließ. Die Kliniken waren völlig überfüllt, die Verteilung neuer Patienten wurde nach fragwürdigen und von den Behörden immer wieder korrigierten Gesichtspunkten vorgenommen. Pit traf das Los, für einige Zeit hinter vergitterten Fenstern zu verbringen, mit Leidenskollegen, denen zu aller Not auch noch Zwangsjacken oder Handschellen angelegt worden waren. Keine Minute, in der nicht die Verzweiflungsschreie durch die Flure gellten. Die Flure waren zu Notaufnahmestationen umgerüstet worden, Bett an Bett krümmten sich Elende unter den bösen Zuckungen ihres Dickdarms. Auf den ersten Blick, so Pit, sei es schwer gewesen, herauszufinden, welche Kranken geistig behindert waren und welche nicht, so groß war das Ausmaß der Konfusion, die längst auch auf das Personal übergesprungen war. Der Pfleger, der ihm in den ersten Tagen Medikamente und Speisen gebracht hatte, lag inzwischen im Besenzimmer.

Ich durfte und wollte die Klinik nicht betreten, also gingen wir bei gewittergrauem Wetter durch den das Gebäude umsäumenden Park spazieren. Pit trug einen Schlafanzug. Es gab für ihn keine Gründe, sich umzukleiden, übrigens auch keine Möglichkeit. Man hatte allen Patienten die Kleider weggenommen. Der Schlafanzug, den man ihm aus dem Fundus des Krankenhauses zugeteilt hatte, war viel zu klein, Pits dürre Hand- und Beingelenke stachen wie Spieße hervor. Hygienische Vorschriften verlangten nach einer dem Krankenstatus entsprechenden und außerdem desinfizierten Bekleidung. Wer mochte sein Leid in diesem Pyjama überdauert haben, bevor Pit ihn sich übergestreift hatte? Die rotweiß gestreifte Tracht machte Pit zu einer Vexierfigur: ein Popstar im Steinbruch.

Es hatte den Tag über geregnet, die Fußwege waren aufgeweicht und von Pfützen übersät. Das Gras stand einen Meter hoch, dazwischen verfallene Baracken, verrostetes Baumaterial, eine kleine Müllkippe mit träge vor sich hindämmernden Tauben. Auch hier wieder die eindrücklichsten Szenarien des Niedergangs.

Mit ausgefallenen Zwischenspielen. Vor uns an einer Gabelung tauchten drei Männer mittleren Alters ins naheliegende Gebüsch, einer von ihnen trug einen Schlafanzug ähnlich dem Pits. Nur gut eine Minute später kehrten die drei aus dem Dickicht zurück, der Mann im Schlafanzug hatte jetzt einen blauen Anzug an, während einer seiner Begleiter den Pyjama trug. Ohne sich länger aufzuhalten, sprangen die beiden in unauffälligem Zivil über das niedrige, bemooste Parkgitter und liefen der Larka auf der gegenüberliegenden Straßenseite zu, einer jener russischen Bierzapfstellen, deren Publikum kaum von irgendeiner Saufgesellschaft irgendeiner Bierhalle oder eines Kiosks irgendwo auf der Welt an Originalität und Todesmut übertroffen werden dürfte. Der ausgeschlossene Dritte sollte nicht ungetröstet bleiben. Er zückte eine handliche Flasche Wodka aus dem Ärmel, dann verschwand er zwischen ein paar Birkenruten im Unterholz. Pit wollte das nicht lustig finden, mir war sowieso nicht danach.

Die Kuriosität erreicht ihren Höhepunkt, wenn es nichts mehr zu lachen gibt. Da waren wir angekommen. Vielleicht drei oder vier Wochen, nachdem wir die Heimat hinter uns gelassen hatten. Vor zwei Jahren hatte ich dem Elternhaus den Rücken gekehrt, jetzt rüttelte zum erstenmal Heimweh an mir. Nicht nach Schule und bescheidenem Diskoglück, nicht nach einem Dessauer Pilsner oder einem regelmäßig gereinigten WC, nicht nach den Eltern, der Schwester, den ein oder zwei Freunden aus der Fichtenburger Zeit, die es dort, in der DDR, noch gab, sondern ein Heimweh nach überschaubaren und vertrauten Verhältnissen.

Hier war alles undurchsichtig, verschmiert und deshalb bedrohlich. Keine Ebene blieb von Angriffen verschont. Unausgesetzter Belagerungszustand. Der Dreck, die abweisende Sprache, die Impertinenz des Alltags, dieser spezifische Gestank aus Fäkalien, Benzin und überfälligem Hering, der einem mit dem ersten Atemzug am Morgen an das neue Zuhause erinnerte und nur während des Schlafens entließ, alle diese Anbrandungen gegen den zurückweichenden Verstand.

Hierbleiben hieß Anderswerden, soviel war klar. Die spröde Form bricht, Biegsamkeit kann man nicht verordnen. Die Spannungen, denen ich mich in den nächsten Jahren gewachsen zeigen müßte, würden hoch sein. Die Frage war, wie das aushalten. Wir gingen zwischen Pfützen hindurch, in denen sich Birkenkronen sachte bogen, Schwalben zogen neben uns her, um Regenwasser zu nippen. Gelber Qualm zog auf, eine Tonne stand in matten Flammen. Pit hatte längst aufgehört zu reden. Pausen, in denen nur seine schlurfenden Schritte zu hören waren, erzählten davon, was es hieß, in dieser Klinik zu sein. Ich zog aus meiner Jacke ein Heftchen, das an einer Stelle feucht geworden war, und gab es ihm. Rilke-Verse. Darin hieß es: Überstehn ist alles.

Tene sprach das seltsamste Russisch, das ich je gehört habe. Fehlerfrei, akzentfrei, mit der sonoren Magie ihrer afrikanischen Stimme. Noch heute genügt eine flüchtige Erinnerung, um diese vorsichtige, raunende, schwerzüngige Stimme wieder zu hören. Tene hatte sich auf Lebenszeit in dieser Sprache eingerichtet, ein dauerhaftes Asyl, in dem sie seit ihrer Kindheit zu Hause war. Tenes Heimat war die Fremde, die sowjetische Fremde. Im Osten Europas kamen solche Durchmischungen selten vor. Helena hatte schon mit ihren Eltern jahrelang in Ostberlin gelebt, zwanzig Jahre, bevor sie von Prag aus in die

DDR zurückkam. Alles Deutsche erreicht sie dennoch aus zweiter Hand. Wenn sie Deutsch spricht, und längst tut sie das auch mit Lisa, schwingt hell und weich der andere Akzent mit.

Ich traf Tene am Ende des Sommers – die Ruhrpatienten erholten sich und kehrten allmählich ins Wohnheim zurück – bei einem meiner kurzen und nach wie vor von Ekel dominierten Aufenthalte in der Küche. Sie trug ein körperlanges Leinenkleid in leuchtenden Batikfarben, stand am Herd und wartete darauf, daß das Wasser im Kessel vor ihr kochen würde. Sie mußte gerade aus dem Süden gekommen sein, denn neben ihr stand eine Stiege mit Äpfeln, wie man sie selbst auf dem Markt nicht bekam.

Es war neun Uhr morgens, und um diese Zeit traf ich Tene später nie wieder fertig angezogen in der Küche. Sie war allein, als ich eintrat, der glückliche Zufall ließ uns, vor allem mich, mehrere Minuten in dieser Situation. Ihre engen Locken schmiegten sich in raffinierten Windungen an die Kopfhaut, darunter große dunkle Kinderaugen, gegen das diffuse Licht schien ihre Haut nahezu schwarz. Das gewöhnliche *Priwjet* ging mir inzwischen mühelos und nachahmlich von den Lippen. Sie antwortete mir desgleichen und wieder nicht desgleichen. Selten hatte ich eine so tiefe Frauenstimme gehört, und dann in diesem zierlichen Körper. Die Frau am Herd drehte sich halb zum Fenster, jede Bewegung mit einem vollendeten Phlegma ausgeführt, halb sah sie mir zu, wie ich meinen Kessel neben ihrem parkte.

Meine Unsicherheit in Konversation muß sehr deutlich ausgefallen sein. Ich sei wohl einer von den Neuen aus der DDR. Die anderen kämen ja erst in vierzehn Tagen. Deshalb könne ich auch nicht viel sagen, versuchte ich ihr klarzumachen, mit meinen Sprachfähigkeiten sei es noch nicht weit her. Ihre breiten, rostbraunen Lippen gaben die Zähne frei, das Zahnfleisch glänzte rosa. Das kenne sie und sei nicht weiter schlimm. Dabei begegneten sich zum erstenmal unsere Blicke, schon stülpte sich der Fächer ihrer Wimpern darüber. Beunruhigend daran war, daß die Frau am Herd ihrerseits beunruhigt schien. Sie schaute wieder zum Fenster. Durch das Gitter und die verschmierten Scheiben konnte man in den Hof mit der Fassade des Nachbarwohnheims dahinter sehen, rote, vom Frost angeknabberte Backsteine. Ob sie vielleicht Englisch spreche? Nein, sie spreche nur Russisch. Ihr Wasser kochte. Mehr war über Tene an diesem Augustmorgen nicht herauszufinden.

Tage später gingen die Vorbereitungswochen zu Ende. Wer nicht in Woronesch studieren sollte, brach auf in andere Städte, Kiew, Baku, Odessa. Am Abend vor der Abreise saß die Besatzung unseres Zimmers vollzählig – alle waren aus dem Krankenhaus zurück – zusammen. Zum erstenmal seit unserer Ankunft. Neben Pit, der bleiben sollte, waren das Peter und Rolf, der eine ging nach Minsk an eine medizinische Hochschule, der andere nach Taschkent, um Orientalistik zu studieren. Rolf war vier oder fünf Jahre älter als wir und hatte im zurückliegenden Monat während der Vorbereitungszeit zur Gruppenleitung gehört, die neben ihm aus einer Parteisekretärin von der Arbeiter-und-Bauern-Fakultät in Halle und einem Faktotum bestand, das im Zug von Moskau nach Woronesch plötzlich aufgetaucht war und nach diesem Monat ebenso spurlos wieder verschwinden sollte.

An diesem Abend wurde mit Wodka und den Restbeständen der Lebensmittel gepraßt, die wir von zu Hause mitgebracht hatten: Camembert, Leberpastete und vorher Sternchen-Nudelsuppe. So fürstlich hatten wir es uns seit langem nicht gehen lassen. Mochte die Rührung über den Abschied oder der Wodka Anlaß geboten haben, Rolf nahm mich plötzlich beiseite und fing an, mir von der letzten Gruppenleitungssitzung zu berichten, die am Nachmittag stattgefunden hatte. Es sei viel um Pit und mich gegangen, vertraute mir Rolf an, vor allem aber um mich. Erst heute, während des Abschlußgespräches in Anwesenheit eines Botschaftsvertreters aus Moskau, sei ihm klar geworden, daß er mir vermutlich geschadet habe.

Vor etwa vierzehn Tagen, die Parteisekretärin habe ihn im Krankenhaus besucht und ihm ein Päckchen von Zuhause gebracht, sei es plötzlich um angebliche Orgien gegangen, die Pit und ich mit Arabern gefeiert hätten. Rolf habe abgewiegelt und aus Versehen von den Biermann-Kassetten erzählt, die ich bei mir hätte und die wir abends zusammen gehört hatten. Die Sache sei heute nachmittag wieder zur Sprache gekommen, und der Mensch aus Moskau habe von der Parteisekretärin eine Einschätzung meiner Person verlangt. Die sei dann kritisch ausgefallen. Mein Persönlichkeitsbild entspreche nicht den Vorstellungen und Anforderungen. Keine politische Haltung, aber faul und ohne Rücksicht auf die besonderen Lebensbedingungen in der Sowjetunion.

Ich hatte mich bereits nach wenigen Tage von den Sprachlektionen verabschiedet. Daß es auch pflichtmäßige FDJ-Versammlungen gegeben hatte, wußte ich nur vom Hörensagen. Da hatte ich die Gesellschaft unserer Freunde aus dem Nahen Osten der meiner Landsleute entschieden vorgezogen. Der Parteisekretärin war ich einmal in einem Lebensmittelladen begegnet. In ihrem blauen Kleid, unter dem sich rubenssche Formen andeuteten, fiel sie unter den breiten Großmütterchen gar nicht auf, die sich am Kefirstand schlängelten, um etwas Gutes für die in der Zwei-Zimmer-Komunalka wartenden Enkelchen zu ergattern. Ich wiederum muß ihr mit den zwei Literflaschen Portwein in der Traube der Alkoholiker aufgefallen sein, die sich immer morgens vor dem Wodkatresen bildete.

Während die Dame in Blau ihre Molke in einem der unvergeßlichen Einkaufsbeutel unseres Heimatlandes verstaute, lud ich sie aus dem Stegreif zur für den Abend anberaumten Party bei Abbas ein. Sie mußte mich darauf hinweisen, daß zur selben Stunde die Wahl eines neuen Kulturfunktionärs erfolgen sollte. Tagsüber könne die Wahl wegen des gestaffelten Unterrichts nicht stattfinden, ich sei aufgefordert, mich daran zu beteiligen. Der bisherige Kulturfunktionär war vorzeitig nach Rostow an seinen künftigen Studienort abgereist. Wer sein Nachfolger wurde, drang nicht bis zu mir vor.

Mein Kerbholz konnte sich also sehen lassen vor den Hütern des Gesetzes. Rolf, von den Ereignissen des Nachmittags sichtlich erregt, hatte sich anhören müssen, wie sogar darüber spekuliert worden war, weshalb ich als einziger Student aus dem linken Flügel im Wohnheim nicht an Ruhr erkrankt sei. In der Tat hatte ich die letzten Tage auf einem gespenstisch entvölkerten, verlassenen Flur gelebt. Während die ersten Wochen über auch in den frühen Morgenstunden keine Ruhe einkehrte, eine Party die andere vor sich her schob, jeder mit jedem wenigstens eine Nacht schlief, war ich plötzlich eines Abends allein, von sporadischen Besuchern in Küche und Bad aus den oberen Etagen einmal abgesehen.

Die Notiz im Abschlußprotokoll, ich verfüge sicher über Medikamente aus dem westlichen Ausland, habe er nicht verhindern können. Rolf wirkte sichtlich getroffen. Ich sah in sein von Wodka aufgeheiztes Gesicht, er schnaufte durch die Nase, als wäre er zu schnell gelaufen. Einen Augenblick schien mir, ich müsse ihn trösten. Da trat Pit zu uns, mit der umgehängten Gitarre. *Masters of War*. Ich sah Rolfs blutunterlaufene Augen, gab ihm nun doch die Rechte und klopfte ihm mit der Linken auf die Schulter. Rolf machte den Eindruck, mich gut zu verstehen. Er hatte mit achtzehn geheiratet und war gleich darauf für ein paar Jahre zur Armee gegangen. Und jetzt Taschkent. Die Frau war daran gewöhnt, auf ihn zu warten. Er wankte nach draußen, um sich in Ruhe zu erbrechen. Die Sache mit den Biermann-Kassetten brachte mich nicht aus der Fassung. Ich hatte keine.

Weh mir, wo nehm ich, wenn es Winter ist, die Blumen, den Sonnenschein, die Schatten der Erde. Ich kannte das Gedicht nicht erst durch Biermann, aber er hatte ihm damals bei einem DGB-Konzert in Köln eine unerwartete Wendung gegeben. Der Vater und ich, wir sahen uns das Konzert im Westfernsehen an, sprachlos und alles andere als kalt. Wir saßen zum letzten Mal in dieser Zeit gemeinsam vor dem Gerät. Ein Tonband lief, mit dem ich jene Kassetten bespielte, die Rolf in Woronesch hören sollte.

Als sich die anderen am nächsten Morgen sammelten, bedeutete das für Pit und mich erst einmal gar nichts. Ich blieb im Bett liegen, während sie zum Bahnhof aufbrachen. Auch die Gruppenleitung reiste ab, ich konnte mich weder von der Parteisekretärin noch dem Faktotum verabschieden. Sollten sie mich in ihren Kommissionen und Protokollen durch den Dreck ziehen. Ich hatte die Macht bis dato nur an ihren weichen Rändern kennengelernt. Daß mir etwas passieren könnte, bewegte mich kaum. Durchhalten, diese fünf Jahre, das war das Gebot, an das ich mich halten mußte. Mir drohte sofortiger Einzug zum Militär, hätte ich hingeschmissen. Die Fäden, die sich quer durch das Quartier, die Wohnheime, durch unsere Zwischenreiche zogen und im Ausländerdekanat der Universität beziehungsweise der Botschaft in Moskau endeten, sah ich nicht. Am Ende sollten sie sich bedrohlich um mich herum zusammenziehen. Innenansichten von Ausweisen des KGB und der Staatssicherheit blieben mir vorerst erspart.

Wir zogen vom Quartier an den Rand der Stadt, Pit und ich, im Gegensatz zu den meisten Ausländern sollten wir ja nicht Sprache oder Journalistik, sondern Chemie studieren. Damit war uns ein Abstand zu den anderen gegeben. Die Russen kamen vom alljährlichen Kolchoseinsatz, die Heime füllten sich, das Semester begann. Die neue Heimat lag in einem teilweise fertiggestellten Neubauviertel, verrottete Wohnmaschinen schon nach wenigen Jahren, ein Alptraum, wie ihn Le Corbusier und die Seinen im Lauf der Zeit fast über die ganze Welt getragen haben. Die meisten Häuser, zwölf oder fünfzehn Stockwerke hoch, umgaben Kraterlandschaften, verrostete Stahlrohre, halbverfallene Trafo-Häuschen und wuchernde Steppengras. Der Boden war hart und tiefschwarz, wenige Regentropfen genügten, um die Landschaft in eine Schlammwüste zu verwandeln.

Hinter Bretterwänden verbarg sich die gähnende Leere der im Rohbau stehengebliebenen Erdgeschosse nur dürftig. So etwas nannte sich im technischen Jargon »Funktionsunterlagen« und sollte ursprünglich Postämtern, Reinigungsannahmestellen und Banjas, Restaurants und Geschäften Platz bieten, also den sowjetischen Lebensstandard stimulieren, den wir in seiner spezifischen Einfalt noch ausführlich kennenlernen würden. Die Einrichtung der Filialen ließ jedoch seit Jahren auf sich warten. Nun war nicht mehr daran zu denken. Niemand rechnete damit, daß diese Betonhöhlen irgendwann einmal Schaufenster, Vitrinen, Granitfußböden, Heizungen und Deckenlampen zieren würden.

Es blieb im unklaren, weshalb es mit der Versorgung haperte. Gab es keine Lebensmittel, weil es an Geschäften fehlte, oder fehlte es an Geschäften, weil es keine Lebensmittel gab? Das Gleichgewicht des Mangels bot sowohl der Landwirtschaft als auch dem Baugewerbe Legitimation. Doch die Funktionsunterlagen hatten mittlerweile ihren Zweck gefunden. Sie dienten als Lagunen für die Zwischenwelt, deren Vielfalt im Lande Lenins unermeßlich schien und zugleich trostlos stimmte.

Hinter den Bauzäunen und Zellophanfolien trafen sich Woroneschs Trinker, verlassene Baustellen waren das Paradies für die schwereren Fische im Teich, die entlassenen Sträflinge, die Obdachlosen und Waisenkinder, vor allem aber für die Konterbanden der Alkoholfreunde. Diese Cliquen, meist sechs bis acht Männer und Kinder, die Jüngsten höchstens zwölf Jahre alt, die Ältesten Kämpfer des Großen Vaterländischen Krieges und deshalb mit oft mehreren Orden dekoriert, die sie stolz an der über die Jahre mürbe gewordenen Anzugjacke trugen, diese Cliquen zogen durch die trüben Gründe der Neubauviertel, von Kiosk zu Kiosk, von Flaschenhals zu Flaschenhals.

Vor Ladenschluß, also gegen zwanzig Uhr, deckten sich die Muntersten des Tages für die Nacht ein, bei Mascha oder Nadja im *Produkty*-Laden am Weintresen, mit Kartoffelschnaps und Portwein von der wirksamsten Sorte. Anschließend ließ man sich zu einer schummrigen Seance hinter den Palisaden zwischen Hundekot und Lumpen nieder, geschützt vor den Zudringlichkeiten der Ordnung.

Solange die Kämpfer in den Parks zwischen den Bänken lagen, selbst im Vollrausch manchmal noch darum besorgt, nicht mit den Orden an der Brust auf den Bauch zum Liegen zu kommen, war die sowjetische Welt noch in Ordnung.

Mit dem Verschwinden der Schnapsleichen und Penner im Park und vor den immer seltener und unregelmäßig öffnenden Weinhandlungen kündigte sich dann das neue Regime an. Bald wurden die Bandagen enger, die Maßnahmen gegen Alkoholismus schärfer. Die verschwiegenen Greuel der Ausnüchterungszellen nahmen zu.

Doch das kam später. Vorerst lebte Leonid Iljitsch noch, wenn auch mehr zum Schein. Das Gemisch aus verdienten Soldaten der ruhmreichen Roten Armee und Waisenknaben der aufgewecktesten Sorte, abgestürzten Fabrikarbeitern und Zuchthäuslern fand in Höhlen unter Le Cobusiers frommen Werken seine Herberge für kurze, hochprozentige Stunden: oberirdische Katakomben.

Auch unser Wohnheim, zwölfgeschossig wie die Häuser ringsum, verfügte über diese Art von Unterschlupf. Mit Einzug der Dunkelheit war das Ein- und Ausgehen nicht mehr ganz ungefährlich, zumal das nächste Gebäude erst in zweihundert Meter Entfernung stand. Die Behörden hatten in unserem Falle aus unerfindlichen Gründen auf die sonst überall obligate Bewachung der Wohnheime und seiner Bewohner durch die notorischen *Wachtjorkas* verzichtet.

Dabei handelte es sich um eine im Sowjetland omnipräsente Einrichtung. Allgegenwart, Mißtrauen und Ungerechtigkeit im Guten wie im Bösen – das waren die zentralen und unverzichtbaren Eigenschaften einer Wachtjorka. Sie sind es noch: Selbst die Rezeption des *Baltschug* in Moskau erfüllte noch im Herbst siebenundneunzig die oben erwähnten Leistungen des sowjetischen Beobachtungs- und Kontrollsystems, wenn auch mit anderer Fasson.

Die *Njanjas* – Marja Iwanowna, Olga Sergejewna oder Natalja Nikolajewna – waren mit guten Wassern gewaschen. Meist waren sie *Babuschki* ohne Anhang, ohne den Appendix der Großfamilie. Sie konnten ein Höllenspektakel veranstalten, weil jemand den Schlüssel nicht abgegeben hatte, und sie konnten in wissender Nachsicht dahinfließen, wenn man weit nach Besuchszeit das Zimmer seines Mädchens betreten wollte. Wie jagdmüde Katzen auf dem glühenden Kachelofen blinzelten sie hinter ihren Pulten hervor, das Tuch tief in die Stirn gezogen. Manchmal suchten sie sich eine Gefährtin und wickelten Wolle, oder sie besorgten sich heimlich einen Fernseher.

Die Gestalt der diensthabenden Flur- oder Hausaufseherin, einer Art Conçierge, war aus dem sowjetischen Leben zwischen Brest und Wladiwostok, Murmansk und Taschkent nicht wegzudenken. Vermutlich der einzige Standort im weiten Rußland, den sie vorerst unbesetzt ließen, war unser Wohnheim in Woronesch, Cholsunow-Straße 42, die Cholsunowa. Ich hatte die Njanjas im Quartier schätzengelernt, nun war die Ordnung bedroht. Man ließ eben ein Wohnheim nicht folgenlos ohne die bewährte Einrichtung. Nie wieder vor- oder nachher irgendwo in der Sowjetunion habe ich ein öffentliches Gebäude ohne Wachtjorka erlebt.

Mit einigen der üblichen Manipulations- und Überredungsaktionen war es Pit und mir gelungen, ein Zweibettzimmer im zweiten Stock der Cholsunowa zu bekommen. Auf einen Tip unserer arabischen Freunde hin hatten wir bei der Büroleiterin in der Universität mit drei Esda-Strumpfhosen nachgeholfen, die mir meine wakkere Mutter in einem Päckchen zugeschmuggelt hatte. Erfahrungen mit dem schwachen Wasserdruck hatten wir bereits gemacht und beschlossen, lieber Wasser und fremde Badegäste zu haben als gar nichts. Neben der schwachbeleuchteten Treppe führte ein Fahrstuhl in die oberen Stockwerke des Wohnheims, und wir hatten guten Grund, dieser Technik nicht zu trauen. Oft versuchte er, seine Gäste zwischen den Etagen abzusetzen.

Zwischen uns und den schweifenden Trinkerclans auf der Baustelle lag eine Etage, die Lagerräumen und einem Buffett vorbehalten war. Vor allem in den wärmeren Nächten gab es weder von draußen noch von drinnen Ruhe. Es wurde gesungen und geschlagen, getrunken und vergewaltigt. Hin und wieder erkundigte sich jemand an unserer Zimmertür, ob wir noch ein paar Kopeken hätten.

Eines Nachts zeigte uns ein Bedürftiger in seiner Not sogar ein kapitales Messer, für den Fall, daß wir keine Kopeken hatten. Da wir aber großzügig waren, ließ der Besitzer des Messers uns sogar wissen, er habe es unweit aus einem Kartoffelfeld ausgegraben, es handle sich um die Waffe eines deutschen Soldaten, der hier gefallen sei. Draußen auf den Feldern brauche man nicht tief zu graben, um auf Metallgegenstände, Knochen und Uniformreste zu stoßen. Deutsche Messer seien gut. Viele von seinen Freunden hätten solche Sachen zu Hause, einer sogar eine Hakenkreuzfahne.

Das waren neue Erfahrungen. Meine Sprachkenntnisse machten rapide Fortschritte. Wenige Tage später wurde ich neunzehn. Wir feierten mit Aligoté, einem kaukasischen Wein, Pit erinnerte an Jimmy Hendrix und die Kinks.

Tene hatte ich auch zu diesem Geburtstagsabend eingeladen, aber sie kam nicht. Sie ging abends nie außer Haus. Aus guten Gründen. Für Afrikaner konnte Woronesch gefährlich werden. Obwohl sich viele Leute an Ausländer mit anderer Hautfarbe gewöhnt hatten, kam es zu Übergriffen. Beschimpfungen waren nicht selten. Wenn der betreffende Fremde dann auch noch beschwichtigend in russischer Sprache auf die Leute einzugehen versuchte, und das taten die Jungs oft genug, konnte das die Situation noch verschärfen.

Für Frauen war an nächtliche Ausflüge außerhalb des Quartiers nicht zu denken. Man blieb unter sich, das Quartier hatte den beruhigenden Charakter eines Ghettos. In der Nähe dämmerte ein verkommener Park vor sich hin, mit einem nicht minder verkommenen Spielplatz mit Bretterwänden, auf dem die Kinder aus der Nachbarschaft im Sommer Fußball und im Winter Eishockey spielten. Im Oktober wurde ein Feuerwehrschlauch ausgerollt und Wasser auf das Areal gelassen, das schnell zu einem Spiegel erstarrte.

Hier, auf dem staubigen Platz, zwischen zwei verrosteten Eishockeytoren, traf ich Tene zum zweiten Mal. Sie war auf dem Weg zum Einkaufen, ich mußte eigentlich in Richtung Universität. Diesmal reichte es ein bißchen weiter als zum *Priwjet*. Ich bildete mir ein, sie müsse sich erinnern. Den Fächer ihrer Wimpern setzte sie allerdings wieder ein. Ich begleitete sie, weil ich die Lebensmittelgeschäfte nicht kannte, zu denen sie unterwegs war. Und sie ließ sich begleiten.

Daß sie sich dazu bei mir einhakte, mußte ich erst einmal verkraften. Selbst am Tag und in meiner Begleitung blieb ihre Erscheinung nicht unkommentiert. Der kurze Weg durch die Stadt glich für mich mehr als für Tene einem Spießrutenlauf. Kinder, die auf uns zurannten, sie auslachten und mit einem Affen verglichen. Tene brachte das nicht aus der Ruhe. Sie sei in diesem Land aufgewachsen, also müsse sie damit leben, daß die Menschen hier so seien. Ich war froh, daß ich alles verstand, was sie sagte, und war so konzentriert, als stiege ich zum erstenmal in tiefes Wasser. Sie sah mich von der Seite an, als wolle sie mich trösten.

An der Kasse und der Bushaltestelle wurde sie beiseite geschoben. Auf den ersten Anlauf kam sie mit ihren vorsichtig vorgebrachten Wünschen nicht weit. Ein schwitzender Typ, der sich mit getrocknetem Fisch und Bierflaschen unter dem Arm vorbeidrängelte, brachte sie zum Lachen. Sie preßte den Handrücken gegen den Mund, daß die hellen Innenflächen in ihrem Gesicht aufblitzten. Anstelle zu verbergen, daß sie den Kerl auslachte, zog sie damit erst recht die Aufmerksamkeit auf sich. Sie war unberührt davon, was ihre Erscheinung auslöste.

Ich begann, Tene in ihrem Wohnheim zu besuchen, von den wissenden Blicken der schwammigen Wachtjorka am Eingang nach oben begleitet. Von Vorteil erwies sich dabei, daß Tene ein Zimmer mehr oder minder für sich hatte, ein unerhörtes Privileg. Die Russin, die eigentlich dort mit ihr wohnte, tauchte fast nie auf. Sie lebte bei einem Freund in der Stadt. Bald ließ ich keinen Tag, bald keine Stunde aus, bei Tene zu sein. Während Pit draußen in der Cholsunowa die Stellung hielt, schlich ich zu ihr.

Daß der Freund nicht lange allein bleiben würde, lag auf der Hand.

Tenes Zimmer wurde zu einem Miniaturasyl. Aus irgendeinem Grunde hatte sie es geschafft, zwei Schlafstellen aus dem Vierbettzimer zu entfernen. So war der Raum vor allem leer. Sonst zeichnete ihn nichts vor den anderen im Quartier aus. Aber zwei Zimmernachbarn weniger gewärtig sein zu müssen, erfüllte mich mit Dankbarkeit. Sie pflegte keine engen Freundschaften und ging dem lockeren Hin und Her aus dem Weg, das stets munteren Besuch von nebenan bescheren konnte. Wir waren meist ungestört. Anfangs steckte noch ab und zu eine Zimmernachbarin wegen einer Zwiebel oder einem Glas Zucker den Kopf durch die Tür, aber als sich herumsprach, daß ich häufig bei Tene war, hörte auch das auf.

Hatte sich erst einmal die Tür hinter mir geschlossen, überkam mich eine andere Spannung als jene, die mich in der Universität, auf der Straße und selbst noch im beiläufigen Gespräch mit anderen Deutschen beherrschte, denen ich weiter aus dem Weg ging, so weit das möglich war.

Wenn mich Tene umarmte, strich sie mit dem Zeigefinger leicht über meinen Nackenwirbel.

Ich ging dazu über, mich der Realität draußen zu entziehen. Die Aufenthalte in den Labors verstand ich, so kurz wie möglich zu halten. Schon ein Besuch der Mensa, der Stolowaja, war mir unmöglich. Abgesehen davon, daß das Essen ungenießbar war und ich tagealtes trockenes Brot jeder Mahlzeit aus der Mensa vorzog, wehte auch ein Geruch durch diese Räume, dem ich nicht gewachsen war. Überall Kampfansagen an die Sinnesorgane.

Die Fahrten mit dem Trolleybus von der Cholsunowa

in die Stadt dauerten etwa eine Stunde. Man mußte seine Sinne schon zusammennehmen, um sie vor den Anbrandungen in Sicherheit zu bringen, die einem im Bus begegnen konnten. Der Chauffeur zog es meist vor, die vordere Tür geschlossen zu halten, der Ansturm auf die hinteren beiden Eingänge setzte ein, sobald die klapprigen Gefährte mit leichtem Bremsknicks zum Stehen kamen. Ich nahm mir stets die hintere Tür vor, am sichersten war die Position gleich neben den Stufen, man klemmte den Körper zwischen Heckscheibe und Haltestange und starrte durch die verkrusteten Fenster auf die schlammigen Spurrinnen oder das amorphe Pflaster. Die ersten drei Stationen waren tagsüber erträglich, am Awtowoksal, dem Busbahnhof, strömten sie dann zu Dutzenden in das Fahrzeug, Kebsweiber aus den Dörfern, um auf dem Markt Vorräte zu horten, nicht etwa, um etwas zu verkaufen. Das Umland war noch schlechter dran als die Stadt, und man sah es den Leuten an.

Das Geschiebe im Bus nahm jeweils sintflutartige Formen an. Regelmäßig fehlten nach solch einer Fahrt Knöpfe an der Jacke, oder die Vorlesungsaufzeichnungen waren zerknautscht. Einmal wurde mein Arm beim Schließen der Bustüren eingequetscht, weil ich am Awtowoksal die völlig unangebrachte Fürsorglichkeit besessen hatte, den drängenden älteren Damen einen Platz im Businnern zu ermöglichen und mich selbst auf die Stufen zurückzuziehen. Also fuhren wir, und mein rechter Arm hing, in der Zieharmonika der Trolleybustür eingeklemmt, aus dem Fahrzeug, ohne daß ich mich wehren konnte. Im Gegenteil. Da der Bus überfüllt war, passierte der Fahrer die nächsten Haltestellen, ohne anzuhalten.

An Protest war nicht zu denken, außer mir hatte auch niemand meine Not bemerkt. Wer dem dichten, rücksichtslosen LKW-Geschubse auf russischen Straßen einmal eine Viertelstunde seinen schutzlosen Arm ausgeliefert hat, ist auf dem besten Wege, ein anderer Mensch zu werden.

Solche Sensationen waren nur zu ertragen, weil Tene mich erwartete. Mich umfing in ihrer Nähe eine Erleichterung von Ansprüchen und Gesetzen, denen ich nur mit größter psychischer Anstrengung gewachsen war. Die Zügel lockerten sich, und die Dinge begannen zu schweben. Ob sich Tene diese Euphorie mitteilte, war nicht auszumachen. Sie bildete eine widerspruchslose Einheit. Ihr Körper begleitete sie dabei. Tiefe Stimmungen schien sie nicht zu kennen. Als sie zum erstenmal neben mir lag, war mir, als müßte ich alles neu lernen. Dann begann mich Tenes Körper an etwas zu erinnern, das ich nicht festmachen konnte. In dem müden Licht, das durch die Vorhänge sickerte, legten wir unsere Arme nebeneinander, um uns über den Kontrast zu amüsieren. Aber da war kein Kontrast. Jede Berührung, jedes Entlangstreichen am Körper des anderen vollzog Häutungen. Wir breiteten uns im anderen aus, flanierten über die Oberflächen, die Untiefen, Schwellungen, Behaarungen, Öffnungen, verloren Begrenzungen, Umrisse lösten sich auf, die Gravitation des Elends, dem ich mich ausgesetzt sah, war aufgehoben. Tene zog mich fort. Ohne jede Anstrengung. Mit einem Lachen, das aus der Erde kam, nicht aus diesem kleinen Körper. Verließ ich ihr Zimmer, stürzte ich in die Misere zurück.

Tene sorgte für geregelte Verhältnisse, sie besorgte Eßwaren, kochte, sah nach der Zeit. In den ersten Wochen war sie streng darauf bedacht, daß ich nur bis zweiundzwanzig Uhr blieb. Auch mußte ich am Eingang der Wachtjorka meinen Studentenausweis überlassen. Aber

Jelena Andrejewna war mir gewogen. Rasch lernte ich, die Dame zu bestechen und für mich einzunehmen. Mit Milka-Schokolade, einer unerhört zarten Versuchung meinerseits.

Eine Zeitlang hat mich jeder Besuch eine Tafel gekostet. Mein einziges Westvermögen. Daß Jelena Andrejewna von Karies verschont blieb, lag daran, daß sie ohnehin keine Zähne mehr hatte.

Als Säugling hatte man Tene und ihre zwei Jahre ältere Schwester aus Guinea-Bissau deportiert und in ein Heim in die Nähe von Mineralnyje Wody gebracht. Ihr Vater muß ein hoher Offizier auf der Seite der kommunistischen Rebellen gewesen sein, sie hatte weder ihn noch ihre Mutter je kennengelernt. Auch an ihre Schwester hegte sie nur schwache Erinnerungen. Als diese ins schulpflichtige Alter kam, brachte man sie nach Moskau und schulte sie dort ein. Der sowjetische Staat sorgte für seine Verbündeten in der Dritten Welt. Tene war ein ausgefallenes Beispiel dafür, daß nicht jede Revolution ihre Kinder frißt. Unter russischen, kaukasischen und asiatischen Waisenkindern im Geiste Makarenkos erzogen, trennte sie von ihren Altersgenossen nichts als die andere Physis. Diese Trennung war jedoch grundsätzlich und unüberwindbar.

Das afrikanische Kind mit der sowjetischen Kindheit, irgendwann begann es in Woronesch zu studieren. Sie sprach wenig, aber ihre Zurückhaltung wirkte nie abweisend. Sie konnte dieselben Dinge kurios finden, die ich kurios fand, und sie fand gewiß auch mich kurios. Vielleicht zog es mich zu ihr hin, da die Welt um mich herum in ihrer Gegenwart ihren Wahnsinn verlor und ihre Würde zurückgewann: das Quartier, die Trinker, der

Dreck, die Armseligkeit dieser Stadt, die Universität mit ihrem stumpfmachenden Regime. Diese Frau kannte das Land, in dem sie seit ihrer Kindheit lebte. Sie sah es nachsichtig und illusionslos. Für sie gab es nichts zu entschuldigen und nichts zu beklagen. Man konnte sich die Heimat nicht aussuchen, und dieses Land hatte sie gerettet, ohne daß sie sich interessierte, warum. Denn eine Kommunistin hatten sie aus ihr nicht gemacht, sondern zugelassen, daß sie ihrem freien, eigenen Leben nachging, seinem anderen Rythmus.

Tene schlief bis zum Mittag und nie vor drei Uhr nachts wieder ein. Die ersten beiden Stunden nach dem Erwachen gehörten ausschließlich der Sorge um ihren Körper. Sie rieb sich mit einer widerspenstigen Creme ein, die allmählich die Poren erweiterte. Kleine Mengen auf dem Handrücken verbreiteteten anhaltende Kühle. Bis das Teewasser kochte, war der Nachmittag weit fortgeschritten. Für eine zuverlässige Komsomolzin hätte sich das nicht gehört. Tene war da, wann immer ich sie besuchte. Ich hatte bald herausgefunden, daß sie so gut wie nie zu Vorlesungen und Seminaren ging. Vermutlich studierte sie schon seit Jahren, ohne weitergekommen zu sein. Wie das in diesem schulmäßigen Betrieb überhaupt möglich war, ist Tenes Geheimnis geblieben. Über ihr muß es eine schützende Hand gegeben haben.

Maria, Tenes einzige Blutsfreundin, stammte wie sie aus Guinea-Bissau. Sie studierte in Kischinjow in Moldawien Journalistik und war im Gegensatz zu Tene nur für ihre Ausbildung in die Sowjetunion entsandt worden. Inzwischen allerdings mußte auch Maria ihre Studienzeit heftig ausgedehnt haben, sie erzählte mir einmal, 1973 mit einer Universitätsdelegation aus Leningrad zu den Weltfestspielen der Jugend in Ostberlin gewesen zu sein.

Tenes Versuche, von Maria ihre Muttersprache Portugiesisch zu lernen, waren wohl früh gescheitert.

Marias Haut war noch dunkler als die Tenes, ihre weißen Zähne blitzten bedrohlich. Wenn sie mit einem sprach, rollte sie die Augen, daß einem das Herz stillstehen konnte, und dabei nickte sie beständig mit dem Kopf, auf dem sich in verwegenen Schwüngen nahezu violette Haarmassen türmten. Sie trug immer Blue Jeans, die silbernen Kettchen an ihren Handgelenken erinnerten an geheimnisvolle Fesseln aus Tausendundeiner Nacht.

Eines Tages tauchte sie auf und wohnte etwa zwei Wochen bei Tene. Sie schien mich zu akzeptieren. Tene hatte ein drittes Bettgestell besorgt, abends traf ich zum Pilaw-Essen ein. Da Maria ziemlich ausschließlich fernsah, saßen wir oft zu dritt vor dem Kasten, solange das Programm reichte. Im Grunde blieb das meine einzige tiefergehende Erfahrung mit dem sowjetischen Fernsehen.

Vier Monate später ging Tene von heute auf morgen nach Kiew. Ihr Professor habe ihr empfohlen, ihren Kurs dort fortzusetzen. Welchen Kurs? Nach meinem Eindruck hatte sie sich, seit ich sie kannte, mit keinerlei Kursen beschäftigt. Scholochows »Stiller Don« lag so unberührt wie am ersten Tag unserer Bekanntschaft auf ihrem Nachttisch, und ich war dankbar dafür gewesen. Aber Genaueres war von ihr nicht zu erfahren.

Ich kaufte einen Koffer, sie war seit langem nicht mehr umgezogen. Trotzdem konnte sie darin fast ihre gesamten Habseligkeiten verstauen. Die fuhren wir dann auf einem Handwagen, den ich bei Jelena Andrejewna ausgeliehen hatte, zum Bahnhof. Auf dem Handwagen waren das Zeichen der Universität und das Emblem der Sowjetunion eingestanzt. Unterwegs trafen wir die FDJ-Sekretärin, die Tene und mich mit auffallender Freundlichkeit grüßte. Am Bahnsteig ein Behindertentransport. Die unglücklichen Kreaturen wurden zum Teil in Käfigen verladen. Hinter Tenes leichter Schulter sah ich das zerkratzte Fenster des Zugabteils, in dem sie gleich verschwinden würde. Ich bekäme einen Brief mit ihrer Adresse. Schön. Er ist nie angekommen.

7

Auf dem Weg zum Monte Tremezzo an einem Sonntag. Ich führe ein Handy bei mir, ein *Natel, cellulare, mobile*. Nur in den Bergen trage ich so etwas. Meine elektromagnetische Fessel, die mich an mein Theater bindet. Ridiküler Eifer. Acht Stunden werde ich unterwegs sein, irgendwann klingelt das Ding tatsächlich. Heiner ist dran, mit norddeutschem Akzent, ob er jetzt in der Schweiz oder in Deutschland anrufe? Ich sage ihm, es sei Italien und er falsch verbunden. Heiner meint, mir einen schönen Urlaub wünschen zu müssen. Dafür habe ich also ein Natel bei mir.

Krank wird heute niemand im Theater, auch sonst tut sich nichts, wozu ich gebraucht würde. So ist es immer. Mit dem Regenschirm vertreibt man den Regen.

Sonntags trifft man Menschen in der Höhe, Italiener, die sich nicht den Luxus achtstündiger Fußwanderungen leisten, sondern mit dem Auto in eine Wirtschaft bei einem Rifugio einkehren. Man sammelt sich in einem halbdunklen Raum um lange Eichentische, links eine Bar, dahinter die Küche. Die Luft brennt im Qualm der Holzkohle. Von den Tellern dampfen Kaninchen und Kalb, daneben Mortadella und Hartkäse, Brot und Landwein. Das Ganze ist ein Fest. Auf der Terrasse vor der Hütte taucht plötzlich ein Eishändler auf. Die Kinder und die Alten sind die ersten am Stand. Auf der Weide ringsum liegen sie und sonnen sich. Einige Frauen recken sich mit ihren Astralkörpern und riesigen Sonnenbrillen wie pharaonische Statuen. In der Nähe steht ein schweres MG auf Rädern, Milano, Baujahr '43. Drei Halbwüchsige spielen am Weg Fußball, die Mütter sitzen auf dem Gewehrlauf und schauen zu. Unten am See wurde im April '45 Mussolini aufgegriffen, zusammen mit seiner Geliebten Clara Petacci auf der Flucht in die Schweiz. Am nächsten Tag wurde er direkt unterhalb dieses Rifugio erschossen.

Ceausescu ging es im Dezember '89 ähnlich. Die Arroganz, mit der er und seine Frau Elena das eilig zusammengetrommelte Standgericht vor laufender Kamera behandelten, war wie ein apokalyptisches Vorzeichen. Die zusammengeschossenen Leichen wirkten dagegen harmlos. Der rumänische Richter muß den Prozeß nicht verkraftet haben, er nahm sich kurz darauf das Leben.

Wenige hundert Meter von der Hütte ist weder von Kaninchenbraten noch Fußball irgend etwas zu spüren. Der eigentliche Aufstieg zum Monte Tremezzo geht über Schneefelder, die vom letzten Kälteeinbruch zurück geblieben sind und sich allmählich im Gras verkriechen. Unterhalb des Gipfels zerstörte unterirdische Anlagen, vermutlich MG-Nester. Sie wurden nicht aus Beton, sondern aus Schieferplatten gebaut und bilden flache, begraste Hügel, die in der Mitte trichterförmig eingebrochen sind. Allem Anschein nach Hinterlassenschaften aus der Zeit 1914-18.

Was bleibet, stiften die Kriege. Schieferplatten, Fundort fossiler Abdrücke, werden selbst zur fossilen Dokumentation. Über den Platten jagt der Falke die Maus und die Eidechse das Insekt. Achtzig Jahre haben sich die künstlichen Gräben gehalten, sie werden es auch weiterhin tun. Im Zustand der Beiläufigkeit, des unbeachteten Erinnerungsobjekts. Gerade, weil ihnen der Charakter des Denkmals fehlt, bewahren sie Gegenwart. Der verlassene Ort. Und doch sieht man sie in ihren Uniformen herumlungern und auf den nächsten Kampfeinsatz warten. Eine tragische Intensität stellt sich her, die Berliner Mahnmal-Projekte nie zu erreichen vermögen.

Auf dem Gipfel des Monte Tremezzo eine Madonna aus Bronze, in einer Kutte, die sie ganz umhüllt und bis zu ihren Füßen reicht. Noch aus wenigen Metern Entfernung gleicht die Plastik einem Phallus. Milchiger Dunst saugt an der Landschaft. *Wenn Du lange genug in einen Abgrund blickst, blickt der Abgrund in Dich hinein.* Schon saugt der Dunst auch an mir. Ein veritabler Hahn, ein Italiener, erinnert daran, daß selbst hier oben die Landschaft domestiziert ist. Schwalben ziehen tief über mir vorüber, begleitet von einem leichten Pfiff, wie durch einen eigenen Windkanal. Ein kleiner Doppler-Effekt.

Der Vogelflug bewegt sich in einem anderen Koordinatensystem als Flugzeuge. Noch in großer Höhe sind Vögel und Maschinen unterscheidbar. Das Tier weiß nichts von den Forderungen der euklidschen Ebene. Start und Ziel, take off and landing, haben eine andere Bedeutung. Bewegung ist schon Ziel, und das Ziel im Ziel, der Ort der Landung, wird in der Bewegung ausgemacht. Das Flugzeug, das sich sein Ziel erst in der Bewegung sucht, ist dem Untergang geweiht. Es kennt keine Freiheit, sondern nur die vorgeschriebene Trajektorie. Als kürzlich ein Flugzeug mit Florida-Touristen auf dem Rückflug nach Europa auf den Kanarischen Inseln zwischenlanden wollte, weil ein Passagier einen Magendurchbruch erlitten hatte, kam es unter den Passagieren zu Übergriffen aus Protest gegen die Maßnahme. Man hielt den Magenkranken für einen Drogendealer, dessen heiße Ware in seinem Körper aufgeplatzt sei. Piloten im Tiefflug sind Streßzuständen ausgesetzt, deren Werte ein Vielfaches des Normalen betragen. Das ist der Preis der freien Bewegung.

Auf dem Rückweg kommen mir am Dorfrand drei Kinder entgegen. Der Junge in der Mitte trägt eine tote Katze im Arm und hat sich einen Strohhut aufgesetzt. Die Mädchen links und rechts singen und klatschen dazu rhythmisch in die Hände. Als ich an ihnen vorbei bin, fangen sie an zu kichern, dann legen sie den struppigen Kadaver auf eine niedrige Mauer am Weg.

Helena und Lisa fuhren nicht mit nach Grüningen zur Taufe, sondern blieben in Castiglione. Lisa war von einer heftigen Sommergrippe heimgesucht worden, Helena schien darüber erleichtert zu sein.

Helena hat ein gutes Verhältnis zu meiner Familie, aber ein schlechtes zu dem Land, aus dem wir kommen. Je länger wir in der Schweiz leben, umso distanzierter wird Helena Deutschland gegenüber. Die Ausländerfeindlichkeit im Osten beschäftigt sie, noch immer hält sie ihren Akzent für ein Problem. In der Schweiz spielt das bis auf weiteres keine Rolle. In unserer Stadt war schon um das Jahr 1910 beinahe jeder Zweite ein Ausländer. Helena hat ihre hier ansässigen Landsleute schnell gefunden, Tschechen, deren Eltern 1968 in die Schweiz geflohen waren. Am nächsten steht ihr Dagmar, die im Kantonsspital als Augenärztin arbeitet.

Überhaupt verblaßt die Heimat. Der Rausch des schnelleren Lebens, der uns in den ersten Jahren nach '89 trug, war einer neuen Langsamkeit gewichen. Wahrscheinlich nehmen die Verhältnisse inzwischen wieder festere Konturen an. Anfang der neunziger Jahre konnten die stundenlangen Fahrten auf deutschen Autobahnen, die ich des Theaters wegen unternahm, halluzinatorische Anwandlungen hervorrufen. Im Strom der dem Horizont zustrebenden parallelen Autoströme geschah es, daß ich minimalistische Schwingungen wie Kompositionen des Amerikaners Steve Reich vernahm, obwohl das Radio abgestellt war. Kamerafahrten durch Manhattan aus *Koyaanisqatsi* vermischten sich mit Autobahnkreiseln im Rhein-Main-Gebiet.

Die Nüchternheit ist zurückgekehrt. Vor allem Helena sieht die Perspektiven skeptisch. Wie lange werden wir in der Schweiz bleiben? Die Kinder, die zum Klavierunterricht zu ihr kommen, haben fast alle ein anthroposophisch beeinflußtes Zuhause. Viele von ihnen leben einen streng geordneten Alltag, auch außerhalb der Schule. Manche suchen sich ihre Freunde nicht selbst aus und haben nur einmal pro Woche Freizeit. Helena macht die Sache nicht sehr viel Spaß. Sie ärgert sich im stillen, die Schüler auf Vermittlung einer Bekannten bekommen zu haben, von deren anthroposophischer Ausrichtung sie nichts wußte.

Trifft Lisa einen der braven Klavierspieler im Hausflur, beschränkt sie sich auf einen kurzen Gruß. Lisas Freunde kommen meist aus Portugal oder Jugoslawien und spielen Fußball, Lisa zieht es zu den Außenseitern. Kürzlich hat sie erklärt, sie wolle nie wieder nach Deutschland.

Also machte ich mich allein auf den Weg. Die zeitlichen Abstände zwischen den Aufenthalten zu Hause bei den Eltern waren kleiner geworden. Dafür nahmen die räumlichen wieder zu. Bei Morgengewitter ging es hinab nach Argegno an den See, weiter nach Como und Mailand. Diese Stadt verkörpert den imperialen Gedanken des alten Rom mehr als Rom selbst. Es würde mich nicht wundern, wenn Leute wie Speer hier ihre hybriden Anregungen bekommen hätten. Obwohl alles – mit Ausnahme des Doms – sein Maß hat.

In den Vitrinen der Via Montenapoleone werden die Vorhersagen über die Identität des vor uns liegenden Semesters getroffen. Aus den Schaufensterinstallationen blitzt die Zukunft hervor. Der Blick vom Trottoir bricht sich asymmetrisch an den Hohlspiegeln der Zeitgespenster, die von Edelschneidern in bizarre Boutiquenpuppen verzaubert worden sind. Sie sind in schwere, dicke Kleider gehüllt. Durch die Hitzeschleier wirken die Fenster wie Kühltruhen.

Die Hypnose beginnt. Man bleibt vor den Maskeraden stehen und nimmt Witterung auf. Die vom Leben Erwählten werden demnächst die Verwandlung übernehmen. Dann ist es nicht mehr weit, und die Kobolde brechen aus den Vitrinen aus und behexen alles, was ihnen über den Weg läuft.

Die Via Montenapoleone als Kontakthof: Die einen gehen für Gucci, die anderen für Versace auf den Strich. Die Identität des kommenden Semesters ist aus den Tarnfarben der alten Boheme geschöpft: Beige und Grau. Diese Kordjacke, jenen Filzmantel könnten Baudelaire oder Verlaine getragen haben. Die Scala, nur ein paar hundert Meter weiter, fände hier mühelos die authentische Gesamtausstattung für eine Puccini-Aufführung. Zur Verdeutlichung für das schlichtere Publikum vor der Scheibe sind den Puppen Daguerrotypien mit den Originalen beigegeben. Man steht in Polohemd und Bermuda davor und blickt auf zu dem okulierten Dreck, der die neuen Standards bringen wird.

Der Mensch dieses Herbstes hat Pantoffeln wie Marcello und Reifröcke wie Mimi. Ihr Teint ist dem Pergament entlehnt, auf dem Rodolfo bittere Verse hinterlassen hat. Die Schwindsucht ist auf dem Höhepunkt. Die tapferen Schneider, Ausdrucksvisionäre unserer Epoche, die sich weder vor Einhörnern noch vor Sonnenuntergängen in Malibu fürchten, haben die Sehnsucht der Stunde erkannt: Nieder mit den Panzerschalen des computergesteuerten Alltags, der die Jagd nach Renditen und die Furcht vor Inkassobüros bedeutet. In den Chiffren tuberkulosen Vergehens leuchtet das bürgerliche Fernweh nach Verwahrlosung und Ausstieg auf. Zeitbewußt in der Form des Fin de siecle.

In den Kühlvitrinen der Via Montenapoleone findet eine Autopsie statt, die Scheren der Schneider ziehen durch die Bauchdecke der alten Boheme. Die Ränder der Schnittmuster werden mit geronnenen Lachen schwindsüchtigen Bluts dekoriert. Wenn alles Leiden vorüber ist und die Zeit und ihr Geschlecht unter der Erde, zählt die Erinnerung des Kostümbildners. Die Portraits der Geschichtsschreiber weichen den Werken der Schneider, ihren Figuren aus den inzwischen zerbombten Salons und denen der Gosse, die immer noch fruchtbar ist. Wer spricht von Siegen? Von Niederlagen, von den Vergasungen, Vernichtungen, dem Kern der Geschichte? Was bleibt, sind Faltenwürfe und Krawattennadeln. In ihnen ruht das kollektive Gedächtnis.

Im Flugzeug neben mir saß eine gravitätische Dame mit blondiertem Haar, weißem Anzug und Sonnenbrille, die auch beim dritten Mal noch freundlich von ihrem Platz aufstand, nachdem ich wiederum etwas aus meiner Tasche herauszunehmen vergessen hatte. Später hielt die Dame einen Fotoband über Renata Scotto in den Händen, und mir wurde schlagartig klar, neben mir saß Mirella Freni, die große Diva, vertieft in etwas verschwommene, nette Schwarzweiß-Fotos mit Theaterszenen einer nicht minder berühmten Konkurrentin. Aus solchen Lichtbildern steigt immer dieselbe Melodramatik empor. Mit Theater hat das selten zu tun.

Das größte Verhängnis von Ausnahmesängern ist, nicht allein, nicht wirklich singulär zu sein. Das haben nur die Callas und Caruso geschafft, gewiß selbst die nur in der mythischen Verklärung. Auch das kuriose Tenortrio ist zunächst einmal eine fluchtartige Reaktion auf die Komparabilität von Ruhm und Verehrung. Nachdem sich die Herren jahrelang im Wettbewerb um das herzschmelzende C aus dem Weg gegangen sind, haben sie mittlerweile erkannt, daß Börsenkurse steigen und nur noch steigen können, wenn man sich zusammentut. Was ist schon ein tobendes Opernhaus, das dem Einzelnen zu Füßen liegt, gegen ein nicht minder tobendes Fußballstadion, das ich mir zwar mit den beiden anderen teilen muß, aber immerhin nach dem Motto: geteilte Honneurs, multipliziertes Honorar.

Niemandes Reich ist mehr groß genug, daß sein Glanz über den Tag hinaus den anderer überstrahlt. Die Tenöre markieren auch das Ende des superlativischen Zeitalters. Jacksonismus ist nicht so sehr die einzigartige Prominenz und der damit verbundene beispiellose Erfolg. Vielmehr ist der *success* von heute das eifrig nachzuahmende Beispiel von morgen. Der Exponent mag steigen, die Kurve sich steiler nach oben strecken als je zuvor – andere werden folgen, die sie übertreffen.

Die Kommunikationsvernetzungen tun das ihre, um den einmaligen Star zu verhindern. Jeder hat heute seine Spieglein an der Wand, die ihm von der Schönheit und Größe der anderen berichten. Aus dieser Welt der Spieglein dringen mal sanft, mal frenetisch, Erfolgsmelodien. Auf daß auch die Ausgeschlossenen Anteil am Glück der Ruhm-Reichen haben.

Vielleicht ist Glück in diesem Sinne ohnehin für die anderen da, nicht für einen selbst. Mit dem Ende des zeitbeständigen Superlativs, des großen, einmaligen Triumphs, ist es auch mit dem Genuß vorbei. Die Sorge über die Kurzlebigkeit des Glanzes überschattet den Glanz selbst. Die anderen sind nicht nur die Hölle, weil sie den Erfolg von gestern in Frage stellen, sie sind auch die Glücklichen, insofern sie neben dem Karussell stehen und das mitleidlose Wechselspiel mit unbetroffenem Vergnügen verfolgen können.

Reisestunden sind prädestiniert für eine Zeitungslektüre, die man sich sonst nicht gönnt. In den kurzen Meldungen und kleinen Spalten wuchern mysteriöser Kindesmord in Minnesota und die zweite Säuglingsleiche, die man in Mecklenburg innerhalb weniger Tage auf einer Müllkippe gefunden hat. In Brandenburg waren die mumifizierten Überreste eines Mannes in einer irrtümlicherweise von den Behörden als leerstehend gemeldeten Wohnung entdeckt worden, der vor vier Jahren beim Fernsehen vom Tod überrascht worden sein mußte und seitdem unbemerkt vor dem Gerät gesessen hatte. Der Mann war einige Wochen vor seinem Tode aus der Wohnung ausgezogen, ließ der Vermieter wissen. Bei den Behörden wurden jetzt Spekulationen darüber angestellt, wie der Mann wieder in die Wohnung gelangt und weshalb dies über Jahre hin verborgen geblieben war.

Solche Meldungen regen die Phantasie an. Bei welchem Programm hat ihn der Sensenmann abgeholt? Vielleicht ist das TV-Gerät noch monatelang weitergelaufen, und

Tausende von Nachrichten, Talk-Shows, TV-Games und Thriller sind vor dem toten, allmählich austrocknenden Körper aufgeglüht und wieder im Nichts des Äthers verschwunden. Geisterstimmen am toten Mann: *Ich hab Sex auch ohne Partner. Hundeleben in Deutschland. Heute gehen die Gewerkschaften wesentlich ideologiefreier an ökonomische Tatbestände heran. Knapp aber ist letztlich das Angebot rentabler Anlagemöglichkeiten. Ich werde nicht fertig damit, daß unsere Tochter lesbisch ist. Du bist doch bloß 'ne Friseuse. Das Wetter wurde gesponsert von ASS Fieberbrause. Du gehst mir total auf den Keks. Heute könnt ihr einen Mann gewinnen. Ich will wieder Spaß im Bett. Wir gehen noch einmal live an den Unglücksort. Fast achtzig Tote. Der Dollar hält sich bei 1,773 DM. Nostalgiereisen mit der Deutschen Bahn AG. Es können wieder zehntausend D-Mark gewonnen werden. Ich will ein Kind von einem Star! Anschaffen – die lockere Mark nebenbei.*

Da saß der tote Mann, und die Augen trockneten ihm ein, im Mittelohr nistete eine Küchenschabe, und die schuppigen Lippen wurden braun. Um ihn tanzten die Gespenster von Verona Feldbusch, Hilmar Kopper, von Gregor Gysi und Klinsi und von Guildo Horn. Die elektromagnetischen Wogen gingen vor ihm hin und her. Die Leiche eines Ertrunkenen, die an einsamen Strande geschwemmt wurde.

Interessant dürfte auch die bürokratische Seite sein: Wer zahlt die ausstehenden Gebühren für Strom und Fernsehen bzw. wie werden die Kosten verbucht? Nur soll niemand sagen, so etwas hätte es zu DDR-Zeiten nicht gegeben.

Immer noch fuhr der Zug langsamer zwischen Höhnebach und Gerstungen, dem Grenzübergang von einst, immer noch ertappte ich mich dabei, dem Augenblick der Passage besondere Aufmerksamkeit zu schenken. Die Zeiten höheren Herzschlags waren zwar vorbei, aber die Intensität der Wahrnehmung, die optische Erregung des Szenenwechsels waren geblieben. Wir fuhren an einem stahlgrauen Wachturm vorüber, es folgten stillgelegte Schuppen und Häuser am Bahndamm, die aus toten, zersplitterten Fensterlöchern herüberstarrten, dann das normierte Ortsschild mit den blauen Randstreifen, eine Normaluhr, sie zeigte vierzehn Minuten später als in Fulda.

Die Fahrt ging wieder rascher, als hätte man nun genug Zeit gehabt, dem Sensationstrieb nachzugeben. Wenig später kamen Wartburg und Burschenschaftsdenkmal in Sicht.

Die Taufe meines zweiten Neffen war der Anlaß für den Besuch. Am Vorabend des Festes auf der Terrasse bei der Schwester. Der Vater erzählte von einer Busfahrt, die er sich vor ein paar Wochen gegönnt hatte. Für zehn D-Mark einen sogenannten Tiroler Vormittag zu erleben, sei mindestens so gut wie ein Kinobesuch.

Der nächste Morgen stand im Zeichen der Kindstaufe. Es war der achtundzwanzigste Juni, der Tag von Zoes Geburt. Eine merkwürdige Koinzidenz, die mich störte.

Wenn ich Zoe auch seit Jahren nicht mehr gesehen hatte und selbst zu ihrem Geburtstag in keiner Weise mit ihr in Berührung war, blieb der achtundzwanzigste Juni ein Tag geheimer Spannung.

Nachdem man sich im familiären Kreis vor der Kirche versammelt hatte, ging es hinein. Zuvor gab es noch einen Händedruck vom Pfarrer (sein Vorgänger, an den ich mich in der folgenden Stunde häufig und wehmütig erinnerte, drückte einst der Gemeinde erst nach dem Gottesdienst die Hände), ich sei ja selten zu Hause und so, und hinter uns schlossen sich das Eichenportal und die Glastüren davor.

Im besten Falle hat ein Pfarrer etwas vom Magier und weiß alle Aufmerksamkeit im Raum auf sich zu ziehen. Dazu gehört darstellerisches Talent und ein großzügiger Energiehaushalt. In der protestantischen Kirche ist der Mann im Gottesdienst der Vertreter des Herrn. Das macht diese Veranstaltungen umso unbarmherziger, je schwächer der Darsteller ist.

An diesem Tag zählte er, mit kreisrundem Gesicht, das seinen vollendenden Rahmen durch einen feingezirkelten Vollbart erhielt, die Kollektenbeträge der letzten Wochen auf und entschuldigte die seiner Meinung nach hohen Summen damit, die Gäste einer Diamantenen Konfirmation hätten letztens so großzügig gespendet. Dann ging es um Feste, um Kaffee und Kuchen und Geselligsein für Jung und Alt; auch hier kam inzwischen erst das Fressen und dann – irgendwas.

Eine fünfundneunzigjährige Dame, Mitglied der Gemeinde, sei von ihrem schweren und entwürdigenden Leiden endlich erlöst, »laßt uns unser eigenes Ende bedenken«. Mit Rücksicht auf unsere Kurpatienten stünden wir nur zum Segen auf, ordnete der freundliche Mann vor dem Altar an, ich sah von der Seite die alten Herrschaften über die Sitzbänke hinweg dankbar nicken. Die Taufe des Sprößlings aus einer Familie unserer Gemeinde stehe heute an, außerdem grüße er herzlich einen Gesangschor aus Bad Schwartau.

Nachdem über die Marmeladeproduktion dieses norddeutschen Kurorts ein paar aufklärende Worte verloren worden waren, mußten wir den Essig schlucken und die Sangeskunst der vornehmlich in sehr vorgerücktem Alter befindlichen Schwestern und Brüder aus dem Nordwesten über uns ergehen lassen. Man stellte sich im Halbkreis vor dem Altar auf und jubilierte in zweifellos mehr als vier Stimmen. Besonders bemerkenswert geriet die Orgelbegleitung, die nicht nur eine weitere Stimme hinzufügte, sondern auch jeweils entschieden mehrere Takte vorauseilte: »Preiset froh den König, lobet den Herrn der Welt«.

Später dann eine Predigt über den Narzißmus in unserer Gesellschaft. Die Predigt kritisierte Leute, die häufig über Autos nachdachten, weil sie, die Autos, einen besonderen Status hätten (am Nachmittag, bei Kaffee und Erdbeertorte, teilte sich der Herr Pfarrer darüber mit, daß er ein großer Autofreund sei und gerade die Marken für einen Neuwagen durchprobiere), und erreichte schließlich mit unerwarteter Wendung auf die Unfähigkeit der Menschen in unserer Gegenwart, »Ich« zu sagen, ihren ethischen Zenit.

Ich hörte zu, wie sie ihr Vaterunser und ihr Glaubensbekenntnis rezitierten, »Wir loben, preisen, anbeten Dich« sangen und das Kindlein schauten, das waagerecht über das Taufbecken gehalten wurde und diese feuchtfröhliche Zeremonie mit schicksalsgewisser Ruhe über sich ergehen ließ.

Dies überhaupt ist der einzige Moment der Wahrheit, der im Ritual lebendig geblieben ist. Der Vorhang geht auseinander, und da ist ein kleines Menschlein, ausgeliefert dem angestrengt-korrekten Handeln anderer, die genau wissen, was sie tun, und dieses Menschlein schaut durch die eifrigen Hände dieser anderen hindurch in eine undeutbare Ferne, wie das Lamm vor der Schlachtung.

Und plötzlich wird sichtbar, daß diese Taufe kein Willkommen ist, keine Aufnahme in die Gemeinschaft, keine Integration des noch unwissenden Fleisches, sondern Abschied und Trennung, eine Weggabel, an der die Mündigen ratlos stehen und die Hände ausstrecken, während das Mündel sein Ziel kennt. »Lasset die Kindlein zu mir kommen«, im Grunde eine traurige Aufforderung. »Und bist du nicht willig, so brauch ich Gewalt«, raunt es von der Kehrseite. Vielleicht sind nicht die selig, die arm im Geiste sind, sondern die Träumenden im Geiste, wie dieses Kind, durch dessen Haar das Wasser rinnt. Eine Trennung ist's, der wir beiwohnen, und da wird nebensächlich, ob ein Becher ausgegossen oder ausgetrunken wird. Sokrates: *Es ist Zeit, daß jeder seines Weges geht. Ihr ins Leben, ich in den Tod. Wer das bessere Los gezogen hat, weiß allein der Gott.*

Merkwürdige Verwandlungen waren unter Kirchenleuten, seit die Mauer gefallen war und das Dach der Kirche seine konspirative Aura verloren hatte, keine Seltenheit. Kurz vor unserem Wechsel in die Schweiz hatte ich unerwartet Johannes Schollenmacher wiedergesehen, nach zwanzig Jahren.

Der Ministerpräsident hatte zu einem Empfang für Gorbatschow und Edward Heath auf das Schloß Friedenstein zu Gotha geladen. Zunächst versuchten sich ein paar Tessiner Theaterleute im Holztheater des Schlosses trickreich an Commedia dell' arte. Dann versammelten sich die Gäste, den Rücken gestrafft und die Hand um einen Aperitiv gespannt, im Festsaal. Gorbatschow hielt im Kreise von ein paar gestriegelten Sicherheitsboys Hof, neben ihm hockte der alte Heath zusammengesackt in einem Barocksessel. Während die Funktionäre und Bauchladenbesitzer, die LPG- und Fraktionsvorsitzenden in tänzelndem Auf und Ab den kostbaren Augenblick einer Audienz erharrten, drehte sich der einstige Generalsekretär launig im Kreise und unterhielt sich am liebsten mit sich selbst. Minister huschten über das herzögliche Parkett, Staatssekretäre sogen an Cocktailkirschen, eine prominente Bundespolitikerin vom Neuen Forum kramte nervös in ihrer Handtasche, und ein Herr mit auf dem Rücken verschränkten Armen schritt ausgreifend zwischen den Lemuren hindurch, den Blick immer ein wenig über den Scheitel der anderen gebogen und sich hin und wieder umwendend, als hätte ihn gerade jemand unerlaubt fotografiert. Schollenmacher gab sich nicht erst Mühe, sich meiner zu entsinnen. Ein verquälter Zug mischte sich unter seine beweglichen Mundwinkel, so wie in Fichtenburg. Über meine linke Schulter hinweg mußte sich Gorbatschow gut beobachten lassen, also verweilten wir für eine Weile in dieser Position. Der alte Kreis, nein, überleg doch mal, wie lange das her ist. Und wir sind sehr mit der Gegenwart beschäftigt. Er nestelte eine Visitenkarte aus der Brieftasche. Dann schoben sich die Schauspieler aus Locarno dazwischen. Ein Jahr später kehrte ich Gotha und Thüringen und Deutschland den Rücken.

Der Rest des Tages in Grüningen gehörte Mahlzeiten, die ich mittels ausführlicher Spaziergänge durch die Parks von Bad Grüningen voneinander trennte. Als Kind hatte ich genau gewußt, wo Bucheckern und Kastanien zu finden waren.

Auf den Esplanaden und Promenaden hatte einmal reges Treiben geherrscht. Wenn ich auf dem Weg zur

Schule das Haus verließ, begegnete ich munter vor sich hinplaudernden Müßiggängern in Trainingsanzügen, den Kurpatienten, und vorbeihastenden Leuten in weißen Kitteln. Die Welt war in Flaneure und deren Pfleger eingeteilt. Im Sommer kamen Urlauber aus Sachsen und Berlin hinzu.

Nun war der Ort verlassen und träumte in den blassen Sonntag hinein. Das neue Deutschland hatte Frieden über die Straßen und Plätze von Grüningen gebracht. Am Eingang zum Kurtheater wellte sich ein Plakat im Kasten, mit »Cindy & Bert« und »Free Willy«. Von den Portalrahmen blätterte Farbe, Wind hauchte die welken Fetzen auf den Rasen. Die gesprungenen Fensterscheiben wurden von Aufklebern zusammengehalten: »Theater muß sein!«

In der Wandelhalle spritzte das Heilwasser in unregelmäßigen Schüben aus den Hähnen. Eine Frau kam mir aus der Galerie entgegen und lieh mir ein Glas. Schon lange wußte ich nicht mehr, ob das Wasser noch so schmeckte wie damals, als wir vom Schulhof aus um die Wette rannten, um an der Brunnenausgabe noch einen Becher zu ergattern, bevor sie zum Mittag geschlossen wurde.

Die Patienten seien heute gehbehindert und hätten keinen Grund mehr, die Kliniken im Ort zu verlassen, sagte die Frau. Die hätten dort alles, was sie bräuchten. Das klang wie einstudiert. Sie wird das schon oft gesagt haben. Einen Augenblick lang schien mir, die Frau hätte mich ebenso wiedererkannt wie ich sie.

Das Kurhaus im Park war vor ein paar Jahren geräumt worden. An den großen ovalen Türfenstern zum Konzertsaal wies ein Schild auf den Rassegeflügelzüchterverein hin. Aus dem Innern krähten aufgeregte Hähne. In diesem Saal hatte ich mir einmal mit vielen Leuten zusammen ein paar Reden anhören müssen, bevor mir die Mutter eine Schultüte in den Arm schob.

Der Zeitungskiosk auf der Ernst-Thälmann-Straße, die jetzt Herzog-Georg-Straße heißt, war seit Jahren geschlossen. Auf den kahlen Regalen trockneten Kastanienblätter. In den Fenstern hingen Werbeposter. »Herzchen Barbie 7,95 DM, Red Eagle, Jetzt ist der Bär los!« Auf einem blaubraun umrandeten Papier, das schon alle Zumutungen der Zeit hinter sich zu haben schien, ohne wesentlich gelitten zu haben, gab die Kurdirektion Kurse für Seidenmalerei und Specksteingestaltung bekannt, die vor sechs Jahren stattgefunden hatten. »Liebenswert, Bad Grüningen.«

Die »Charlotte«. Da hatten wir gelebt. Das Gebäude stand längst leer. Vor der prächtigen Fassade ließen sich am Abend die Kurgäste zum Essen auf der Terrasse nieder, dann lauschte man dem Konzert der Kurkapelle, das aus dem Park herüberdrang. Die trüben Fenster blinzelten zwischen Ulmenkronen, rostige Eisenträger bluteten aus dem Putz hervor.

Charlotte ist jene Charlotte, der die preußische Königin anläßlich ihrer Hochzeit im letzten Jahrhundert eine prächtige Residenz am Comer See geschenkt hat: die Villa Carlotta von Tremezzo. Die Königin war Charlottens Mutter, ihr Gemahl Georg der Zweite, der spätere Herzog von Meiningen, der aus diesem thüringischem Dorf an der Werra einen Theaterstandort von europäischem Rang machen sollte. Das war lange nach Charlottens frühem Tod.

Man zog mit den Meiningern durch die halbe Welt, um Shakespeare und Schiller zu spielen, in eigenen Aufführungen des Herzogs, der auch mitspielte. Das geographische Netz der Auftrittsorte spannte sich über mehrere Kontinente. Die Selbstverwertungsmaschinerie war schon in Gang gesetzt. Eine Art Bob Wilson des neunzehnten Jahrhunderts ist dieser Georg gewesen. Bevor er mit dem Theaterspielen begann, pendelte er zwischen dem Schloß Altenstein in der Nähe von Grüningen und der Villa am Comer See.

Meine Eltern wohnten die ersten Jahre nach meiner Geburt in einer Mansardenwohnung in der Charlotte an der Kurpromenade von Grüningen, unweit des Brunnentempels.

Inzwischen passiere ich die Villa Carlotta am Ufer, wenn ich von Castiglione Richtung Norden zur Seemitte fahre. In ihrem Terassengarten und dem anschließenden englischen Park gibt es zur rechten Zeit Rhododendren und Azaleen, wie an keinem anderem Ort.

Meine ersten Theatererinnerungen verbinden mich mit dem Meininger Haus. »Napoleon oder die hundert Tage«, eine dieser hochprozentigen Verrückungen Grabbes, wurde gegeben, mit Hundertschaften von Soldaten, die vom Autor im dramatis personae vorgesehen sind. Das Kind beeindruckten verständlicherweise die ständigen Gewehrsalven, blutende, durch Kopfverbände hindurch schreiende Menschen in Uniform und eine Kanone, die allerdings in einer Szene am Rohr brach, nachdem eine Marketenderin darauf Platz zu nehmen versucht hatte. Die Komparserie muß zu statistischer Hochform aufgelaufen sein. Hinweise darauf, wohin es mich einmal ziehen sollte, wurden hier nicht gegeben.

Bemerkenswert sind eher die Begegnungen mit dem Geist Charlottes, seiner ersten Frau, der preußischen Prinzessin. Als ich zum erstenmal die Villa am See betrat, mit dem entrückenden Ausblick auf Bellagio und dazwischen das tiefblaue, fast schwarze Wasser, stieg mir plötzlich der leicht muffige, zugleich an Zitronen erinnernde Geruch aus meiner Kindheit in die Nase: eine Duftmischung, wie sie schlecht gelüftete, halbdunkle Fremdenzimmer und billige Putzmittel erzeugen.

Es war der Geruch meiner Kindheit, Charlottes Geruch. Die Riviera von Tremezzo schob sich über die Grüningener Ernst-Thälmann-Straße. Die Apotheke von Frau Biedermann verwandelte sich in die kleine Kapelle am See. Das Kurheim Olga hatte die Fassade des Grand Hotel Tremezzo. Ich sah Amseln und Finken vor den halbgeöffneten Fenstern von den Zweigen wippen und sich lauthals um einen Käfer streiten, und schon hörte ich das ferne Geräusch, das große Regentropfen machen, wenn sie in einen Teich fallen. Der Himmel über der Villa war wolkenleer. Dieses Geräusch gehörte zu frühen Abendstunden im Kinderbett in der Charlotte, in denen ich, sobald es zu regnen begann, die Decke bis zum Kinn zog und die Mutter bat, das Fenster offen zu lassen, damit ich das Weben draußen im Kurgarten hören und so einschlafen konnte. Es war ein sanftes Rauschen, das sich einst in den Traum vom Abhandensein wob.

Der Vater hatte seine eigenen Gründe, mit mir durch Grüningen zu flanieren. Vor zwei Monaten hatte er das Amt des Bürgermeisters aufgegeben. Schluß gemacht mit der Zwischenlösung. Aus der Pension hatten sie ihn geholt und gebeten, die Geschäfte zu führen, bis ein Nachfolger gefunden und gewählt sei. Der eigentliche Amtsinhaber hatte aus gesundheitlichen Gründen den Schreibtisch geräumt. Sich in die Krankheit geflüchtet, wie sich an den desaströsen Zuständen im Rathaus dann gezeigt habe. In der Not erinnere man sich der Leute, die die

Wende provoziert hätten. Seit neun Jahren Demokratie Jetzt, aber die Dummheit sei schwer zu ertragen, aus der Nähe betrachtet. Der Nähe eines Bürgermeisters.

Abwasserentsorgung, Kurbetrieb, Privatisierungen, Immobilien-Tricks, woran wir uns nicht alles gewöhnt haben. Auch an Feinde. Die würden nur gefährlich, wenn man politischen Ehrgeiz habe. Der Bauamtsleiter sei sexueller Nötigung bei Grundstücksverkäufen bezichtigt worden, und natürlich gab es den veritablen Immobilienhai, der mit unbescheidenen Krediten aus dem Stadthaushalt bescheidene Wohnblocks für Familien und ältere Menschen am Aschenberg hatte bauen lassen und der plötzlich nicht mehr zahlungsfähig war, nebenbei aber noch einige Villen am Kurpark erworben hatte. Stadträte wurden mit dem Vorwurf bedrängt, IM gewesen zu sein, einer hatte auf zweifelhafte Tour ein Busunternehmen gegründet, ein anderer war zur gegnerischen Partei übergelaufen, um nach Erfurt in den Landrat zu kommen. Da war der Vater noch einmal für ein paar Monate auf das Karussell gesprungen.

Er hätte das nicht tun sollen. Er habe zuviel Filz von der anderen Seite gesehen, falsche Auftragserteilungen, Unterschriften unter Papiere, die es nicht hätte geben dürfen, Alleinentscheide, die nicht satzungsgemäß gewesen seien, Belastungsmaterial eben. Nicht gegen den einen, sondern gegen sie alle, die versucht hätten, das System umzukrempeln. Wer die Wende und den Aufbau mitgemacht habe, müsse sich fragen, wofür. Vor allem in seinem Alter.

Im Park sahen wir einen alten Mann auf einer Bank am Teich sitzen. Es war einer der Lehrer meiner Schulzeit. Wir grüßten ihn vernehmlich, der Mann nickte und winkte ins Leere zurück, ohne uns erkannt zu haben.

Die Kritik an den Zuständen sei dem Lamento gewichen. Depression als gelernte Hilflosigkeit. Am schlimmsten seien die Jungen dran. Ohne Perspektiven gebe es auch keinen Grund, sich zu investieren.

Da wuchsen sie auf, von Generation zu Generation vitaler, selbstbewußter, scheinbar selbstbestimmter, und die ganze Vitalität und Selbstbestimmung werde nicht gebraucht. Nicht einmal der Zorn auf die Misere und die destruktive Kraft, die eigentlich jede Jugend habe. Die Zeit sei inzwischen so hinfällig und am Abgrund sterbend, im Zustand der Selbstwiederholung, das nichts lächerlicher sei, als sie anzugreifen. Der Angriff sei keine Provokation mehr. Die Gesellschaft werde nur noch mit den Füßen getreten, wozu da Kritik?

In den Tagen vor der Bürgermeisterwahl habe die SPD ein Flugzeug über Grüningen kreuzen lassen mit dem Spruch »Ricarda Heussler für Bad Grüningen«. Ricarda Heussler sei die Kandidatin gewesen, die am Ende mit nicht einmal zwanzig Prozent abgefertigt worden sei. Das kennzeichne die politische Kommunikation von heute. An einer Häuserfassade seien auf dem Höhepunkt nach und nach mehrere Werbetransparente für die SPD-Frau angebracht worden, mit Großfoto natürlich: »Jung, weltoffen, kreativ.« Was die Dame alles tun wolle, was alles abschaffen. Die Namen derer, die sie unterstützten: Gerhard Schröder, Kanzlerkandidat, Friedrich Schorlemmer, Pfarrer in Wittenberg, Otto Pöhl, Bundesbankpräsident a.D. und unvergessen: Willy Brandt.

Am Tag nach der Wahl schon hätte ein neues Plakat gehangen: »Ich gratuliere dem neuen Bürgermeister und wünsche ihm viel Erfolg.«

Hinter den Kulissen und dabei gar nicht so unauffällig, würden freilich schon die Messer gewetzt und die Sägen angesetzt. Man wolle den Mann auflaufen lassen, hätte mein Vater am Telefon vertraulich zu hören bekommen, überparteiliche Treffen seien anberaumt, um dem Kommunisten möglichst schnell das Handwerk zu legen.

Eine Woche nach der Wahl sei dann auch das Glückwunsch-Plakat der SPD-Verliererin verschwunden, und an dessen Stelle habe in großen schwarzen Lettern, direkt auf die Wand gemalt, gestanden: »Deutschland, erwache!«

Der Rundgang führte uns durch den Altensteiner Park, wir standen vor dem Schloßgebäude, das vor sechzehn Jahren ausgebrannt und danach behelfsmäßig roh erneuert worden war.

Der Brand, durch Bauarbeiten verursacht, hatte Grüningen damals schwer getroffen. Wochenlang zogen die Leute in Scharen durch den Schnee hinauf, um die vor sich hin glimmende Katastrophe in Augenschein zu nehmen. Schon immer war den Leuten im Ort das Schloß unnahbar gewesen, zunächst lebte dort der Meininger Hof, später diente es als Erholungsheim für den Handwerkerbund. Nur wenige hatten die Intarsien und Glasmalereien, die Treppenplastiken und Fayence-Kamine mit eigenen Augen gesehen, die nun zu einem schwelenden Schutthaufen verschmolzen waren.

Vielleicht rührte daher die magische Trauer, die über Monate den Menschen anhaftete. Nach der Besetzung hatten die Russen schnell die repräsentative Wirkung des Bauwerks erkannt. Nachdem sie an der Seitenfront einige Rotbuchen-Riesen niedergemacht hatten, hängten sie ein großformatiges Stalinporträt an die Fassade. Das war von der Stadt aus gut sichtbar, bis andere Heilige kamen.

Die konstitutionelle Monarchie sei für Deutschland leider auch nicht mehr salonfähig, lachte der Vater, und blickte hinüber zu den geometrischen Figuren roter und grüner Ziegel auf dem Schloßdach. Wir gingen an den Mammutbäumen vorbei.

8

Am Ende des ersten Jahres zeichnete sich ab, daß für Pit kein langes Bleiben mehr sein würde. Wir hatten dem Treiben an der Universität nur gelegentlich Aufmerksamkeit geschenkt, doch war ich durch meine Zeit an der Fichtenburger Schule besser auf den Trott vorbereitet. Nun las Pit die Integrationszeichen in den Büchern als winzige verwunschene Elektrogitarre, während ich in den meisten Fächern anfangs eine genießerisch ruhige Kugel schob. Die Russen hatten im Gegensatz zu uns nur zehn Schuljahre hinter sich, der Abstand war beträchtlich. In den ersten Monaten kam mir alles wie eine Wiederholungsübung vor, der ich mich nicht unbedingt aussetzen mußte.

Für Pit, der mit den Eltern durch die Welt gezogen war und verschiedentlich Botschaftsschulen besucht hatte, sah die Sache anders aus. Er konnte weder mit Infinitesimalrechnung noch Maxwellschen Gleichungen oder katalytischen Reaktionen etwas anfangen. Hinzu kam seine wenig studienfreundliche Passion für die Popmusik der sechziger und siebziger Jahre. Wenige Wochen nach Studienbeginn hatte er im Quartier eine kleine Gruppe von Engländern ausgemacht, die sich für ein Jahr zum Russischlernen in Woronesch aufhielten. Leute aus dem Westen in einer zum Schutz militärindustrieller Anlagen für Ausländer geschlossenen Stadt – das war die alltägliche Paradoxie des Systems.

Sowjetische Behörden machten nicht viele Umstände, wir waren alle Ausländer, egal, ob aus Ost oder West, wir waren alle gleich. Also erhielten auch die Studenten aus den befreundeten Staaten nur eine auf den Studienort begrenzte Aufenthaltsgenehmigung. Die Kasernierung galt schließlich sogar für die eigenen Leute. Niemand reiste im Land einfach so umher. Woher er auch stammte.

Briten, Österreicher, Schweden oder Amerikaner durften zu Sprachkursen das gelobte Land beehren, sofern sie das dem sowjetischen Staat mit gutem Geld zu danken wußten. Später zeigte mir Giuditta, daß der Mechanismus zwischen Devisen und Privilegien reibungslos funktionierte. Ihr hätte ich zugetraut, Tauchfahrten auf einem sowjetischem Atom-U-Boot zu organisieren.

Pit hatte sich binnen kurzem mit Jane zusammengetan, einem sanften Geschöpf aus der Nähe von Birmingham, mit langem, lockigem Haar und einer Flöte, auf der sie sich mit Barockmusik versuchte und Ian Anderson von Jethro Tull relativ glaubwürdig zu paraphrasieren verstand. Jane war die einzige Engländerin dieses Woronescher Jahrgangs, die sich nicht im Geiste Johnny Rottens die Haare rasiert und gefärbt hatte.

Insgesamt waren sie zu siebt und ziemlich fidel. Die meisten hatten unter ähnlich kuriosen Verhältnissen auch schon Monate in China oder Brasilien verbracht und gingen überhaupt viel virtuoser mit den widrigen Lebensverhältnissen in der Stadt um als wir. Sie waren allerdings gleich mehrfach im Vorteil: Erstens war das Ganze für sie eher ein Happening mit kalkulierbarem Ausgang und keine soziale Infanterieausbildung. Zweitens besaßen sie das richtige Geld, alle Russen von Bedeutung waren käuflich. Und drittens kauften sie sich davon schöne Reisen mit dem devisenscharfen Sowjet-Unternehmen Intourist in exotische Landstriche, um sich von den Widrigkeiten der Stadt zu erholen.

Der Umgang mit solchen Leuten stand für brave DDR-Studenten auf dem Index. Das berührte uns wenig. Pit verbrachte bald Tage und Nächte mit Jane, sie wohnten gewissermaßen zusammen, was man so Wohnen nannte unter den dürftigen Umständen. Da Jane sich zudem im gesamten Popfundus zwischen dem frühen Bob Dylan und der neuesten Stones-Platte auskannte, war Pits letzte Aufmerksamkeit von der Universität abgezogen.

Während ich wenigstens Seminare und Laborstunden besuchte, ließ er sich so gut wie nirgends blicken. Das blieb nicht ohne Folgen. Da die sowjetische Universität einem Schulprinzip entsprach, mit minutiösen Anwesenheitskontrollen, schriftlichen Arbeiten, Hausaufgaben und erwünscht reger Teilnahme am Unterricht, den sogenannten Lektionen, mußten Pits Absenzen schwer ins Gewicht fallen. Die wenigen Male, die er anfangs noch auftauchte, benutzten die betont drakonischen Lehrer, um ihn in seiner Unwissenheit vor den anderen bloßzustellen. Ein beliebtes Spiel des damaligen Erziehungswesens auch in der UdSSR, die sowjetischen Studenten fanden daran großes Vergnügen. Pit bekam mitunter nicht einmal mit, wenn er gefragt wurde. Daß man vor der Antwort aufzustehen hatte, kostete ihn wie mich die größte Mühe. Da stand der liebe Pit dann minutenlang im Seminarraum dem Dozenten gegenüber, zwischen Glasapparaturen, Spirituskochern, Bunsenbrennern und Abzugshauben, und schwieg mit der Ahnungslosigkeit dessen, der aus einem anderen Kulturkreis kam. Man hätte es ebensogut mit einem kirgisischen Nomaden versuchen können, und Pit spielte gern den Nomaden.

So beschloß er, ganz fernzubleiben und die Dinge auf sich zukommen zu lassen. Daß sie kommen würden, war ihm klar, aber vorerst zählte Jane. *The times they are changin.*

Der Infantilismus unter den Kommilitonen war noch schwerer zu ertragen als die Lehrpraxis. Das Studienjahr zählte etwa hundert Studenten aus allen möglichen Republiken, der Vorlesungssaal glich einer großen multinationalen Schulklasse. Die meisten waren zwei Jahre jünger als ich, also siebzehn, und man sah ihnen noch nach Wochen die Aufregung und den Ehrgeiz an, studieren zu dürfen und von zu Hause wegzukommen.

Eine Ausnahme war Widja, ein Russe aus einem Dorf in der Nähe von Tula. Er war dreiundzwanzig, hinter ihm lagen fünf Jahre Militär. Über diese Zeit sprach er nicht gern, er ließ nur einmal durchblicken, er habe viele unerfreuliche Dinge dort erlebt und deshalb die Uniform an den Nagel gehängt, obwohl ihm klar gewesen sei, daß er als Offizier ein weitaus besseres Auskommen gehabt hätte, als er es nach seinem Studium je haben würde. Widja besaß die unter Russen nicht eben weitverbreitete Begabung, sein Sprachtempo dem seines jeweiligen Geprächspartners anzupassen. Also unterhielt ich mich gern mit ihm, worüber auch immer, denn mit Widja sprechen hieß sprechen lernen, und daran führte kein Weg vorbei. Er gehörte zu jener phlegmatischen Sorte, die einen gemütlichen Abend hinterm Ofen der Partie durch Kneipen oder schwarze Diskotheken vorzog.

An Widja ließ sich russisches Wesen studieren, er lebte saisonal. Im Sommer konnte er durchaus unternehmungsfreudig sein, er zog nächtelang mit der Angel aus oder versackte gelegentlich auf einer Party. Mit den ersten Frösten – und die kamen im frühen Oktober – rollte er sich dann aber zusammen. Am liebsten wäre er nun bis zum kommenden Frühjahr, also bis in den Mai, nicht mehr vor die Tür gegangen.

Seit Jahrhunderten lebten die Russen im extremen Auf und Nieder: Der Winter forderte Nichtstun in Dunkel und Kälte, die kurzen, erbarmungslos sengenden Sommer trieben die Menschen über die Felder, das Wenige dem Boden zu entreißen, was sich entreißen ließ und zum Leben taugte. Die schmalen Tage Väterchens und Mütterchens pendelten über den von der Sommerhitze rissigen Schwarzerdeschollen und glühenden Steinöfen. Dazwischen lagen die kurzen wasserreichen Übergangszeiten, die das Land in uferlose Schlammweiten verwandelten und die Feldwege zwischen den Dörfern fortschwemmten. Die moderne Technik mochte diesem Rhythmus ein Ende gesetzt haben, die Genetik ließ ihn in den Menschen fortleben.

Hinzu traten die Blendungen. Vor allem die Mädchen erfüllten die Klischees vom stolzen und heiteren Komsomolzendasein mit wenigen Ausnahmen auf das Erfrischendste. Wenn ich, in der Regel leicht lädiert, am Morgen den schlecht beheizten Hörsaal mit seinen altersschwachen Holzbänken betrat, über denen stets ein Geruch aus Knoblauch und Schweiß stand, fand ich die Mädchen in Reihen vor ihren Vorlesungsaufzeichnungen schunkeln und dazu ein aufrechtes Liedchen vom frohen Aufbau des Landes und der Schönheit der sowjetischen Natur und ihren Menschen singen. Ich traf meist erst kurz vor Vorlesungsbeginn ein und blieb deshalb von zuviel Seligkeit verschont. Mit dem Erscheinen des Professors im Saal erstarb der Liederchor auf der Stelle. Die Mädchen sprangen von den Sitzen und grüßten den Meister oder die Meisterin. Die paar Jungs – sie machten vielleicht fünfzehn Prozent des Studiengangs aus – fielen da nicht weiter auf.

Die Sitten begannen bald zu erodieren. Ihre Degeneration schritt ebenso rasch voran wie der tatendurstige Komsomolze in den Liedern der ersten Monate. Die Korrosionen und Verwachsungen an den Monturen, am sozialistisch gedrillten Körper und seinem Geist wurden schnell sichtbar. Während die meisten meiner Studienkollegen im ersten Jahr noch in der Schuluniform zum Unterricht erschienen, also mit einem in der Regel ziemlich abgetragenen blauen Anzug die Jungen und in einem nicht minder abgetragenen Schürzenrock die Mädchen, wandelte sich ihr Geschmack ab zweitem Studienjahr fundamental.

Die Mädchen schnitten sich die Zöpfe ab, schminkten sich reichlich und auf russische Art, für Frauen anderer Nationen unnachahmlich, traten in Lackstiefeln und Jeans auf und ließen keine Gelegenheit für eine Zigarette aus. Die Jeans erstanden sie auf dem Schwarzmarkt, aus dem Sortiment kaukasischer Händler. Diese Händler hatten ihre Leute, die die Hosen zu Hause in illegaler Heimarbeit nähten, zumeist aus selbstgewebten Stoffen.

Die Reproduktion der westlichen Systemvorlagen begann im späten Sozialismus eifrig zu blühen, sie begann mit dem Inbegriff abendländischer Kultur, mit dem Kleid. Die heimlichen Schneiderinnen und Näherinnen von Tblissi und Jerewan richteten ihre Webmuster nach jenen aus der anderen Welt, deren Gesetze sie nicht kannten. Bald liefen Teenager und Leute, die es vor langer Zeit gewesen waren, in den gezinkten Klamotten herum. Sozialistische Mimikry mit den gängigsten Devotionalien des Westens.

Das größte Problem stellten Markenschilder und Knöpfe dar. Die Insignien westlichen Standards wurden am höchsten gehandelt. Plastiktüten mit Zigaretten- oder Parfümwerbung erreichten ihren besonderen Wert: Sie wurden unter einem feuchten Handtuch mehrfach gebügelt und trugen auf der Straße zum persönlichen Prestige bei.

Meine Freunde aus Afrika und dem Nahen Osten machten daraus ein einträgliches Geschäft. Sie kauften den Ramsch in Paris oder Berlin kiloweise und machten ihn hier zu Geld. Sogar unsereins hätte in dieser Zeit gute Aussichten gehabt, so die eine oder andere Kommilitonin für sich zu gewinnen. Schließlich galt die DDR in der Sowjetunion als ein prosperierendes Konsumland. Montana- oder Levisknöpfe boten einen guten Nebenverdienst und die eine oder andere Liaison, wenn man das wollte.

Es gab genügend Landsleute, die sich mit Unterwäsche, Parfüm oder Ersatzteilen für Lada- und Moskwich-Pkws das Leben in Woronesch versüßten. Oft waren es dieselben, die als FDJ- und Parteifunktionäre für Recht und Ordnung in den eigenen Reihen zu sorgen hatten. Mittelmäßig intelligent, zu Hause verheiratet, ehrgeizig und chronisch kontaktscheu, was ihnen insofern zugute kam, daß sie sich selten in die Gefahr brachten, mit Leuten in Berührung zu kommen, die für unsereinen offiziell tabu waren. So sah der DDR-Student eigentlich aus: verklemmt, parteilich, mit dem unverwechselbaren grünen Parka und einer Wisent Jeans ausgestattet (Berlin-Witz: Wisent Se da rinjekommen?), meist in Gruppen auftretend, betont unauffällig. Und machte mit dem begrenzten Konsumgütervorsprung vor dem großen Bruder seinen schnellen Rubel.

Daß die Mädchen ihr Erscheinungsbild so dramatisch veränderten, hatte natürlich Folgen. Spätestens im dritten Studienjahr war der ansehnlichere Teil von ihnen verheiratet – die Hälfte übrigens auch zwei Jahre danach wieder getrennt, die anderen hatten sich meist für Offiziere entschieden, auf die schon allein wegen ihres strengen Tagesregimes mehr Verlaß war. Dagegen entdeckten ihre männlichen Kommilitonen endgültig den Wodka für sich und nahmen, was meist miteinander korrespondierte, gewaltig an Körpergewicht zu. Einige Freunde alterten in dieser Zeit um zehn oder fünfzehn Jahre.

Die dritte Gruppe der allein gebliebenen Frauen und der trocken gebliebenen Männer bildete den ambitionierten Kern der neuen Forschergeneration. Auf sie baute die sowjetische Wissenschaft. Von Mendelejew bis Gagarin zierte eine Phalanx mutiger Techniker und Gelehrter die Wände der diffus beleuchteten Korridore der Universität, und die Adepten schauten jeden Tag auf dem Weg in die Labors zu ihnen auf. Dubna, Akadjem Gorodok, Lomonossow-Universität – die unersättlichen Zentren des Geistes verlangten ständig nach neuer Substanz. Ob daraus für die eine oder den anderen etwas geworden ist oder überhaupt nur werden konnte, entzog sich meiner Kenntnis, ich kehrte mit einem roten Diplom in die Heimat zurück.

Wenigstens zwei Drittel des Lehrpersonals unserer Fakultät bestand aus solchen ehemaligen strebsamen Studenten. Die Frustration unter ihnen war auf den ersten Blick erkennbar. Weder entwickelte die Sache einen geistigen Stimulus, noch bot sie einen, wenn schon nicht goldenen, so doch wenigstens bronzenen Boden.

So war es in scholastischen Zeiten. Der Gelehrte übernahm das Katheder, schrieb ein paar Bücher, in denen er seine schmalen Erkenntnisse auf einen soliden Umfang brachte, zog sich einen Zirkel von Domestiken heran, die das Rad ein bißchen weiterdrehten, und spielte den Satrapen. Die Domestiken ließen sich aus den vorüberströmenden Studienjahren rekrutieren, aus jenem übrig gebliebenen Teil von Studenten, der beim Genießen des Lebens zu kurz kam. In den Prüfungen entschied sich, ob man die Leistungen gebührend würdigte, die eben an diesem Lehrstuhl zum Wohl der Wissenschaft im Dienst der sozialistischen Menschheit erbracht worden waren. Nur so konnte man gut abschneiden. So drehten sich seit langem die Mühlen, die Uhren, die Kalender, die altersschwachen Zentrifugen, die Akademiker wurden vermehrt, aber nicht der Geist.

Lehren und Domestik-Sein konnte keinen Spaß machen. Außerdem wurde der Job nur karg bedacht. Ohne Habilitation krebste man bei einem Gehalt herum, das unter dem eines ungeschulten Fabrikarbeiters lag. Ein Professor konnte sich kaum mit einem leitenden Verfahrenstechniker mittleren Bildungsweges in der Produktion messen. Die dem revolutionären Proletariat treu ergebene Intelligenz hatte bis zum Ende der Epoche mit den sauren Trauben vorlieb zu nehmen. Lenins und Stalins Wertung von schwerer und leichter Arbeit, derzufolge körperliche Arbeit schwer war und gut besoldet, während geistige als leicht galt und schlecht wegkam, blieb bis in die Zeit Gorbatschows in abgemilderter Form in Kraft.

Es gehörte sicherlich nicht zu den erstrebenswerten Geschäften, diesen Studenten mit veralteten Arbeitsmitteln etwas beizubringen, das sie spätestens nach der nächsten Prüfung wieder vergaßen. Der Niedergang des Forschungs- und Wissenschaftswesens im Lande war in vollem Gang. Die Einrichtungen und Arbeitsbedingungen konnten nicht ermutigen.

Auf dem Hof der Universität rosteten Dutzende von Müllcontainern, aus denen ständig beißender Qualm aufstieg. So blieben die Fenster geschlossen, im Winter ohnehin zwingend, da die Heizungen nicht genügend hergaben. Ab November galten im Hörsaal achtzehn Grad und im Labor sechzehn Grad als Vorschrift, ich erinnere mich nicht, daß es in den härteren Wintermonaten je so warm gewesen wäre. Obwohl die Fenster im Oktober verklebt wurden, saßen wir bei feinstrahliger Kältezufuhr in zwölf Grad Celsius und hörten uns die professoralen Ergüsse über Lagrange-Gleichungen, Kolloide oder Teilchenbeschleuniger an.

Mein Freund Pit hingegen hatte inzwischen Marihuana als Katalysator sehr bemerkenswerter biochemischer Prozesse für sich entdeckt. Sobald Jane einmal nicht in seiner Nähe war, und das kam immer wieder vor, weil sie Reisen in andere Städte im Programm hatte – sie fuhr nach Samarkand, auf die Krim oder an den Baikal –, sobald Jane also nicht in Reichweite war, ging Pit zu Jannis auf den Basar, um sich mit Stoff zu versorgen.

Der Basar war eine merkwürdige Mischung aus Kolchoseausstellung und russisch-orientalischem Markt. Dralle Bäuerinnen aus dem Oblast, dem Verwaltungsbezirk, verkauften Hühner, Georgier und Armenier Wein, Obst und Gemüse. Die Preise waren nicht einmal für uns, geschweige für eine normale sowjetische Familie erschwinglich. Jannis lebte als Grieche in der Nähe von Duschanbe in Kirgisien, ein paar tausend Kilometer südöstlich. Er kam einmal pro Woche auf den Basar von Woronesch und verkaufte Obst. Unter der Hand besorgte er Drogen, die allerdings grundsätzlich nur gegen Dollar. Ein Senegalese erzählte Pit und mir einmal im Halbrausch von Jannis. Wahrscheinlich, um es anschließend zu bereuen, aber schließlich nahm er uns doch zu seinem nächsten Einkauf mit.

Da Pit über seine Eltern stets mit ein paar Dollar ausgestattet war, kauften wir uns die ersten Joints. Das ging reibungslos. Beim ersten Mal war Sidi, unser sengalesischer Kamerad, dabei, um zu sehen, daß alles seinen Gang ging und der Stoff in Ordnung war. Wir begleiteten Jannis in die den Händlern vorbehaltenen Lager- und Aufenthaltsräume des Basars. Er übergab Sidi einen kleinen Papierbeutel, der sah nach und ließ uns zahlen. Jannis bekam die Scheine, und die Angelegenheit war vergessen. Bis zum nächsten Mal, dann ohne Sidi. Bei Jannis gehörten wir damit zum Kreis. Er wollte nie Näheres von uns wissen, selbst daß wir aus der DDR kamen, machte ihn nicht mißtrauisch. Sidi hatte uns mitgebracht, das genügte. Vielleicht hatte er sich auch nach uns erkundigt.

Trotzdem mußte er sich sehr sicher fühlen. Der Vertrieb von Marihuana gehörte zu den bestorganisierten Geschäften im Lande Lenins. Diese Erkenntnis verbreiten hätte uns großen Ärger beschert, erst recht in der DDR. Die Anbaugebiete im mittleren Asien, vor allem in der kirgisischen Steppe Karakum, garantierten eine reibungslose Versorgung der Kanäle. Der Genuß von Rauschgift kam während des Krieges in Mode, vor allem unter den Soldaten der Roten Armee. Auch später, während des Afghanistan-Feldzuges, stand der Drogenschmuggel innerhalb des Militärs in der Blüte.

Für mich bekam Marihuana keine große Bedeutung. Es blieb bei ein paar lustlosen Zügen und rasch einsetzenden Schwindelanfällen. Mir entsprachen andere Alkaloide. Pit aber setzte seiner Welt ein neues Licht auf. Der Pop-Status vervollständigte sich, es fehlten nur noch die Massen. Inzwischen verließ er nur mehr in seltenen Fällen das Wohnheim, allenfalls, um Schnaps, Brot, Knoblauch, Papirossi oder Stoff einzukaufen. Ich überließ ihm das winzige Zimmer in der Cholsunowa mehr und mehr und kampierte bis auf weiteres im Quartier. Ihn störte nicht, daß sich hin und wieder Nachbarn über die eskalierenden Songnächte beklagten, die er neuerdings in Begleitung einer gut verstärkten E-Gitarre absolvierte. Wenn er in Stimmung kam, konnte er etliche Stunden lang sein gesamtes Repertoire durchzupfen. Auf der nächsten Stufe baute er zu diesem Zweck diverse Lautsprecher auf, die er sich bei einem Russen auslieh. Der wiederum lieh sie selbst aus einem Geschäft aus, in dem er arbeitete. Natürlich illegal. Unser Zimmer verwandelte sich in einen geräumigen Lautsprecher mit gehöriger Reichweite.

Aber auch die russische Langmut fand irgendwann ihr Ende. Es mußte in den Nächten, die ich im Quartier verbracht hatte, des öfteren Scherereien gegeben haben, ich hörte nur davon. Vielleicht hing das damit zusammen, daß unser Wohnheim nach einem halben Jahr in den Genuß einer Pförtnerloge kam. Die Zeit der Schutzlosigkeit war vorbei. Nun bekamen auch wir unsere Wachtjorkas. Zwei Vetteln von ausnehmender, warzenreicher Häßlichkeit, immer in schwarzen Wattejacken und mit identischen rosafarbenen Kopftüchern ausstaffiert, saßen plötzlich wie Skylla und Charybdis am Eingang ins Haus und kontrollierten eifrig alle Passanten. In der Nacht vor ihrem Auftauchen hatte die Polizei die im Winter wenig frequentierten Funktionsunterlagen ausgeräuchert und nach allen Regeln sowjetischer Barrikadenkunst unzugänglich gemacht.

Am ersten Tag sah alles noch ziemlich provisorisch aus, es gab nicht mal einen Tisch für die Wachtjorkas, auf den sie ihre Streuselgesichter aufstützen konnten. Das sollte sich ändern. Später verfügten sie über einen bedenklich schief hängenden Schrank und einen großen Schreibtisch mit Telefon. Unter ihren Sesseln, im Schrank und im Tisch horteten sie Brot, Sauerrahm, Butter, Eier, panierten Fisch, auf dem Korridor wimmelte es von Kakerlaken. Es gab reichlich Gründe, schnell an den Weibern vorbeizukommen.

Von einem Tag auf den anderen wurde es für Pit schwieriger, Jane ins Wohnheim zu lotsen, Besuche dieser Art widersprachen der Ordnung, unsere neuen Pförtnerinnen hielten sich daran. Schon am zweiten Abend kam es zu einem größeren Krawall, nachdem Pit und Jane, von den Druden unbeeindruckt, versucht hatten, ohne Kontrolle das Haus zu betreten. Das ließen die beiden natürlich nicht zu. Jane wurde von der einen am Ärmel festgehalten, während die andere die Polizei anzurufen drohte, für den Fall, daß sich die Eindringlinge nicht sofort auswiesen.

Die Weiber verstanden etwas von ihrer Sache. Das hatte Pit unterschätzt, und so geriet er mit ihnen in einen wüsten Streit, der das Interesse etlicher Hausbewohner weckte. Pit, der notorische Gitarrenvirtuose, hatte mit seinen Nachtsessions bereits Unterhaltungswert. Die Sympathie für ihn hielt sich jedoch in Grenzen. Das zeigte sich an jenem Abend. Die herbeigelaufenen Nachbarn stellten sich keineswegs auf seine Seite, sondern beobachteten mißtrauisch die Szene. Jane zog es nach Beginn der Lamentationen vor, draußen vor dem Wohnheim auf den

Ausgang des Krachs zu warten. Der kam dann schnell und steigerte noch einmal Pits Bekanntheit. Als Handgreiflichkeiten anscheinend unvermeidlich wurden, riß er der Skylla das Tuch vom Kopf. Mit ihm fiel eine billige Perücke, und die Überraschung der Umstehenden spiegelte sich in der runzligen Glatze der Pförtnerin. Damit war das Geschrei nicht mehr zu befrieden.

Charybdis machte ihre Drohung wahr und rief die Polizei. Die kam auch prompt und sperrte Pit in sein Zimmer, während Jane zurück in die Stadt mußte. An diesem Abend hatte man sich in der Cholsunowa etwas zu erzählen.

Die Sache war nicht mehr zu reparieren. Obwohl der Vorfall für Pit keine unmittelbaren Konsequenzen hatte, machten ihn die Weiber zu ihrem persönlichen Erzfeind und schienen sich dabei sehr wohl zu fühlen. Die Folge davon war die baldige Trennung von Jane. Sie wollte keinen Ärger, sie wollte *fun*, und der schien in der Cholsunowa ausgekostet zu sein.

Pit wiederum verließ nicht mehr das Haus. Er hielt sich an Wodka und Papirossi – seine bescheidenen Remedien – und schenkte Jane von heute auf morgen keinerlei Aufmerksamkeit mehr. Wie ein Mönch im Dienste der Rockmusik lebte er mit wenigem in seiner Zelle und suchte die Entgrenzungen. Bald war mit ihm nicht mehr zu reden, meist blieb er allein.

Dann fielen im Februar des neuen Jahres die Heizungen aus. Vierzehn Tage blieb das gesamte Wohnheim ohne Wärmeversorgung, bei einer Außentemperatur, die zwischen fünfundzwanzig und vierzig Grad unter Null schwankte. Schon am zweiten Tag wurde nur noch eine Stunde pro Tag Wasser freigegeben. Jeder versuchte mit seinen Mitteln, mit der Lage fertig zu werden. Mit denselben Mitteln, nämlich mit den Heizspiralen, die ihres Aluminiumschirms wegen *Sontik* – Sonnenschirm – genannt wurden. Kaum eingeschaltet, sorgten sie in Minutenabständen für Stromunterbrechungen, weil die elektrischen Leitungen nicht durchhielten. Der Auszug setzte ein. Viele Bewohner der Cholsunowa suchten sich andernorts eine behaglichere Bleibe, auch die Pförtnerinnen verschwanden. Ich fand im Quartier ein provisorisches Bett.

Pit ließ sich nicht beirren. Außer ihm gab es kaum noch Bewohner, das Heim leerte sich. Er sei nur zweimal außer Haus gewesen während der Frostperiode, zum Einkaufen. Wenn ich in diesen zwei Wochen in der Cholsunowa auftauchte, war er kaum ansprechbar und wirkte wie im Fieberdelirium, ohne jedoch Fieber zu haben. Von Marihuana keine Spur. Ich konnte ihn anschreien, schütteln, anschweigen: Pit summte *Wild Horses* vor sich hin. Seine Gitarre lag unter der Bettdecke neben ihm, eingewickelt wie ein Säugling. Es war Zeit, etwas zu tun.

Als Wärme und Wasser in gewohnt bescheidenem Umfang wieder gewährt wurden und Pit aufgetaut war, machte ich ihm den Vorschlag, seinen Vater dafür einzusetzen, aus Woronesch wegzukommen. Ich mußte ihm seine Situation nicht in düsteren Farben malen, er war sich im klaren. Von einem Anschluß an der Universität konnte keine Rede mehr sein.

Als müsse er der Welt erst einmal tief und ernst in die Augen sehen, trug er von jetzt ab ständig eine kleine Nickelbrille, die ich zuvor nie an ihm gesehen hatte. *Pit flash* verwandelte sich vor meinen Augen in den sorgenvollen, den verlorenen Sohn. Auf den Exzeß folgte die Disziplin. Er bewegte sich noch immer im Sog seiner Ikonen. Während er mit sich im Ringen war, ob er das Handtuch werfen sollte oder nicht, ging er zum erstenmal brav zu jeder Lektion. Sogar im Labor ließ er sich blicken. Die Leute an der Universität nahmen das ohne größere Anteilnahme zur Kenntnis. Niemand schien sich noch für Pit zu interessieren.

Es war der achte März, und Pit hatte auf dem Hauptpostamt ein Glückwunschtelegramm zum »Internationalen Frauentag« für seine Mutter aufgegeben. Wir gingen seit Monaten zum erstenmal gemeinsam in die Stadt. Ohne es so eingerichtet zu haben, kamen wir zur Kathedrale, von der aus man den Stausee überblicken konnte, und umkreisten sie mehrere Male. Die Luft über der Kautschukfabrik blätterte schwefelgelb vom Nebel. Nicht der Vater sei die Lösung, sondern die Nationale Volksarmee. Wenn er sich augenblicklich für drei und nicht wie eigentlich vorgeschrieben nur eineinhalb Jahre zur Fahne meldete, ließe man ihn von hier ziehen. Dessen war er sich sicher.

Seine aufgesprungenen Lippen preßten sich um den Rest einer Papirossi, bis sie weiß wurden. Hier sei nichts mehr zu machen, er habe gründlich versagt. So sähen das seine Eltern bestimmt auch. Je länger er bleibe, um so mehr würde er sich ruinieren. Es gebe keinen Tag ohne wahnsinnige Kopfschmerzen. Der Stand eines Soldaten oder eines kleinen Offiziers irgendwo an der Ostsee oder im Erzgebirge sei allein schon deshalb dem Chaos und der Desolation hier vorzuziehen, weil er sich unter den Fittichen des Militärs größere Chancen ausrechnete, noch mal neu anfangen zu können. Wenn das vorbei sei. Man müsse sich nur vorstellen, wie seine Mutter dasitze, wenn sie von seinem Entschluß wegzugehen erführe, und schon denke man daran, sich zu bessern. Eine Perspektive würde sich ihm schon bieten, wenn er erst einmal lange genug den Stahlhelm getragen und die Mannschaftskojen gedrückt habe.

Erst jetzt fiel mir auf, daß Pit neuerdings eine Fellmütze trug. Unter der Schapka erinnerten die Ohrläppchen an unreife Kirschen. Die ganze Maskerade habe ihm gegen die Kälte, den Dreck und vor allen Dingen den Universitätskram nichts genützt. Er sei nicht imstande, sich selbst seinen Weg zu suchen, er gehöre zu den Leuten, denen man sagen müsse, wo es langgeht. Diese Sorge könne ihm das Militär wenigstens abnehmen. Dem Schicksal seinen Lauf lassen – dann eben in Uniform und mit einer Waffe in der Hand. Mit einem Leutnant der Reserve lasse sich womöglich noch mal Anlauf nehmen zu einem anderen Studium. Anglistik zum Beispiel könne er sich weit eher vorstellen als diese Mätzchen mit bunten Reagenzgläsern und Sinuskurven. Sinuskurven habe er in den letzten Monaten genug erlebt.

Krähen umlagerten uns auf den Schneefeldern rings um die Kirche. Obwohl wir mitten in der Stadt waren, glich die Szene mit den niedrigen Hütten, die sich an der Uferböschung in den Schnee drückten, einer Dorflandschaft aus dem neunzehnten Jahrhundert. Hier rasteten oft Zehntausende von schwarzen Vögeln, zuckten mit den struppigen Köpfen, stacksten über den verharschten Schnee und schnarrten vor sich hin. Wenn sie aufflogen, mischten sie sich als zottige Schatten unter die gelben Schwefeloxide über dem See. Nicht mehr über dem Weizenfeld lockten sie den Wahnsinn, sie zogen ihre Bahn durch kalte, giftige Himmel. Der Anblick von Krähen machte die Stadt komplett. Sie boten sich als unsere Begleiter und Kommentatoren an, *woronka*, die Krähe, Woronesch, Krähennest, Krähwinkel.

Pit schrieb einen Brief an die Botschaft, dessen Inhalt

ich nicht kannte. Wenige Tage darauf fuhr er nach Moskau. Auf dem Bahnhof tauchten auch Jane und Nassar auf, es sah plötzlich nach Abschied aus. Pit kam nicht mehr zurück.

Statt dessen ließen sich die FDJ-Sekretärin und jenes Faktotum blicken, das sich im ersten Sommer im Zug von Moskau unverhofft zu uns gesellt hatte und dann in den Vorbereitungswochen herumgeschlichen war. Die beiden standen unversehens vor der Tür in der Cholsunowa, ein Auto wartete. Sie begannen, Pits Habe einzupacken, um sie zum Bahnhof zu fahren. Pit sei bereits in der DDR, mehr war von dem diensteifrigen Räumkommando nicht in Erfahrung zu bringen. Ich stand in dem winzigen Zimmer zwischen den beiden Betten, fast wie bei einer Zollkontrolle im Zugabteil. Das Faktotum verstaute die Stones-Plakate und die Gitarre, wobei er in unregelmäßigen Abständen und mit gespielter Arroganz vernehmlich Luft durch die Nase einzog, als habe er es mit den Lumpen eines Penners zu tun.

Nur einmal, als die FDJ-Sekretärin nach einem Holzbild griff, das über Pits Bett an der Wand hing, erklärte ich ihr strikt, das Bild gehöre mir und müsse da hängen bleiben. Ich wußte in diesem Augenblick nicht, warum ich ausgerechnet dieses billige Jimmy-Hendrix-Porträt behalten wollte. Pit hatte es von einem Russen namens Derewjanko geschenkt bekommen, am Ende einer dieser notorisch wüsten Wodka-Gesellschaften. Es handelte sich um eine ikonographische Reproduktion eines der bekannten *Experience*-Schallplatten-Cover, Öl auf Holz. Darunter in geschwungenen Lettern die Initialen des Kopisten. Der Schinken begleitete mich noch zurück in die DDR. Möglicherweise liegt er heute in Berlin-Baumschulenweg auf dem Dachboden.

Von Pit hörte ich wenig und selten. Ein kurzer Brief bestätigte seine Ankunft in Berlin, er warte auf die Einberufung. Etwa zwei Monate später folgte eine Postkarte mit Foto, ihn selbst mit Bürstenhaar abbildend. Über der Brille zog die Narbe in der Braue ihre Spur. Ungefähr so hatten unsere sowjetischen Studienfreunde am ersten Tag im Hörsaal gestanden. Der Stein war ins Rollen gekommen.

Wir trafen uns erst im Sommer des nächsten Jahres wieder, bei den Eltern in Grüningen. Pit hatte das erste Dienstjahr absolviert, ich sechs Semester in Woronesch. Der Freund hatte Urlaub, mußte jedoch Uniform tragen. Man konnte nicht sagen, er hätte lächerlich darin ausgesehen.

Er trinke viel, sonst sei die Welt schon in Ordnung. Für meine Begriffe schwärmte er ein bißchen viel von einem Gummiknüppel, den er angeblich bei sich trug, mir allerdings nicht zeigte. Leute wie er, die beim Wachregiment seien, müßten zu jeder Zeit einsatzbereit sein. Er meinte, die Natur für sich entdeckt zu haben, durch Übungen, die im Feld stattfanden. Eine Nacht im Wald, das sei schon was. Er wandere jetzt gern, je weiter, desto besser.

Also zogen wir über den Dreiherrnstein und den Inselsberg zur Ebertswiese. In seinem Habit hätte Pit gut als Revierförster gelten können. Zu reden gab es kaum, wir liefen zügig, Pit starrte meist vor seine Füße. Nach Woronesch fragte er wenig, er hatte zu dieser Zeit keinen Kontakt mehr. Musik interessierte ihn noch, aber mit dem Spielen war es vorbei. Frauen seien ihm derzeit wichtiger, und Englisch natürlich. Über die Frauen wolle er nichts sagen. Kerouac und Borroughs lese er im Original, die Bücher müsse er allerdings unter Verschluß halten, sie seien nicht von uns. Er zeigte mir die Pinguin-Ausgabe von *On The Road.* Die hatte ihm eineinhalb Jahre zuvor Jane geschenkt: *To Pit, W., at Christmas 1980.*

Beim Lesen eines George-Gedichtes, das er später auf meinem Schreibtisch fand, geriet er ins Beweisführen: Welche Eleganz das Englische im Vergleich zum Deutschen habe, außerdem sei der Wortschatz viel reicher. Wie umständlich wir formulieren müßten, Shakespeare und ein paar Poeten seiner Zeit hätten dagegen Knappheit und Präzision gebracht, jeden noch so komplizierten Sachverhalt in dieser Sprache ausdrucksfähig zu machen, ohne weitschweifig zu sein. Ob ich nicht bemerkt hätte, daß die mehrsprachigen Betriebsanleitungen für elektrische Geräte oder die Hinweise in Reichsbahnzügen im Englischen immer am kürzesten seien. Kein Wunder also, daß es diese Sprache am weitesten gebracht habe und somit zur Weltsprache avanciert sei.

Neben seinem Gummiknüppel war dies das unbestrittene Hauptthema.

Sechzehn Jahre später sahen wir uns in Berlin zu einem Konzert des lange totgesagten Bob Dylan. Pit war gestylt wie einer der Compañeros oben auf der Bühne, mit Streifen an der Hosennaht, Sternen auf dem Jackett und spitzen, glänzenden Stiefeln, *Boots of Spanish Leather.* Die für Dylan charakteristische Müdigkeit schien auf ihn übergegangen zu sein. Die Zigarette im Mundwinkel machte den lebendigsten Teil von ihm aus. Eine Begrüßung brauchten wir nicht. Wer sich so nahegestanden und so lange nicht gesehen hat, fällt sich weder in die Arme, noch bekommt er feuchte Augen. Pit kam gleich zur Sache, zu dem Konzert, das gerade begann. Worüber sollten wir sonst reden? Irgendwann ist die kritische Masse unterschritten, und es gibt zum Vergangenen nichts mehr zu sagen. *Time Out Of Mind* hätte ihn angeturnt wie lange nichts. Diese Bitterkeit, das gehe in die Knie.

Der Mann vorn mit der Sonnenbrille zog die Töne aus der Mundharmonika, als sauge er sich Schlangengift aus einer Bißwunde. Die meisten Leute um uns herum waren älter als wir, eine Monokultur wie andere. Mit etwas mehr Abstand untereinander als bei den Spice-Girls. Hier hörte man allerdings zu. Wenn Dylan oben mit dem Mikrofon rang, bis es seine gequälten, schwitzenden Töne preisgab, wünschte man ihm, das hoffnungslose, erbitterte Klopfen an die Himmelspforte möchte nicht vergebens gewesen sein.

Pits Haare waren so lang wie einst, aber damit hörten die Gemeinsamkeiten auch schon auf. Die Augen blutunterlaufen und hohl, das Gesicht von Vorboten des Verfalls gezeichnet, der krumme Rücken in einer abgerissenen Seidenjacke versteckt, mit einem Becher Cola in der Hand: Woronesch, das Wachregiment, die Gitarre und die Frauen – das war lange vorbei. Ob ich eine Zigarette wolle? Seine waren aber alle. *Shit.* Nur Englisch war geblieben. Am Zigarettenstummel vorbei, durch die blauen Lippen, murmelte er mit: *It doesn't matter where I go anymore, I just go.*

Im Trolleybus weinte eine Frau leise vor sich hin, die Leute um sie herum sahen an sich herunter, als litten sie mit ihr oder sei ihnen das peinlich oder beides. Die Wachtjorka zu Hause nahm mich nicht zur Kenntnis, obwohl ich sie laut und eindeutig grüßte, sie lauschte angestrengt einer schwerfällig walzenden Marschmusik, die aus ihrem Transistorradio sickerte.

Als ich ein paar Stunden später in den Brotladen trat,

begrüßte mich diese asiatisch undurchsichtige, verwitterte, maskenhafte Physiognomie Leonid Iljitsch Breshnews auf einem Bildschirm. Das Portrait trug in der rechten Ecke über der Brust ein schwarzes Band. Der Fernseher stand neben der mechanischen Kasse am Ausgang, als kontrollierte Väterchen ein letztes Mal, ob wir auch alle für unser sauer verdientes Brot die zwölf oder siebzehn Kopeken auf den Teller legten.

Tode wie diesen vergißt man nicht, zumindest Todesfeiern. Hinter dem Ährenkranz trat mit einem Mal die Religiosität des russischen Volkes hervor. Götter starben in diesem Land, wenn die Matadoren der Partei zur Ruhe gingen, lange, schwer, unter tiefer Anteilnahme. Und das Sterben wurde über ihren physischen Tod hinaus verlängert. Breshnews Bild war von seiner letzten Stunde an allgegenwärtig. Wenn auch für kurze Zeit. Als seien die Portraits und Büsten von den Wänden und den Piedestalen gefallen, und aus ihren Scherben wären sogleich Hunderte von neuen Portraits und Büsten hervorgegangen. Die Vervielfältigung des Generalsekretärs. Die zusammengewachsenen Augenbrauenbüsche mit dem Faltenmyzel darunter machten ihn zu einem alten Häuptling.

Für mehrere Tage im November 1982 stand die schwer und alt gewordene Zeit still, als zögerte sie, mit ihrem Herrn in die Grube zu fahren oder ihren mühseligen Weg fortzusetzen. Dafür war das Volk in Bewegung. Es defilierte vorbei an den Gebeinen, die an heiliger Stätte im Kreml aufgebahrt waren. Fernsehkameras hielten die Erschütterungen fest und teilten sie mit ins Land hinaus. Kein öffentlicher Platz, kein Geschäft ohne die Übertragung der Feierlichkeiten. Man sprach leiser und verstummte schließlich ganz unter den unsichtbaren Blikken, die aus dem Bildnis des Generalsekretärs hervortraten. Endlos schleifte der Rhythmus rostig verschraubter Trauermärsche über die leeren Straßen. Die Musik hing wie Spinnweben träge schaukelnd aus den Megaphonen herab. Großartiger konnte es auch am Nil nicht zugegangen sein.

Das Totenfest war ein Fest des Fastens und der Askese. In diesen Tagen blieben Kinos und Restaurants geschlossen, ebenso die Wodka- und Weintresen. Die Vorlesungen wurden mit Andachten begonnen, in denen an die Heldentaten des Toten erinnert wurde, und in den Pausen wuchsen Spekulationen über das Kommende aus den versteinerten Gesichtern der Kommilitonen. Einer aus dem KGB könnte jetzt das Ruder übernehmen, sprach die Sorge. Sie werden den Krieg ausweiten, doppelte die Angst nach. Bisher blieben die Jungs noch von Afghanistan verschont, doch wenn die nächste Offensive kam? Die Truppen mit den Soldaten aus Usbekistan und dem Kaukasus seien in keinem guten Zustand, hieß es.

Rafik, ein Physikstudent aus dem ersten Semester, hatte einen Bruder verloren. Die Haut hätten sie ihm abgezogen, die Afghanen, *rubaschku snjatj* hieß das, das Hemd ausziehen. Und nun war der Generalsekretär tot. Würde er ins Mausoleum kommen? fragten die Spötter.

Die Tage dehnten sich in der grauen Kälte des November, die turnusmäßige Freude über den großen Sieg der Großen Sozialistischen Oktoberrevolution wich einem bangen Warten, bis der Koloß zwischen Brest und Wladiwostok nach dem Fall seines obersten Meisters ausgebebt hatte. Wie eine Leimrute lag die Trauer im Land. Die Leute wollten auf und davon, und sie kamen nicht vom Fleck.

Die Ausleihe in der Bibliothek betreute eine Sowjetdeutsche. Nur sie und ich wußten, daß die Grisebach-Ausgabe von »Die Welt als Wille und Vorstellung« und die Kröner-Bände von »Jenseits von Gut und Böse« und »Ecce Homo« seit Monaten in meinem Zimmer standen, obwohl sie indiziert waren. Die Faksimile trugen deutsche Namen, »Neuhauser« und »Anne Kleiber« stand da in federleichter gotischer Handschrift. Alexander von Dymschitz sollte die Bibliothek mit Beständen aus deutschen Büchereien bedacht haben. Nun geriet Nadja, meine Komplizin, in Panik. Kam ein neuer Stalin, müsse sie für solche Delikte mit Deportation rechnen. Außerdem sei sie Deutsche, ich wisse wohl nicht, was sich hier vor dem Krieg abgespielt habe. Wie sollte ich sie trösten?

Am nächsten Tag wurde ich aufgefordert, ins Dekanat für Ausländerfragen zu kommen. Arkadi Jurjewitsch saß hinter seinem leeren Schreibtisch, unter dessen Glasplatte Fotos, vermutlich die Familie. Er hatte die Beine seitlich übereinandergeschlagen. Die Hände in den Manteltaschen, die Schapka auf dem Kopf, ließ er keinen Zweifel darüber aufkommen, daß er soeben und vielleicht nur für dieses Gespräch mit mir das Büro betreten und im Sessel Platz genommen hatte.

Über seiner Fellmütze grüßte der tote Generalsekretär von der Wand. Beide Herren, der am Schreibtisch und der auf dem Bild, erschienen mir jünger, als ich sie in Erinnerung hatte. Mir fiel auf, daß ich Arkadi Jurjewitsch nur zwei- oder dreimal bei offiziellen Anlässen aus der Ferne über die Köpfe von Komsomolzen und ausländischen Freunden hinweg Ansprachen haltend erlebt hatte.

Ich möge entschuldigen, aber meine Schulden bei der Zentralbibliothek seien inzwischen so immens, daß sich die Sache bis zum Ausländerdekanat herumgesprochen habe. Der Dekan sprach mit gedämpfter Stimme, als wollte er einen unsichtbaren Dritten mit unserem Gespräch nicht belästigen. Die Verwaltung habe ihm den Vorgang geschickt, elf Bände hätte ich nach insgesamt sieben Ermahnungen nicht zurückgegeben, ich sei nicht einmal der Aufforderung nachgekommen, mich in der Bibliothek zu melden. Meine Weigerung habe inzwischen Schaden verursacht. Zwei Diplomanden und ein Aspirant würden am Weiterkommen gehindert, weil sie für die Fertigstellung ihrer Arbeiten Quellen aus jenen Büchern benötigten, die sich in meinem unrechtmäßigen Besitz befänden. Da ich sie seit neun Monaten nicht herausgäbe, habe man in der Verwaltung die Befürchtung geäußert, ich könnte die Bücher außer Landes geschafft haben. Er, Arkadi Jurjewitsch, sei nun gehalten, mir klarzumachen, daß eine fortgesetzte Weigerung meinerseits nicht ohne ernsthafte Konsequenzen bleibe.

Ich dachte an Nadja und warf dabei einen indiskret neugierigen Blick auf die Fotos unter der Schreibtischplatte. Arkadi Jurjewitsch kam um den Tisch herum auf mich zu und hielt mir einen Dateiordner hin. »Wo haben Sie die Bücher?« Ehe ich entscheiden konnte, ob ich den Ordner nehmen und aufschlagen sollte, entwischte ihm eine Lochkarte. Ich spürte die Augen des Dekans auf meinen Händen, als ich sie aufhob.

»Skalare in der Haushaltung« war der Titel des Buches, zu dem die Karte gehörte. Gewiß eine Bibel für Aquarianer. Um nicht den Verständnislosen zu spielen, sagte ich Arkadi Jurjewitsch die Wahrheit: Dieses Buch kenne ich nicht. Nun dämpfte er die Stimme noch weiter, führte mich zum Tisch und breitete vor mir den Inhalt des Ordners aus. Algenbekämpfung, Wasserflöhe, Barben und Welse – der ganze theoretische Apparat der Kleinfischhaltung.

Als ich ihm meinen Bibliotheksausweis hinhielt und zeigte, daß die Nummer nicht mit der auf den Karten übereinstimmte, wurde der Dekan zum erstenmal vernehmlich und stieß eine jener urrussichen Befreiungsformeln aus, die sich der Übersetzung entziehen. Ob ich etwa nicht Michael Billmann sei, Michael Billmann, oder?

Endlich konnte ich Arkadi Jurjewitsch helfen. Jemand dieses Namens hatte vor mehr als einem Jahr sein Studium in Woronesch nach einem glücklich mißglückten Selbstmordversuch abgebrochen. Wahrscheinlich hatte dieser zuvor, absichtlich oder nicht, vergessen, die Bücher zurückzugeben.

Der Dekan saß nun wieder hinter dem Schreibtisch, die Beine übereinandergeschlagen, vor sich die Karten auf dem Glas verteilt, über der Schapka der Generalsekretär. Die Sache sei also in Ordnung, hauchte er mir entschieden zu. Arkadi Jurjewitsch schob die Hände wieder in die Manteltaschen. Ich sollte ihn noch einmal so knapp in seinem Büro treffen, allerdings mit weitaus unerfreulicherem Ausgang.

Ich kehre von einer Reise nach Wien zurück und finde zum erstenmal das Haus leer vor. Helena ist mit Lisa nach Castiglione gefahren. Nach mehreren Telefonversuchen erreiche ich Lisa. Mama sei spazierengegangen. Als ich es eine Stunde später wieder versuche und Helena erreiche, klingelt ein Klempner an der Tür, um die Dachrinnen zu reinigen. Helena hat Lisa für ein paar Tage aus der Schule genommen und den Unterricht für die kommende Woche abgesagt. Sie habe nicht damit gerechnet, daß ich ihre Abwesenheit sofort bemerken würde, sagt sie noch und legt auf.

Die ersten Jahre der Trennungen waren vorüber. Tene, Pit, Giudi, die arabischen Freunde wurden nach Hause beordert, an die Front auf den Golan und in die Redaktionen von Beirut und Algier. Neue Leute kamen und gingen. Die Stadt wuchs mir zu, sie wurde meine Stadt, sie wuchs mich zu, wie der Bart, der mich unkenntlich machen sollte.

Ich streifte durch die Restaurants, die Kinos, durch die Korridore des Quartiers. Die Exerzitien des Kennenlernens und Abschiednehmens wiederholten sich, ich wurde sparsam nach den Einsätzen, die ich verloren hatte. Die Stadt stank, der Frost preßte mich zusammen, trocknete mich aus, es fiel kein Schnee, bei zwanzig Grad unter null stießen schwarze Sandstürme auf die Straßen nieder.

Ich lernte, Abstand zwischen mich und die Dinge zu bringen. Eine halbe Stunde Warten auf einen Trolleybus in eisigem Wind, ohne Mütze und Handschuhe, oder eine FDJ-Versammlung über die Neutronenbombe halfen mir dabei. Die Menschen, die in dieser schnörkellos elenden Stadt zu Hause waren, zogen mich nicht an.

Der einzige Reiz ging von der Vorstellung aus, Woronesch den Rücken zu kehren und zu verreisen. Vorerst im Lande. Bewegung war alles, worauf meine Pläne hinausliefen. Bewegung versprach Wärme.

Das im Stillstand bewegte Land der Breshnews, Andropows und Tschernjenkos, ein Sechstel der Erdoberfläche, Raum des Unermeßlichen und Unmeßbaren, dessen vierte Dimension nicht die Zeit, sondern der Kommunismus war, dieses bewegte Land bot uns so gut wie keine Freiheitsgrade.

Ohne schriftlichen Antrag an die Paß- und Meldestelle der Universität kein Abstecher vor die Tore der Stadt. Doch gehörte diese Behörde zu den korrupten Wechselstuben, in denen unter eingeschränkt manipulierbaren Bedingungen alles möglich war.

Semjon Wissarjonowitsch Portnyj besaß die traurig-unbewegten Augäpfel und den Nasenrüssel eines gesunden Nilpferdes. Zusammen mit Giuditta hatte ich zum erstenmal sein riesiges, dunkles Kabinett betreten. Sprach er, so wog er sorgfältig jedes Wort, bevor er es über die schlüpfrige Schwelle seiner aufgedunsenen Lippen ließ, als verlese er den Kanon einer neuen Religion. Kein Wunder, daß Portnyj selten sprach und lieber die Bittsteller reden ließ.

Ganz gleich, ob eine dänische Austauschstudentin, die ihre Mutter für eine Woche nach Woronesch einzuladen beabsichtigte, ob ein Seminarist aus der DDR, der eine Dienstreise nach Leningrad antreten, oder ein kolumbianischer Journalistikaspirant, der seine russischen Schwiegereltern im Rayon besuchen wollte, vor Portnyj waren alle gleich. Unterschiedliche Ausgangslagen bestanden höchstens darin, wie man den wortkargen Bürovorsteher für sich einnehmen konnte, um zu seinem Visum zu gelangen. Sicherlich konnten ein paar Dollar Nachdruck verleihen und die vielfältigen bürokratischen Hürden überwinden helfen, mit Rubeln oder DDR-Mark war nichts zu machen.

Aber Semjon Wissarjonowitsch war ein Beamter der verständnisvollen Sorte, er ließ auch Warenhandel zu: mit einer guten Flasche Cognac zum Beispiel war das Geschäft ebenfalls voranzubringen.

Die Verlockungen der unabsehbaren Ferne waren jedoch meist größer als die materielle Ausstattung, um für jede Reise ein Visum bei Portnyj zu beantragen. Mit der Zeit hatte ich die Lebensumstände und Verhaltensmuster am Ort so gründlich aus der Nähe betrachtet, daß ich mir Tarnfahrten unter den Einheimischen im Schutz der einstudierten Erfahrungen zutraute. Zug- und Busfahrten im Oblast Woronesch, der immerhin die Hälfte der DDR-Fläche ausmachte, boten ohne Genehmigung nur geringe Gefahren, solange man sich nicht als Ausländer zu erkennen gab.

Kleider machen auch russische Leute. War das Äußere erst einmal angemessen modifiziert, so daß man als ein Zugereister aus dem Baltischen gelten konnte, erwies sich der Kauf einer Fahrkarte am Schalter gegen Vorlage des Studentenausweises als unproblematische Sache. Im Zugabteil hielt man sich in der Konversation zurück, trotzdem auf seinen Akzent angesprochen, erklärte man sich als Student aus Riga oder Tallinn.

Ohnehin hatte ich mir im ersten Winter den Habit eines angehenden Muschik zugelegt: eine Schapka, die Fufaika, jene Sorte eleganter Wattejacken, die man gewiß auch schon beim Bau der Transsibirischen Eisenbahn getragen hatte, die dezidierte Schlaghose aus Kunstfaser.

Ein paarmal hatte ich mich mit einem portugiesischen Freund auf Expedition begeben. Uns interessierten die Dörfer am Don in der Umgebung. Fernando nahm einen Fotoapparat mit. Wir bestiegen den Linienbus am Busbahnhof zusammen mit alten Weibern, die sich auf dem Basar mit Hühnern und Kohl versorgt hatten. Anstatt Lebensmittel vom Land in die Stadt zu bringen, funktionierte der ärmliche Handelsverkehr umgekehrt.

Ich trug einen Beutel, in dem uns fünf Laib Brot auf der Reise begleiteten. In den Weihern, den Wäldern und über den Feldern Kleinrußlands dämmerte noch das neunzehnte Jahrhundert.

Obwohl die Zwangskollektivierung die Äcker gleichgeschaltet und horizontlose Schollenreihen in die Landschaft gefräst hatte, obwohl der schwarze Boden noch die Überreste der Giganten barg, die ihn vierzig Jahre zuvor mit Dynamit zerwühlt hatten, grüßten tote Seelen von den Blechdächern der Dorfhütten. Die Einsamkeit schlurfte über unbefestigte Wege, als sei gerade eben Tschitschikow mit seinem Wagen durch die knietiefen Rillen gerollt. Hinter den Mähnen der Kiefernwälder ahnte man nicht die Brände der Hochöfen und Raffinerien. Hier konnte man sich mit entgrenztem Blick über die Lage täuschen, in der man sich befand.

Daß sie heikler war, als ich immer noch anzunehmen bereit war, führte mir nach ein paar Wochen Fernandos Schicksal vor. Er hatte sich weit vorgewagt und bei einem Überlandgang zuviel riskiert. Man war ihm bereits vorher auf die Schliche gekommen und hatte ihn auf seinen illegalen Reisen beobachtet, die er zunehmend und allein unternahm, bevor er mit seinem Fotoapparat auf einer Ostermesse in einer Kleinstadt bei Charkow aufgegriffen und in Gewahrsam nach Woronesch gebracht wurde.

Fernando war Mitglied der Kommunistischen Partei. Hinter den Kulissen gingen tagelang Verhandlungen hin und her, am Ende blieb es bei einer Versetzung an die Universität Iwanowo und einer Rückstufung um zwei Semester. Die Russen hätten ihn auch nach Hause schicken können, wo er im eigenen politischen Lager Schwierigkeiten bekommen hätte.

Die Versetzung Fernandos vollzog sich als öffentliche Bestrafung. Alle Ausländer wurden in der Aula des Dekanats versammelt und ausführlich über das Delikt aufgeklärt. Am nächsten Tag machten Plakate im Quartier bekannt, Fernando sei wegen Verstoßes gegen die Ausländerbestimmungen nach Iwanowo strafversetzt worden. Mich hatte er rausgehalten. Der Blitz war neben mir niedergegangen.

Zweimal im Jahr, zwischen den Semestern, genossen wir jeweils mehrere Wochen Ferien. Das waren Gelegenheiten, einige Zeit zu Hause zu verbringen. Eine Reise mußten wir, beziehungsweise die Eltern, aus der eigenen Tasche bezahlen, für die andere kam der Staat auf. Wir erhielten einen Freiflugschein nach Ostberlin und zurück. Woronesch verfügte zwar über einen Inlandflughafen, die Maschinen von dort landeten in Moskau, jedoch in der Nähe militärischer Anlagen, die vor den Augen eines Ausländers geheimzuhalten waren. Das ging so weit, daß einem äthiopischen Kommilitonen, der nach einem Hirnschlag in eine Moskauer Spezialklinik ausgeflogen werden mußte, bei der Landung in Moskau die Augen verbunden wurden, obwohl er bewußtlos war.

Also trat man die Reise nach Hause mit dem Zug nach Moskau an. Diese Fahrt war wiederum nur mit der Nachtverbindung erlaubt, wir durchquerten auch auf Schienen verbotene Zonen. Nach einer achtstündigen Rütteltour erreichte man Moskau in den frühen Morgenstunden, um sich vom Bahnhof auf den Weg nach Scheremetjewo zu machen.

Moskau hielt Abenteuer bereit, die Lust an der Heimreise verebbte oft in muffigen Bars am Arbat oder in den Eingangshallen von Devisenhotels mit ihrem speziellen Personal von Zuträgern, Touristen und Prostituierten. Stefan hatte mich einmal zusammen mit Giudi in verräucherte Kellergesellschaften seltsamer Künstler eingeführt, dort kehrte ich auf meinen Durchreisen ein. Mit der Metro tauchte ich in Moskaus Untergrund.

Wo immer ich heute in Subways steige, hüllen mich zurückkehrende Stimmungen ein, die mir von den Metrofahrten in Moskau geblieben sind. Moskaus Bahnsystem ist zugleich Mausefalle und Fuchsbau. Es trug mich durch die Eingeweide der Stadt, durch die Fluchten, Auf- und Abgänge ins Rhizom Moskau, vom Roten Platz zum Prospekt Wernadskowo, vom Gelände der Allunionsausstellung zum Leningrader Bahnhof. Man fuhr auf den Treppen hinab in den Orkus der Gleise und Tunnel, um an anderer Stelle wieder aufzusteigen. Wie nirgendwo sonst im Land herrschte technische Zuverlässigkeit. Man schlenderte einen Augenblick über den Bahnsteig, und die Röhre spuckte den nächsten Zug aus.

Die Bahnhöfe selbst standen vor allem in der Innenstadt in einem fremden, infernalischen Glanz. Lüster und Leuchter in schwerem, zähem Licht, Fresken mit Szenen vom kommunistischen Aufbau, vom Kampf der Kollektivierung, allegorische Statuen vom neuen Menschen, hohe Stirn, martialische Konzentration, muskelbeherrscht, Ernst Jüngers Arbeiter, der Typus des Antiindividuums, hier unten in den Hallen der Metro hatte er überlebt und grüßte mit Spaten, Helm oder MPi düster aus der Nische. Die Metro-Stationen bildeten das nächtliche Gegenbild zur Armut und Bedrückung unter dem Moskauer Himmel. Stieg man hinab, sah man sich einer untergegangenen Kultur gegenüber, die sich in die Schächte geflüchtet hatte und nun im Strom der Ewigkeit vor sich hindämmerte. Im Gips der Wände waren Palimpseste des Grauens abgetaucht. Man ahnte dahinter die wahnhaft-primitiven Schattenzeichnungen Baldajews aus dem Gulag mit zersägten Menschenkörpern und bleiradierten sibirischen Landschaften. Hier hinab hatte sich Tschugaschwilis Traum vom Sowjet-Sonnen-Staat zurückgezogen.

Zugleich konnte sich die Metro in eine Mausefalle verwandeln, wenn das myriadische, filigrane Räderwerk einmal aus dem Takt geriet. Es wurde gefährlich eng auf den Bahnsteigen; die ersten panikartigen Bedrängungen setzten ein, sobald ein Zug ausfiel. Leicht drohte jemand von der Rampe auf die Gleise gestoßen zu werden. Besonders ernst konnte es werden, wenn die Bahnhöfe in solchen Fällen nicht rechtzeitig geschlossen wurden. Abstürze auf der Rolltreppe ereigneten sich, Menschen wurden erdrückt.

Einmal im Juni, die Prüfungen waren überstanden, sollte es wieder nach Hause gehen. Elf Monate waren seit meinem letzten Besuch bei den Eltern vergangen. Als ich am Kasaner Bahnhof den Zug verließ, stieg die Kälte eines Frühsommermorgens in mir hoch. Ich hatte die Nacht kaum geschlafen, das Hemd besaß nur noch drei Knöpfe, die Füße steckten nackt in Schuhen, die schon so ausgetreten waren, daß ich in ihnen hin und her rutschte. In zwei Stunden und fünf Minuten würde die erste Maschine nach Berlin gehen.

Ich hatte keine Buchung, aber mit etwas Glück und einem schnellen Auto durch die Stadt war die Sache zu machen. Vor dem Bahnhofsgebäude warteten mehrere Dutzend Leute auf ein offizielles Taxi. Ich verlor keine Zeit und ließ mich mit einem Burschen ein, der auf dem Gehsteig gemeinsam mit anderen hin und her strich und Passanten, die er für interessiert hielt, zwischen den Zähnen das Angebot zufauchte, zu dem er sie chauffieren würde.

Der Preis war vertraut. Die Tschaika-Limousine schimmerte frisch geputzt unter den anderen Wagen, ich drückte mich mit leichter Aufregung in die Lederpolster des Rücksitzes. So komfortabel hatte ich noch nirgends gesessen, zweifelsohne war der Schwarztaxist im Hauptberuf Chauffeur eines Apparatschiks. Hinter mir veilchenblaue Gardinen, links und rechts die imperialen Fassaden der Moskauer Boulevards, auf denen um diese Zeit nur hin und wieder ein Fahrzeug unseren Weg kreuzte, streckte ich zufrieden meine Beine in den großzügigen dunklen Raum zwischen dem Fahrer und mir. Karossen wie diese mußten keine Polizei fürchten, die Fahrt ging mehr als zügig, oft störte selbst eine rote Ampel nicht. Der Mann am Steuer saß tief in seinen Polstern und schwieg konzentriert.

Am Abend zuvor hatte es eine Abschiedsparty gegeben, ich hatte in euphorischer Stimmung das Zugabteil betreten und es noch beschwingter verlassen, das sonore Motorgeräusch des Tschaika war wie eine Garantie, daß mir niemand etwas anhaben konnte.

Das also war eine Innenansicht der Macht. Der Chauffeur öffnete mir standesgemäß die Tür und holte meine Koffer aus dem Innern des Wagens hervor, während ich noch einmal die Rubelscheine zählte. Wir hatten fünfunddreißig Minuten zum Flughafen gebraucht, kaum mehr als die Hälfte der üblichen Zeit.

Die Haarfarbe der Dame am Check-in-Schalter übertraf das Rot der Arbeiterklasse. Ich ließ meinen halb abwesenden Blick in ihre feurigen Wirbel sinken, da überraschte sie mich mit der Nachricht, der Flug verfüge leider nicht über ein Erste-Klasse-Abteil. Unter dem zinnoberhaften Scheitel versuchten zwei reuevolle blaue Augen, Gnade bei mir zu finden.

Es tue ihr ausgesprochen leid, daß man mir nicht helfen könne, sagte die traurige Stimme der Dame am Schalter vor mir, und dabei blätterte sie mein Ticket noch einmal durch, als suche sie nach einer unerwarteten Lösung.

Natürlich war das kein Flugschein für die Erste Klasse. Und auf den zahlreichen Flügen, die ich inzwischen absolviert hatte, war mir bisher überhaupt die Existenz irgendwelcher Privilegiertenabteile verborgen geblieben. Das sei ja geradezu peinlich für die Aeroflot, hörte ich mich trotzdem sagen. Vielleicht verleitete mich diese phantastische Haarpracht zu dem Spaß, vielleicht die völlig inadäquate, empfindsame Art der Russin, mich auf einen vermeintlichen Mangel hinzuweisen.

Kaum war der Satz heraus, griff sie zum Hörer und verhandelte lautstark mit irgendeiner Sonja. Hinter mir reihten sich andere Fluggäste ein, wir wurden gemeinsam Zeuge, wie sich eine Angestellte von Aeroflot mit zugegebenermaßen vorbildlich roten Haaren für einen Passagier der Ersten Klasse ins Zeug legte, damit der zu seinem Komfort kam.

Schließlich beendete sie das Gespräch. Sie werde sehen, was sich noch machen lasse, zwinkerte sie mir zu, jedenfalls gebe sie mir schon einmal eine spezielle Bordkarte. Ich fühlte die neidischen Blicke der Leute hinter mir auf dem Rücken, meine nackten Füße fröstelten in den weiten Schuhen. Ein Zurück gab es nicht mehr, nur noch ein Voran. Also stellte ich die Koffer auf das Band und ging zur Sicherheitskontrolle. Dabei preßte ich meine Tragetasche vor die Brust, um das halb offen stehende Hemd nicht allzu deutlich vorzeigen zu müssen. Vorbei an Glaswänden rekonstruierte ich mein Aussehen. Übernächtigt, unrasiert, die Haare fielen fettig auf die Schultern.

Sicherlich war ich der einzige Passagier nach Berlin in einem derart verwahrlosten Zustand. Und einer Bordkarte für die Erste Klasse.

Bei der Kontrolle am Flugsteig hätte ich das ominöse Stück Papier am liebsten versteckt, anstatt es vorzuzeigen. Ich gab es nicht aus der Hand und versuchte, es so gut wie möglich zuzuhalten, während die Stewardess den oberen Teil abriß. Als endlich alle Leute auf ihren Plätzen saßen und das Pfeifen der Düsen aufhellte, eilten die Mädchen der Besatzung mit sorgenvoller Miene hin und her und musterten sich von Reihe zu Reihe. Längst hätte alles zum Start bereit sein müssen. Gab es ein Problem? Ein Offizier erschien und schritt gleich zweimal den Gang auf und ab, ein Mädchen stand am Eingang, versuchte seinen Blick einzufangen und zuckte mit den Schultern.

Endlich griff der Offizier nach dem Mikrofon und bat in freundlichen Worten, zunächst auf russisch, dann, etwas hingegurgelt, auf deutsch, den Passagier der Ersten Klasse, nach vorn zu kommen. Und dann nannte er meinen Namen. Es hätte keinen Sinn gehabt zu leugnen. Kaum hatte ich mich von meinem Fenstersitz in der vorletzten Reihe erhoben und eine ältere Frau neben mir gebeten, mich noch einmal herauszulassen, als auch schon eines der Mädchen auf mich zuflog. Mir blieb nur, die bereits zerquetschte Bordkarte vorzuzeigen. Nicht einmal die Tasche durfte ich selbst dem Gepäckkasten über dem Sitz entnehmen, als bestünde die Gefahr, ich könne das Corpus delicti daraus entwenden oder eine Handgranate zünden.

Dann ging es unter großer Anteilnahme des Salons durch eine Schleuse in einen kleinen Raum direkt hinter dem Cockpit. Eine Stewardess mit mandelförmigen Augen und dem zarten braunen Teint der kasachischen Weiten drückte mich in einen der vier Kunstledersessel und fragte mich mit silberheller Stimme, ob ich einen Cognac möge und vielleicht eine deutsche oder englische Zeitung.

Bevor ich mir die stillschweigende Frage beantworten konnte, wieso ich morgens um acht Uhr Cognac trinken sollte und was für englische Zeitungen an diesem hochrespektablen Ort gelesen wurden, öffnete sich eine Tür, und der Capitain der Crew begrüßte mich herzlich. In Berlin sei es nicht so warm wie in Moskau, aber wir würden ja um die Mittagszeit landen und ich müsse nicht fürchten zu frieren.

Ich verschränkte die Arme zwischen meinem Hemd und seinen zwinkernden Blicken und wünschte ihm und mir einen guten Flug. Darauf fand sich die aparte Kasachin wieder ein, Alla heiße sie und sei auf dem Flug ausschließlich für mich da. Vorsichtshalber hatte sie schon mal eine Frankfurter Allgemeine und die Menükarte mitgebracht. Lammbraten an Reisrand, davor leicht gebeizter Stör, danach Schokoladenparfait.

Solche Sachen aßen und lasen also die Passagiere der Ersten Klasse bei Aeroflot. Ich blieb allein und breitete mich in meinem unrechtmäßigen Privilegium aus. Bedenken, ich könne überführt werden, verzehrte ich gemeinsam mit Lamm und Stör. Wenn das die hundert Leute wüßten, die hinter mir auf engem Röhrenraum zusammengepfercht eine Pirogge und lauwarmen Tee zu schlukken bekamen, nur fünf, sechs Meter von mir entfernt. Aber der Erhöhte ist einsam, lernte ich jetzt.

Meine Gedanken eilten unserer TU 154 voraus, in den Thüringer Wald, zu den Eltern. Sicherlich würde ich ihnen die Geschichte nicht erzählen. Wenn ich im Zug zwischen Erfurt und Eisenach saß, konnte ich auf der Höhe von Gotha bei guter Sicht den Inselsberg sehen. Direkt dahinter lag das väterliche Haus. In ein paar Stunden würde es soweit sein, nach elf Monaten.

Alla berührte sacht meinen linken Arm, als die Maschine zur Landung ansetzte. Die Zeitungen, die Speisereste waren verschwunden. Siebzehn Grad messe man in Berlin, teilte der Pilot mit. Ich kramte ein paar Strümpfe aus der Tasche hervor. Als die Motoren abgeschaltet waren, winkte der Captain noch einmal aus dem offenen Cockpit. Ich folgte Alla durch die Schleuse, am liebsten hätte ich ihr dabei das Händchen gehalten, so wohl fühlte ich mich. Ich betrat als erster die Gangway und mußte die Haare hinter die Ohren klemmen, damit sie mir der Wind nicht ins Gesicht blies. Bevor ich nach unten ging, lächelte ich Alla ein letztes Mal zu und nahm den Flughafen in Augenschein.

Auf dem Platz vor mir stand ein Ikarus, ein paar hundert Meter dahinter drängten sich Leute auf der Terrasse des Terminals. Am unteren Ende der Gangway eine Frau und zwei Männer, ganz dicht beieinander, als suchten sie Schutz vor dem Lärm und der Kälte, die Frau mit einem großen Strauß Nelken, die Männer in blauen Anzügen. Hinter ihnen hoben zwei weitere Männer Fotoapparate vors Gesicht. Obwohl ich jetzt Strümpfe trug, zog die plötzliche Frostwelle bis in die Fußzehen. Grau zerstreutes Licht juckte in den Augen.

Aber die Leute standen noch immer da unten. Als ich die erste Stufe nahm, war ich nicht sicher, ob ich nicht einknicken und vornüber die Treppe hinabfallen würde. Inzwischen wurde mir heiß, der Puls sprang an der Oberlippe hoch. Wieso gab es jetzt eine Delegation? Ich klammerte mich an die Erinnerung, daß dieser Flug gar keine Erste Klasse haben sollte. Das war doch eine Ausnahme. Ich war doch eine Ausnahme! Nur für mich, übrigens versehentlich. Immer deutlicher traten die Gesichter der drei Leute am Boden hinter den Nelken hervor. Sie blickten gespannt zu mir hoch und hatten ein temperiertes Lächeln aufgesetzt. Einer der beiden Männer winkte, sollte ich jetzt etwa auch winken? Aber er hatte nur eine Biene oder Wespe abgewehrt. Auf dem letzten Drittel der Treppe konnte ich dem Begrüßungskomitee aus den Augenwinkeln bis in die Pupille sehen. Kein Zweifel, sie blickten noch immer starr nach oben, mir über die Schulter, jedenfalls an mir vorbei. Mit zwei Sätzen stieß ich mich von der Treppe ab und tauchte ins Businnere. Vor meinem Gang durch die Paßkontrolle mußte ich den Rest der Bordkarte verschwinden lassen.

Abgesehen von Sweta hatte er mir in Fichtenburg am nächsten gestanden, und auch später haben wir uns nicht aus den Augen verloren. Das hatte Gründe, die wir während der Schulzeit noch nicht denken konnten. Olaf war entschieden anders als seine Mitschüler, auch als ich.

Er konnte Nachmittage entrückt vor seinem Schreibtisch im Wohnheim, mit Kopfhörern ausgerüstet, Ian Andersons Falsett-Arien aus *The Tales of Topografic Ocean* nachtönen und dabei, ohne hinzuschauen, mit somnambuler Sicherheit labyrinthische Molekülketten aufs Papier malen. War er einmal aus dem Äther zurückgekehrt, stellte er Erwägungen an, wie er diese Bleistiftkäfer und -raupen im Labor herstellen könnte. Mit einem Hochschulassistenten, den er auf seine Seite gebracht hatte, schloß er sich häufig nachts in einem Labor ein, um Spreng- und Stinkstoffe zu synthetisieren. Die wurden dann zum Beispiel im Fuchsbau jener Sturmbahn gezündet, die sich für die Übungen der Betriebskampfgruppe hinter dem Hauptgebäude der Hochschule befand.

Experimentierwut und Pubertät gingen unter einigen Jungs Hand in Hand. Mehrmals mußte das Wohnheim geräumt werden, nachdem man sich Händel mit Buttersäure geliefert hatte und der Gestank schon auf der Straße die Nerven erbarmungslos drangsalierte.

Olaf war immer dabei, auch wenn Waschbecken mit Natriumamid zur Detonation gebracht wurden, deren Schall auf den Gängen im Haus auf- und abrollte. Daneben entwarf er zarte Gedichte, in denen vorzugsweise Himmelschlüsselblumen aus dem Hause Novalis wuchsen.

Er liebte Jünglinge auf anrührend verschämte und aussichtslose Weise. Schon wenn wir uns im Judounterricht gegenüberstanden, erröteten seine Sommersprossenwangen.

Es hatte Wochenenden gegeben, an denen ich ihn nach Hause begleitete, in eine Kleinstadt an der Hohenwarte-Talsperre. Vom elterlichen Hause aus, das zwischen Feldern auf einem Hügel am Ortsrand stand, konnte man den Stausee liegen sehen. Wir verbrachten die Tage meist mit ausgedehnten Spaziergängen. Auch im Spätherbst konnte es geschehen, daß Olaf, von Naturgeistern heimgesucht, im Beisein wohlsituierter Sonntagsspaziergänger die Kleider von sich streifte und ohne einen Blick für den entsetzten Bürger ins Wasser eines der vielen Seen in der Gegend tauchte.

Seine Kumpels zu Hause hießen Arnulf und Otello und erinnerten in ihrer hellbraunen Wildlederkluft und den schulterlangen Haaren an die letzten Indianer Thüringens. Wo sie sonst zu Hause waren, blieb unklar, an den Wochenenden jedoch hielten sie sich bei Olaf auf, um ihm bei einem neuen chemischen Experiment zur Hand zu gehen oder gemeinsam Kartoffelschnaps zu brennen.

Den verkauften sie dann unter der Woche. Der Gewinn wurde für aufwendigere Anlagen aufgespart.

Der Keller im Elternhaus war nämlich mit verrußten und verrosteten Apparaturen ausgestattet und glich einem Laboratorium aus der Zeit der Anfänge des wissenschaftlichen Experiments. Das meiste hatte Olaf während seiner Schulzeit aus dem Chemieraum mitgehen lassen.

Mama und Papa fanden sich im übrigen damit ab, daß jedes Zimmer im Haus mit Lautsprecherboxen versehen war, die von einem monströsen Tonband mit Sound gefüttert wurden. Dieses Tonband stand neben Olafs Bett. Jede Mahlzeit, jedes familiäre Gespräch, jede Haushaltsverrichtung wurde vom elektronischen Wellengang der damaligen Popmusik begleitet, solange der Junge im Hause war. Die Mama hatte die Geschäfte in der Hand und hielt große Stücke auf ihren Jungen, der sich beim Essen im Familienkreis ermunternd streicheln ließ, der Papa schien sich unentrinnbar dreingefunden zu haben.

Sie standen auch später noch hinter ihm, als er längst dauerbeobachtet war und jederzeit mit einer Inhaftierung zu rechnen hatte.

Seit er von zu Hause weggegangen war und in Fichtenburg lebte, hatte sich Olaf an kritische Aktionen gewöhnt. Als wir uns auf das Abitur vorbereiten sollten, zog er mit einer Frau und ihren Musikern durchs Land, die Frau durfte mit ihren mitleiderregenden Songs nur noch in Kirchen auftreten, Olaf liebte die verschwörerische Situation und einen der Musiker, der immer von mehreren Eleven umgeben war.

Während die Chemie rapide ihre Suggestion verlor, stieg die schöne Literatur im Kurs. In Olafs Versen glühten neue Farben und Blumen auf, während die Erlmeyerkolben und Destillierkolonnen zu Hause einstaubten.

Arnulf und Otello verlegten sich vom Schnaps- auf den Buchhandel, natürlich unter Olafs Direktion.

Als wir schließlich unser Zimmer im Wohnheim räumen sollten und seine Mutter mit Kartons und Taschen bepackt zwischen Auto und Zimmer hin- und herpendelte, während wir von der Abiturparty eingetrübt auf den bloßen Bettfedern hockten, schob er mir ein Buch über den Tisch zu. Es handelte sich um einen Goethe-Band mit Gedichten aus dem Jahr 1843. Ich legte ihn zu dem »Zarathustra« und zog den Reißverschluß meiner Reisetasche zu.

Olaf hatte eineinhalb Jahre NVA vor sich. Lange wollte er nicht dabeibleiben, auf die eine oder andere Art komme er schon raus. Parallel werde er im Kunsthandel lernen, in Leipzig oder Berlin. Nur kein Chemiestudium.

Wir sahen uns noch einmal kurz bei meinen Eltern, die mit seiner exzentrischen Körperpflege Schwierigkeiten hatten, dann verabredeten wir uns auf den ersten Urlaub um sechs in Berlin.

Auf Olaf blieb Verlaß, wir sahen uns acht Monate später vor dem Fernsehturm am Alexanderplatz, und er entwarf mir seinen Plan, wie er aus der Mühle seines Grenzregimentes herauskommen wollte. Auf seinem nächsten Wachgang werde er im rechten Augenblick durchdrehen und das ganze Magazin in die Luft schießen.

Seine Äuglein, seine Sommersprossen lachten, als hätte er eine neue chemische Verbindung entdeckt oder einen unbekannten Vers von George. Einen Monat später erhielt ich einen Brief von ihm aus dem Psychiatrischen Militärkrankenhaus in Mühlhausen.

Im Sommer nach meinem ersten Rußlandjahr trafen wir uns in Gotha in der Mitropa. Er war noch immer in Behandlung, sollte jedoch zur Truppe zurück. In Mühlhausen hatte er einiges mit Beruhigungsmitteln unternommen, manchmal sei er mit zwei Kumpels im Schlafanzug nachts auf einen See gerudert und habe den Lohengrin gesungen. Eine Zeitlang habe er weder Vorgesetzte noch Verwandte, die ihn besuchten, wiedererkennen wollen, um seine Entlassung aus der Armee nicht zu gefährden. Dann sei die Tarnung aufgeflogen.

Unser Treffen in Gotha wurde von einer Patrouille beendet, die vermutlich die Stadt durchkämmt hatte, um ihn ausfindig zu machen. Er hatte sich unerlaubt aus dem Krankenhaus entfernt. Man hakte ihn unter und nahm ihn mit. Zwei Tage später feierte er mit Arnulf seine Entlassung.

Mit dieser Wendung hatte Olaf ebensowenig gerechnet wie ich. Der Postbote händigte mir ein flammendes Versepos aus, in dem ein Drachen getötet wurde. Das Papier war zuvor in Rotwein getränkt worden. Olaf schien keine Lust zu haben, wieder ins normale Leben zurückzukehren.

Seine Briefe, die ich später in Woronesch erhielt, berichteten von Orgien mit Äther und Schlaftabletten. Er lernte in Jena Leute kennen, die sich einmal monatlich zu einer Seance am Kyffhäuser trafen und einen Kreis gebildet hatten, den sie »Das innere Reich« nannten. Diese Leute waren in ihrer gewöhnlichen Existenz Deutschlehrer, Dramaturgen oder Zeitungsredakteure und schworen auf ihren Treffen beim Barte des Barbarossa, den Geist eines anderen Deutschlands und einer anderen Kultur zu bewahren. Ihr Zeichen war eine Schlange, die sich in den Schwanz biß. Man versammelte sich in Hinterzimmern von Dorfkneipen und las Rätselhaftes von Oda Schäfer oder Fritz Usinger, oder eigene Schriften, in denen das germanische, antithetische Denken zwischen den

Attributen des Holden und Hehren oszillierte. Einer von ihnen war Mitglied im Schriftstellerverband, besaß einen Ausweis, den er für den vermutlich nie eingetretenen Fall bei sich trug, die Gesellschaft würde von einer Behörde nach dem Anlaß ihrer Versammlung befragt.

Bei einer Wanderung durch den bromfarbenen Nebel von Leuna nach Röcken zum Nietzsche-Grab lernte Olaf einen im »Inneren Reich« verehrten und entrückten Herrn kennen, der ihn zwar nicht in den Durchschnittsalltag zurückholte, aber dem fröhlichen Chaos seiner Existenz nach der Rückkehr aus der Nationalen Volksarmee ein Ende setzte. Auf einem Foto, das mir Olaf in dieser Zeit nach Rußland schickte, hatte er seine Haare einen Zentimeter über den Ohren abrasiert. Er trage jetzt die Lodenkleider seines Großvaters, beschäftige sich mit Pilzen, Greifvögeln und den Schriften seines Meisters, den er von nun an ausschließlich so zu nennen pflegte.

Der Ton der Briefe, die ich fortan erhielt, zog an. Seit Olaf abstinent lebte, beherrschten Skarabäus und Aare seine Verse. Im sozialistischen Staatsbürgerleben ging er inzwischen seinem Dienst in einem großen Antiquariat in Leipzig nach, wo er Landkarten für seine lyrischen Ausflüge ausgrub und für sich und mich zur Seite legte. Auch mit der Buchhändlerlehre kam er voran. Da ich kein Geld hatte, kaufte er die Bücher, die er für mich bestimmt hatte, gleich mit.

Während seiner Zeit in Leipzig hatte mir Olaf von einer Frau erzählt. Sie habe rote Haare wie er, und er hole sie abends am Bühneneingang des Opernhauses ab, wo sie als Sekretärin arbeite. Sie rauche Zigarillos und trage meist eine Sonnenbrille, auch wenn sie von der Oper aus in den Bus stiegen, um zu ihm nach Hause zu fahren. Sie habe keine Wohnung. Ihr Mund, ihre Lippen glichen denen von Cosima Wagner, das habe ihn auf sie aufmerksam gemacht.

Wo Olaf Sarah begegnet war, wußte ich nicht, jedenfalls war er sonst nie ins Theater gegangen, und auch jetzt wartete er lieber draußen beim Pförtner auf sie. Olafs Behausung lag in einem der vor sich hinfaulenden Viertel im Leipziger Süden, zwei finstere, meist unbeheizte Zimmer mit brauner Tapete, die über Jahrzehnte Speck angesetzt hatte, das Plumpsklo auf der ausgetretenen halben Dielentreppe, der Wohnungstür fehlte unten eine Kante, durch das Loch hätten auch kleinere Hunde ein- und ausgehen können.

Hier traf ich Sarah zum erstenmal, während ich beim Funzellicht einer wackligen Wandlampe in Gesellschaft von Wacholderschnaps und Hamsuns »Segen der Erde« auf den Freund wartete. Meine Winterferien waren zu Ende, und auf der Rückreise nach Woronesch hatte ich mich für eine Nacht bei Olaf einquartiert.

Sie mußte mit dem einzigen Hausschlüssel, der in einer Spalte zwischen zwei Dielen lag, im Dunkeln die Tür geöffnet haben, jedenfalls stand sie mit einer Plastiktüte in der Hand im Flur und pflügte mit der anderen Hand das üppige Nadelkissen ihrer pastosen Haare. Im Aufstehen sah ich ihre unbewegten Lippen und dachte an Cosima. Ich wollte ihr entgegengehen, aber sie nickte mir zunächst nur durch die offene Tür zu und bog ins Nebenzimmer ein.

Hinter mir schnappte dumpf eine Feder im Sessel hoch. Von nebenan waren ihre Schritte auf dem Holzboden zu hören, dann ging ein Radio an. Ich zog mich wieder zum Sessel zurück, lauschte einige Minuten den unterdrückten Radiogeräuschen, dann wandte ich mich meinem Buch zu.

Olaf tauchte erst weit nach Mitternacht auf. Zum erstenmal sah ich ihn in einem weißen Hemd, über seinen Kopf zog sich ein makelloser Mittelscheitel. Er zeigte mir kichernd zwei Erstausgaben des Kommunistischen Manifests, die er am Abend besorgt hatte. Die Stasi sei ihm seit einiger Zeit auf den Fersen. Man habe ihn ins Wehrkreiskommando vorgeladen, und dann hätten da nicht Offiziere, sondern Zivilisten gesessen, die vom »Inneren Reich« wissen wollten. Er habe den Typen nur Banalitäten erzählt und die Freunde danach über die Begegnung aufgeklärt, sobald er aus dem Wehrkreiskommando heraus gewesen sei.

Eine Wiedereinberufung sei nun vielleicht nicht mehr ausgeschlossen. Im Harz habe man ihn kürzlich aus der Querbahn geholt und stundenlang verhört. Das Beste sei, ihnen angst zu machen. Seit sie bei ihm in die Wohnung eingestiegen seien, würde er überall verbreiten, er habe wieder zu experimentieren begonnen und die Wohnung mit leichten Sprengstoffen und Knallkörpern gesichert.

In Wahrheit habe Sarah für Ruhe gesorgt. Seit er mit ihr zusammen sei, behellige man ihn nicht mehr und lasse auch von der Wohnung die Finger. Olaf saß auf seinem Kanapee und rauchte mit gewohnter Leidenschaft, er pustete den Qualm so häufig und laut in die Luft, als müsse er damit unser Gespräch vor unerwünschten Zuhörern schützen.

Irgendwann stand Sarah in der Tür und ließ sich von ihm auf das Sofa ziehen. Sie trug noch immer den schwarzen Mantel, in dem sie vor Stunden aufgetaucht war, und die hochhackigen Schuhe, deren Tritt aus dem anderen Raum mich seitdem beunruhigt hatte.

Wie er ihr den Kuß aufs Ohr drückte und dabei ihre Sonnenbrille nach oben schob, dachte ich daran, daß Olaf wahrscheinlich erstmals in eine Frau verliebt war. Jetzt, da sie die Brille auf den Tisch gelegt hatte, konnte ich sehen, daß ihre fast weißen Pupillen unruhig durch den Raum wanderten, als müßten sie alles tun, um ihrem breiten, trägen Mund zu widersprechen.

Aus dem Nebenzimmer zogen piepsende Musikgeräusche herein. Olaf war schon wieder bei seinen Buchgeschäften. Übermorgen würden die neuen Posten fertig gemacht, die in den Westen verkauft seien. Es sei schwer, wenigstens ein paar interessante Bücher beiseite zu schaffen. Bei der geringsten Aussicht auf Devisen kamen Bücher unter Verschluß. Aber er wisse inzwischen, wie man an heiße Ware herankomme.

Da saß mein schwuler Freund Olaf, und der Arm, den er um diese Frau geschlungen hatte, mußte ihm längst eingeschlafen sein. Ich schaute durch den dämmrigen Raum zwei-, dreimal zu ihr hinüber, während ich Olaf kaum noch zuhörte. Daß ich verstummt im Sessel lungerte und ihm nur hin und wieder mit der Hand ein Zeichen meiner Aufmerksamkeit schenkte, hielt er schließlich für Erschöpfung. Ich wußte nicht, wie lange ich schon auf Sarahs Mantelsaum gestarrt und mich gefragt hatte, ob sie auch sprechen konnte. Olaf war aufgestanden und die halbe Treppe zur Toilette hinabgestiegen. Die Tür zum Treppenhaus stand offen, kalter Zugwind weckte mich. Ob sie mir helfen solle, den Schlafsack zu finden, hörte ich sie sagen. Aber bevor ich reagieren konnte, gingen ihre Schritte bereits wieder im Nebenzimmer.

Sarah begleitete mich rätselhaft zurück in den Osten. Durch die Zollkontrollen von Schönefeld und Scheremetjewo, die orientalischen Myriaden des Kasaner Bahnhofs, durch erbärmliche Stunden an der Universität und die schlichten und stillen Tage und Wochen in der Cholsunowa. Was mich alarmierte und fast pausenlos an sie denken machte, war ihre reine Abwesenheit in meiner Erinnerung. Sie war ein spiritueller Wille ohne Vorstellung: Man notiert einen Traum, und mit jedem aufgeschriebenen Wort werden die Bilder blasser und unwesentlicher. Von ihr blieb eine biochemische Verbindung zurück.

Während ich Semester um Semester zusammenfaltete und zu den übrigen legte, dabei jedoch die Uhr zugleich vor- und zurückging und ich immer weniger daran glaubte, irgendwann noch einmal Woronesch zu verlassen und in das undeutlich gewordene Leben in der DDR zurückzukehren, kamen für Olaf Steine ins Rollen. Offenbar folgte Bruch auf Bruch. Kurz vor dem Sommer ließ er mich wissen, daß er wieder zu seinen Eltern ziehe, da man ihn habe wissen lassen, er müsse jederzeit mit einer Bewilligung seines Ausreiseantrags rechnen. Die Bedrängungen durch die Polizei nahmen zu, seine Wohnung war mehrmals durchsucht worden, inzwischen in seinem Beisein.

Im nächsten Sommer holte mich Olaf in Schönefeld ab, wir gingen zum Zug Richtung Leipzig. Schon auf dem Bahnsteig fing er von dem Tandem an. Seit er wisse, wie wichtig Sarah Ausflüge aufs Land seien, habe er sich von einem Fahrzeugschlosser ein Fahrrad bauen lassen. Sie hätten sich vorgenommen, damit eine Zeltpartie nach Prag zu unternehmen. Jetzt komme die Ankündigung dazwischen, daß er vielleicht schon in vierzehn Tagen in den Westen müsse. Aber er wolle Sarah nicht den Spaß verderben. Er sei noch nicht sicher, ob und wann sie ihm folgen könne. Wir hätten beinahe den Zug verpaßt.

Olaf stellte jeden Augenblick meinen Koffer, den er mir tragen half, vor mir ab, um mir seine Not noch dringender zu schildern. Knapp hinter Jüterbog war ich einverstanden, auf seinem Sattel mit Sarah nach Prag zu fahren, wenn sie, wie er mir versicherte, einverstanden sei.

Wir trennten uns in Leipzig, und eine Woche später trafen wir uns in Weimar wieder, in einem kleinen Häuschen am Ilmpark, dessen Besitzer abwesend war und zum »Inneren Reich« gehörte.

Diesmal sah sie aus wie eine Radfahrerin, anstelle der Sonnenbrille trug sie eine Schildmütze. Sogar die Hand gab sie mir. Schön, daß ich mitmache, sie habe alles mit Olaf vorbereitet. Sogar das Wetter werde in den nächsten Tagen mitspielen, und Prag solle eine sonderbare Stadt sein.

Sonderbar. Durch die winzigen Fenster in der Hütte konnte ich die Schloßbrücke sehen. Weiden knieten am Ufer nieder, dahinter stille Wiesen. Was immer sie tat, sie tat es selbstverständlich, in der Wohnung in Leipzig hatte sie selbstverständlich geschwiegen, jetzt redete sie selbstverständlich.

Olaf schien nur gekommen zu sein, um das Fahrrad zu erklären. Da er sich beim Eintreten in das Häuschen den Kopf gestoßen hatte, war er nicht sehr gesprächig. Der Zoll hatte sich wieder einmal angekündigt, am nächsten Morgen das Gepäck zu kontrollieren, das er gegebenenfalls mit in den Westen nehmen würde. Derlei Schikanen gehörten zu seinem Alltag der zurückliegenden Wochen, und sie hatten Olaf härter und schweigsamer gemacht.

Dann verschwand er, er wollte sich nicht zum Bahnhof begleiten lassen. Sarah und ich standen zwischen den

Gepäckstücken, und um keine umständlichen Pausen aufkommen zu lassen, sah ich noch einmal nach, ob wir alle Requisiten eingepackt hatten. Wir rechneten mit sechs Tagen im Zelt. Sarah hatte sich um das Zubehör gekümmert, denn ich hatte ihrer Meinung nach kein Talent für solche Sachen. Natürlich hatte sie recht, Olaf hatte ihr von meiner chronischen Hilflosigkeit in praktischen Angelegenheiten erzählt. Dann breiteten wir Karten aus, um die Route noch einmal in Augenschein zu nehmen. Über Oelsnitz, Marienbad und Karlsbad, die Strecke hatte ich mir eingeprägt.

Es sei schön, wenn man sich nicht kenne. Am nächsten Morgen zogen wir durch Nebelfelder an der Ilm los.

Vom ersten Tag an mehrten sich die Zeichen, daß diese Reise mehr war als nur eine Reise. Auf einem Waldweg traf mich ein Zweig ins Gesicht. Ich stieg nach links vom Sattel, ohne zu bedenken, daß die Böschung steil abfiel, und also stürzte ich aus dem Stand kopfüber vom Rad in ein Gebüsch, nicht, ohne mit dem Hinterkopf auf einem Stahlvierkant aufzuschlagen, der für mich an diesem Ort vorbestimmt war. Sarah, die rechtzeitig abgestiegen war und das Tandem stabilisiert hatte, hielt mir an der Böschung die dunkelroten Taschentücher hin, nachdem sie sie von der Wunde genommen hatte.

Wenige Stunden später verließ ich mit einer genähten Wunde am Hinterkopf das Krankenhaus von Saalfeld. Sarah entfaltete große Fürsorglichkeit. Sie ließ nicht zu, daß wir mehr als vier Stunden ohne Pause fuhren. Abends besorgte sie den Aufbau des Zeltes. Ungewohnte Harmonie umgab mich, ich fragte mich nicht einmal, ob mir diese Frau wirklich erst vor ein paar Monaten für Stunden in einer miesen Leipziger Wohnung begegnet war.

Wenn wir Rücken an Rücken im Zelt lagen, war jeder Sprechversuch, bei dem es um Olaf hätte gehen müssen, zum Scheitern verurteilt. Die Leinwand über uns, durch die weich das Nachtlicht ferner Laternen oder des Mondes drang und über die sich hin und wieder eine Feldmaus zu klettern abmühte, war unser Ausschnitt der Welt. Ich mußte nicht über Woronesch reden. Sie habe zehn Jahre einen Freund gehabt, und als der sie verlassen habe, sei sie bei ihren Eltern aus dem Fenster gesprungen und habe sich einen Knöchel und einen Arm gebrochen. Auch die Tabletten habe sie abgesetzt.

Olaf kam nicht vor. Ich konnte den einen oder anderen Gedanken an den Freund nicht unterdrücken. Hatte er diese Annäherung zwischen ihr und mir gewollt. Und wenn, bis zu welchem Punkt? Aber ich wollte mich nicht zum Werkzeug machen, auch nicht meiner eigenen Skrupel.

Tagsüber wußte ich sie hinter mir, obwohl sie besser Rad fuhr als ich. Wir versorgten uns in Dorfkneipen oder an Waldrändern, wie man das eben so macht bei dergleichen Partien. Marienbad ließen wir aus, das kannte ich schon von Besuchen mit den Eltern. In Karlsbad fehlten die Schnabeltassen, auch sonst gab der Ort nichts her, das uns hielt. Wir trafen in Prag früher als erwartet ein. Unsere Erschöpfung und der Verschleiß des Rades hatten ein Maß erreicht, daß wir uns zur Rückfahrt für den Zug entschieden. Auf einem miesen Zeltplatz am Rande der Stadt das gewohnt röhrende Publikum, das sich jeden Abend über diversen Fußballsiegen zwischen die Latrinen erbrach.

An unserem Tandem hatten vor allem die Bremsen gelitten. Um nicht durch den Stadtverkehr fahren zu müssen, gingen wir zur U-Bahn. Dort kamen wir nur bis zur

Rolltreppe. Meine Anstrengungen, den Kontrolleur davon zu überzeugen, daß auch dieses Gefährt in den Wagen paßte, wurden in dem Moment erfolgreicher, als ich nicht mehr versuchte, mit ihm russisch zu reden.

Immerhin rief er seinen Chef herbei. Als der jedoch die Rolltreppe heraufgefahren kam, genügte mir schon der Anblick des anmaßenden Doppelkinns unter der Schiebermützte, um den Rückzug anzutreten. Also saßen wir noch einmal auf und stießen uns im Strom von Autokolonnen die Leninstraße hinauf. Schmerzen im Hintern und im Rücken, Zeugen der zurückgelegten Tour, steigerten den Wunsch, endlich am Ende der Magistrale anzukommen, um nach rechts zum Moldauufer hinabzurollen.

Die Straße ging unerwartet durch einen Tunnel, links drückte sich Wagen für Wagen an uns vorbei, rechts flogen Betonnähte entlang. Wir hatten eine Kurve im Berg erreicht, als ich bemerkte, die Bremsen waren ausgefallen. Die Rücklichter vor uns kündigten eine Ampelkreuzung an, bevor wir sie sehen konnten. Inzwischen schossen wir in beschleunigtem Tempo an den Autos vorbei, die uns eben noch überholt hatten. Am Ende des Tunnels kreuzten etwa einhundert Meter vor uns gerade zwei Oberleitungsbusse unsere Bahn, dahinter breitete sich die Brücke »Erster Mai« über den Fluß. Ich rief Sarah noch zu, sich nach links auf einen der wartenden Pkws zu werfen, wenn die Ampel jetzt nicht wechselte, da flog uns Licht zu, trafen uns die Schatten der Masten auf der Brücke. Vor uns glänzte das Dach des Nationaltheaters. Ich warf die Arme in die Luft, zum erstenmal fuhr ich freihändig.

Zwei Stunden später hatten wir das Tandem auf dem Hauptbahnhof durch den Zoll gebracht und bei der

Sperrgut-Aufnahme abgeben. Ich hatte Olafs Adresse als Empfänger angegeben. Anstatt für uns selbst Rückfahrkarten zu kaufen, verließen wir den Bahnhof Richtung Wenzelsplatz. Obwohl der Rucksack an den Schultern zerrte, war mir, als berührte ich kaum den Boden.

Als ich Sarahs Hand nahm, hätte es mich nicht überrascht, wenn wir abgehoben hätten. Sie hatte zerkratzte Waden, und ihre Haare klebten wie Ketchup an der Mütze. Wie mochte ich erst aussehen? Vorm »Haus der Mode« entschieden wir, so viel Geld schwarz zu tauschen wie möglich und dann in ein Hotel zu gehen.

Aus Odessa kannte ich einige Tricks der Schwarzhändler, auf die man achten mußte. Mit der Ausbeute an Kronen gingen wir ins »Europa«, wir mußten auch das Westgeld drauflegen, das wir heimlich mitgenommen hatten, um eine Kammer für zwei Nächte zu bekommen. Das Bett nahm den ganzen Raum ein, die Rucksäcke ließen sich nur darunter verstauen.

Ich küßte zum erstenmal Cosimas Mund. Ihre Mittelfußknochen waren so breit, daß der Fuß aussah, als hätte er sechs Zehen. Vor dem Haus schwirrten Mauersegler durch den Rumor der Straße. Sarah schrie auf, bis ihre weißen Augen übergingen.

Später schwärmten wir durch die Gassen der Altstadt. Auf der Brücke kamen uns die Statuen wie Bettler entgegen, unter den Toren gerann das Licht am schwarzen Stein. Aus den Kneipen stiegen uns schwere Gerüche von Bier und Braten ins Blut, wir hatten lange nichts gegessen und taumelten zerstreut über das Pflaster. Mir war, als sähe ich auf die Dächer der Stadt und darunter uns, über menschenleere Plätze gleitend.

Da man uns in dem lockeren Aufzug nicht in Bars ließ, blieben uns am Abend nur die Bierkneipen. Wir hatten unsere Hemden und Hosen getauscht und unterhielten uns laut und schlecht auf englisch. Hatten wir uns Wichtiges zu sagen, flüsterten wir es uns zu.

Am nächsten Tag dröhnten Bohrmaschinen durch die Wände des Hotels »Europa«, und der Himmel über Prag ließ keine Trübung zu. Ich schlich allein in die Burg und sah den Touristen zu, wie sie sich gegenseitig aufgeregt die wachhabenden Soldaten zeigten und zufrieden über soviel Kultur zurück in ihre Busse stiegen. Gegen Abend konnte ich im letzten Augenblick verhindern, im »U Fleku« einen Bekannten aus Berlin zu treffen, der sich zufällig mit ein paar Leuten an meinen Tisch gesetzt hatte. Ich drückte mich aus dem Stuhl und zahlte an der Theke.

Sarah lag auf dem Bett und hatte einen roten Kopf wie im Fieber. Als ich ihr das Halstuch abnahm, das ich nicht an ihr kannte, versuchte sie, mich mit Küssen abzulenken. Aber ich hatte die Schnittwunden am Hals unter dem Kehlkopf gesehen, sie gingen von oben nach unten und waren nicht tief. Sie hatte im Bad eine Rasierklinge gefunden. Manchmal brauche sie das, um wieder ruhig zu werden.

In der Nacht schliefen wir beide nicht und versuchten es einander nicht zu zeigen. Woroneschs trostlose Straßen fuhren durch meinen Kopf, der Geschmack von Laborabzügen betäubte meine Zunge. Sarah tauchte in einem Wintermantel auf, wie auf dem Flur in Olafs Wohnung.

Auf der Zugfahrt wechselten wir so gut wie kein Wort. Erstmals trug sie wieder die Sonnenbrille. Sie stieg bereits in Dresden aus, obwohl wir bis Leipzig gebucht hatten. Wir hatten nicht mehr gesprochen, seit wir im Zug waren. Ich begleitete sie bis in die Halle, der Zug hatte eine halbe Stunde Aufenthalt. Sie war noch nicht auf der Straße, da verlor ich sie schon aus den Augen. Mir fiel ein, daß ich ihr ein Fläschchen Charlie gekauft hatte, das noch in meinem Rucksack im Zug war.

Nach Prag kehrte ich zehn Jahre später zurück. Helena zeigte mir ihre Stadt. Sie hatte im Hotel »Europa« vorreserviert. Ich bat sie umzubuchen.

Von Olaf hörte ich nur, daß er mich nicht wieder zu treffen wünsche und unsere geschäftlichen Dinge so schnell wie möglich geklärt wissen wolle. Das ging gegen meine Bücherschulden, interessierte mich aber wenig. In Bad Grüningen ließ ich mir die Fäden aus dem Kopf ziehen und hörte die übrigen drei Wochen Ferien ununterbrochen den *Tristan*. Auf den Platten rauschte das Pathos einer verwunschenen Vergangenheit, die Aufnahme stammte aus den vierziger Jahren, die Platten hatten Sprünge. Allmählich spielte ich die Musik nur noch in meinem Kopf, meistens viele Stunden hintereinander. Dann begann mein vorletztes Jahr in Woronesch.

Olaf reiste erst ein dreiviertel Jahr später aus. Beim Grenzübertritt wurde der gesamte Briefwechsel zwischen ihm und mir beschlagnahmt, den er sorgfältig in Leitz-Ordnern aufbewahrt hatte. Das sollte uns wieder zusammenbringen. Den Brief, in dem er mir die Operation mitteilte, verbrannte ich mit der Post der letzten Jahre, die ich in einem Melodija-Plattencover aufbewahrt hatte. Leichtes hellblaues Papier ging in einem Container an der Cholsunowa nachts in Flammen auf. Seitdem habe ich nie wieder Briefe abgelegt. Ein paar Tage lang rechnete ich mit Verhaftung. Dann schrieb ich Olaf den ersten Brief an seine Münchner Adresse. Zurück in der DDR, sandte ich ihm Zigarettenpakete und er mir verbotene Bücher, die über einen Zwischenhändler in meinen Besitz gelangten. Die dürftigen Verhältnisse brachten uns wieder zusammen. Über Sarah haben wir nicht mehr gesprochen.

9

Wir müssten unbedingt Schirme mitnehmen, sonst hielten wir die Stunden in der Steppe nicht aus. Roland hatte mich fünf Wochen zuvor aus Leningrad angerufen, wo er am Institut für Montanwissenschaften studierte. Den Sommer würde er zu einem Praktikum im Kaukasus verbringen, in Ossetien, südlich von *Mineralnyje Wody*, wo die Hochebene gegen das Felsengewölbe des Kasbek stößt.

Ich sagte ihm am nächsten Tag zu. Es gab gute Gründe, nicht in die DDR zu fahren. Die regelmäßigen Ferienwochen im Haus der Eltern in Bad Grüningen stellten jeweils für kurze Zeit eine unwirkliche Vertrautheit her. Es gab vieles, worüber nicht zu reden war. Einstige Freunde dienten beim Militär, begannen zu studieren und verheirateten sich. Diesmal brach ich aus Woronesch nicht Richtung Westen, sondern Richtung Osten in den Sommer auf. Auf dem Weg würden wir uns schon durchschleichen. Aussichten auf ein Visum für den Kaukasus bestanden nicht, und an Ort und Stelle mußte man sich dann arrangieren.

Ich kannte Roland seit frühester Kindheit, er war der älteste Sohn einer befreundeten Familie, ungefähr ein Jahr jünger als ich. Unter dem Eindruck meines Ausflugs aus Grüningen über Fichtenburg nach Rußland hatte er sich ähnlich entschieden. Allerdings blieb ihm das Jahr Arbeiter-und-Bauern-Fakultät in Halle samt seines ideologisch-kämpferischen Drills nicht erspart. Dort traf er

Viviane, eine der zahlreichen Frauen, die er in den nächsten Jahren kennenlernen und bald heiraten sollte, um sich ebenso bald wieder von ihnen zu trennen. Nachdem ich in die trübe kleinrussische Provinz verschlagen worden war, zog er ein Jahr später mit einem Studienplatz in Leningrad nach. Das war ein uneinholbares Privileg gegenüber allen denkbaren Standorten im Land, Leningrad war dazumal die Stadt der russischen Städte, emanzipiert, hell, strahlend.

Der Aeroport von Mineralnyje Wody hatte den Charme der meisten kleinen Flughäfen im Lande: eine holprige Piste, eine Baracke, ein Unterstand für die Fluggäste anstelle des Terminals. Wir trafen uns vor dem Eingang in das Cafe am Flughafen, Roland übernahm die Führung. Im vergangenen Sommer hatte ein Tscheche, der zwei Semester weiter als Roland war, die Tour angetreten, von ihm stammten die Hinweise, mit deren Hilfe wir uns auf den Weg machten. Mit den Rucksäcken und Parkas glichen wir DDR-Trampern, wie sie in diesen Jahren mit Zelten durch Ungarn und Rumänien pilgerten.

Am Awtowoksal erstanden wir zwei Knirpse, die schon beim ersten Öffnen bedenklich krächzten. Aber es gab keine Auswahl, und der Bus Richtung Machatschkala fuhr vor. Es handelte sich um einen Sil, jenen Typ Autobus, der auf allen Straßen und Wegen des Reiches zu Hause war. Mit seiner breiten, abgerundeten Karrosse erinnerte er an eine Schildkröte. Auf den meisten Sitzen genossen nur Menschen im Vorschulalter den Komfort, die Knie gerade vor sich auszustrecken. Die Fenster ließen sich bis auf das des Fahrers nicht öffnen, zum Glück hatten sie in unserem Falle kleine runde Löcher, durch die frische heiße Luft hereinkam.

Die Landschaft trat uns durch das Glas in konzentrisch

angeordneten Splittern entgegen. Und erst, als die Hitze die letzten Gesprächsversuche zwischen Roland und mir zum Stillstand gebracht hatte und unsere Blicke auch in der Betrachtung der wenigen anderen Fahrgäste ermüdeten, zwei Bauern mit hohen Fellmützen und spinnennetzartigen Faltenwürfen auf dem dunkelbraunen Gesicht und einer jungen, halbverschleierten Frau mit einem kleinen Jungen, entdeckte ich plötzlich in der diffusen Verlängerung der ungewöhnlichen Fensterglasöffnungen Löcher über den Gepäcknetzen, in denen leere Hühnerkäfige und Eierkörbe schaukelten.

Offenbar war dieser Bus beschossen worden, die Zerstörungen schienen nicht alt zu sein, die Löcher in der Karrosserie hatten noch keinen Rost angesetzt. Einige Zeit später erhielt ich die Bestätigung. Wir passierten Dörfer, durch die die Vernichtung gegangen war. Nirgendwo Menschen, dafür ausgebrannte Hütten. Besonders arg waren die wenigen Backsteingebäude betroffen, vermutlich öffentliche Einrichtungen. Inzwischen kamen verrottete Autowracks am Straßenrand in Sicht, auch sie von Einschüssen gezeichnet. In zerstampften Gärten hingen große Transparente mit den grimmigen Häuptern von Marx, Engels und Lenin. Rote Spruchbänder beschworen die unverbrüchliche Freundschaft der Völker der Sowjetunion. Hier hatten vor der Welt geheimgehaltene Nationalitätenhändel stattgefunden. Seit Tschetschenien verfügen wir über eine präzise Vorstellung von möglichen Details.

Damals muß die Rote Armee noch die Souveränität besessen haben, den Konflikt schnell und mehr oder minder lautlos zu beenden. Weder Roland noch ich hatten irgendwo zuvor von dergleichen Auseinandersetzungen vernommen.

Unsere Reisegenossen nahmen die Szenerie ohne jede erkennbare Regung zur Kenntnis. Der Knabe schlief in den Tüchern der Mutter. Auf einem Dach war über verkohlte Sparren eine Fahne ausgebreitet. Der Ährenkranz flimmerte in der heißen Luft. Die Propaganda funktionierte.

Autobusse der Marke Sil verbrauchen angeblich nahezu fünfzig Liter Benzin auf hundert Kilometer Fahrt. Dementsprechend häufig wurden Tankpausen eingelegt. Wir hatten den Bus am Morgen bestiegen und sollten ihn etwa vier Uhr nachmittags verlassen. Dazwischen rollten wir an mehrerern Haltestellen vorüber, ohne daß jemand zu- oder ausgestiegen wäre.

Irgendwann ließen wir die Dörfer hinter uns, verschwanden die letzten vereinzelten Gebäude im Horizont. Das Kind schlief noch immer. Auch zwischen den Bäumen vergrößerten sich die Abstände, dann verließen sie das Blickfeld. Das Land wurde übersichtlich und plan. Nur der hart klopfende Motor unseres Sil erinnerte daran, daß wir immer noch anstiegen. Die Fahrbahn, die sich auf dem ockerfarbenen Staub durch die Büsche zog, geriet immer enger, der Bus drosselte weiter das Tempo, um die schweren Stöße in den Wasserlöchern abzufedern. Das letzte Wort war vor Stunden verstummt, der schmächtige Busfahrer zwischen Sitz und Lenkrad kaum noch auszumachen.

Rabent, wir müßten hier raus. Der Sil schüttelte sich durch die unerwartete Verschnaufpause. Roland sah mehrere Male auf seinen Notizzettel und starrte durch das kaputte Glas, als suche er etwas. Wenn wir bis Machatschkala mitfahren wollten, bekomme er noch elf Rubel fünfzig von jedem. Immer noch war der Busfahrer nur durch den Rückspiegel zu sehen.

Rabent. Wir seien richtig, entschied Roland schließlich, wir stiegen durch die Hintertür aus. Beim Sprung von der untersten Stufe landete ich auf weichen Knien, der Rucksack schnellte über den Rücken. Der Anschluß komme in eineinhalb Stunden, schrie jemand im Bus, wer, war im Aufheulen des Motors nicht mehr auszumachen. Ich konnte aus der Hocke die reglosen Umrisse der Bauernmützen erkennen. Dann tauchte die Schildkröte im ockerfarbenen Staub ein.

Rabent war ein grüngestrichenes Metallrohr von zwei Meter fünfzig Höhe und einem rechteckigen Aluminiumschild, auf dem einst ein Fahrplan angebracht gewesen sein mußte. Nun spiegelte sich darauf nicht einmal mehr die Steppe, die uns umgab. Rabent: ein bedeutender Verkehrsknotenpunkt im Mittleren Osten. Die eineinhalb Stunden unserer Schirme waren gekommen. Nach den Dauervibrationen der Busfahrt stellte ich jedes Interesse für die Hitze ein.

Roland bedeutete mir, den Knirps über den Kopf zu halten, damit die Sonne nicht direkt auf mich niederbrennen könne. Ich hätte gern Luft geholt, um die Übelkeit loszuwerden. Aber Hitze und Sand kratzten im Hals. Wir befanden uns im steintrockenen Schoß der Hochebene, ringsum flackerten Gebirgskränze in blasser Ferne. Kein Gemäuer, kein Strommast erinnerte zwischen uns und den Bergen an jene Ränder der Zivilisation, von denen wir aufgebrochen waren.

Lager Ordschonikdse, das Bergarbeiterdorf, in dem Roland sein Praktikum im Fach Bergbau absolvieren sollte, mußte irgendwo in den Tälern zwischen den Gipfeln vor uns liegen. Also hängten wir unsere Knirpse an Rabents grüngestrichene Metallstange und versuchten, von der Steppe unbemerkt, die Zeit herumzubringen.

Hin und wieder gab es die Vision einer Hyäne oder einer Staffel Geier zu vertreiben, ansonsten wanderte der Schattenrand vor unseren Füßen von Grashalm zu Grashalm.

Wir sahen den Sil viel früher, als wir ihn hörten. Die Staubfahne flatterte meterhoch am Heck. Einige Augenblicke waren wir unsicher, ob der Bus auch wirklich auf uns zusteuerte. Die Lage erinnerte ein bißchen an Schiffbrüchige auf einsamer Insel und vorüberziehende Dampfer. Dann kam das beruhigende Stoßseufzen der Maschine eindeutig näher.

Das Fahrzeug war diesmal nicht von Verwüstungen gezeichnet, dafür war es in die Tarnfarben des Militärs umgespritzt. Wir überließen Rabent drei Burschen in unserem Alter, die aus dem Bus sprangen und sofort im rechten Winkel zur Fahrtrichtung ihren Weg zu Fuß fortsetzten. Als der Motor wieder aufrüttelte und die vertraute Schaukelei einsetzte, überfiel mich dankbare Müdigkeit. Noch nie hatte ich eine Busfahrt genossen wie diese.

Einige verstreute Lichtpunkte in der Höhe und monotones Maschinenbrummen aus dem Boden waren die ersten Indizien für eine Siedlung. Die letzten paar hundert Meter ging es zu Fuß in den Ort, der Weg war steil und von Felsbrocken übersät, die wir allmählich im schwachen Mondlicht unterscheiden konnten. Oben angekommen, fielen vor allem die mächtigen Felswände auf, die unmittelbar hinter den Baracken nahezu senkrecht wie schwarze Tiere in die Nacht ragten. Wir machten zwischen den größtenteils unbeleuchteten Buden schnell die Kantine aus, in der sich Roland laut der Instruktionen, die er in Leningrad erhalten hatte, anmelden sollte.

Die *Stolowaja* hätte sich auch auf der Moskauer Gorkistraße oder auf dem Platz der Revolution von Irkutsk befinden können, ihr Interieur entsprach lückenlos dem apodiktischen Gastronomiestandard des Landes, von der Größe der Küchenschaben, die über die uringelben Kacheln auf dem klebrigen Fußboden sprinteten, bis zur Hüftweite der beiden Küchenfrauen.

Diese waren gerade dabei, die letzten Preßgläser mit Kefir von der Theke zu räumen, als wir den Saal betraten. Außer uns gab es keine Gäste, auf den Tischen türmten sich Überbleibsel von Brot und Bratfisch, an denen sich Fliegen traubenweise gütlich hielten. Das hier würde die einzige Lebensmittelquelle für die kommenden Wochen sein.

Bevor wir durch den Raum den Tresen ansteuern konnten, winkte eine der weißen Matrjoschki schon mit einem Papier. Für uns sei Post da! Nach achtzehnstündiger Fahrt durch den ossetischen Kaukasus in die letzten Außenbezirke quasimenschlichen Lebens, nach den Selbstversuchen in steppenharter Hitze und permanenter Schlingertour mit einer Nachricht empfangen zu werden, zählt nicht zu den Selbstverständlichkeiten.

Rolands Gesicht war von Dreck imprägniert, Parka und Rucksack hatten das Ocker der Erde angenommen, die hinter uns lag. Durch die Kruste der Gebirgswildnis, die uns wie ein zweites Kleid vermummte, hatten die Küchenfrauen die Fremden in uns entdeckt.

Der Brief stammte von jenem Tschechen, den Roland aus Leningrad kannte, und enthielt die Begrüßungsnote des letzten Praktikanten im Lager Ordschonekidse an seinen Nachfolger, an uns. Fast ein Jahr habe sie den Brief aufbewahrt, er sei doch wirklich für uns bestimmt? Ich grüße meinen Nachfolger, war da zu lesen. *Stschastliwowo,* alles Gute.

Nach einem trockenem Teller Reis und einer Flasche stillen Wassers, dem einzigen, womit die Frauen noch aufzuwarten hatten, gingen wir hinüber in eine der Barakken. Ein Hauswart mit Augenklappe und Krücke wies uns in der Mannschaftsunterkunft zwei Kojen zu. Wir waren allein, die Arbeiter unter Tage.

Ich rollte mich in den Bettbezug und spürte, wie sich das Maschinensummen von der Matratze aus in meinem Körper ausbreitete. Grasnarben schossen unter den geschlossenen Augenlidern vorüber.

Unser Tscheche hatte Doktor Karinjan als einen guten Kumpel angekündigt. Karinjan leitete das Staatliche Museum Professor Chatschaturjan im Lager Ordschonikidse. Die Siedlung bestand aus einem Dutzend gleichgroßer und -flacher Baracken, die auf einem mächtigen Felsvorsprung verstreut lagen. Hinter den Hütten zwängte sich das Tal zwischen die Massive, dort ging es in den Berg. Das Staatliche Museum Professor Chatschaturjan unterschied sich von den übrigen Buden durch einen bescheidenen Steinhaufen vor dem Eingang und einen Bretterzaun drumherum.

Wir trafen Direktor Karinjan im einzigen Ausstellungsraum des Museums, das er ansonsten als Wohnung zu benutzen schien. An der Wand eine große Regionalkarte, ein Gewehr und ein ausgestopfter Adler, der mit ausgebreiteten Schwingen und vorgestrecktem Hakenschnabel dem Eintretenden respektgebietend begegnete, bestand die Exposition sonst noch aus einer mächtigen Stalinbüste, die in makellosem Gips den wackligen Schreibtisch dominierte.

Mit Blick auf den Generalissimus entschied sich Roland augenblicklich, Karinjan über mich reinen Wein einzuschenken. Der Mann mit dem hellgrauen, zerwühlten Haarschopf und azurblauen Augen legte die Zeitung, in der er bis eben gelesen hatte, beiseite, stemmte den Fuß gegen den Schreibtisch und schob sich samt Stuhl langsam nach hinten, als könne er uns aus größerer Entfernung besser mustern. Das Gestrüpp seiner zusammengewachsenen Augenbrauen wucherte die Überaugenwulst auf die Lider hinab, unter deren Rändern ein gelber Blick hervorsickerte. Karinjans Gesichtshaut hatte sich so zusammengezogen, daß sich die Knochen darunter plastisch abhoben und sich der Mund über dem braunen Gebiß nicht mehr schließen ließ.

Für Roland Nobertowitsch beginne morgen vormittag neun Uhr die Einführung in die Untertage-Schichten. Karinjan griff wieder zu seiner Zeitung, die Audienz im Staatlichen Museum Professor Chatschaturjan war beendet.

Wir deuteten es als Zustimmung dieses geowissenschaftlichen Sympathisanten der alten Ordnung zu meinem inoffiziellen Aufenthalt, daß er mich nicht zur Kenntnis genommen hatte. In den darauffolgenden Tagen fand sich Roland regelmäßig neun Uhr morgens bei Karinjan ein, um auf die Fahrten in den Berg vorbereitet zu werden, Karinjan jedoch ließ sich nicht blicken, die Museumsbaracke war verbarrikadiert.

Indessen erhielten wir ausgiebig Gelegenheit, die Helden des kaukasischen Bergbaus bei ihrer Freizeitgestaltung aus der Nähe zu beobachten. Morgens sechs Uhr trieben sie vier kurze Sirenenstöße aus dem Schlaf, am späten Nachmittag kehrten sie schweigend und erschöpft aus der Grube zurück. Man hielt sich auch im Wachzustand nahezu ausschließlich im Bett auf. Die Männer glichen einander und erinnerten in der rotbraunen Arbeitskluft und mit den kahlgeschorenen Schädeln an Rekruten der Fremdenlegion. Die meisten waren etwa in unserem Alter oder jünger. Kaum eine Nationalität zwischen Weißrußland und Kamtschatka, die nicht unter ihnen vorkam. Ein ethnisches Wirrwarr von Physiognomien, in die Ordnung von Schweiß, Stein, Stahl und Blut gebannt. Frauen gab es bis auf die Köchinnen keine im Lager Ordschonikidse.

Dafür bestanden wohl gute Gründe. Gearbeitet wurde in rollender Achtstundenschicht, Geld und Urlaub gab es reichlich, aber der Preis war hoch, und die Kumpels wußten das. Ein Drittel des Tages gehörten sie den Hämmern und Schaufeln im Berg, zwei Drittel hielten sie sich im Schlaf- und Dämmerzustand auf, bis der Berg sie wieder zu sich rief. Keiner von den Männern in unserer Baracke war länger als drei Jahre im Lager Ordschonikidse, die meisten warteten darauf, mit fünfzig invalidisiert zu werden und mit dem ersparten Geld nach Hause zurückzukehren.

Man konnte sich weder im Stollen noch in der Siedlung aus dem Weg gehen, es mangelte nicht an Reibereien unter den Leuten. Alkoholika waren untersagt, regelmäßige Ausflüge zwischen den Schichtwechseln in die mehr als hundert Kilometer gelegenen Städte am Rande der Hochebene vollzogen sich als Partien der Ausschweifung. Die Männer zählten an Maßbändern zentimeterweise die Tage bis zum nächsten Urlaub. Dieses Ritual zieht sich durch die Kulturen und Zeiten, man kannte es im Dritten Reich ebenso wie bei der Roten Armee. Erst ein zünftiger Landgang mit den dürftigen Schikanen der sowjetorientalischen Provinz sicherte auf einige Zeit das friedliche Zusammenleben unter diesen Matrosen des Kaukasus.

Karinjan erwies sich als Quartalssäufer, der am Tage nach unserer Ankunft auf Tauchstation gegangen war. Eine Woche später öffnete das Staatliche Museum Professor Chatschaturjan wieder seine Fensterläden, und Roland erhielt die nötigen Unterweisungen. Durch die undeutlichen Berichte des einen oder anderen Bettnachbarn beunruhigt, war sein Interesse an unterirdischen Erkundungen abgekühlt. Um die Sicherheit im Stollen mußte es nicht gut bestellt sein. Roland hielt es für eine überzeugende Idee, Karinjan vorzuschlagen, ich solle mit in die Grube kommen. Die Belehrung dauerte nur wenige Minuten und bestand aus einem speckigen braunen Heft mit Verhaltensmaßregeln.

Wir interessierten uns für die Anordnungen im Katastrophenfall: Man sollte auf dem kürzesten Weg und unter Einhaltung der vorgeschriebenen Arbeitsdisziplin den Förderkorb aufsuchen. Nachdem wir unter den Paragraphen neunundzwanzig unsere Namen gesetzt hatten, waren wir offiziell stollentauglich. Roland hatte die Sache so arrangiert, daß ich nicht vor Karinjan erscheinen mußte.

Am darauffolgenden Morgen befolgten wir die Aufforderung durch die Sirenen. Vor etlichen Jahren hatte ich bereits einen Kalistollen an der Werra besucht, ich hielt mich fälschlicherweise für gewappnet. Die Wasserreste in den Waschbecken blubberten unter einer dünnen Eisschicht. Wir trabten mit den anderen Richtung Werksgelände. Das Rad am Förderturm blitzte in der flachen Morgensonne. Hinter dem Blechzaun nahm das Maschinenbrummen zu. Die gleichen Baracken wie die in der Siedlung dienten als Umkleideräume.

Wolodja, der Brigadier, deutete auf einen Spind, in welchem wir die Montur fanden und einen Helm. Wenig später ging es im Korb siebenhundertzweiundsechzig Meter in die Tiefe. Wolodja erinnerte uns während der Fahrt an die Regeln. Bei Gefahr auf die Magistrale und zum Sammelplatz. *Ponjatno*. Verstanden.

Wir fuhren auf Stollen K3, den Grundriß hatten wir in der Tasche. Der Brigadier hieß uns die Lämpchen am Helm einstellen, wir tauchten in kühles Dunkel, von einsamen Grubenlampen unterbrochen, an den Wänden huschten Kabel und Rohre empor.

Unten angekommen, tauchten die Kumpels auf draisinenartigen Wagen im Tunnel unter. Maschinenlärm schlug auf uns ein. Es war feucht und kalt. Hin und wieder zog ein Nebelschwaden vorbei, die Beleuchtung vervollständigte den schummrigen Eindruck eines nächtlichen Hafenquartiers. Roland und ich suchten nach Orientierung. Die Finger wurden steif, aus dem Stein rann Wasser von der Decke. Vom Sammelplatz aus zweigten mehrere Stollen ab, so hoch, daß darin Lastwagen fahren konnten.

Ich zog die Zehen in den Stiefeln zusammen, um mich zu vergewissern, daß sie noch da waren. Die sich vor uns ausbreitenden Gleise kreischten wie an den Boden gefesselte Tiere, obwohl kein Wagen in Sicht war. Wolodja schrie uns zu, ihm zu folgen. Wir bestiegen eines der roten Grubenfahrzeuge, die schon manche Kumpelgeneration bewegt haben mußten, und drangen in Stollen K3 ein. Nebenschächte kreuzten die Magistrale, der Lärm unseres Motors sprang bald einsam von den Felswänden zurück.

Der Brigadier wollte uns zu einer Stelle führen, an der mit Schürfungen begonnen wurde. Danach sollten wir den Diamantkopfbohrer für Probe- und Sprenglöcher kennenlernen.

Wir verließen das Gefährt und folgten dem Brigadier zu Fuß durch einen Seitentunnel. Innerhalb weniger Minuten traten die Wände um uns näher zusammen. Am Boden sammelte sich Wasser, jeder Schritt nach vorn mußte gut überlegt sein. Über uns verlief ein dickes Kabel, dessen Isolierung in verfaulten Fetzen von der Decke hing. Ich zog weiter den Kopf ein. Bald ging es nur noch auf den Knien vorwärts. Die Steigung im Stollen nahm zu. Außer einem entfernten Brummen hörten wir nichts mehr als unsere über den Boden schleifenden Hosen und den schneller gehenden Atem der anderen. Irgendwann rief uns Wolodja zu, wir passierten auf dieser Höhe die letzte Grubenlampe, von jetzt ab müßten wir uns auf den Vordermann konzentrieren. Der Brigadier verschwand hinter den enger werdenden Kurven, ihm folgte Roland, dann ich. Das Wasser tropfte vom Helm in den Kragen, vom Gürtel abwärts war ich ohnehin aufgeweicht. Ich hatte mir ein paarmal die Knie angestoßen und einen Fingernagel abgerissen, meine Hände zitterten.

Als Roland an der nächsten Biegung angekommen war, fiel an meinem Helm das Lämpchen aus. Schwärze ergriff Besitz von mir. Diese Abwesenheit von Licht kannte ich noch nicht. Nie zuvor hatte ich eine solche Erfahrung von Lichtlosigkeit gemacht. So mußte es in der Ursuppe gewesen sein, im Bauch der Mutter. Die Schwärze überkam mich wie ein Hypnotiseur. In den Schreck mischte sich eine seltsame Fühlung von Geborgenheit, die vielleicht von weit her kam. Der Zustand des Fötus in der Gebärmutter. Ich wagte weder, ein Glied zu rühren noch zu sprechen. Die Zunge lag mir wie ein fremde Stück Fleisch im Mund. Roland, der mein Unglück nicht bemerkt hatte, war nicht einmal mehr zu hören.

Du begegnest dir im Traum. Es ist Nacht und eine unsichtbare Gewalt kommt auf dich zu. Du kennst ihn, und deine einzige Hoffnung ist, ihm nicht ins Gesicht zu schauen. *Tenebrae, bete, Herr, wir sind nah.* Wir haben die Synapsen ausgeschaltet und ruhen in reiner Erstarrung. Nicht der Rausch der Verzweiflung, des detonierenden Infernos kommt über uns, schweigend tritt uns *der schwarze Apoll* entgegen. Es ist der Augenblick, da uns die Lamellen der Finsternis umfangen und wir einen Blick hinter den Vorhang werfen, einen unfreiwilligen, verstohlenen Blick in die Welt, aus der wir keine Bilder zurückbringen. In die Welt, die vor den Bildern ist.

Meine Zähne versuchten, sich in einen Stein zu graben. Ein Schmerz im Mittelfinger riß mich zurück in die Zeitrechnung. Ich hatte die rechte Faust im Mund, auf dem Handrücken spürte ich eine leicht bittere Flüssigkeit. Endlich konnte ich mich entscheiden, den Helm abzusetzten und mit ein paar Schlägen gegen die Batterie und das Lämpchen zu versuchen, wieder Licht zu bekommen.

Schließlich rief ich um Hilfe, ich war mir nicht sicher, wie lange ich damit gewartet und die anderen hatte weiterkriechen lassen. Meine Stimme kam mir kläglich vor, als traue sie sich nicht durch die Dunkelheit. Ich wiederholte meine Rufe, hörte meiner Stimme zu, als hätte ich nichts mit ihr zu tun, hörte sie schreien, sich überschlagen, und fragte mich, wie lange sie das noch durchhalten konnte.

Dann wurde es wieder still. Mit dem Kratzen im Hals kehrte die Fassung zurück. Ich setzte den Helm auf, drehte mich auf den Knien sachte in die entgegengesetzte Richtung, beziehungsweise dorthin, wo ich den Rückweg vermutete. Lange waren wir seit der letzten Grubenlampe nicht unterwegs gewesen, das mußte zu finden sein. Die

Hände tastend nach vorn gestreckt, schob ich mich in winzigen Bewegungen in die Nacht.

Immer wieder hatte ich gegen die Lust anzukämpfen, mich einfach auf den Boden zu werfen und liegen zu bleiben. In absoluter Dunkelheit ist die visuelle Freiheit unendlich. Die Bilder vom abgebrochenen Stein, über dessen rotbraune Oberflächen Wasser sickerte, von den Kupfersträngen in den verkommenen Leitungen standen in Klarheit vor mir auf. Immer deutlicher meinte ich, mir meine Umgebung vorstellen zu können.

Wenn man mit der Zunge über den Gaumen und die Innenflächen des Gebisses fährt, entsteht der Eindruck, man befinde sich in einer Grube und taste an den Wänden entlang. Das glitschige Gestein, über das meine durch die Schwärze schleichenden Hände gingen, erinnerte an eine riesige Mundhöhle. Zwischen den einzelnen Vorwärtsbewegungen hielt ich kurz inne. Mir war, als vernähme ich das Knacken von Adern, durch die die Blutwelle ging.

Endlich hörte ich Rufe, Schritte, sah einen Lichtschein aufblitzen und wieder verschwinden. Roland und der Brigadier mußten mich gemeinsam hochheben, mir fehlte im ersten Augenblick die Kraft zu stehen. Ich war, anstatt zurück, weiter hinter Wolodja und Roland hergekrochen. Die beiden hatten schließlich bemerkt, daß ich fehlte, und sich auf die Suche nach mir begeben.

Nach diesem Blackout befand Wolodja, die Expedition abzubrechen. Sie nahmen mich in die Mitte, bald erreichten wir das Grubenlicht. Im Korb nach oben kam ich mir wie ein Heimkehrer vor. Von der Front in den Schoß der Geborgenheit.

Das Tageslicht wirkte wie starker Alkohol. Ich rang nach Luft, um mit dem Brechreiz klarzukommen. Wir hatten vier Stunden im Berg verbracht. Das Rad glänzte weiter in der Sonne, bald würde sie hinter jenen Gipfeln verschwinden, die sich dem engen Tal am nächsten zuwandten.

Wolodja drehte meinen Helm in den Händen. Die Batterie sei unerklärlicherweise leer gelaufen. Dann legte er den Helm achselzuckend zurück in den Spind. Im Moment hatten wir uns alle drei nichts weiter zu sagen.

Roland und ich gingen zurück in die Siedlung, ich wusch mir nicht einmal das Gesicht, um so schnell wie möglich vom Gelände zu kommen. Vom Werktor aus sahen die vielleicht hundert Meter unterhalb gelegenen Baracken des Lagers Ordschonikidse noch armseliger aus. Zwischen den ins Gras geduckten Gebäuden bewegte sich ein weißer Punkt, wohl eine der Küchenfrauen. *Tenebrae. Wir haben getrunken, Herr. Das Blut und das Bild das im Blut war, Herr*. Ich hielt den blutverschmierten Handrücken so gegen die Sonne, daß ich ihn nur noch als einen dunkelroten Fleck vor gleißendem Hintergrund erkennen konnte. *Tschornym plamjen fedra gorit sredi bjelowo dnja*, mit schwarzer Flamme brennt Phädra am lichten Tag. *Tschornoje solnze*, schwarze Sonne. Mandelstam hatte sie gesehen.

Am nächsten Morgen tauchte Karinjan bei uns auf. Es gebe neue Sicherheitsbestimmungen, und wir könnten nicht mehr unter Tage.

Wir bedauerten ohne größeres Engagement, denn das hatten wir auch nicht vor. Nach wie vor jedoch war Roland in offizieller Mission hier, und so konnten wir den Sommer getrost in den Bergen verbringen. Karinjan hatte es offenbar eilig, uns loszuwerden, weshalb er uns zwei Ein-Mann-Zelte und einen Kocher auslieh und fortschickte.

In den nächsten Wochen streiften wir kreuz und quer durch den Kaukasus. Wir fürchteten eher Bären als Polizisten. Die ossetische Heeresstraße, die Peter der Erste im Feldzug gegen Persien auf den Überresten eines Handelsweges aus römischer Zeit durch das Gebirge gelegt hatte, war oft von zahllosen Schafen überschwemmt. Die Bauern lebten in achthundert Jahre alten Wehrtürmen, die jeweils auf Sichtweite beieinander standen. In jedem Tal wurde eine andere, uns fremde Sprache gesprochen. Mit Russisch kamen wir nicht weiter, als wir mit Deutsch oder Englisch gekommen wären. Diese Welt war hier nicht eingedrungen.

Einmal trafen wir auf eine Siedlung, die allein die Sprache des Schweigens kannte. Sie lag auf einer weiten Bergwiese mit hohem, üppigem Gras, darüber die Gletscher. In den fensterlosen ebenerdigen Steinhäusern bestatteten die Hirten, die längs der Heeresstraße über die Weiden zogen, ihre Toten. Schmetterlinge und Schlangen waren hier zu Hause. Die Leute selbst lebten in Zelten und auf unstetem Boden, nur im Tod verbanden sie sich mit einem festen Ort. Zwischen den lose übereinandergelegten Steinen der Grabhäuser gab es Spalte, durch die man ins Innere spähen konnte. Auf nackten Steinbahren bogen sich ausgetrockenete Gebeine, von porösem Leder überzogen, in schlichtem Leinen halb verhüllt. Die trockene, warme Hochebene verpuppte die Leichen zu pittoresken Plastiken.

Der lebensspendende Geist hatte sie verlassen, ihre Auflösung verzögerte sich mit bildnerischer Virtuosität. Die sterbliche Hülle als physische Selbstreferenz des Todes. Die Hütten wurden von einem Flurschütz und seinem kräftigen Hirtenhund bewacht. Der Mann suchte den Hund zu beschwichtigen, aber das Tier bellte uns böse an. Um die Totenruhe nicht ungebührlich zu stören, zogen wir weiter.

Die mächtigen Umrisse des Kasbek begleiteten uns durch den Sommer. Mit Karinjans Zelt-Obdach auf dem Rücken machten Roland und ich die Erfahrung beispielloser Unabhängigkeit. Wir stiegen in Gletscherspalten und über vereiste Pässe und meinten, nichts mehr fürchten zu müssen. Wer hätte uns unter diesem Himmel etwas anhaben sollen. Leningrad, Woronesch, die kleine, eingeklemmte Heimat – das alles verschmolz zu einer Sternschnuppe. Es gab nur den Tag und die Nacht, nichts davor und danach.

In Pjatigorsk trennten sich unsere Wege. Roland kehrte ins Lager Ordschonikidse zurück. Karinjan sollte ihm ein Zeugnis ausstellen. Zur Bestätigung seines Praktikums, das ihm großzügig erlassen worden war. Auf dem Bahnhof tauschten wir unsere Parkas. Wir hatten an den Ufern des Turek getrunken, am Strand von Machatschkala, vom Fön der Hochtäler, aus den Brunnen von Pjatigorsk. Vor mir stand der Zug, der mich nach Woronesch zurückholte.

Vertrocknete Wildkirschen zwischen Kuhfladen und Buchenblättern, braun wölben sich die Wiesen über den Pfad, Bremsen stehen über den Wasserstellen, die schwarz sind und zappeln vor Kaulquappen, hin und wieder fährt ein Rebhuhn vor mir auf. Nahe dem Aufstieg verlassene Baitas im Tal zwischen Erlenbüschen und Brennesselwäldern. Die Steine liegen verstreut, als hätte jemand, ein Kind, mit den Quadern zu spielen begonnen und die Sache wieder aufgegeben. Und den Rest hätte dann der Wind besorgt.

Ich setze mich neben einem Pfauenauge auf die Überreste eines Brunnens. Dämmerung in Sandstein. Am ehemaligen Haupthaus ein halbrundes Fenster als letzte Struktur, Balken, die einmal das Dach gehalten haben, lehnen sich an die bröckelnde Wand. Sparren liegen schier schwerelos in der Luft, sie haben die Gravitation überwunden, Schieferplatten hängen wie Laubblätter aus dem letzten Herbst am Gerüst, die Stangen und Steine auf dem Stalldach wachsen zu einem Faltenwurf zusammen, Moosflicken dazwischen. Durch das Dunkel eines Fensters starrt eine nackte Baumwurzel wie der Schädel eines Widders, darunter vergilbt ein großes rosa Kleeblatt.

Aufhebung der Statik. Bald hat der Berg den Weiler zurück. Ein paar Kühe stehen dort, wo einst die Küche war, knöcheltief in der Jauche. Sie läuten bedächtig eine blaue Stunde ein. Für einen Augenblick sehe ich einen Jungen in kariertem Hemd und kurzer Lederhose auf der Mauer stehen. Er winkt in den Himmel, aus dem sich Flugzeuge nähern.

Ein paar hundert Meter darüber Wildpferde auf der Matte. Sie stehen an der steilen Lehne, die Mähne fällt ihnen über die Nüstern. Bauchadern treten heraus, wenn sie sich zwischen den Felsbrocken bewegen, wie ein zweites, sichtbares Skelett.

Regelmäßig ragen Quader aus dem Gras, S 23.4 steht auf der einen, I 1925 auf der anderen Seite. Unten Lugano und der südliche See. Am Gipfel konzentriert sich der Ziegenkot auf den Wegen. Um die Plattform ist ein Aluminiumgitter angebracht. Ringsum stinkt es wie im Stall, nur die umzäunte Plattform bleibt sauber.

Ich bin auf helvetischem Boden. Von Tessiner Seite führt eine Zahnradbahn nach oben. Hier liegen überall Leute und sonnen sich. Plötzlich steht man in der gewohnten Strömung, von Katarakten umgeben. Der Generoso ist mit seinen ausgespülten Kalkriffen, die wie Orgelpfeifen aus den grünen Bergsätteln ragen, eine Zivilisationsscheide.

Auf Schweizer Hoheitsgebiet sind die Wege gepflastert und mit Beton geebnet, Drahtseilzäune bieten den Vorwitzigen Einhalt. Zwischen einer Wetterstation und dem Bahnhof geht es zu wie an einer Tramhaltestelle in Reinach. Lifte befördern die Zahnrad-Alpinisten zwischen den einzelnen Versorgungssegmenten. Unten die Klos, Hundebars, ein Diapanorama, in dem die Bildungsgierigen in einer dreisprachigen Show über die Grotten des Berges orientiert werden, das Büro des Schweizerischen Hängegleiterverbandes und eine Sala Esposizioni, in der auf vier Kleiderständern etwa hundert Papiertüten hängen, die von Kindern bemalt worden sind. Sehr schön. Oben das Ristorante mit Rivella und Terrasse, Panorama mit Icetea, *obbeluege* und *obbebisse*. Davor die Picnic Area und eine Allee mit Blechtafeln, eine Stelenausstellung der Societa Astronomica di Ticino über die Beschaffenheit unseres Sonnensystems. Zwischen den Sandwiches werden die teuren Billette und Fußballerportraits verhandelt. *Waisch wie?* Die Kapelle ist aus Tessiner Granit, den es hier gar nicht gibt, und mit pittoresken Glasfenstern ausgestattet, innen der Holzjesus und zwölf elegante Klappstühle, die könnten von Le Corbusier sein. Sanft führt das Gleisbett zwischen den Fichten bergab, Graffitis am Betonsockel.

Sauglatt und super ist das hier oben. *Wann holt's der Demiurg?* Unterhalb der Spitze wird die Inkongruenz wieder überschaubar. Links in der Tiefe wühlt sich die Autobahn Richtung Chiasso vorbei, dreizehnhundert Meter darüber verwebt sich das Grollen mit den Kuhglocken von der rechten Seite. Die Entscheidung fällt leicht.

Helena muß um ihre Zulassung als Klavierlehrerin fürchten. In ihrem Ausländerausweis steht als Grund für den Aufenthalt in der Schweiz: Verbleib beim Ehegatten. Mehr ist ausländerbehördlich nicht vorgesehen. Lisa scheint den Anschluß an die Mädchen in ihrer Umgebung zu verlieren. Seit einiger Zeit trifft sie sich nicht mehr mit der Portugiesin aus der Nachbarschaft. Statt dessen steht sie beim Fußballspiel mit den Jungen im Tor. Wenn Helena nicht unterrichten darf, weiß sie nicht, was sie in der Schweiz soll. Wir sähen uns sowieso nur in den Ferien. Hätte ich einen halben Tag am Wochenende frei, würde ich mich immer gleich ins Jura verabschieden. Wir führten nicht einmal eine Vernunftehe, sondern eine Unvernunftehe.

Ich habe plötzlich das Gefühl, vor ein paar Jahren hat Maren genauso gesprochen. Bin ich auf der Flucht? Meine Vorstöße bei der Fremdenpolizei bleiben erfolglos. Ich schlage Helena vor, häufiger in Castiglione zu sein. Sie könne den Flügel mitnehmen, vielleicht sei es noch nicht zu spät, wieder mit dem Spielen zu beginnen. Den Unterricht benötige sie ja nicht zum Leben. Ich könne mich um Lisa kümmern.

Helenas Blick wird undurchsichtig. Es sei klar, daß Lisa mitkommen müsse. Tatsächlich sorgt Helena ein paar Tage später dafür, daß Lisa auf der Internationalen Schule intensiveren Italienischunterricht erhält.

Das Ende war absehbar geworden. Vier Monate noch, dann drei, Ende April kroch ich zum letzten Mal unter dem müde gewordenen Winter hervor. Die Militärstiefel trug ich wieder mit einfachen Strümpfen ohne Fußlappen, die Wollkappe, die mir die Mutter gestrickt hatte, verschwand im Schrank. Demnächst mußte ich entscheiden, welche Sachen ich mit mir nehmen würde und welche nicht.

Das Zimmer in der Cholsunowa bewohnte ich seit fast fünf Jahren. Ich versuchte mir vorzustellen, wie öde es erst ohne das Regal und die Musikanlage aussehen würde.

Zum Kampftag der Arbeiterklasse überfror der Stausee noch einmal, am Tag des Sieges, dem neunten Mai, wateten die kühnsten Kämpfer in der grauen Lake, nachdem sie die Wodkaflaschen zwischen den Steinen am Ufer abgestellt hatten. Lagerfeuer keuchten ihre Wolken aus den Baupflanzungen am Stadtrand, man machte es sich im Buchenlaub bequem und warf Kartoffeln in die glühende Asche. Es war heiß, der Frühling vorüber, ehe er begonnen hatte. Bald würde mich die Schwüle der ausatmenden Steppe nachts wieder im Bett hin und her werfen.

Die Zeit des Freiwilligendienstes im Ungefähren war abgelaufen. Was vor mir lag, war nicht von ungefähr. Seit zwei Jahren kannte ich das Institut, die Leute dort. Man hatte mir die Stelle zugewiesen. In Berlin. Im letzten Winter hatte ich mich vorgestellt und meine Diplomarbeit skizziert. Welcher Ernst des Lebens sollte jetzt beginnen? Keine Trauer und keine Erleichterung. Das Ende war absehbar, mehr nicht. Ich hatte durchgehalten, das hatte ich mir selbst in den dunkelsten Stunden vorgenommen. Früher hätte man gesagt, ich hätte meine Pflicht erfüllt. Haltung bewiesen. Aber ich verfügte nicht einmal über einen Begriff davon und dafür, was mit mir in diesen fünf Jahren passiert war.

Oft genug hatte ich auf Normalität gehofft, darauf gewartet, daß das Leben in Woronesch durch mich hindurchstoßen würde, leicht und schmerzlos, ohne mich aus der Bahn zu werfen.

Aber diese Normalität war nie eingetreten. Statt dessen hatte ich mich in einem ausstattungslosen Ausnahmezustand eingerichtet. Selbst so elementare Bedürfnisse und deren Befriedigung wie das Auftreiben und Einnehmen von Lebensmitteln blieben schlecht arrangierte Provisorien. Von anderen Menschen gar nicht erst zu reden.

Ich hatte eine Mauer des Schweigens um mich gezogen. Inzwischen kannte ich die Stadt besser als jede andere, aber ich bewegte mich in ihr wie in einem Wartesaal. In einem Geschichtsbuch war ich auf Konradin von Hohenstaufen gestoßen, den letzten Staufer, und hatte begonnen, Mittelhochdeutsch zu lernen. Nur keine Annäherungen mehr.

Mit einer Ausnahme: Marina und Widja. Ihn hatte ich am Lehrstuhl für Anorganische Chemie kennengelernt. Er forschte da irgend etwas in Sachen Halbleiter, hochgeheim. Seine Einladungen nach Hause machten mich mit Leuten bekannt, die man auf der Straße nicht traf: eine Handvoll Intellektueller, die längst dem System den Rücken gekehrt hatten. Und Marina. Sie taute mich auf. Das änderte zwar nichts an meiner Unnahbarkeit draußen, aber ich hatte so etwas wie ein kleines, unregelmäßiges Zuhause. Marina besorgte mir manchmal etwas zu essen. Einmal stellte sie mir eine Waage vor die Füße. Ich wog kaum sechzig Kilo. Am besten, meinte sie, sie adoptiere mich gleich.

In den letzten beiden Jahren hatte sich die Cholsunowa in einen erbärmlichen Schutzort verwandelt, weitgehend beziehungslos, menschenlos, andere Menschen kamen nur noch hinter der Bande vor, auf dem Feld blieb ich allein. Der Abstand hatte sich etabliert. Ich verzichtete gern auf Leistungsstipendien, wenn ich dafür ohne FDJ-Hemd zu Demonstrationen erscheinen konnte und den von mir wenig geschätzten Landsleuten nur aus der Ferne hallo sagen mußte. Ich durchstreifte zwar das Quartier, wetzte mich an seinen trüben Nischen, lernte diesen und jenen kennen, wir schrien uns im Schmelz von Lionel Richie irgendwas zu, aber auch das ging mich nichts an.

Am zehnten Mai rief man mich noch einmal ins Ausländerdekanat. Ich hatte diese Büros nur einmal betreten, und das vor Jahren. Ohne mich bei der Wachtjorka im Quartier zu erkundigen, hätte ich es nicht wiedergefunden. Arkadi Jurjewitsch saß mit seitlich verschränkten Beinen auf einem Sessel hinter dem Schreibtisch, heute trug er keine Schapka und über ihm hing ein anderer Generalsektretär, aber mit den Familienfotos unter der Glasplatte schien es noch die gewohnte Ordnung zu haben. Der Dekan sah mich über seine Tränensäcke hinweg müde an und ließ mich erst einmal den Grund meines Erscheinens erklären: Ich sei aufgefordert worden, mehr wisse ich auch nicht. Er rieb sich mit zwei Fingern an die Stirn, als müsse er sich erinnern, dann wippte er aus dem Sessel und kam auf mich zu.

Kurz bevor er mich erreicht hatte, winkte er mit einer Hand in Richtung einer Tür, die mir zuvor nicht aufgefallen war. Arkadi Jurjewitsch ging voraus. Hinter der Tür verbarg sich noch eine Tür, sie war gepolstert und hatte keinen Griff. Nachdem er den Schlüssel aus dem Schloß herausgezogen und in die Tasche gesteckt hatte, stieß er sie auf und blieb auf der Schwelle stehen, um mich hinein zu lassen. Dabei winkte er leicht mit der Hand vor sich hin und blickte mich wieder müde an. Daß er dann von außen die Tür abschloß, ohne einen Laut von sich zu geben, entging mir bereits.

Ich hatte zwei Herren vor mir, ungefähr gleich alt, Ende dreißig, athletisch, der eine im Anzug, der andere mit einer Lederjacke. Das Zimmer war durch die Sträucher abgedunkelt, die vor dem Fenster wucherten, dennoch konnte ich die Fotos auf den Ausweisen, die die Herren vor mir aufklappten, nachdem ich auf die Einladung des einen in der Lederjacke ihnen gegenüber am Tisch Platz genommen hatte, in Umrissen erkennen.

Der Mann im Anzug wollte wissen, warum ich hier sei. Kaum hatte er zu sprechen begonnen, schaltete der andere einen dieser Radiolautsprecher ein, wie sie in allen Räumen im Quartier üblich waren. Göbbelsschnauze hießen die Dinger einmal. Ein russischer Frauenchor setzte sachte ein. Die Ausweise lagen noch immer ausgestreckt vor mir. Ohne Licht waren die Fotos mit den Gesichtern ohnehin nicht zu vergleichen. Nein, ich hätte keine Ahnung.

Zu meiner Überraschung sprach ich genauso gedämpft wie mein Gegenüber. Wer in der Staatsbibliotek so oft Kafkas »Prozeß« ausleihe, müsse sich doch seinen Teil denken können. Und in ausländischen Botschaften verkehre, warf die Lederjacke ein. Mir fiel sofort der sächsische Akzent auf. Erst jetzt sah ich, daß einer der Ausweise in deutsch ausgestellt war und eine andere Farbe hatte. Mir wurde unangenehm warm. Ich zog den Mantel aus. Der Deutsche stand auf und nahm ihn mir ab. Die Ölflecken am Rücken hatte ich mir im Trolley eingehandelt. Den Mantel hatte mir Giudi geschenkt. Auf das Innenfutter war überall die Aufschrift »Filou et Kiki« gedruckt. Das schien den Deutschen zu interessieren, jedenfalls starrte er das Futter minutenlang an, anscheinend ohne sich um mich oder seinen Kollegen weiter zu kümmern. Ob ich mir im klaren darüber sei, welche Bedeutung die Sicherheitsorgane den Verhältnissen und Kontakten zwischen Ausländern im Oblast Woronesch beimäßen?

Ich schob die Hände in die Hosentaschen, lehnte mich zurück und bildete mir ein, unbeeindruckt zu wirken. Nur nichts zugeben, wer weiß, ob sie etwas wissen.

Als mir der Mann in Leder unvermittelt ein Foto von Giudi und mir über den Tisch zuschob, konnte ich weder schlucken noch Luft holen. Es war ein Polaroid, Giudi in ihrem Igelfisch, sie sah sehr gut aus.

Würden wir die Häuser hier nicht Quartier nennen? Die Zigarette, die sie mir anboten, konnte ich nur mit einem Kopfschütteln ablehnen. Die Italienerin habe ihnen viel Sorgen gemacht, damals.

Ich war froh, vorerst schweigen zu können. Giudi – das war drei Jahre her. Hätte ich damals doch den Transport von Budapest nach Graz nehmen sollen? Seit Monaten zum erstenmal dachte ich wieder daran.

Man wolle mich nicht unnötig beunruhigen. Aber ich hätte mir über die Jahre eine ganze Menge Verstöße geleistet, nicht nur gegen die Ausländergesetze der Sowjetunion, sondern auch gegen die Bestimmungen für DDR-Bürger im Ausland. Das reiche, um mich morgen zurückzuschicken, fünf Wochen vor meiner Diplomverteidigung.

Der Russe lächelte mich neugierig an. Als er sich nach vorn beugte, fiel ein matter Lichtstrahl von draußen auf seine Stirn. Er schwitzte leicht. Ich müsse wissen, daß man nur in besonderen Fällen aus der Anonymität heraustrete. In einer so kompliziert gewordenen Situation wie der unseren heute sei es notwendig, darauf zu achten, daß unsere Leute nicht auf die schiefe Bahn kämen. Ich wolle doch für den Sozialismus mein Bestes geben, nicht wahr?

Bevor ich darüber nachdenken konnte, hatte ich das bereits bestätigt. Klein machen, ganz klein machen, schoß es mir durch den Kopf.

Ich begriff, daß aus diesem Zimmer kein Rauskommen war, ehe ich nicht einen Weg gefunden hatte, diese Männer abzulenken, ihnen etwas zu geben, um anderes in Sicherheit zu bringen. Ohne Zweifel hatte ich ein reichverziertes Kerbholz. Nur hatte mich das bisher nicht interessiert. Ich war mir nicht sicher gewesen, ob es diese Leute überhaupt gab. Vielleicht Erfindungen eingeklemmter Phantasien.

Der Mann mit der Lederjacke verschränkte die Hände auf dem Tisch und räusperte sich. Er sprach mich mit meinem Vornamen an. Ich hätte doch schon von ihnen gehört. Ein bißchen hätte ich doch immer mit ihnen gerechnet. Es gebe wirklich keinen Grund, in ihnen eine Bedrohung zu sehen.

Der Frauenchor wurde durch die Nachrichten unterbrochen. Die Sowjetunion werde nicht an den Olympischen Spielen von Los Angeles teilnehmen, habe das Nationale Olympische Komitee beschlossen.

Meine Augen gewöhnten sich an das Halbdunkel und konnten jetzt die Gesichter der beiden besser erkennen. Der Deutsche hatte schwarze Haare und breite rote Lippen. Er nickte mir aufmunternd zu. Meine Fingernägel bohrten sich in den Handteller, ich preßte in den Taschen die Fäuste zusammen. Aber was waren die Verstöße, die Verbrechen, und welche wogen am schwersten?

Als ich von Giudi erzählen wollte, winkte der Russe ab. Ich hätte offensichtlich noch nicht begriffen, daß das hier kein Verhör sei, setzte er wieder ein. Die Sicherheitsorgane arbeiteten auch in Woronesch gut, man kenne meine Geschichten zur Genüge. Guinea-Bissau sage mir doch etwas. Pit hieß der Freund, oder? Nach Kaukasien und ins Baltikum hätte ich mich abgesetzt. In Moskau sei ich des öfteren Angestellten der österreichischen und englischen Botschaft begegnet. Diese Ballentines-Parties. Hatte ich nicht sogar ein paarmal das Büro des österreichischen Kulturrates betreten?

Es wäre falsch gewesen, mit ihm zu streiten, ganz gleich, ob die Sachen zutrafen oder nicht. Vor allem der Russe schien seinen Stolz auf die Sicherheitsorgane zu pflegen. Das war bestimmt eine Schwäche. Ja, diese Treffen habe es gegeben, vor Jahren. Und die Leute hätten mich doch auch zu Hause besucht, in Grüningen, bei den Eltern.

Der Lederjackentyp war ins Deutsche gewechselt. Sei ein schöner Ort, dieses Grüningen. Seine Mutter sei da mal zur Kur gewesen. Aber darum gehe es jetzt nicht. Es gehe darum, daß Wolodja – er sprach jetzt wieder russisch – Informationen habe, daß ein westlicher Geheimdienst ein Dossier über mich angelegt habe. Ich wisse doch, was ein Dossier sei?

Einen Moment lang erwog ich, das Fenster aufzureißen und um Hilfe zu rufen. Dann nickte ich brav.

Die wüßten über mich genau so gut Bescheid wie sie. Das sei doch seltsam. Beunruhigend. Wolodja sah mich streng an. An mir zogen Gesichter vorbei, Namen: Wer sollte das getan haben? Wie eine schwangere Frau, die nicht weiß, von welchem Liebhaber das Kind ist. Diese Organisation habe mich als dem Westen gegenüber sehr aufgeschlossen skizziert. Ich wäre gegebenenfalls als Kontaktperson zu aktivieren.

Als Kontaktperson zu aktivieren. Inzwischen konnte ich die Hände aus den Taschen entlassen, dann wußte ich nicht, wohin mit ihnen und legte sie in den Nacken. Kontaktperson. Wenn solche Leute auf mich zukämen, wisse ich schon, was meine Pflicht als Staatsbürger sei.

Wolodja zog die Mundwinkel herunter. Man habe überbehördlich entschieden, mich unter Beobachtung zu stellen. Mein Herz schlug in Augenhöhe, mir wurde übel, für einen Augenblick schloß ich die Augen.

Der Landsmann stand auf und kam um den Tisch herum auf mich zu. Er wirkte erleichtert. Ich müsse jetzt nichts sagen und mir nichts mehr anhören, ich müsse mich nur bereithalten für ein Treffen mit den Genossen in Moskau. Angst sei unfruchtbar, die Genossen seien gar nicht so, sie wüßten doch auch die Kultur zu schätzen, das würde ich schon noch lernen. In der Bevölkerung herrsche ein völlig falsches Bild über sie.

Wolodja reichte mir den Mantel, ich blickte mich zerstreut um. Es sei schon nichts liegen geblieben, schmunzelte der Landsmann. Dann stellte er das Radio ab.

Obwohl ich Stefan seit zwei Jahren nicht mehr gesprochen hatte, rief ich ihn noch am selben Tag an. Er schien mir der einzige zu sein, der mir zuhören und vielleicht helfen konnte. Der Containertransport bestimmte wieder meine Vorstellungen. Seine Stimme klang seltsam überdehnt, als hätte er Valium genommen. Ich sei also immer noch in Woronesch. Warum ihm das niemand gesagt habe? Wir verabredeten uns in Moskau zu einem Tee im »International« an der Gorkistraße. Nachdem ich die Genossen gesprochen hätte.

Ein paar Tage darauf fing mich nach einer Vorlesung eine Sekretärin des Ausländerdekanats ab und drückte mir ein Kuvert in die Hand. Gegen Unterschrift: ein

Zweitagevisum nach Moskau, eine Fahrkarte und eine ununterschriebene Nachricht, ich würde vom Bahnhof abgeholt.

Abends stieg ich in das knoblauchschwangere Abteil zu zwei Bäuerinnen aus dem Rayon, kletterte auf die obere Pritsche und rollte mich zusammen. Die Weiber unten schlürften Zucker mit Tee, das Gebräu reichte viertelstündlich der Zugbegleiter herein. An Schlaf war nicht zu denken. Seit Tagen jagten mich dieselben Gedanken. Als sei die Platte gesprungen und wiederhole ständig denselben Text. Meine Schwester werde demnächst ihr Abitur machen, dann wolle sie Medizin studieren. Womöglich war das jetzt passe. An meine Aussichten versuchte ich nicht zu denken. Welcher Geheimdienst sollte an mir Interesse haben? Hatte ich so bedeutende Dinge gelernt? Warteten auf mich nennenswerte, geheimnisvolle Aufträge an der Akademie in Berlin? Das mochte man ja hier so sehen, aber im Westen?

Am Bahnsteig der Mann mit der Lederjacke, der Landsmann. Auch er sah müde aus. Viel Arbeit? Sein Lächeln wirkte heute ein wenig leidend. Dann stiegen wir in einen Schiguli und fuhren zum Arbat in die Nähe des Dom Aktjora. Ich drückte mich in den Sitz, mir war trotz aller Anstrengung wohler zumute als im Zug.

Unterwegs wurde der Wagen von einem Verkehrspolizisten angehalten. Wir waren viel zu schnell gefahren. Mein Chauffeur klemmte seinen Ausweis gegen die geschlossene Scheibe, und der Weißkittel auf der Straße winkte uns weiter.

Auf dem Arbat strömten bereits die Leute, wir liefen an einem Stand vorüber, an dem Matrjoschkas an Touristen verkauft wurden. Ich sah eine blonde Frau einen kleinen Jungen auf den Arm nehmen, sie sprach holländisch.

Mein Blick zu ihr hinüber muß sie erschreckt haben, jedenfalls drehte sie sich hastig um und beugte sich über die Holzpuppen auf dem Tisch. Dann hatte mein Führer sein Ziel gefunden, eine billige Teestube nicht weit vom Arbat-Kino.

Es werde nicht lange dauern, ob ich eine Pepsi wolle. Der Landsmann hatte das Lächeln inzwischen aufgegeben und sich ganz auf einen leidenden Ausdruck verlegt. Nachdem der Kellner die Gläser auf den Tisch gestellt hatte, zog er eine kleine Pappschachtel aus seiner Jackentasche. Die Russen hätten einen idiotischen Fehler gemacht. Aus irgend einem Grund habe man mich mit einem anderen verwechselt, den Namen dürfe er mir natürlich nicht sagen. Ich dachte an Arkadi Jurjewitsch und daran, wie er mich einst entsetzt gefragt hatte, ob ich Michael Billmann sei.

Was er damit sagen wolle? Ich müsse die Sache einfach vergessen. Das ganze sei ein Irrtum gewesen. *K soschaleniju.* Wieso *k soschaleniju*? Für mich sei das alles andere als bedauerlich. So habe er das auch nicht gemeint. Der Landsmann durchpflügte mit der linken Hand dreimal hintereinander sein Haupthaar, als müßte er eine lästige Wespe verjagen. Deshalb habe sich auch das Treffen mit den Genossen erübrigt. Er gehe davon aus, daß ich einverstanden sei, wenn wir alles vergaßen. Wirklich alles. Zwischen seinen vollen Lippen kamen die Zähne zum Vorschein. Ein oberer Schneidezahn war abgebrochen. Ich müsse nichts befürchten. Die Genossen seien anders, als man immer so denke.

Dann machte er die Schachtel auf und wickelte einen kleinen blau und silbern glänzenden Stein aus einem Wattebausch. Den habe er einmal in Sibirien gefunden.

Der Landsmann stand auf und war zwischen den Leuten auf der Straße verschwunden, ehe ich ihm den Stein nachwerfen konnte. Ich hätte ohnehin nicht gekonnt.

Später traf ich Stefan. Es gab viel Schampanskoje. Wir spielten noch einmal die Flucht über Budapest durch. Aber es war zu spät. Ich wollte bleiben, warum auch immer. Am nächsten Tag hätten sie kommen und mich abholen können. Daran dachte ich erst viel später.

10

Das Sowjetreich muss Gesellschaften alten Stils entsprochen haben. Die Usbeken, Inguschen, Tadschiken oder Tschetschenen, die in den ölverschmierten Gewölben der Bahnhöfe zwischen Alma-Ata und Petersburg ihre provisorischen Lager aus Säcken, Koffern und Kisten aufschlugen, um bis zum nächsten oder übernächsten Zug in die Ferne nach Osten oder Westen auszuharren, mochten seit Jahrhunderten auf den Magistralen zu den Marktplätzen und Basaren unterwegs sein. Jene dunklen orientalischen Gesichter der Männer mit dem kurzrasierten Schädel mußten schon Puschkin oder Tolstoi an den Relaisstationen durchs Bild gelaufen sein, die pulsierende Flut der Ethnien entsprang jenen Quellen zwischen Steppe und Gebirgskette, in denen die Grenzen weich werden und die Horizonte ineinanderfließen.

Schon auf dem Kasaner Bahnhof von Moskau begann Asien. Ein betäubender Geruch aus Weihrauch, Knoblauch und billigem Tabak lastete über den Lagerplätzen. Wer sich in den Wartesälen niederließ, erwartete seinen Zug oft erst in Stunden oder Tagen. Großfamilien und Gemüsehändler beherrschten das Treiben, verhüllte Frauen, Veteranen des Großen Vaterländischen Krieges und die ersten Versehrten des Afghanistanfeldzuges. Symmetrie der Geschichte – zwei Männer halten nebeneinander sitzend ihre Stümpfe unter die Leute und betteln um ein paar Kopeken. Der eine ist vielleicht sechzig, der andere achtzehn. Im Chaos wurde schnell einmal ein Zug verpaßt, nach Duschanbe oder Irkutsk. Der nächste würde übermorgen gehen. Was machten schon zwei Tage aus im Strom der Zeiten, in denen man stetig zwischen Ost und West in Geschäften unterwegs war, im Strom der Zeiten, in dem nichts und doch alles stillstand.

Dreizehn Jahre später, im Herbst '97, bot der Kasaner Bahnhof ein anderes Bild. Noch immer regte sich das Treiben, doch fehlten die dunklen Gesichter unter den kurzgeschorenen Schädeln, es fehlten die verschleierten Mütter mit den braunen, flinken Kindern, es fehlten die fremden Stimmen, das Melos Asiens. An seine Stelle waren die heiseren Rufe von Frauen getreten, die in Rollstühlen Menschen durch die Menge bewegten, deren Alter schwer bestimmbar war, da sie auf der fast durchsichtigen Haut kein Haar trugen und, die spitzen Schultern nach oben gerenkt, wie zusammengesackt mit leeren Augen im Stuhl hockten. Strahlenkranke Kinder aus dem Bannkreis von Tschernobyl. Rußland war hier jetzt allein.

Die Front der Konflikte war inzwischen näher gerückt, ins eigene, sich im Taumel des nationalen Furors auflösende Reich. Neben den Afghanistankämpfern von einst kauerten nun die Tschetschenienkämpfer von gestern, sie ersetzten die alten, gebrochenen Sieger von Stalingrad. Hinter den Kriegskrüppeln standen alte Frauen in trostloser Reihe, mit Kopftüchern und irgendwelchen Kram hochhaltend, eine fleckige Banane, eine Schachtel Marlboro, Pornozeitschriften: ein Fresko der stummen Klage. Auf den Stirnen dieser Frauen lag der Staub von Statuen, in ihre Mäntel drang die Patina des Steins. Sie trugen ihre dürftigen Waren mit der bitteren Würde des Schmerzensmannes, als nähmen sie die Dornenkrone in Empfang.

Ohne Verschwörung keine Rückkehr. In einem anderen Leben hatte ich Woronesch verlassen. Jetzt saß ich in einem riesigen Zimmer im Hotel Baltschug und blickte durch die dreckigen Fensterscheiben auf die Moskwa mit der Burg und der Kathedrale. Wahrscheinlich ist das der kostspieligste Ausblick Europas.

Gleich beim ersten Mal hatte ich Marina am Telefon. Ihrer weichen, tiefen Stimme hatte die Zeit nichts angetan. Als es dunkel wurde, nahm ich eins der verrotteten Taxis, die in der Stadt aus dem Asphalt wachsen, sobald man nur stehenbleibt und sich in Fahrtrichtung umdreht, und fuhr zum Bahnhof.

Der Zug ging wie früher um dreiundzwanzig Uhr. Ich konnte mich überreden, kein Erste-Klasse-Billett zu nehmen, doch blieben auch in der Zweiten Klasse die Abteile leer. Die Gefahr, als Ausländer aufzufallen, war gebannt.

Nachts schleuderte mich der Waggon zurück in jene aussichtslose Ungewißheit, mit der ich diese Fahrt vor beinahe zwanzig Jahren zum erstenmal gemacht hatte. Größere Erregungen wollte ich vermeiden, hatte ich mir vorgenommen, vor allem, sollte ich alten Bekannten begegnen.

Vom Bahnsteig ab eine unversehrte Kette von Déjà-vus: Willkommen der Dreck, der Gestank, das hemmungslose Menschengewühl, nur die Häuser hielten sich bunte Werbeplakate vor den Bauch und krümmten sich morsch über die blitzenden Menschen darauf. Vor einem Gemüsestand fiel mir eine junge Frau auf. Sie starrte auf die Preisschilder und weinte in sich hinein.

Marina wohnte in der alten Wohnung hinter dem Bahnhof, in der Hauseinfahrt sogen Katzen an benzinkonzentrierten Pfützen, noch immer gab es keine Namensschilder am Eingang. Hinter diesem Block begann das Quartier.

Da es acht Uhr morgens war und Marina gern länger schlief, entschloß ich mich zu einem Rundgang. Ich passierte den Hockey-Platz, am anderen Ende krochen die Fassaden vertraut freudlos gegen den grauen Himmel empor. Am Eingang standen zwei Afrikaner, die in einem Beutel die typischen runden Brotlaibe und ein paar Tüten Milch trugen. Einen Moment lang war ich erstaunt, daß wir uns nicht grüßten. Die Wachtjorka ließ mich kalt, obwohl der Schreibtisch, hinter dem sie sich ausstreckte, gut der von Jelena Andrejewna hätte sein können. Auf den Fluren hingen andere Plakate, Partyeinladungen und Wohnungsangebote, in Dollar ausgepreist. Das Dekanat für Ausländerfragen gab es noch immer, aber es befand sich dort, wo früher die Klos gewesen waren.

Eine junge Frau machte sich gerade an der Tür zu schaffen, ich konnte einen Blick in das Büro werfen. An den Wänden die alten uringelben Kacheln, der Spiegel, das Waschbecken, sogar die Löcher der Pissoirs waren noch auszumachen. Ein Arkadi Jurjewitsch arbeite hier nicht. In den letzten drei Jahren, seit sie hier arbeite, sei noch nie jemand aus der alten Zeit aufgetaucht. Wir befänden uns im einzigen Wohnheim der Universität, in den Nachbargebäuden sei jetzt das Arbeits- und Sozialamt untergebracht. Es gebe aber auch nicht mehr so viele Studenten, lächelte das Mädchen. Was ich mit Quartier meine? Draußen hatte sich der Inhalt eines Containers entzündet. Tauben zappelten wie Fledermäuse durch die Luft.

Marina hatte beinahe weißes Haar, sie trug eine blaue Kittelschürze mit Blumenornamenten, breite Falten gingen ihr strahlenförmig über Stirn und Wangen. Stunde um Stunde hatte hier Asyl gefunden, auf den Fährten, die ich schon damals in diesem Gesicht gesehen hatte, waren sie einander gefolgt. Zweiundfünfzig mochte sie jetzt sein. Sie nahm mich an der Hand und zog mich durch den Flur. Ich war mir nicht sicher, ob es nur der Teppich oder auch die Dielen waren, die unter meinen Schritten nachgaben. Marina ließ Platz zum Ankommen. Sie löschte das Deckenlicht und drückte mich auf den Diwan. Am Fenster brannte eine bunte Kugelkerze. An diesem Oktobervormittag mutete es an, als sammle die Kerze das Licht im Zimmer und spende es nach draußen. Über mir tickte ein Wecker.

Alles war so eingerichtet wie damals. Als wäre sie nie fortgewesen. Hier hatte Prokow meist gesessen und seine unerlaubten Bilder aus der Mappe gezogen. Wo er sie, unter großformatige Breshnew-Portraits gemischt, aufbewahrt hatte, um sicherzugehen.

Marina hatte sich einen Stuhl neben das Buffett geschoben und stellte vorsichtig ihre Tasse ab. Zwischen ihr und dem Fenster hingen Widjas Fotos vom Mandelstam-Haus und den Frauen, von Nadja und der Stempel. Über der Tür klammerte sich wieder der Falke an den Birkenstock. Widja hatte das Tier einmal geschossen. Danach blieb das Gewehr für immer im Kasten. Widja hatte es nicht wieder in die Hand genommen.

Jetzt lebte Marina allein in diesen Zimmern. Vor ein paar Jahren waren sie mit den beiden Jungs nach Israel ausgewandert, zehn Monate später wurde Widja auf dem Fahrrad in Tel Aviv von einem LKW überrollt. Marina rauchte noch immer Belomorkanal. Das Licht blieb stehen im Raum. Bei mir sei ja auch alles anders gekommen. Ich ging hinüber und holte mir neuen Tee. Viel gab es für

Marina nicht zu erzählen. Die Wärme im Magen dehnte mich aus, ich merkte, wie müde ich war.

Es gehe ihr wie füher, und sie habe aufgehört, darüber nachzudenken. Israel vermisse sie nicht, aber nach Woronesch habe sie zurückkehren müssen. Wenn man fünfundzwanzig Jahre in einer Stadt gelebt habe, sei es egal, wie groß die Erschütterungen ausfielen, man werde diese Stadt einfach nicht mehr los. Den Westen habe sie nicht einmal sehen wollen, obwohl die meisten von uns von dort gekommen und auch wieder dorthin gegangen seien.

Die Faszination, mit der wir damals geredet hätten, Widja und ich, als ich den Westen auch noch nicht kannte, sei ihr fremd geblieben. Das bißchen Freiheit und so. Und dann würde man von einem Lastwagen zerquetscht.

Discomusik drückte durch die Decke, manchmal mußten wir aufhören zu sprechen, dann wieder drückte sie durch die Wände. Nach Jerewan wollte sie gern noch einmal fahren. Als Widja dort am Technischen Institut arbeitete, seien sie am glücklichsten gewesen. Zuversichtlich sei er damals gewesen, daß man was aufbauen könne. Die Leute am Institut hätten soviel Lust gehabt, soviel Begeisterung. Ich könne mir das nicht vorstellen. Und dann die Berge in Armenien. Der unberechenbare Wind auf der Sewan-Insel und das Licht über dem Goktscha-See. Suchumi kenne ich ja, da seien sie später noch mit den Kindern von Woronesch aus hingefahren.

Marina strich mit den Händen über ihre Schürze. Dankbar müsse sie sein, andere hätten es viel schlimmer gehabt als sie. Als junges Mädchen habe sie studieren und in Jerewan diesen genialen Burschen kennenlernen dürfen, der sie herausgerissen habe aus ihren kleinlichen Verhältnissen. Obwohl sie ihn damals schon von Leningrad in den Süden geschickt hatten, weil sie ihn loswerden wollten.

Ben und Jakow hätten seinen Ehrgeiz. Sie mußten jetzt Anfang zwanzig sein. Damals hatte ich ihnen Grimassen beigebracht. Mit beiden Mittelfingern zieht man die Nasenspitze nach oben und mit dem Zeigefinger die Unterlider herab. Sobald ich in dieses Wohnzimmer trat, stürzten die Jungen auf mich zu und demonstrierten mir, wie weit sie es selbst mit dem Grimassenschneiden gebracht hatten. Aufgeregte Kinderhände vor braunen, verzerrten Gesichern mit mandelförmigen Augen.

Über die Uni wolle sie lieber nicht viel reden. Wahrscheinlich würde ihr Lehrstuhl ohnehin demnächst geschlossen. Wen interessierte schon Kunstgeschichte, es sei denn, es ging um die eigenen Kirchen. Das einzige, was heute ziehe, sei Betriebswirtschaft, Ökonomie. Dabei gehe es ja immer schlechter. Das Geld von der Universität würde nicht einmal für sie allein reichen. Zum Glück verkauften sich ihre Bücher auch im Westen, wo wäre sie heute, wenn ihr Freunde, die sie dort habe, nicht manchmal geholfen hätten? Übrigens müsse sie jetzt wieder Fleisch essen, sonst wüßte sie nicht, wie sie sich ernähren sollte. Früher sei es umgekehrt gewesen. Widja hatte vor zwanzig Jahren manchmal von Kohl und Vermicelles gelebt. Aber das hätte ich ja selbst erlebt.

Von den alten Freunden seien noch einige da. Serjoscha, Natalja. Die hätten die Kinder im Haus. Serjoscha fahre nebenbei Taxi, in der Uni sei für ihn sowieso nicht viel los. Damit kämen sie ganz gut über die Runden, bis zur nächsten Abwertung wahrscheinlich.

Marina spielte mit einer langen Haarsträhne, die ihr rechts auf die Schulter gefallen war. Einen Augenblick lang glaubte ich zu sehen, wie sie vor fünfundzwanzig Jahren ausgesehen haben mußte.

Vielleicht könne man in Moskau leben. Diese Stadt platze aus allen Nähten, weil sie das Land aussauge. Aber man sei hier in der Provinz schon selber schuld. Immer wieder diese selbstzerstörerische Unfähigkeit. Gerade habe man aus der Schweiz viel Geld gegeben, um einen Kartoffelverareitungsbetrieb zu reformieren. Plötzlich war das Geld weg, und es sei nichts passiert. Deshalb gingen immer mehr Leute fort, die meisten versuchten es in Moskau, die alte Sehnsucht.

Widja hatte diese Stadt immer gehaßt, das Zeichen der Knechtschaft. In Tel Aviv hätten sie auch nur eine kleine Wohnung gehabt. Ein paar Möbel habe sie gar nicht stellen können, und sie hätten eigentlich umziehen wollen, sobald die Probezeit für Widja vorüber gewesen wäre. Die Stadt habe sie nicht gemocht, aber das Land. Man fühle sich dort immer ein bißchen wie im Krieg, und doch seien die Menschen offener zueinander. Ein bißchen wie in Jerewan. Jetzt habe sie alles wieder zurückgebracht, nur ihre Männer nicht.

Das Streichholz, mit dem sie sich die Zigarette anzündete, warf einen Schein auf die Tapete neben ihr. Natürlich sei die Wohnung zwischendurch bewohnt gewesen, von Valentina Petrowna, bevor sie nach Paris ausgewandert sei. Sogar die Gardinen und die Teppiche seien aus der Zeit vorher, Valentina Petrowna habe alles unverändert gelassen.

Oben hatte man wieder den Discosound aufgedreht. Marina saß noch immer mit verschränkten Armen neben dem Buffett. Wenn sie an der Zigarette zog, konnte ich für einen Augenblick ihr gefälteltes Gesicht besser sehen. Ein Stück verglühendes Holz. Dann brachte sie mich durch den Flur zurück an die Wohnungstür. Sie hinkte dabei, die kleine weißhaarige Frau in der blauen Kittelschürze. Wie eine blaue Schildkröte, die am Strand von Tel Aviv ihren Panzer verloren hatte.

Im verglasten Eingang des Hauptgebäudes, dem Aquarium, wimmelte es von Studenten wie ehedem. Die Halle vor dem Aufgang in die oberen Etagen zierte wieder die Tafel mit den Portraits der Professoren. Die üblichen Phantombilder zwischen Verbrecherfoto und Psychiatrie. Ich entdeckte keinen Bekannten, auch die Namen unter den Bildern weckten keine Erinnerungen. An der Stelle der alten Mineralwasserautomaten standen Schilder mit Einladungen zu Internet-Kursen. Für eine Kopeke gab es hier einst in Preßgläsern, die man selbst ausspülte, einen Viertelliter Mineralwasser. In den Umgängen wurde der Holzfußboden erneuert.

Die Methode war mir vertraut. Man nagelte die neuen Brettchen einfach über die abgetretenen alten. Ich sog die Luft ein, wie man sich an die Marotten eines alten Freundes erinnert. Die Leute in den Fluren trugen Schapkas und Wattejacken. Kein Leder, keine neonfarbenen Haare. Die großen Wandzeitungen mit den sichelschwingenden martialischen Frauengestalten, die auf den Höhen eines Weizenfeldes mit entschiedener Geste dem blutrünstigen Imperialismus die Aussichtslosigkeit seiner Begierden verkündeten, waren Plakaten gewichen.

Vor einem Labor der Kolloidchemie stand Pawel Larionowitsch, einer der Assistenten, die mich während des Diploms betreut hatten. Der Anzug war gewiß nicht aus einheimischer Produktion, die Krawatte verriet eine Eleganz, die Pawel Larionowitsch früher nur in seiner formvollendeten Sprache entfaltete. Als ich ihn ansprach, brauchte er fast eine Minute, bis ihm etwas einfiel. Es fiel ihm ein, mich in sein winziges Büro zu schieben, in dem außer einem Einsteinfoto zwei überkreuzte Tennisschläger an der Wand hingen. Pawel Larionowitsch fragte und schnappte nach meinen Antworten. Er begriff alles, den Zusammenbruch der DDR und daß ich die Quantenchemie aufgegeben hatte. Er habe sich das auch lange überlegt. Dann sei er aus bestimmten Gründen doch an der Uni geblieben.

Da er an dieser Stelle offenbar in eine Erklärungssackgasse geriet, zückte er ein paar Familienfotos. Seine Frau sei eine ehemalige Studentin, lachte er konspirativ. Das Bild war an einem Strand aufgenommen: Mallorca, da führen sie jetzt alle zwei Jahre hin. Sankt Moritz kenne er übrigens auch gut, überhaupt, die Schweiz, beneidenswert. Endlich fiel mir der Name der Professorin ein, die meiner Diplom-Prüfungskommission vorgestanden hatte: Anna Pawlowna Tschebotarjowa. Die gebe es nicht mehr, für diese Leute sei die Zeit auch vorbei. Diese Tschebotarjowa. Ich hatte einen guten Witz gemacht.

Damals lagen die Dinge anders. Ich hatte meinen Vortrag beendet, im Hörsaal flirrten Gesprächsfetzen, die ehrwürdige Kommission in der ersten Reihe steckte kurz die Köpfe zusammen und erhob sich, allen voran diese Frau, die ich nie zuvor gesehen hatte. Ich klemmte mein Manuskript unter den Arm, Widja klopfte mir im Vorbeigehen den Arm, dann blieb Anna Pawlowna vor mir stehen.

Sie war klein und zierlich, ihre Strickjacke reichte bis an den Saum ihres Rockes, unter den großen Maschen zeichneten sich Ordensleisten ab. Die Arbeit sei gut, ich hätte das Diplom mit Auszeichnung bestanden. Wenn ich jetzt aber zurückkehre nach Germania, dann solle ich dort meinen Landsleuten erzählen, wie reich und mächtig die Sowjetunion und wie intelligent ihre Menschen seien. Meine Landsleute sollten nie wieder auf den Gedanken kommen, noch einmal dieses Land zu überfallen. Ich hätte die Großzügigkeit ihrer Heimat genossen, fünf wichtige Jahre in meinem Leben an einem Ort zu verbringen, an dem um das Glück der Menschheit gerungen werde. Nicht meinen Vätern hätte ich meine Zukunft zu verdanken, denn die hätten die Vergangenheit zu verderben versucht, sondern ihnen, den Menschen der Sowjetunion. Bevor ich wenigstens mein kurzes Kopfnicken beendet hatte, war Anna Pawlowna Tscherbotarjowa auf dem Weg aus dem Hörsaal.

Für diese Leute war die Zeit also abgelaufen. Bei Pawel Larionowitsch klingelte das Telefon. Während er in scharfem Ton in den Hörer sprach, winkte er mir zu, doch wieder Platz zu nehmen. Aber ich schloß die Tür von außen.

Mit Erleichterung stellte ich fest, daß die Korridore fast menschenleer waren. Eine junge Frau gebot dem Tischler, mit dem Hämmern aufzuhören, worauf der Mann sofort hinter einer Nische verschwand. Die wenigen eingeschalteten Lampen sorgten für nebliges Licht. Als ich vor dem Haupteingang stand, sog ich noch einmal die Luft ein, die durch die Türschleusen über meinen Rücken kroch. Ich sprang auf einen anfahrenden Trolley und schlug rasch die Zeitung auf, die ich am Tag vorher im »Baltschug« gekauft hatte.

Seit vorgestern allein in Castiglione. Helena ist mit Lisa nach Hause zurückgekehrt. Im Nebenzimmer steht der Flügel. Wir haben ihn erst nach heftigen Diskussionen durch den italienischen Zoll gebracht. Vorläufig wird daran kein Kind zu spielen versuchen. Helena will ihn ganz für sich haben. Wenn es nach ihrem Plan geht, wird Lisa in einem halben Jahr in Como zur Schule gehen. In der Schweiz ziehen wir in eine kleinere Wohnung. Mit dem Verbleib beim Ehegatten ist es dann nicht mehr weit her. Helena dagegen meint, wir würden uns dann vielleicht sogar öfter als jetzt sehen, wenn ich, so oft es geht, nach Castiglione käme. Helenas Plan gefällt mir trotz der Trennungen. Wir bringen die Alpen und die ganze Schweiz zwischen uns und Deutschland. Vielleicht verträgt sich Lisas slawische Natur besser mit dem lombardischen Charakter.

Ich ertappe mich dabei, zweimal anzurufen, einmal, um mich nach der Post zu erkundigen, dann, weil ich vergessen habe, welche Postleitzahl Bad Grüningen hat. Kaum allein, keimt das Bedürfnis nach dem anderen. Die Ruhe, eben noch herbeigewünscht, bleibt aus, dafür umgibt mich die Unstetigkeit des leeren Raumes. Der Blick aus dem Fenster wandert durch die Abwesenheiten über den Gräsern und dem Bach, er bleibt an einer Hand hängen, die über eine Stirn fährt, an aufsteigendem Lachen. Wie ausgelöste Scherenschnitte sitzen Schatten unter der Pergola. Oleanderkelche bergen Schritte im Kies. Meine Handflächen entfalten Linien, die mir noch nie aufgefallen sind. Die Dinge verlieren ihre Selbstverständlichkeit, sie atmen schneller und machen schneller atmen. Mit heiserer Stimme streichele ich die Katze. Beiläufige Erinnerungen stehen auf, und ich greife unversehens zum Hörer.

Diesmal wird mein Anruf empfindlich bestraft. Ein verehrter Kollege behauptet in einer deutschen Tageszeitung, ich hätte Akten verschwinden lassen, bevor ich vor sieben Jahren die Leitung eines Theaters in Deutschland aufgegeben und ihm den Platz geräumt habe. Die Nachricht kommt von einem alten Bekannten aus Berlin, der den Artikel gelesen und in die Schweiz geschickt hat. Dreistigkeit lähmt, besonders dann, wenn sie der Lüge Vorschub leistet. Soll ich mich wehren? Und wie? Der Mann war nicht einmal mein Nachfolger, ich habe ihn erst Jahre später kennengelernt. Aber wer interessiert sich schon für die Feinheiten? Deutschland ist ein guter Nährboden für üble Nachrede, besonders gegenüber Leuten wie mir, die aus dem Osten stammen. Meinungsfreiheit als Einladung zur Denunziation. Früher war es die Meinungsunfreiheit. Die Verwundbarkeit bleibt selbst, nachdem man den Nährboden verlassen hat.

Helena drängt mich, den Anwalt anzurufen. Ich dürfe das nicht unbeantwortet lassen, müsse die Zeitung zur Gegendarstellung zwingen. Wer liest das schon. Erst jetzt bemerke ich, daß ich neben der lebensgroßen Schaumgummipuppe sitze, die vor ein paar Jahren zwei Puppenspieler von mir gemacht haben. Helena muß sie mitgebracht haben. Während sie am Telefon auf mich einredet, konzentriere ich mich auf das Profil des Kunststoffdoubles. Über das zitronengelbe, abgeschabte Gesicht fallen rotbraune Fusseln. Kunst sei Rivale der Wirklichkeit, hat Malraux gesagt. Ich lege den Hörer auf und gehe in den Garten.

Magie des menschenleeren Raumes. Warum mußte ich überhaupt zu Hause anrufen? So sehen die Verführungen dessen aus, was wir virtuelle Welt nennen. Permanente Kommunikation, weil man sich nicht aushält. Anstatt ein paar Schritte allein zu gehen, läßt man sich ins Netz fallen. Die Sehnsucht nach einer Welt ohne Telefonapparate und Postleitzahlen, die verräterische und verlogene Sehnsucht bleibt. Kein Gestern mehr und kein Morgen, das wäre etwas. Unter mir fließt alles, und ich habe keinen Blick dafür. Mein Sputum verliert sich in schwarzen Strudeln. Ich sehe Spinnfäden durch die Luft wandern, beglänzt und biegsam, höre das Rauschen der Stunden, doch mich trägt nichts fort. Laß dir von der Realität nicht einflüstern, die Welt sei, wie sie ist. Hinter der künstlichen Beleuchtung drehen sich Schatten hervor und gehen ihre eigenen Wege. Folge ihnen.

Schließlich rufe ich den Anwalt an, die nächsten Tage bin ich mit den üblichen presserechtlichen Fehden beschäftigt, in denen jeder Sieg eine Niederlage ist, weil man sich von der Maschine hat verführen lassen, ihr Ellbogensystem zu akzeptieren.

Dann kehren Helena und Lisa zurück. Wir wollen in den nächsten Tagen nicht über Umzugspläne sprechen. Claudio lädt zu einer Seefahrt ein. Von Argegno aus gleiten wir Richtung Norden. Villen krallen sich an Felsvorsprünge, ein Friedhof, die Matten von Stromleitungen zerschnitten. Die Flut der vorbeiziehenden Bilder geht in großen Wellen durch mich hindurch.

Unter uns gibt es erst vierhundet Meter tiefer wieder festen Boden, zweihundert Meter unter dem Meeresspiegel. Thule hätte keinen Taucher für sein Spiel gewonnen. Vom Wasser aus ein durchdringender Blick auf Argegno, wie es vom Land nicht möglich wäre. Das Labyrinth der wie an einem Stamm von Baumpilzen hervortreibenden Häuser entfaltet sich. Darüber Muronico mit der bemalten Kirchenfassade, die Churchill immer wieder portraitiert hat. Anhänger Mazzinis haben hier nach der Fünf-Tage-Schlacht von Mailand die Republik San Sissino ausgerufen.

Vom Ufer winken Palmen, Geranien und Oleander im

leichten Nordwind, dazwischen in ägyptischer Unbewegtheit die hellgrün aufragenden Zypressen. Steile Berglehnen streben empor, im Blick zurück Richtung Brienno fallen die Massive herab wie zottige Tierkörper, die sich ans Wasser drängen. Lawinen mit grünen Kronen – die Buchenwälder über Colonno, Lenno, Tremezzo und auf der gegenüberliegenden Seeseite. Über Ossuccio reckt die Kirche Della Madonna del Soccorso ihr Glockenhaupt aus den Wipfeln. Der Weg hinauf führt vorbei an großen Tabernakeln mit holzgeschnitzten Szenen aus dem Leben Jesu.

Der Plastiker wollte seine Sache besonders klug machen, weshalb er die Bösewichter in der jeweiligen Geschichte mit gewaltigen Kehlkopfgeschwulsten bestrafte. Böse sein tut weh, meinte der Gute. Auch heute wünscht man sich einiges an den Hals. Und kann ihn nicht vollkriegen.

Einige Boote ziehen in rasanter Fahrt vorüber, man genießt Geschwindigkeit und hohe See auf italienische Weise. Claudio hat zu tun, um den größten Wellen im richtigen Schnittwinkel zu begegnen.

Auf dem Rückweg, nicht weniger italienisch, ist plötzlich das Benzin zu Ende. Der Motor hat ohne jede Warnung auch den letzten Rest der beiden Kunststoffbehälter geschluckt. Wir treiben wehr- und steuerlos auf den sanften Wogen dahin. Claudio macht allerlei Anstalten, um die Maschine wieder flottzukriegen. Wir schaukeln im Rhythmus von Claudios hastigen Sprüngen. Ich genieße die Samtwälder, den hypnotischen Wellengang, wozu die Aufregung?

Allmählich wird die Sonneneinstrahlung leidig. Was während der Fahrt noch erträglich war, macht als stehende Hitze zu schaffen. Claudio entdeckt einen Reservehahn. In vorsichtigstem Tempo schleichen wir auf direktem Wege Richtung Argegno.

Ich erinnere mich, daß Claudio kaum schwimmen kann. Diesmal hat er versäumt, Schwimmwesten ins Boot zu packen. Der Motor setzt weitere Male aus, unser Kahn bleibt wiederholt mehrere hundert Meter vom Ufer liegen. Dann erreichen wir Argegno, mit dem letzten Tropfen Treibstoff aus dem Schlauch.

Am Ende stellt sich heraus, ich habe die ganze Zeit auf einem Ersatzkanister gesessen, mit einer gepolsterten Bank darüber. Claudio ist bewegt, als hätten wir uns vor dem gierigen Rachen eines Ungeheuers in Sicherheit gebracht. Es gab einen Freund, der im vergangenen Jahr bei einer ähnlichen Havarie auf dem Luganer See in einen Strudel geriet und ertrunken ist.

Die Seen hell, die Himmel weich: eine sirenengleiche Verführung. Der Schiffer zieht vorüber und strandet, sein brechender Blick nimmt die geschaute Schönheit mit ins Grab. Mehr als tausend Meter über dem See bei Brienno und Carate Urio steht eine winzige romanische Kapelle an einer Bergwand, zu ihren Fundamenten von knorrigen Buchenbüschen umgarnt: San Bernardo. Die Kirche hat keine Fenster und einen niedrigen Eingang, der durch Gitter versperrt ist. Über der Tür der Spruch: *Divo Bernardo Dicatum.* Daneben eine Schiffslaterne. Von hier oben geht der Blick nach Süden bis zum Becken von Como, nach Norden hinauf bis in das Gebiet um Bellagio in der Mitte des Sees. San Bernardo entgeht kein Wunder und keine Katastrophe über dem linken Bein des Lago di Como. Fischer aus Carate Urio haben die Kapelle für Schiffbrüchige errichtet und für die Opfer, die der Lario behielt.

Wir geben unsere Zurückgezogenheit auf, sobald wir den Garten verlassen und uns an einen der Seen begeben.

Eine Autostunde vom Intelvi liegt Stresa am Westufer des Lago Maggiore, einst prominenter Kurort des Hochadels wie viele im Großtourismus verwunschene Stätten hier. Gegenüber der Strandpromenade heben sich die Borromäischen Inseln aus dem Wasser. Die Isola Bella galt bereits im Barock als ein Weltwunder. Grotten, Statuen, Pilaster, Arkadengänge, viel Bildhauer- und Steinmetzplüsch.

Die Insel verrät sofort die Crux des Barock. Man beherrschte sein Handwerk mit jener Virtuosität, die rasch den Eindruck von Leere hinterläßt. Kadenzen falscher Harmonie und diabetesverdächtiger Melodik. Das Unhygienische der Epoche auch in ihrer Kunst. Diesem Gepränge fehlte nichts als eine gründliche Tiefenreinigung. Der speckige Glanz birgt noch immer viel Anmut. Das Ancien régime hat Plunder hinterlassen und auch reinste Kristallisation. Die an den vitalen europäischen Höfen konzentrierte Fülle der Produktion hat beides ermöglicht.

Vielleicht ist im Abendland nie wieder ein solcher Repräsentationskampf vom Zaun gebrochen worden wie in dieser Zeit, mit einem furiosen Ausdruckswillen und einem nicht minder energischen Narzißmus. Neben den heißen Kriegen hier schon eine Art kalter. Der Spiegelsaal von Versailles sollte die Realität in die Knie zwingen. Die tausendfältige Reflexion als Überwindung des Unvollkommenen, das die Realität ist. Es galt der höchste Anspruch an das Surrogat, an die Künstlichkeit: die Vernichtung von Wirklichkeit, von allem Zufall, allem Natürlichen und Unfertigen.

Darin äußert sich eine Verwandtschaft zwischen dem

achtzehnten Jahrhundert und der Gegenwart. Die Freiheit des Organischen wird auf dem Altar der vollendeten Form geopfert. Symmetrie glättet die Falten des Lebens. Die Kunst des Barock will apodiktisch sein und das letzte Mauseloch für alles Ungefähre abdichten: Geometrie gegen Entwicklung.

Von den mathematisch geplanten Parkanlagen zu den Mikrochips, von Versailles ins Silicon valley geht eine direkte Evolutionslinie. Anders als Lot haben die Vorbilder und die Schöpfer dieser Statuen nicht zurück, sondern nach vorn geschaut und sind im Anblick des kommenden Infernos versteinert. 1789 war es dann soweit.

Die Gestade am Lago Maggiore oder am Langensee, am Luongo Lago, wie er hier auch heißt, scheinen davon allerdings verschont geblieben zu sein. Die Katastrophe kam erst mit dem Tourismus ab Mitte des vorigen Jahrhunderts über sie.

Heute spuckt das Festland täglich Heuschreckenschwärme von Urlaubsnomaden an die Ufer der Isola dei Pescatori, der Isola Bella und der Isola Madre, der größten der Inseln. Jede Bewegung steht im Dienst der Verwertung. Entweder Pommes frites oder die Madonna im ultramarinen Tuch, ein Knabe würgt in einer Ecke unter Assistenz seiner Mutter, als bekäme er gerade ein Fax.

Heute Lago Maggiore, morgen die colafarbenen Hügel von Cinque Terre. Hätte der Wind anders gestanden, wäre der Pulk vielleicht in Riva del Garda gelandet oder in Saint Tropez. Die Kauapparate an den Kameras stehen nicht still.

Kaum hat man einen Treppenabsatz auf den Gartenterrassen erreicht oder ist um einen Hortensienbusch herumgebogen, streift das Ohr das zikadenartige Schnalzen einer Linsenmechanik. Jeden zweiten Augenblick verbringt man in leicht nervöser Andacht vor der Vervollständigung von Urlaubsfotoalben. Die Plastiken, die mit ins Bild gerückt werden, entfalten erst vor dem geilen Objektiv ihre reine Noblesse. Sie sind die einzigen, die weder winken, noch lustig tun.

Ein Holländer, der sich schon beim Rundgang im Palast durch einen beunruhigenden Mut hervorgetan hatte, sich und seinen Apparat in die richtige Stellung zu bringen, um das eine oder andere ihm wesentliche innenarchitektonische Detail im Lichtbild festzuhalten, wird neben mir von einem Pärchen zu Hilfe gebeten.

Danach gibt es ein Unverbindlichkeitsschwätzchen, dem ich nicht ausweichen kann, weil ich einerseits auf der obersten Terrasse einen Ausblick auf die Insel habe und andererseits auch nicht weghören will. Man spricht englisch, die einen unter Ausnutzung des ganzen Nasalraums – man kommt vermutlich aus den Südstaaten –, die anderen mit ihrem speziellen Rachenidiom. In Amerika gebe es mehr Deutsche als in Italien, und die würden nicht einmal mehr aus den Autos steigen, um die Sehenswürdigkeiten zu fotografieren. In Holland wiederum sei die Italienbegeisterung trotz der steigenden Preise in letzter Zeit immer stärker geworden. Apropos, ob sie denn nicht auch ein Foto machen wollten, schließlich müsse man doch zeigen, mit der ganzen Familie auf der Isola Bella gewesen zu sein. Kurze Erheiterung, das Foto und ein schneller Abschied. Von diesem Verkehr also war man im Osten dreißig Jahre abgetrennt und tut sich noch heute schwer damit.

Carlo Borromeo mußte anderes im Sinn gehabt haben, als er 1630 mit dem Bau des Palastes beginnen ließ. Eine Kunstlandschaft sollte entstehen, wie sie Europa noch nicht kannte.

Schlösser wie das auf der Isola Bella kann heute kaum noch eine Privatperson unterhalten, vor allem können das ihre alten Eigentümer nicht mehr. Der Staat bleibt als Nachlaßverwalter. Der neue Reichtum interessiert sich nicht für diese Art Erbteil. An die Stelle des Palastes ist längst die Villa getreten. Gegen Shareholder-values und deren Multiplikationspotential nehmen sich die Schlösser der Vergangenheit aus wie Fossilien.

Ein U-Boot der US-Navy, das in den Gewässern des Indischen Ozeans kreuzt, teilt mit dem auf felsigem Untergrund kriechenden Quastenflosser den geographischen Raum, aber es gehört in eine andere Zeit. Wo das Geld in alles zu verwandeln ist, verwandelt es sich auch in nichts. Börsengewinne sind nur zu einem Teil für diese Welt und ihre Realität gemacht. Der größte Teil fördert die Akkumulation von Zahlen.

Der an die sechzehn Meter hohe Kuppelsaal im Palast der Isola Bella distanziert den Eintretenden vom Tumult des Fremdenverkehrs. Wären nicht die Ahnengemälde, man bekäme unwillkürlich den Eindruck, in einer Kirche zu stehen. Trotz der hellen Wände und der hohen Fenster zum See hin verbreitet der Raum eine ominöse Stimmung. Der Wind rüttelt an den Glastüren, die auf eine kleine Terrasse über dem Eingangsportal führen, unten schlägt die Brandung an das schieferfelsige Fundament. Einen Augenblick lang stehe ich allein im Saal und blicke hinüber zu den Alpenhängen. Halliges Murmeln spinnt mich ein, irgendwo raschelt Papier.

Die seltsame Geschichte von den neun Prinzessinnen kommt mir in den Sinn, die hinter einer verschlossenen Tür in einem nie enden wollenden Schlaf liegen. Mit einem Schiff ist der Bruder aus der Ferne herbeigeeilt. Er betrachtet die Prinzessinnen durch ein Fenster in der Tür, er will sie befreien, und doch kann er nicht. Die Fensterläden begehren unter einer starken Bö in ihren rostigen Halterungen auf. Mit dem nächsten Sturm reißen sie aus den Angeln. So muß es in jenem maurischen Palais von Orlamonde sein, in dem Maeterlinck hauste und starb.

11

Es gibt Erd- oder Baumhöhlen, in oder auf die einem niemand mehr nachsteigt. Die Tagesgeräusche nehmen ab, das Summen der Erfolgsmelodien, das Zwitschern der Tages- und Wochenschauen, die Spots der Lifestyle-Sensationen verblassen, die bewegten Bilder stehen still und stumm. *L'odiosa luce,* singt Orfeo, das verhaßte Licht, hier dringt es nicht ein. Am Ende des Ganges, unten im Bau, oben in der Krone, verweht das letzte Gespinst der Alltagszusammenhänge, und aus dem Schweigen entsteht eine andere Berührung. Die Töne, die jetzt kommen, legen ihre Tarnung ab. Man bleibt stehen, wie von weither angerufen, und geht doch innen weiter. Andante con moto. Dieser zweite Satz aus dem Beethovenschen Klavierkonzert ist eine Baumhöhle. Der Energieerhaltungssatz tritt fünf Minuten lang in den Ausstand. Das Allegro davor und das Rondo danach spenden ihre letzten fliegenden Schatten und beginnen zu strahlen, während zwischen ihnen das Licht ausgeht. Wir sehen mit den Fingern. Sie gleiten in Kadenzen über Tasten und Augenlider, jeder Klang ist ein leichter Schritt tiefer ins Dunkel. Zweige streifen die Stirn, kein Vogellaut. Wer hier stehenbleibt, kehrt nicht zurück. Andante. Vielleicht das Tempo Orfeos, kurz bevor er die Geliebte verliert. Dreh dich ruhig um, denn dein Schrei tröstet die Schemen im Schattenreich und weckt die Mänaden, die am Ausgang vor sich hin dösen. Vivace, Spot an! Und die Spieldosen singen wieder. Die Trambahn macht einen

Knicks und fährt dir ins Mittelohr, und die Glühwürmchen von Microsoft und CNN entführen deine letzte Wimper. Hören ist tiefer, als der Tag gedacht. Warte allein im Zimmer, warte die niedrigsten Stunden nach Mitternacht ab, wenn der Tisch abgeräumt ist und die Schwingungen auslaufen, warte die Verwandlung ab, wenn dein Körper zum Ohr wird, wenn du wie eine Muschel dasitzt und winzige Phosphoreszenzen über der Tischplatte spielen. Flageolett und Flautato im fünffachen Piano, wer in der Stille suchet, wird hören. Vom Nachtzimmer in den Konzertsaal gibt es keinen Weg. Ohrmuscheln können sich nicht fortbewegen. Phosphoreszenzen leben im Dunkel.

Die Zeit geht im Breitwandformat und ejakuliert Quoten nach dem Gesetz der Großen Zahl. Die intensivsten Erfahrungen aber finden in der Nische statt. Im Mikrobereich, wenn du mit dir, dem anderen, allein bist. Die Zudringlichkeiten und Strömungen der Straße machen keine Ausnahme, alle müssen mit, alles strömt. Im Strom sein und zugleich außerhalb, ist der *Appeal* der Gegenwart.

Nach meiner Rückkehr aus der Sowjetunion machte ich schnell die Erfahrung, daß eine Rückkehr ausgeschlossen war. Treu begleiteten mich aber die Alkaloide von Wein und Korn.

Man steigt nicht mit achtzehn durch das Fenster auf der Rückseite aus dem geschlossenen Haus und kehrt fünf Jahre später durch den Haupteingang zurück. Die Freunde von einst hatten die von ihnen nachträglich verharmlosten Greuel des Militärs hinter sich und versuchten sich mit bescheidenen Remedien und schwerelosen Hochschulaventuren in modernem Leben, sofern sie nicht wie Olaf in den Westen abgeschoben worden waren. Jedenfalls bewegten sie sich in anderen Rastern als ich.

Was war dieses DDR-Berlin gegen die Durchmischungen und die heißen, kurzen, riskanten Zusammenhänge des Woronescher Quartiers oder die dämmrigen Kellersozietäten von Moskau und Leningrad. In der Mitte, wo sich diese Stadt furchtbar ernst nahm, alte Pracht und neues Elend. Auf dem Berg wanderten mittelgroße Seifen- und Sprechblasen mit kurzer Lebenserwartung durch die zwitschernden Hinterhöfe.

Berlin, das war kleinteiliger Hauptstadt-Narzißmus mit geringem Unterhaltungswert. Auf den Fahrten in der Stadtbahn tröstete man sich mit der Lektüre von *Manhattan Transfer* darüber hinweg, auf der falschen Seite zu fahren. Hinter dem Buchrücken wuchsen die grauen Wohnkaskaden Neuköllns aus den Schrebergärten. Die Abende gehörten den zurückgezogenen Seancen mit billigem Weinbrand, ich wohnte zur Untermiete, lebte, dachte, las zur Untermiete. Wohl dem, der keine Heimat hat.

Hatte mich das Rote Diplom aus Woronesch zu einem roten Akademiker gemacht? In Berlin interessierte sich niemand genau für meinen Abschluß. Im Institut für Physikalische Chemie der Akademie der Wissenschaften bezog ich einen alten Schreibtisch, auf dem noch wochenlang später die Papiere meines Vorgängers vor sich hin staubten, des ältesten Sohnes eines führenden Naturwissenschaftlers, der mit Honecker im Dritten Reich die Zelle geteilt haben sollte und später vor allem als Regimekritiker prominent wurde.

Renate, mit der ich das Büro teilte, war das Vorbild einer illusionslosen Jung-Wissenschaftlerin. Sie promovierte seit etlichen Jahren vor sich hin. Pathos beseelte sie nur im Zusammenhang mit einsamen Radtouren in der Mark Brandenburg. Manchmal fragte sie nach Woronesch, vor allem, seit es Gorbatschow gab. Vor den Fenstern wucherten Schlehenbüsche, so daß der Raum immer ein wenig abgedunkelt war. Neben meinem Schreibtisch vor dem Fenster stand eine alte Rechenmaschine von Hewlett Packard auf einer Ablage, ein Gerät aus den sechziger Jahren, das Renate ohnehin nur aus Sentimentalität aufgehoben hatte, spätere Rechenmaschinen aus dem Westen gab es nicht mehr in unserem Institut.

Irgendwann fuhr der Sohn des Dissidenten in einem nagelneuen Citroën vor, nahm die Ordner unter den Arm und zeigte mir den Trick, wie man die Gabel meines alten Telefons sachte nach unten drücken und dabei den richtigen Punkt zwischen zwei Impulsen finden mußte, um eine Verbindung an das Außennetz zu bekommen. Der Apparat auf meinem Schreibtisch war für Ferngespräche nicht zugelassen, man mußte wenigstens habilitiert haben, um an der Akademie Privilegien wie direkte Anschlüsse ans Netz der Deutschen Post zu genießen.

Den ungefügen Hörer minutenlang an die rauschende Ohrmuschel gepreßt, den rechten Zeigefinger leicht auf der Gabel auf- und abwippend, während ich die Wählscheibe bis zur »neun« drehte und dann zehntelmillimeterweise zurückrutschen ließ, suchte ich von nun an täglich, über diese Schwelle in jene Welt einzudringen, in der Marens Stimme herrschte.

Wir hatten uns auf der ersten Silvesterparty nach meiner Rückkehr auf einem Bauernhof im Erzgebirge getroffen. Der Bauernhof gehörte einem Bildhauer, der sein Geld mit billiger Keramik verdiente. Maren war neunzehn und half dem Künstler bei der Produktion von Kaffeetassen und Katzengruppen, deren Lasur vor sich hinknackte und rasch zu bröckeln begann. Ein paarmal mußte sie Modell gestanden haben. Was dabei herausgekommen war, stand in amorphem Gips auf einem Holzregal im ehemaligen Schweinestall und hatte mit Marens Körper nichts gemein.

In den ersten beiden Jahren unseres Zusammenseins, als ich gerade aus dem Osten zurückgekehrt war, haben wir uns häufiger und ausgedehnter gehört als gesehen. Verirrte sich mein Blick von den strengen Lettern der *physical abstracts* oder den Computerlistings mit ihren verschlüsselten Gleichungssystemen auf die schaukelnden Zweige vor dem Fenster, war ich unwillkürlich aus dem Bannkreis der Theoretischen Chemie entwichen, der sich seit meiner Rückkehr aus Woronesch wie eine breite Rinne um mein Leben gezogen hatte.

Maren lebte ein paar hundert Kilometer südlich von Berlin im Erzgebirge, unsere Treffen waren selten und seltsam. Dank des Telefontricks begegneten sich immerhin unsere Stimmen regelmäßig im Äther, auf Kosten der Akademie der Wissenschaften der DDR. Wenn ich mit Maren sprach, mit hochgezogenen Schultern den Kopf gegen den Hörer gepreßt, war alles noch einmal gut.

Am Telefon blieb die Zeit nicht nur stehen, sie verschwand. Die Verletzungen zwischen uns, die Blicke vorbei, die Spaziergänge ohne Aussichten, ohne Worte endlich, die zähe Stille der Ratlosigkeit – alles im Draht aufgehoben und ausgelöscht. Selbst das Kind in ihrem Bauch hörte ich nicht in ihrer Stimme.

Wochen hatten genügt, um einzusehen, daß der Wissenschaftsbetrieb in diesem Institut, in der gesamten Akademie vor allem eines war: öde. Wir hausten in einer engen Baracke, die von außen einer Pförtnerei ähnelte und am Rand des großen Forschungsgeländes lag, dort, wo sich die Stadtkaninchen mit den Koryphäen der weniger geliebten und geförderten Wissenschaftsbereiche auf grasüberwucherten Wegen trafen. Die Uhren gingen hier noch langsamer als anderswo, der Stoffwechsel mit der Welt war restlos entschleunigt, die Sträucher vor den Fenstern hatten die Jahreszeiten vergessen und trugen noch im Winter Früchte. Unsere Abteilung genoß den Vorteil, Grundlagenforschung zu betreiben. Das sozialistische Plansoll verlor sich im imaginären Reich unabsehbarer Visionen und Perspektiven. Wer wie wir mit Lochkarten und ohne Telefonanschluß für die Welt von übermorgen wirkte, bekam den Druck der materiell-technischen Basis nicht zu spüren.

Während in anderen Akademiebereichen im Auftrag der großen Kombinate Katalysatoren, Halbleiter und Kunstharze aus der Substanz naturwissenschaftlicher Beobachtung und Kalkulation geschaffen wurden, um die wissenschaftlich-technische Revolution zu befeuern und der Konsumgüterproduktion zu neuen Befriedigungen zu verhelfen, unterhielten sich die sieben Herren unserer Abteilung und Renate leis-vertraulich und unmittelbar mit dem Weltgeist. Wir zogen in unserer Sandkiste schöne Kreise, bis der nächste Regen kam oder ein Kaninchen hineinpinkelte. Da wir inzwischen fünfzehn bis zwanzig Jahre hinter der Hard- und Softwareentwicklung im Westen her zu sein schienen – so unsere verschwommenen Prognosen –, stanzten wir die selbstgebastelten Fortran-Programme in Pappkarton und ließen die Kartenstapel durch einen Oldtimer gehen, der ober- und unterirdisch große Gebäudekomplexe beanspruchte und dessen Rechenkapazität inzwischen in die Hosentasche eines Teenagers paßt.

Die Doktoren um mich her verbreiteten heitere Bitterkeit. Die Konsequentesten machten alles mit dem Bleistift auf einem Notizblock. Der Austausch mit den Kapazitäten der Welt war dem Reisekader vorbehalten, das Hauptgeschäft bildeten in solchen Fällen parteilich-technische Anmeldungen und Berichte. Nicht nur die Rechenzeiten am Computer verlängerten sich. Traf ich Herrn Professor Altenburg mit seiner blütenweißen Haarpracht und ebensolchem Kittel, der von unpassenden Bügelfalten nach allen Seiten abstand, auf dem zwielichtigen Gang unserer Abteilung, überkam mich der traurige Eindruck, eigentlich schon seit unerdenklich langer Zeit hier zu sein. Altenburg sah aus wie ein müde gewordener Engel der Wissenschaft.

Maren wohnte weiter bei ihren Eltern im Erzgebirge, nahe der bayerischen Grenze, und bereitete sich auf eine Aufnahmeprüfung vor. Sie wollte Malerei studieren, nahm die Sache aber nicht zu ernst. Ihre Eltern auch nicht. Der Vater unterhielt ein Malergeschäft, für die Verhältnisse ging es den Leuten gut. Da es mich nicht ins Erzgebirge zog, unternahmen wir Ausflüge an Müggelsee und Dahme. Aber auch da mußte alle paar Stunden bei ihren Eltern angerufen werden, es gab einfach keine Unabhängigkeit. Die Decke neigte sich bedenklich über meinem Kopf. Nach Berlin würde Maren nicht ziehen, selbst wenn ich eine Wohnung fände. Dafür kam bald das Kind.

Im Frühjahr sechsundachtzig, wir trafen uns seit vier Wochen zum erstenmal wieder, stand sie überraschend vor meiner Tür, obwohl sie bereits hochschwanger war. Berlin zählte einen der ersten wärmeren Tage des Jahres, wir gingen zu einem Einkaufszentrum an der Greifswalder Straße, die kleine Maren mit ihrem riesigen dunkelblauen Faltenkleid. Erst nach Hause telefonieren. Der einzige Münzfernsprecher, den es weit und breit gab, funktionierte unerwartet.

In Rußland sei ein Kernkraftwerk havariert, kam sie aus der Zelle. Das Westfernsehen habe von einer radioaktiven Wolke gesprochen, die sich allmählich über ganz Europa ausbreiten könne und auch Deutschland heimsuchen werde. Im Konsum packte sich Maren gleich vier Flaschen Milch ein, das sei gut in Fällen erhöhter Radioaktivität, hieß es aus dem Erzgebirge. In einer Vitrine lagen Bücklinge, ich dachte an den Stausee in Woronesch. Auf der Straße drückte sie sofort einen Aluminiumdeckel herunter und trank ganz gegen ihre Gewohnheit aus der Flasche. Sie hatte sich die Haare kurz geschnitten und sah wie ein Kind aus, so wie sie den Kopf zurückwarf. Ich starrte auf ihren wippenden Kehlkopf und war unschlüssig, ob mich die Sache etwas anging. Der Supergau als zeitgemäße Verkündigung, siehe, du hast Gnade vor Gott gefunden. Dann hebt der Engel wieder ab. Seine Flügel treiben den Ostwind des Infernos heran, und das Gemüseangebot von HO und Konsum erreicht nie dagewesene Fülle im Land, während sich der Westen ins Gras duckt und nicht nur die Stadt Tschernobyl stirbt.

Das Kind ward dann geboren, rechtzeitig und gesund. Die Hebamme hatte mich, im Beisein der Ärztin, geheißen, den Bauch der Mutter zu pressen und ihr linkes Bein festzuhalten. Es war morgens neun Uhr, und das Kind kam mit Blut und Gewebe, an seinem weichen, dunkelhaarigen Kopf eine Metallsonde, die den Herzrhythmus kontrollierte. Blau angelaufen, endlich schreiend, blutüberströmt, wenn es sich nicht bewegt hätte, hätte es auch ein Fossil vom Meeresgrund sein können. Aus dem Ur-Mutterleib ans Tageslicht getaucht.

Schon im Kreißsaal die Dissense: Maren wollte das Mädchen Laura nennen, ich Zoe, also einigten wir uns auf Laura Zoe, ohne Bindestrich, zwei Namen, in dieser Reihenfolge, zwei erste Namen. Immerhin, beim Anblick des erregten Bündels waren wir kompromißfähig, vielleicht zum letzten Mal.

Als ich dann nach Hause kam, selbst von der Nacht müde, mußte ich durch das Badefenster einsteigen, vom Garten aus, da ich in der Eile und Aufregung des vorherigen Abends den Hausschlüssel vergessen hatte. Beim Einstieg blieb ich an der Leiste des Fensterrahmens hängen und stürzte aus zwei Metern mit dem Rücken auf die Kante der Badewanne.

Ich konnte mich unter Aufbietung aller in solchen Situationen manchmal aktivierbarer Kräfte in die Wanne rollen, dann überflutete die Gegend um das Steißbein ein sich wellenartig ausbreitender Schmerz. Trotzdem zog eine merkwürdige, wohlige Entspannung in mich ein. Selbst, daß ich die Beine ohne strafende Marter nicht bewegen konnte und unsicher war, ob ich je wieder aufzustehen und zu laufen imstande sein würde, löste vorerst keinerlei Unruhe in mir aus.

Ich saß da wie eine Buddhafigur, von großen, außerirdischen Energieströmen umspült, und empfand diese unfreiwillige Bewegungsunfähigkeit, Bewegungslosigkeit, als Ausdruck einer mir bis dato völlig fremden Unabhängigkeit und Fülle. Da war mir ein Kind geboren worden, und es durchdrang mich ein dumpfer, konzentrischer, angenehmer Schmerz, der mir die Beine in die Enge der Badewanne fesselte. Kein Gedanke trübte anfangs diesen statischen Zustand, der im Gegenteil auch mein Gemüt erreicht hatte, als hätte mich eine unsichtbare Hand nach den zurückliegenden erregenden Stunden in diese Badewanne geführt und mich in eine Meditation versetzt, eine Atempause, nachdem soeben mein eigenes Fleisch und Blut seinen ersten Atem geschöpft hatte. Unbewegt wie eine Sphinx saß ich im Halbdunkel, wo es doch darum gegangen wäre, die Familien von Maren und mir anzurufen und die glückliche Geburt zu verkünden.

Der Schmerz ließ nach und machte Platz für diverse Ängste. Ich könnte mich zum Beispiel so verletzt haben, daß ich von nun ab halbseitig gelähmt sei. Bilder zogen vorüber, mit mir im Rollstuhl in einem Park, ich sah ein kleines blondes Mädchen vor mir herspringen, doch gelang mir nicht, ihm ins Gesicht zu schauen. Dennoch, mein Zustand machte mich seltsam zufrieden. Die Lähmung war nicht nur physischer Natur. Sie hatte mich lange vorher erreicht und blieb bis zur Trennung von Maren.

Draußen Amseln im Garten und Geräusche vorbeifahrender Autos. Ich konnte weder Schuhe noch Hose ausziehen, der an- und abschwellende Schmerz verbot mir jeden Versuch in dieser Richtung, also streifte ich mir vorsichtig das Hemd ab und begann, mich mit der Brause abzuduschen. Ich fühlte, wie das Gewicht der nassen Hosenbeine mich an den Boden der Badewanne drückte, wie zugleich der Strahl des Wassers, auf den Rücken gerichtet, nicht nur den Schmerz linderte, sondern auch die Bilder verscheuchte. Wie immer trug ich keine Uhr, ich wußte nicht mehr, wie lange ich bereits in dieser Reglosigkeit sitzen mochte.

Es kam der Zeitpunkt, den Ausstieg zu wagen. Anwinkeln: erst das eine, dann das andere Bein. Erwartungsgemäß löste der Versuch, in die Hocke zu kommen, im Steiß einen nervenzerreißenden Schmerz aus.

Zwei Meisen sahen mir vom Fensterbrett aus zu, wie ich den nächsten Anlauf nahm. Mehr Schwung, ging es durch mich hindurch, ich stand in der Wanne, im Badezimmer, auf der Veranda, im Garten. Mich kümmerte nicht, daß ich überall Pfützen hinterließ und draußen den verwunderten Gesichtern der Nachbarn ausgesetzt war, die sich zum Sonntagsfrühstück auf ihren Terrassen niedergelassen hatten und mich für einen vom Himmel gefallenen Regenmacher halten mußten. Nun konnte ich nach der Uhr sehen. Das Kind war zwei Stunden alt.

Sechs Monate darauf verließ ich die Akademie. Mein Abteilungschef verstand einen Augenblick lang die Welt nicht, dann zog er die Brauen tief und zischte mir zu, ich solle das alles in der Kaderabteilung klären. Nach dem Studium so die Verantwortung gegenüber dem Staat sausen zu lassen, das sei schon eine staatsbürgerliche Unverschämtheit. Am Ende ließen sie mich ziehen.

Allerdings wurde ich zur Strafe drei Monate in die Infanterie nach Sternbuchholz bei Schwerin eingezogen, in den Staub Brandenburgs. Musterungsbefehl vom Wehrkreiskommando Prenzlauer Berg. Zum Abschied schenkte mir Renate Gogols »Tote Seelen«. *Geh ins Offene*, hatte sie vorn hineingeschrieben. Drei Jahre später war sie Mitglied der letzten Regierung.

Was nach der NVA kam, ist von einer hartnäckigen Arbeit des Vergessens und Verschließens aufgezehrt. Ich ging nicht ins Offene, sondern ins Erzgebirge. Der Mensch zog sich zusammen, die Tage waren abgedunkelt, das eigene Leben auf zwei andere beschränkt. Auf dem Herd im Topf die ausgekochten Milchflaschen, hinterm Herd an der Wand die konspirative Weinflasche.

Das Ich ist ein Stollen, aus dem die letzten Bodenschätze geborgen werden, der Korb geht auf und ab. Zwölf Monate im Jahr Herbstgenuß, faulende Äpfel, niedriger Sonnenstand, Pilze am feuchten Nadelboden, *einsamer nie. Auf die Lider der Frau senkt' ich Schlummer*, aber keine Todesschauer, sondern ein schwitzender Säugling mit unruhiger Verdauung, integrierte Badewannen- und Windelexistenz. Der Alltag kannte keine aktuellen Nachrichten, keine Bekanntschaften, Korrespondenzen, Ablenkungen von Traum und Kind.

Einziger Gast war Rainer, ein kleines zierliches Männlein mit struppigem roten Bart, kleinen tiefliegenden Augen und einer kräftigen Hakennase. Er war nicht viel älter als ich und invalidisiert, weshalb er viel Zeit hatte und oft stundenlang auf unserem Sofa saß, ohne ein Wort zu verlieren. Er brachte die schwer zu besorgenden Schallplatten mit, sein Lebensinhalt beschränkte sich nahezu darauf, in Plattengeschäften auf die nächste Spezialliefe-rung zu warten und die seltene Ware an ein paar Freunde zu verteilen.

Anfangs war seine Anwesenheit anstrengend. Ich glaubte, ich müsse mich mit ihm unterhalten, das kostete viel Zeit, die mich von dem Kind und der Hausarbeit abhielt. Später gehörte Rainer zu den stimmlosen Gegenständen, die in den kleinen Zimmern um uns herum angeordnet waren. Stand er vor der Tür, bat ich ihn herein und ließ ihn vor sich hindämmern. Stetig und zuverlässig tropfte Tag um Tag vom Hahn. Selbst, wenn Rainer Zoe und mich auf Waldgänge begleitete, fiel er uns bald nicht mehr auf.

Der Alltag kauerte wie unser invalidisierter Freund versonnen auf dem Sofa. Die Sackgasse verlor sich im Unterholz. Das einzige Gleichgewicht, um das ich mich zu kümmern hatte, war das des Kinderwagens beim Tageseinkauf, wenn sich das Netz unter Gläsern und Konserven spannte.

Zoe rutschte über den neuen Parkettfußboden, auf den wir so stolz waren und den wir nur durch Marens Vater bekommen hatten, gewiß von einem Sonderkontingent abgezweigt, richtete sich an meinem Stuhl auf und hielt mir die »Geschichte vom gestiefelten Kater« entgegen. Der Schreibtisch stand vor dem größten Fenster der Wohnung. Über dem eingespannten Blatt Papier in der Schreibmaschine spielte der Rauch aus dem nachbarlichen Schornstein. Der Hinterhof war großzügig angelegt, vor dem Fenster wölbte sich ein grasüberwachsener Wall mit Wäschestangen, darunter lagen seit vierzig Jahren die Trümmer der Häuser aufgeschüttet, die bis kurz vor Kriegsende an dieser Stelle gestanden hatten. Jetzt bogen sich dort starke Buchen im Korridorwind, ich konnte vom Schreibtisch aus das entgegengesetzte Ende des Hofes nur vage durch die Zweige erkennen. Die winzige Wohnung hatte den Vorzug der kurzen Wege.

Das Kind duldete keine längeren Abwesenheiten, selbst dann nicht, wenn es verstanden hatte, daß ich in die Küche ging, um ihm ein Fläschchen zu bereiten. Mittags gab es Würstchen oder Roulade mit Kartoffelbrei, für den ich einen eigenen Topf hatte, dessen Boden vom eifrigen Stampfen schon ganz ausgebeult war.

Zoe lebte in steter Märchenunterhaltung: Ihre Großeltern und Urgroßeltern hatten sie mit einer unüberschaubaren Bibliothek bedacht, dann gab es die fliegenden Geschichten der Tonkassetten und Schallplatten. »Der Fischer und seine Frau«. Wenn Böwe sein trauriges Organ ins Entsetzen hob über den Größenwahn seiner Frau, dann blieben die Augen des Kindes im Zimmer stehen, und der ganze kleine Körper hörte den Fischer schreien.

Maren war mit ihrem Studium beschäftigt und unterwegs, nur am Wochenende zu Hause. Alle paar Wochen kam die Familie zu Besuch, für mich eine unerfreuliche Intervention. Ich verbrachte dann die meiste Zeit in der Küche, um in Ruhe kochen und trinken zu können, während draußen das Kind bestaunt wurde und sich spröde bestaunen ließ. Zoe war alles andere als ein außergewöhnliches Kind, ihre Interessen gingen zwischen Milka und Benjamin Blümchen hin und her. Die Verwandschaft sorgte für den unaufhörlichen Konsum von beidem, und ich unterwarf mich dem Kind viel zu sehr, als daß ich das Spiel hätte verderben können.

Unsere Wohnung verwandelte sich in ein Spielzimmer, in dem sich Zoe frei zu bewegen verstand. Sie schlief abends stets erst nach mehreren Geschichten ein, die ihr der Vater, im gemeinsamen Bett liegend, im Dunkeln erzählte, Geschichten von Geschichten, Varianten und Fassungen, die Zoe bald alle auswendig kannte und beim Zuhören auf ihre korrekte Wiedergabe hin überprüfte.

Gegen Morgen wurde ich häufig von einem lähmenden Kopfschmerz geweckt, fast immer um die gleiche Zeit, vier Uhr. Ich hatte kaum die Kraft aufzustehen, als hielte mich eine souveräne Macht nieder, drückte meinen Kopf in das Kissen und preßte mir die Augenlider zu. Endlich schleppte ich mich ins Bad, um mich zu erbrechen, dann schluckte ich die Standardmenge Tabletten für diese Fälle, vier Analgin. Der Schmerz ließ ein paar Minuten später nach, während ich auf der Kante der Badewanne hin- und herrutschte, darauf bedacht, das Kind nebenan nicht zu wecken. Wenn ich schließlich ins Bett zurückkehrte, wußte ich, ich würde am Morgen erst von Zoes energischsten Versuchen, den Vater zu wecken, wieder zurückgeholt.

Das alles hatte nichts Großes und nichts Kleines, keine Anmaßung und auch keine Erniedrigung. Unsere Jahre kannten keinen Kalender, nur Geburts- und Feiertage. So machten es auch andere. Nur, daß der Vater allein mit dem Kind war und zu Hause, trennte uns von den gebräuchlichen Mustern. Die einzige Veränderung, die nicht zu leugnen war, betraf Zoes Heranwachsen. Irgendwann konnte das Kind laufen, sprechen, irgendwann fand es den ersten Pilz im Wald und saß zum erstenmal in einem Pferdesattel.

Einmal im Monat kehrte ich nach Berlin zurück. Das Heimweh, das mich hierhertrieb, hatte weniger mit der Stadt als mit der Anonymität zu tun, mit der sie den Ankommenden tröstend umarmte. Vor allem mir selbst konnte ich entrinnen, sobald ich den ersten S-Bahn-Zug betrat und mich über die Gleise in die Stadt tragen ließ. Die Wohnung am Baumschulenweg, die ich mir erhalten hatte, eignete sich vor allem für lichtscheue Existenzen. Wieder gedämpfte Hinterhofbeleuchtung, schlauchartige, hohe Räume mit kleinen Fenstern und Erkern, die anstelle von Gardinen Spinnenwebvorhänge zierten. Für ein paar Stunden andere Begegnungen, Gefühlsüberschwemmungen, Dispens von Norderode, von den Kelleransichten am Grubenberg, dem aus dem Register der Schreibmaschine steigenden Nebel.

In der Friedrichstraße holte ich mir aus Agenturbüros Übersetzungsaufträge ab. Wenn Zoe mit von der Partie war, schliefen wir im Wohnzimmer am Kachelofen, denn kalt war es im Baumschulenweg das ganze Jahr über.

Wir streiften durch die Illuminationen und Attraktionen im Plänterwald. Riesenrad oder Berg- und Talbahn: So sahen jetzt die Begegnungen mit der Hauptstadt aus.

Manchmal traf ich einen meiner früheren afrikanischen Kollegen, die wieder einmal in Westberlin CD-Player für den sowjetischen Markt gekauft hatten und auf der Rückreise bei mir Station machten. Sie hatten vor mir das Studium begonnen und waren noch lange nicht fertig. Obwohl die Kurse genau vorgeschrieben waren und nach fünf Jahren die Diplomarbeit anstand. Aber die Jungs hatten wenig Lust, in die Krisengebiete ihrer Heimat zurückzukehren, sie zogen das dürftige Leben einer östlichen Provinzstadt den Greueln in Äthiopien oder im Irak immer noch vor. Während ich mich frühestmöglich verabschiedet hatte, ließen sie sich viel Zeit im Land des Roten Oktober.

Das dreijährige Mädchen zwischen Sidi und Nasser oder Hamid auf dem federlahmen Chaiselongue in Berlin: So hätte es auch sein können mit Zoe. Aber das Erzgebirge war stärker, und dann waren auch die gemeinsamen Fahrten nach Berlin vorbei.

In den Kindergarten konnte ich Zoe nicht bringen, sie war völlig auf zu Hause fixiert. Wenn ich sie trotzdem hinbrachte, bekam sie innerhalb weniger Stunden vierzig Grad Fieber.

So war das Kind Tag und Nacht bei mir. Wir spazierten in den Parkanlagen am Stadtrand, sie begleitete mich auf meine Pilzgänge. Ich kochte weiter die Milchflaschen aus und wischte die Wohnung. Wir heizten die Öfen mit Braunkohle, die in diesen Jahren bereits mehr an Torf als an Kohle erinnerte. Die Asche war braun und leicht. In den Zimmern gab es immer Staub, draußen qualmte es gelb aus den Schornsteinen. Der späteste Sozialismus ließ nicht mehr viel Luft zum Atmen. Mandelstam sah im

Atem ein Sinnbild der Subversion. Pneuma gleich Freiheit. Die Botschaften ringsum füllten sich, Züge durchquerten von Prag aus das geschlossene Land, mit Flüchtigen, das Ende vieler Urlaubsreisen anno '89. Meine Agentur in Berlin hatte für mich immer weniger Übersetzungsaufträge. Ich bekam Wartegeld.

Die Leute wurden in dem Maße mutiger, in dem die Macht schwächer wurde. Sie wurde rapide schwächer. Die Geschichtemacher traten auf den Plan, auf dem Alex und überall. Ich zog mich zusammen, wie eine Nachtschnecke. Versuch einer statischen Existenz. Plötzlich war ich umgeben von Millionen von Revolutionären. Als der Zaun aufging, überkam mich eine unerklärliche Traurigkeit. Da ging etwas zu Ende.

Diese kleinkarierte Einrichtung zwischen Milchflaschen und Braunkohle, diese stabile Einsamkeit mit Pilzen und Gedichten, dieser Gefühlsrausch aus Eitelkeit und Furcht – aus und vorbei. Plötzlich marschierten die Leute aus Überzeugung. Dann das ultimative Anstehen in der Schlange, die in die Kaugummi-Gärten führte.

Was für eine jämmerliche Existenz das, was für eine jämmerliche Existenz lebte man selbst. So mußten sich Schalentiere fühlen, nachdem sie vorwitzig ihre Schale verlassen hatten und sie bei ihrer Rückkehr zertreten vorfanden. Jahrelang durch den Wald gelaufen zu sein, und jeder Baum eine Bestätigung, man brauche keine Seins-Beweise, man diene dem Gegen-Glück, und da kommen sie mit ihrem Sechszylinder-Allrad-Antrieb und beweisen einem, der Wald sei krank und die brennenden Texte gebe es bei dtv zum Schmökern auf Sylt oder Elba. *Wer das verlor, was Du verlorst*, Freund, der geht nie mehr in den Wald und verpaßt von jetzt ab keine Harald-Schmidt-Show mehr.

Noch im September hatte ich mit Iwan, einem Moskauer Karikaturisten, vor dem Brandenburger Tor gestanden. Das werde bald aufgehen, war er überzeugt. Ich hörte kaum noch hin. Selbst als der Kanzler dann an derselben Stelle zu singen anfing, hörte ich kaum hin. Es sollte ein großer Abschied kommen von dieser mickrigen, statischen, geliebten Existenz. Sollte er doch. Von Maren, von Zoe. Und nichts würde so bleiben, wie es war. Sollte es doch.

Nicht, daß ich das gewußt hätte, nicht einmal geahnt. Es gab eher einen vegetativen Reflex in mir, im Oktober '89, einen kurzen, tiefen Winterschlaf, einen Speicherschlaf, während dessen unbrauchbare Bilder und Stimmungen nach innen wanderten, in Archive verschwanden, aus denen sie vielleicht nie mehr hervorgezogen werden.

Bezahlt wird immer. Und die Reibungsverluste sind hoch. Nach dem zehnten November 1989 war Norderode, die Stadt, in die ich Maren gefolgt war, eine Frontstadt. Die ersten Massenstaus im Osten auf dem Weg über die Demarkationslinie, in der Demokratie der Preis freier Bewegung. Tausende von Karrossen, deren Gestank wir uns noch nicht vergegenwärtigten, schoben sich Richtung Bayern über den Acker des Grenzstreifens. Drüben standen die Begrüßungslustigen mit Cola-Büchsen und Tchibo-Kaffee in Plastiktassen. Bilder, tausendmal perpetuiert, millionenfach multipliziert. Ich war tagelang handlungsunfähig. Ausgerechnet ich, der bis zu diesem Zeitpunkt beinahe ohne Unterbrechung mit Blick auf den Zaun gelebt hatte. Im Thüringer Wald die Kindheit, dann Berlin, das Erzgebirge, nur die Jahre in Fichtenburg und in Rußland hatten mich für eine Weile entrückt. Haarbreite Risse gingen durch den Tag und kündeten den Bruch an, der bevorstand: den Bruch mit meiner kleinen Familie. Die Grenze ging auf, und ich konnte nicht aufstehen und hinübergehen.

Schließlich ging ich doch. An diesem Tag gab es keinen Andrang aus dem Osten, sondern aus dem Jenseits im Westen. Die Leute hatten frei und kamen zu Fuß herüber, um sich die Sache mit dem untergegangenen Kommunismus einmal aus der Nähe anzusehen. Ich erreichte einen kleinen Ort am Wald. Da ich mit einem Wartburg Tourist unterwegs war, begrüßten mich die entgegenkommenden Fahrzeuge mit Lichthupe. Lange dachte ich nach, ob ich mein trostloses Gefährt auf eine der weißumrandeten Flächen stellen konne, ohne mit einem Parkwächter in peinliche Diskussionen zu geraten. Ich hatte kein Geld.

Auf dem Marktplatz unterhielten sich freundliche Damen, an einem Zelt mit CDU-Fahne stehend, mit den heute spärlicher Einreisenden aus der Ostzone. Die Ahnung, ich müsse sofort als einer von den anderen ausgemacht werden und mir aus den sicheren Händen einer der politisch und caritativ engagierten Damen mit einer Plastiktasse Bohnenkaffee etwas Gutes tun lassen, machte mir Sorgen. Eine ältere Frau rief mir aus dem Fenster eines Fachwerkhauses über die Geranien hinweg etwas zu, und ehe ich mich entfernen konnte, lief sie mir auf der Straße entgegen. Wieso ich denn heute schon komme, fragte sie mich in blitzendem Hochdeutsch, sie hätte doch erst am Samstag mit mir gerechnet. Die Frau hatte in der oberen Reihe vier Goldzähne, die sich immer mit einem hellen Zahnstumpf abwechselten. Ich wußte nicht sofort, ob ich sie über den Irrtum aufklären sollte, einen Augenblick lang genoß ich, als einer der ihren genommen worden zu sein.

Als die fälschlich dem Jubel zugeschriebenen Elmsfeuer verglommen und die Flaschen leergetrunken waren, hätte der Alltag wieder beginnen sollen. Es war wie nach einem Fest, wenn die Leute an der Garderobe ihre Sachen nicht mehr finden und auch kein Zuhause mehr haben: Der Alltag war verschwunden, von jetzt ab war jeder Tag ein Fest oder ein Abenteuer. Viele Leute im Osten haben sich dann für das Fest entschieden, mit den entsprechenden Konsequenzen. Man hatte wieder mal Geschichte gemacht. Erst kamen die Versammlungen, in den Kirchen, im Theater, überall, auch in Norderode. Ich befreundete mich mit einem Pfarrer, Dieter Kern, der besonders aktiv war. Kurioserweise waren sowohl der Bürgermeister als auch der Intendant in Urlaub. Der Bürgermeister hieß Heiter und machte zur Silberhochzeit eine Kreuzfahrt im Mittelmeer. Auf den Straßen trug man Kerzen und Spruchbänder. Darauf: *Heiter schwimmt im Mittelmeer, wo hat er bloß die Mittel her?*

Ich saß in der Parterrewohnung. Der Blick auf die Straße ging nach oben, eben Kellerperspektive. Auch den Demonstranten konnte ich so von unten in ihre fröhlichen, kerzenbeschienenen Gesichter sehen. Mir schmeckte das nicht. In meiner Schreibmaschine steckten angefangene Übertragungen von Jessenin-Gedichten, der hatte sich nach der Revolution im Petersburger Restaurant »Astoria« umgebracht.

Nach langem, sehnsüchtigem Zögern schlich ich mich in die Berliner Wohnung an der Baumschulenstraße in der Nähe des Übergangs Sonnenallee. Am S-Bahnhof Baumschulenweg passierte ich Schilder, die Besucher des anderen Stadtteils aufforderten, sich in die Kolonne auf der rechten Straßenseite einzureihen. Auf der Mitte des

Weges zwischen Bahnhof und Grenzübergang befand sich meine Wohnung. Ich versuchte die halblauten Empörungen der anstehenden Leute darüber, daß ich mit wortlos entschuldigender Miene an ihnen vorbeizog, zu überhören.

Was mir heute reichlich trostlos und verkommen erscheint, dieses ganze Kreuzberg-Milieu an der Grenze zu Treptow, machte damals noch Eindruck. Schon eine Busfahrt war die Beförderung in einen höheren Stand. Ein Kosovo-Albaner kann den Westen nicht intensiver aus der Perspektive von unten erlebt haben. In einem Restaurant oder Geschäft von einem Westdeutschen bedient zu werden, jener Spezies, die man im Osten real nur als Herren erlebt hatte, selbst oder gerade dann, wenn ihre Vertreter einer Friedens- oder Umweltgruppe bzw. einer Kirchgemeinde angehört hatten, stimmte nachdenklich. Die wunderbare Wirkung eines DDR-Personalausweises an den Kino- oder Museumskassen, sogar am Eingang in den Zoo, gratis oder drastisch ermäßigt Eintritt zu bekommen, verstärkte meinen Wunsch, diesen Ausweis zu behalten. Freilich nur für Zoo, Kino- und Museumsbesuche. Aus dem Underdog-Befinden ein Privileg entwikkeln: eine Massenaufbauarbeit, die zu spät und dann von der falschen Seite beschafft worden ist.

Der Menschenstrom im Baumschulenweg riß ab, denn die Mauer hatte überall neue, behördlich bestätigte Löcher bekommen. Einige meiner Nachbarn waren mit dem Strom vor dem Haus verschwunden. Im zweiten und dritten Stockwerk wurden Wohnungen leergeräumt.

Ich kehrte zurück nach Norderode, der Trennung von Maren und Zoe entgegen, dem Theater, meiner künftigen Beschäftigung, dem Ende, dem Anfang.

Man kann nicht mehr so tun, als sei das gestern gewesen. Heute und damals trennt ein breiter Graben. Allein die unterirdische Kommunikation geht weiter. Die Jahre seit 1989 gehörten der Beschleunigung. Das Leben, das mit der Geburt bereits an Beschleunigung gewöhnt wird, da die vierundzwanzig Stunden Tages- und Nachtzyklus nicht dem biologischen Rhythmus entsprechen, entfaltete zentrifugale Kräfte. Maren und ich wurden auseinandergetrieben. Zwischen uns schob sich eine Zeitmauer. Sie blieb mit Zoe in Norderode, in Reichweite der Eltern. Ich tauchte im Theater unter. Und dann stand eines Tages Helena in der einzigen Bar der Stadt neben mir. Ich hatte zuviel getrunken und sprach sie gleich an. Helena erzählt heute noch, wie aufdringlich ich gewesen sei. Das Tempo nahm zu, und ich war froh, nicht zurückschauen zu müssen. Und an Zoe zu denken. Seit wir in der Schweiz sind, spüre ich den Bremsvorgang. Es riecht nach verbranntem Gummi, eine unbequeme Hitze entsteht.

12

Sechsundzwanzigster September, die doppelte Dreizehn. Auf dem Weg zum Flughafen erfahre ich von Helena, daß es in Castiglione stark regnet. Lisa tut das Internat im Tessin gut. Sie spricht inzwischen viel besser Italienisch als wir. Helena geht fest davon aus, Lisa nächstes Jahr nach Como umzuschulen. Seit sie allein in Castiglione ist, fällt ihr das Klavierspielen wieder leichter. Anfangs hat sie mehr als eine halbe Stunde im Garten umherlaufen müssen, bevor sie sich an das Instrument setzen konnte. Trotzdem kommt sie am nächsten Wochenende mit Lisa in die Schweiz.

Ich bin ihr dafür dankbar, ohne es zu sagen. Das Taxi verläßt die Schweiz, wir führen das Gespräch im französischen Netz weiter. Die Katzen seien plötzlich verschwunden, Claudio vermute, Leute aus dem Dorf hätten sie mitgenommen, als wir nicht da waren. Wenn nur endlich der Regen aufhöre.

Vor fünf Wochen hat es gehagelt, wie ich es nur einmal zuvor erlebt habe. Über Intelvi zogen sich die Wolkenmassen aus allen Richtungen zusammen, Schlag sechs zum Abendläuten wurde der Himmel schwarz, mit einem schwefelgelben Zentrum. Über dem Dachfirst, hinter den Baumkronen, fielen die Wolken wie dampfende Tiere übereinander her. Fetzen drängten in die Mitte des Treibens und wurden wieder abgestoßen, der Himmel pulsierte. Wir hatten noch etwa zwei Minuten, ein paar Sachen ins Haus zu tragen und die Fensterläden zu schließen, dann ging das Eisfeuer nieder.

In der nächsten halben Stunde zeigte Gäa, wer das Sagen im Haus hat. Anfangs waren die dumpfen Aufschläge der eiergroßen Körner noch einzeln zu identifizieren, bald mußten wir uns anschreien, um gegen das Rasseln vom Dach anzukommen. Vor der Veranda verwandelte sich der Garten binnen weniger Minuten in eine Gletscherlandschaft. Oleanderblüten wurden geköpft, Blätter und Äste zu Boden katapultiert. Helenas Auto stand hilflos im Freien, jeden Moment mußte die Windschutzscheibe platzen.

Mir fielen die bulgarischen Zelturlauber ein, die sich vor zweiundzwanzig Jahren an der Schwarzmeerküste in einer ähnlichen Situation von der Fernsehübertragung der Olympischen Spiele aus Montreal losgerissen hatten, um mit ihren Bettdecken die Karosserie ihrer Autos zu schützen. Diesmal war nicht daran zu denken, nach draußen zu laufen. Aus dem Plafond drang fingerstark Regenwasser, die ersten Ziegel waren zerschlagen. Da der Strom längst ausgefallen war, tastete ich mich im Halbdunkel auf den Boden, um unter den Löchern im Dach Töpfe aufzustellen. Die Ziegel klapperten, als schlügen schwere Knüppel dagegen.

Noch Stunden später dampften die Eisbrocken auf der Wiese. Das Auto hatte das Inferno überstanden. Im Tal waren Feuerwehr und Rotes Kreuz unterwegs, es hatte Verletzte gegeben, Dutzende von Fahrzeugen waren beschädigt worden.

Mittlerweile bin ich am Flughafen. Helena ist noch immer in der Leitung. Sie erzählt von der großen neuen Pinie, die jetzt im Hof steht. Dann stecke ich das Handy weg und gehe zum Check-in.

Der Zug von London nach Lewes geht von Victoria ab. Auch diese Fahrt ist verregnet, im Bus, der mich vom Bahnhof nach Glyndebourne bringt, sind die Scheiben beschlagen. Mit mir fahren ein paar fidele Opernfans mit bonbonfarben getönten Haaren, Afrikanerinnen mit kubistisch gestyltem Kopfschmuck; ein Herr mit wallendem Grauhaar trägt eine Art Rüstung, er erinnert mich an ein Cromwell-Portrait. Die vertraute Gesellschaft. Sie läßt mich schneller als die High Society vergessen, daß ich geschäftlich unter ihnen wandle. Darin liegt die Gefahr: sich am unpassenden Ort wohlzufühlen.

Das Schloß liegt zwischen weichen Kalksteinhügeln, die von einzelnen Kiefern bewachsen sind, auf den Matten weiden Schafe, die man auch von den Foyer-Terrassen des Theaters aus sieht. Vor der Vorstellung bleibt ein Gang mit Aperitif. Der Steingarten dünstet narkotisch, hier blüht noch der Lavendel. Der traditionelle Festspielbesucher reist mit einem Picknickkorb an und nimmt in den ausgedehnten Pausen zwischen den Akten auf einer Bank oder einer Decke in der Nähe des Weihers Platz, auf dem breite Seerosen schaukeln. Heute regnet es, und man prostet sich auf einfachen Holzbänken in den Lauben zu. Im Schloß brennt gedämpftes Licht, durch die Butzenscheiben grüßen dunkle herrschaftliche Portraitgemälde. Die Familie hält sich hier aus dem Festspielgeschehen heraus. Aber das Klischee erglimmt milde im Abendrot, das trotz allen Regens für ein paar Minuten über die Hügel und die Rücken der Schafe huscht.

Durch das Champagnerglas betrachtet, runden sich die Abendroben zu Monaden, die George Grosz erdacht haben könnte. Dahinter südenglisches Grün. Einen Augenblick lang entsteht in diesem Foyer der Eindruck, die Stadt, für die diese Oper gebaut sein muß, sei von der

Natur zurückgeholt worden. Magistralen sind durch die Musterungen im Schilfröhricht ersetzt, Fassaden verschwinden im Kiefernhain, Wolkenfenster bieten die letzte Illumination.

Das wäre die allgemeine Rückverwandlung: »Unter den Linden« knabbern Rehe an der Rinde, die Leute verlassen das Theater und lagern am Spreekanalufer. Weit und breit Wiesen, Moor, Ried. Am Opernring, auf der Place de la Bastille, an der Piazza della Scala. *Wenn die Brücken, wenn die Bogen, von der Steppe aufgesogen.* Wenn die gierige Welt der Form uns restlos umstellt hat, wenn die letzte Substanz in Gestalt gemartert ist, die letzte Traube gekeltert, der letzte Stein zermahlen, wenn das letzte Erz gewonnen ist, der letzte Baum zu einem Balken zersägt und somit der Blick ins Offene nicht mehr gewährt wird, dann wird unsere Sehnsucht mächtig werden, die Dinge könnten sich wieder transformieren und in die Gestaltlosigkeit zurückkehren. In ihren natürlichen Zustand.

Mit dem Klingelzeichen hoppelt die Schafherde hinüber zum Zaun. Die Gestaltungswelt, in deren spätem Stadium wir leben, versucht noch immer die Frage zu beantworten, die ein Kind Michelangelo gestellt hat, als er gerade seinen Moses vollendete: Woher er gewußt habe, daß dieser Mann im Stein versteckt gewesen sei? Noch träumen wir die Utopie von der Veredlung, die Idee vom Ausdruck, von der Statue im Marmorblock und von der Partitur über den Bewegungen des Strandes. Das Prinzip wird sich umkehren, der Ausdruck widerrufen werden. Die Rückkehr zu den Elementen steht bevor. Der Blick erfaßt die Schichtungen der Skyline von Süd-Manhattan und ahnt die Lineamente der Gebirgsmassive, aus denen diese Skyline geläutert wurde, durch die Kassettendecken florentinischer Paläste stoßen Bäume, die die Meister einst in Holzintarsien verwandelten, das Es-Dur der Nibelungen taucht zurück in den Rhein.

Glyndebourne erinnert unfreiwillig an diese Utopie. Die Lineatur einer Arie löst sich im Gespinst des Schilfes. Der Bahnhof von Lewes läßt später eher an den von Bitterfeld denken: Trauernde Industriearchitekturen der Jahrhundertwende dämmern in die feuchte Nacht. Die Fenster im Zug sind quadratzentimeterdicht zerkratzt, die Sitzpolster zerfetzt, der Fußboden ist von leeren Flaschen und Papier übersät. Die Fahrt ist teuer, dafür läßt sich kein Schaffner blicken. Die Kids aus den benachbarten Abteilen hüpfen wie Känguruhs mit Cola-Dosen und Handys am Ohr über die Gänge. Wenn der Zug neben einem anderen hält, ziehen sie die Hose runter und pressen den nackten Hintern gegen die Scheibe. Jedes Abteil hat seinen eigenen Ausgang, die Türen lassen sich nur von außen öffnen, dazu muß man durch das Fenster greifen wie vor hundert Jahren.

Die Rückfahrt dauert zweieinhalb Stunden, laut Fahrplan hätten wir Victoria nach einer Stunde und fünf Minuten erreichen müssen. Für die Verspätung gibt es keine Erklärung. In einer deutschen Zeitung lese ich etwas über die verkaterte Zeit der achtziger Jahre. Volle Taschen, alles geht, Geschichtsende und zerstückelte Moderne. Das hätte meine Zeit sein müssen. Dabei könnte der Abstand kaum größer sein. Als die Achtziger begannen, am ersten Januar neunzehnhundertachtzig, versuchte ich, in einem unbeheizten Zimmer in der russischen Provinz bei minus achtunddreißig Grad Celsius Außentemperatur mir mit billigem Wodka und einem Heizwendel Kälte und Zeit zu vertreiben. Als die Dekade zu Ende ging, verließ ich die Silvesterparty in einem Amsterdamer Restaurant, während im Fernsehen Bilder von der Massenfete am Brandenburger Tor aufzüngelten. Von welchen achtziger Jahren war da die Rede? Was hatte ich mit den Leuten meines Alters zu tun, die in Worpswede, Köln oder Regensburg aufgewachsen waren?

London Victoria ist bis auf ein paar gethrillte Typen leer, draußen stehen über hundert Leute vor einem verwaisten Taxistand im Regen. Gut, daß ich im Bahnhof wohne. Doch kein Schlaf erlöst mich heute nacht. Meine Besuche in Washington und Salzburg vor ein paar Wochen drängen sich auf, livrierte Pagen, cartiergeschweifte Greise mit dressierten Weibchen.

Im Foyer des Kennedy-Center, das an Monumentalität höchstens vom einstigen Obersten Sowjet im Kreml und seinem Äquivalent in Peking übertroffen werden dürfte, trafen sich Patricia und Michael, Frank Sinatra und der Stardesigner, der jüdische Wirtschaftsanwalt mit exzellenten Verbindungen nach Australien und Südost und der Fitneßberater von Madonna, Don und Doge. Die intakten Demokratien bedienen sich des Rasters der konstitutionellen Monarchie.

Drinnen erhoben sich Parkett und Ränge, in den Reihen vor und neben mir wanden sich diamantene Krawattennadeln, baumelnde Monokel und durchwirkt blühende Dekolletes, feierliche Gesichter, denen man die erlesenste Beauty-Kontrolle ansah, richteten sich auf und erhoben die Stimme in den Hymnus. In der Mitte des ersten Ranges saß die erste Familie der Staaten und des Erdenrunds, Hillary und Bill.

Ähnliches hatte ich bislang nur einmal erlebt, in Amsterdam, als Beatrix vor der Vorstellung mit begeisterten Ovationen bedacht wurde, während sie ihre Loge betrat.

Nach der Vorstellung waren wir dann am Hofe des

Tenors, zweihundert Erlesene wölbten sich zur Opening-Party sacht über ovale Bankettische, machten Männchen und rhetorische Knickse, Platzanweiser huschten zwischen den Prachttoiletten entlang, auf der Jagd nach der richtigen Zahl am richtigen Stuhl. Mir war, als drehten sich hinter den Smokings und den perlenbesetzten Schulterpelzen geputzte Schatten mit Perücke, Samtrock und Beinkleid hervor und wanderten in vollendeten pantomimischen Gesten durch den Raum, als übersetzten sie das Zwitschern der Leute in eine taubstumme Welt, die sich hinter ihrem Rücken auftat.

Später jubelten sie Placido und Franco mit den Fingerspitzen zu, ehe sie die Gabel in einen gespickten Rehrücken und den Blick in Amarone senkten. Ich flog mit ihnen von Ast zu Ast durch die gewichtlosen Kronen der Partykonversation.

Am nächsten Morgen habe ich noch eine Stunde für den Hyde-Park. In der Serpentine spiegelt sich der heitere Sonntagshimmel. Ein Reiter mit Mobiltelefon erinnert mich daran, daß ich mich wieder anketten sollte, ich schalte das Handy ein. Aus Heathrow läßt man mich wissen, daß mein Direktflug wegen eines technischen Defekts gestrichen ist und ich über Frankfurt fliegen muß.

Der Independent on Sunday berichtet vorn über die barocke Erotik der Yo-Yo-Girls, in der Mitte gibt es eine Doppelseite über den längsten Kanzler der Welt. Auf den Fotos ist er nur mit Leuten zu sehen, die es, zumindest politisch, nicht mehr gibt. Thatcher, Mitterrand, Gorbatschow.

In Frankfurt muß ich auf den Anschluß warten. Auf dem Weg in die Lounge geht es durch die Paßkontrolle. Dort ist heute ein zweiter Fernseher aufgestellt, der ein deutsches Programm sendet. Die wenigen Gäste in der Halle haben Laptops auf den Knien, telefonieren und rascheln mit Zeitungen. Kaum ein beiläufiger Blick richtet sich auf den Bildschirm, als dort Grafiken mit den ersten Hochrechnungen erscheinen. Links und rechts unten leuchtet »Siemens Computersystems« und »Infratest dimap«, darüber schieben sich Farbsäulen nach oben und nach unten, bunte Zahnstümpfe mit blauen Lücken, das Votum des Volkes als marodes Gebiß. Die Umbuchung des Fluges macht mich für ein paar Stunden schwer erreichbar. Ich will wissen, ob ich zu Hause angerufen worden bin.

Auf dem Anrufbeantworter finde ich vier Nachrichten von Helena. Sie muß aufgeregt gewesen sein und spricht sehr laut, so daß ich beim Abhören das Telefon vom Ohr weghalte. In den ersten beiden Anrufen beschwört sie mich, sofort zurückzurufen. Im dritten ist von Evakuierung die Rede, schließlich gibt sie mir die Telefonnummer der Hosterietta im Dorf durch. Erst beim dritten Versuch stelle ich die richtige Verbindung her, meine Hand zittert so, daß ich kaum den Hörer halten kann.

Helena ist gleich am Apparat. Zwei Erdrutsche hätten Auto und Grundstück verschüttet, der Regen habe Bäume im Wald über uns so weit unterspült, daß die Stämme mit der Wurzel nach vorn durch den Zaun gekommen seien. Im Hintergrund höre ich die Wirtin halblaut jammern. Da ich Helena manchmal nicht richtig verstehe, muß sie sich oft wiederholen. Erst die niedrige Mauer vor dem Haus habe die Fahrt der Bäume gestoppt. Sie, Helena, habe im Wohnzimmer gestanden und die hohen Fichten fallen sehen. Kleinere Bäume seien mitgerissen worden, Stämme und Geröll hätten die Lorbeersträucher zugeschüttet, dann seien die Wurzeln auf das Haus zugesteuert. Sie habe sich erst wieder bewegen können, als der Schlamm an die Scheiben spritzte. Dann sei sie im Garten durch den Regen gerannt, weil sie es im Haus nicht mehr ausgehalten habe. Kurz darauf sei sie von der Polizei aufgefordert worden, das Grundstück augenblicklich zu verlassen. Der Bach, der am Garten entlangführt, habe unterhalb von uns Straße und Brücke weggerissen, vorläufig könne man unser Haus nicht mehr erreichen. Das Auto sei im Schlamm versunken und unter Bäumen begraben.

Helena klingt jetzt ruhig wie immer. Sie sei schon von Journalisten und Fotografen bedrängt worden, sogar ein Fernsehteam sei aufgetaucht. Heute nacht bleibe sie im Hotel an der Via Roma, morgen fahre sie mit dem Bus nach Como und von dort weiter mit dem Zug. Claudio und andere seien auch betroffen, Blessagno ganz von der Umwelt abgeschnitten. Claudios siebzigjährige Mutter habe ihr die Tasche aus der Hand gerissen, auf dem Weg zur Hosterietta. Man kümmere sich sehr um sie, obwohl es ihnen selbst nicht besser gehe.

Mir fällt auf, daß ich die ganze Zeit in der Lounge auf- und abgehe. Auf dem Bildschirm vor mir taucht der Wahlsieger auf, Hand in Hand mit dem Parteivorsitzenden. Sie rudern mit ausgestreckten Armen wie Fluglotsen oder Schiffbrüchige über den Köpfen des Publikums vor ihnen, eine phantasiearme Choreografie. Dann liest der Sieger die Feststellung vom Papier ab, eine sechzehnjährige Ära sei zu Ende. Hinter ihm die Rochade zwischen Ehefrau und Kulturkandidat. »Die neue Mitte« steht über einer weinroten Sonne. Ich frage mich, ob es auch ein Mond sein könnte, dann gebe ich Helena die grüne Telefonnummer unserer Versicherung durch. Sie müsse erst einmal auflegen, Claudio wolle etwas .

Die wenigen Herren in meiner Umgebung haben meine Aufregung nicht bemerkt. Sie schwimmen im Internet oder in Anlagekalkulationen. *Hortus conclusus,* kaputt. Wen rufe ich zuerst um Hilfe an? Es gibt hier natürlich niemanden, mit dem ich über die Katastrophe sprechen könnte. Der Berg greift nach dem Heim, und ich sitze im Nirgendwo. Ich bin der Keinheimische. Mußt mir meine Hütte doch lassen stehn? Was für ein Positivismus.

Bei der ARD gibt sich das bekannte Personal Mikrofone in die Hand. Generationswechsel, innere Spaltung, Reformstau. Die Verlierer, die Halbgewinner, die Hauptsieger und die Davongekommenen in geheimnisloser Großaufnahme. Mir fällt auf, daß Ton- und Bildübertragung nicht synchron sind. Das Wort folgt der Lippenbewegung mit der Verzögerung einiger Zehntelsekunden. Asynchrone Lippenbekenntnisse. Wie bei Werbespots: Das Model operiert vor der Kamera mit dem Produkt, seine Lippen saugen an unserer visuellen Aufmerksamkeit, während uns eine Stimme meist in unfreiwillig anderem Rhytmus das akustische Komplement liefert. Als spräche der Äther.

Eine Reinigungskraft leert die Papierkörbe. Sie sieht Graziella, Claudios Frau, ähnlich. Der Parteivorsitzende steht jetzt neben dem Bundesadler, der mit weißen Streifen auf eine Glaswand geklebt ist. Jenseits der Wand drängen sich Menschen. Ein türkischer Junge drückt sich zwischen den Krallen die Nase an der Scheibe platt.

Ein Siegerberater kommt ins Bild, aufgeschwemmte Visage, Bierschaumlippen und Glupschaugen. Im Independent habe ich heute Fotos von den Mentoren Tony Blairs gesehen. Smarter Teint, die Elite amerikanischer und englischer Wirtschaftsschulen. Der vierunddreißigjährige Lord Alli zum Beispiel, mit der pomadesteifen schwarzen Haartolle, der als TV-Executive zweistellige Millionensummen verdient hat. Dann sagt der Kerl im Fernsehen wieder »Generationswechsel«. Ich überlege, ob ich einen Calvados trinken oder rauchen soll, und verwerfe beides.

Die Nummer der Hosterietta ist besetzt. Der Kanzler tritt jetzt zum drittenmal auf und sagt in identischer Diktion den merkwürdigen Satz: »Ich werde morgen früh den Parteivorstand bitten, davon auszugehen, daß ich nach dem nächsten Parteitag in einigen Wochen nicht mehr als Vorsitzender zur Verfügung stehe.« Der Sieger stellt über ihn fest: Er war ein fairer Mann. Dann kommt Hakkinen, der andere Sieger des Tages, in Sicht, die Goldene Eins nach den nadelgestreiften Nullen.

Das Programm wird umgeschaltet auf den aktuellen Flugplan. Die Lounge bleibt leer. Hin und wieder hebt jemand seinen Laptop in den Aktenkoffer und geht zum Gate. Für ein paar Minuten bin ich sogar allein. Ich summe laut die Brahmssche Improvisation, die mir schon den ganzen Tag durch den Kopf geht, die Augen jucken, in der rechten Schulter sticht es unregelmäßig. *Wenn wir gelitten haben, ist es dann gut?*

Helenas Nummer ist weiter besetzt. Das Land hier hat also gewählt. Reden, Reden, Applaus, überall die gleichen Szenarien heute abend, bei allen Parteien. Bei den Siegern darf auch das Volk dabeisein. Es bietet einen aufgeräumten, stimmungsvollen Hintergrund für die Animateure. Zu sagen hat es freilich nichts. Viel Kohlendioxid in die Kanäle. Das Studio, aus dem ich eben auf die Wahlparty zugeschaltet werde, heißt Wasserwerk.

Und ich sitze in einer Flughafenlounge zwischen den Weltbürgern von heute, den Außerterrestrischen, Transnationalen, Ubiquitären, die das alles nichts angeht.

Vor dem Fester rollt die nächste Boeing zum Start. Die Batterie meines Handys geht zu Ende. Als ich vom öffentlichen Telefon aus die Hosterietta schließlich erreiche, sagt mir die Wirtin, Helena sei inzwischen fort. *Wohl dem, der keine Heimat hat.* Innere Spaltung, Reformstau.

Ich sehe, daß ich in dreißig Minuten zum Gate B neunundfünfzig muß. Noch einmal durch die Paßkontrolle, dann die Rolltreppe hinunter zur letzten Halle im Parterre. Dort wird der Bus warten. Dann werde ich Deutschland wieder verlassen, bevor ich es richtig betreten habe. Deutschland, das nun eine neue Regierung bekommt. Es fällt mir schwer anzuerkennen, daß mich diese Sache etwas angeht. Es fällt mir schwer, die Arroganz aufzugeben, es ginge mich nichts an. Egal, wie weit ich mich von diesem Land entferne, es ist nah. Was ich nicht ändern kann, muß ich dulden.

Bei den Aufnahmen von der Wahlparty der PDS ist mir die schlechte Beleuchtung aufgefallen. Der Kameramann hat die Leute von unten gefilmt, über ihnen hing die Farbe in großen Fetzen von der Decke. Die einzigen Bilder aus dem Osten an diesem Abend.

Am Buffett nehme ich einige Riegel dieser Schokolade in lila Verpackung mit. Als ich an der Kontrolle meinen Paß nicht finde, laufe ich zur Lounge zurück. Die leichte Tasche schwingt neben mir hin und her. Unterwegs fällt mir ein, in der Innentasche des Jacketts nachzusehen. Mit dem Paß in der Hand fliege ich zum Schalter zurück. Der Beamte weist mich darauf hin, daß ich so gut wie keine Ähnlichkeit mit dem Foto habe. Zum erstenmal wünsche ich mir eine Uhr ans Handgelenk, denn ich ahne, daß mein Flug in diesem Moment zum letztenmal aufgerufen wird. Ich sage dem Kerl am Schalter, daß ich Deutschland nur betreten habe, um zur Lounge zu kommen. Meine

Stimme klingt heiser. Unten am Gate bin ich überraschend einer der ersten. Ein Herr, den ich nicht kenne, fragt mich, wie ich mit dem Wahlausgang in meinem Land zufrieden sei. Ich nicke unbestimmt und sage ihm, daß das ein Generationswechsel sei.

Zwei Tage später zeigt mir Helena die Fotos, die sie in Castiglione gemacht hat. Die Zerstörungen wirken nachgestellt. In einer italienischen Zeitung wird berichtet, wir hätten das Grundstück zum Verkauf angeboten. Fotos und Zeitung lege ich in eine Schreibtischschublade, die solchen Devotionalien vorbehalten ist. Gegenstände, die schwer zueinander passen. Wie Bausteine, die zu verschiedenen Puzzles gehören. Das Foto mit Giuditta und ihrem Freund schiebt sich über »La Provincia« vom September 1998. *Spasibo sa wsjo*. Danke für alles.

Lisa zeichnet mir ein Trostbild: der Garten, mit hohen Bäumen und großen, flügelschlagenden Vögeln zwischen den Ästen. Menschen sind keine zu sehen. Bald wird sie in Como zur Schule gehen.